Nina Blazon

Feuerrot

NINA BLAZON

Feuerrot

Ravensburger Buchverlag

Bibliografische Information der Deutschen Nationalbibliothek:
Die Deutsche Nationalbibliothek verzeichnet diese Publikation
in der Deutschen Nationalbibliografie.
Detaillierte bibliografische Daten sind im Internet
auf www.dnb.d-nb.de abrufbar.

FSC
www.fsc.org
MIX
Aus verantwortungs-
vollen Quellen
FSC® C114500

Das für dieses Buch
verwendete FSC®-zertifizierte Papier liefert
Arctic Paper Mochenwangen GmbH

1 2 3 4 5 E D C B A

Originalausgabe

Umschlaggestaltung: *zeichenpool unter Verwendung
eines Fotos von shutterstock
Lektorat: Iris Praël

Postfach 1860, D-88188 Ravensburg
Printed in Germany
ISBN 978-3-473-40133-8

www.ravensburger.de

Inhalt

Teufelswetter

Von Blitz, Hagel und Sturm erlöse uns, Herr Jesus Christus. Erweise uns Deine Huld, oh Herr, und schenke uns Dein Heil. Herr, erhöre mein Gebet und mein Flehen um Hilfe.

Wettergebet der katholischen Kirche

Schon den ganzen Tag über drückte sich das Gesinde besorgt an den Fenstern herum. Madda beobachtete, wie die Köchin sich beim Blick in den graugelben Gewitterhimmel jetzt schon zum zehnten Mal bekreuzigte, wieder zum Herdfeuer zurückschlich und zur Sicherheit auch noch in die Glut spuckte, bevor sie ihr Bittgebet vor sich hin murmelte. Aber nicht nur die alte Gret betete darum, dass die Stadt vor einem neuen Sturm verschont bleiben solle. Schon seit Wochen spielte das Herbstwetter verrückt. In den vergangenen Tagen hatte Nebel über Ravensburg gelegen, so dicht, dass man kaum seine Füße sah. Und noch weniger konnte man erkennen, wer einem in den Straßen und Gassen entgegenkam.

An manchen dieser Nebeltage hatte Madda sich mit einem Frösteln vorgestellt, dass die Geister Verstorbener die Stadt heimsuchten: verlorene Seelen, die eine Zeit lang das Fegefeuer verlassen durften, um die Lebenden zu ermahnen, nicht zu sündigen. Zwar war der seltsame Nebel über Nacht verschwunden, doch was sich nun über den Türmen Ravensburgs zusammenballte, war kaum weniger schlimm: Fratzen schälten sich aus den Wolken, die Sonnenscheibe zeichnete sich hinter der dunkelgrauen Wand nur noch als verschwommener Fleck ab.

Selbst mitten am Tag war es im Heim der Kaufmannsfamilie Humpis düster. Auch die Küche schien dunkler als sonst und das Haus ungewöhnlich ruhig. Der alte Hausherr, Onofrius Humpis, war ins Handelskontor gegangen. Seine Frau Barbara dagegen hatte sich seit dem Besuch des Arztes zurückgezogen und betete. Viel Ruhe schien sie dabei allerdings nicht zu finden. Die gespenstische Stille vor dem Sturm ließ jedes Geräusch im Haus, jedes Knarren der Dielen überlaut wirken. Vorhin, als Madda im herrschaftlichen Teil des Hauses Holz nachgelegt hatte, hatte sie die strenge Hausherrin rastlos hin und her wandern hören. *Dabei sollte sie sich doch ausruhen und wieder zu Kräften kommen*, dachte Madda bei sich.

„Sogar das Feuer duckt sich!“ Gret nahm den metallenen Haken, mit dem sie gewöhnlich den Suppenkessel über dem Feuer zu sich heranzog, und stocherte missmutig in der Glut herum. Im Lichtschein wirkten die Falten in ihrem Gesicht doppelt so tief. „Und du willst wirklich in die Unterstadt, Madda? Also mich würden bei diesem Teufelswetter heute keine zehn Pferde vor die Tür bringen."

„Sprich nicht so, das hört die Herrin nicht gern", gab Madda zurück. „Es wird schon genug getratscht in der Stadt."

„Ist es ein Wunder?", knurrte Gret. „Diese dauernden Unwetter und der Nebel, kein richtiger Sommer, halb verfaulte Ernten – wer soll denn noch glauben, dass das alles mit rechten Dingen zugeht? Wir haben ja noch Glück. Wir sitzen hier bei den Herrschaften wie die Maden im Speck, aber draußen verhungern die Bauern. Und schlimm trifft es auch die Tagelöhner, die keine Arbeit mehr bekommen, weil es nichts zu ernten gibt. Sieh dir den Himmel an! Wenn du Pech hast, bricht wieder so ein fürchterlicher Sturm los und erwischt dich mitten auf dem Weg."

„Ich glaube, das Wetter zieht vorbei. Und wenn nicht, muss ich schneller sein als Blitz und Regen. Ich muss unbedingt zu meinen Leuten."

Und ich verzichte ganz bestimmt nicht auf meinen freien Nachmittag, fügte sie in Gedanken hinzu. Diese Stunden waren ein unverhofftes Geschenk. Um nichts in der Welt würde sie es sich nehmen lassen, ihre Schwestern und ihren Vater zu besuchen. Sie durfte nicht länger warten. *Ob es schon zu spät ist?* Sofort flatterte wieder die Angst in ihr hoch. Plötzlich konnte sie ihr Haar, das sich aus dem Zopf gelöst hatte, nicht schnell genug zusammenbinden.

„Glaubst du etwa, dass du dem Blitz entkommen kannst? Für wen hältst du dich?", wetterte Gret. „Hüte deine hochmütige Zunge. Sonst erschlägt dich noch der Hagel mitten auf der Straße wie den lahmen Hans. Weißt du nicht mehr, wie der arme Kerl aussah, als sie ihn mit dem Schinderkarren aufgesammelt hatten? Die Nase hat ihm das Unwetter zerschmettert und jeden Zahn, den er noch im Mund hatte."

„Der Sturm hat einen Ast von der Linde gerissen. Der hat ihn erschlagen, nicht der Hagel, Gret. Und die Nase hat ihm der Kerl aus dem Wirtshaus gebrochen, weil Hans ihn um Geld geprellt hat. Wäre der alte Betrüger nicht so betrunken gewesen, wäre er nach der Schlägerei auch nicht schnarchend auf der Gasse liegen geblieben. Dann hätte er sich vor dem Hagel ins Spital retten können."

Gret war alt, aber immer noch flink. Als sie herumfuhr und mit dem Holzlöffel nach Madda schnippte, konnte diese gerade noch ausweichen. „Ich sag's dir, irgendwann wird dir jemand für dein freches Maul Saures geben, Magdalene", schimpfte die Köchin.

Madda brachte sich lachend neben dem Regal mit den Gewürztiegeln in Sicherheit. „Ich sage doch nur die Wahrheit. Jeder weiß, dass Hans an diesem Tag alles, was er erbettelt hatte, zu Schnaps gemacht hat. Und als er kein Geld mehr hatte, wollte er die Leute im Wirtshaus mit seinen gezinkten Karten übers Ohr hauen. Dabei ist er halt an die Falschen geraten."

„Was man weiß und was man sagt, sind aber zwei unterschiedliche Dinge", grummelte Gret und wandte sich wieder dem Feuer zu. „Und über die Toten sagt man nichts Schlechtes." Sie seufzte tief und rührte die Fischsuppe um, die im Kupferkessel vor sich hin simmerte. „Schau dir das an! Was für eine Verschwendung. Die jungen Hausleute haben so viel Appetit wie Spatzen. Beno isst fast nur Brot und Elisabeth scheint vergessen zu haben, dass ein Mädchen auf Bräutigamsuche kein dürrer Stecken sein darf." Sie schüttelte verständnislos den Kopf. „Die Herrin Barbara soll laut dem Herrn Medicus keinen Fisch mehr essen und ihr Gemahl schließt sich diesem unsinnigen Fastengebot gleich an. Aber wer sagt es der Köchin, bevor sie den Kessel aufsetzt? Niemand!"

„Du weißt doch, was gestern und heute im Haus los war."

Gret machte ein bekümmertes Gesicht und schlug wieder ein Kreuz. „Das brauchst du mir nicht zu sagen. Gott erbarme sich der armen Seele."

Auch Madda wurde es schwer ums Herz, wenn sie an ihre arme Hausherrin dachte, die seit zwei Tagen blass und mit versteinertem Gesicht wie ein Geist durchs Haus schlich. Seltsam, dass gerade das schreckliche Unglück Madda einen freien Nachmittag beschert hatte. Deshalb hatte sie sich vorgenommen, für die Herrin zu beten. *Aber erst muss ich nach Hause*, dachte sie und holte den kleinen Weidenkorb.

„Ich sage dir eins", fuhr Gret betont barsch fort. „Dieser ach so studierte Medicus mag ja Ahnung davon haben, wie man Armbeugen für den Aderlass aufsticht, aber aus meiner Küche soll er sich raushalten. Was ist das für ein Unsinn, der Frau Barbara sogar Räucheraal zu verbieten? Jeder Idiot weiß doch, dass Aalfett Fieber und Schwäche aus dem Körper zieht. Ich habe es ihr gesagt, aber sie zuckte nur mit den Schultern und sagte, sie schenke mir den Aal. Solle er mir Gesundheit geben. ‚Wird Euch nur nichts nützen, Herrin', hab ich geantwortet. ‚Ihr müsst gesund werden, nicht ich. Bei der alten Gret zwackt nur das Knie – und manchmal das Gewissen.' Da hat sie wenigstens gelächelt. Doch dann hat sie sich gleich wieder zu ihrem Gebetbuch zurückgeschleppt, statt sich ins Bett zu legen. Aber auch die Mutter eines toten Kindes ist eine Wöchnerin, sag ich da nur. Doch auf mich hört ja keiner."

Sie rührte die Suppe so heftig, dass Brühe über den Rand schwappte und fettige Tropfen auf dem heißen Kupfer zischten. Es duftete verführerisch nach Kerbel und Lorbeer.

„Mach dir keine Sorgen um das Essen", sagte Madda tröstend. „In diesem Haus ist noch nie etwas verkommen. Vielleicht bringt Herr Onofrius ja Geschäftspartner zum Abendessen mit. Oder der Handelszug aus Italien kommt heute an. Dann wird ein Kessel Suppe allerdings kaum reichen."

Sie legte sich das Wolltuch um die Schultern und packte sorgfältig ihre Äpfel in den Korb. Sie freute sich schon darauf, sie ihren Geschwistern zu geben. In Zeiten wie diesen waren Äpfel für jemanden wie sie eine

Kostbarkeit, selbst wenn die Früchte schon seit Wochen im Keller lagerten und runzlig geworden waren. Seit dem verheerendsten Hagelsturm seit Menschengedenken gab es nur noch wenig zu ernten, der Sturm hatte das Schussental auf Jahre hin verwüstet. Obstbäume und Weinstöcke waren von faustgroßen Hagelkörnern entlaubt worden. Seitdem wuchs kaum noch ein Apfel am Baum und keine Rebe am Stock. Und ja, natürlich fürchtete auch Madda ein neues Unwetter. Aber sie musste nur an ein kleines, blasses Gesicht denken und eine viel stärkere Angst flammte in ihr auf. *Was, wenn ich zu spät komme?*

„Ich bin vor Sonnenuntergang wieder da", sagte sie und wollte schon gehen, aber Gret rief sie barsch zurück.

„Warte gefälligst!" Sie legte den Kochlöffel beiseite und wischte sich die Hände an der Schürze ab. Dann ging sie ächzend und behäbig zu dem Eichentisch, auf dem noch das Messer lag, mit dem sie den frischen Fisch zerteilt hatte. Fischschuppen glänzten wie Silberstücke am Messergriff. Gret zog ein Tuch von einer Holzschüssel. Das Aroma von Räucherfisch ließ Madda das Wasser im Mund zusammenlaufen. Ein vertrocknetes, schwarzes Fischgesicht starrte sie an. Das Maul des Aals war weit aufgerissen, als würde er sich gegen die Menschenhände wehren, die ihn jetzt in das Tuch wickelten.

„Da, nimm du ihn", sagte Gret und steckte den kleinen Aal kurzerhand zu den Äpfeln in Maddas Korb.

„Du schenkst mir den ganzen Fisch?“, rief Madda fassungslos.

„Nicht dir, du Gierschlund. Der ist für eure Kranke. Damit sie bald wieder auf den Beinen ist.“

Jetzt musste Madda schwer schlucken. Nicht nur, weil das Geschenk der Köchin so großzügig war. Sondern vor allem, weil die Alte über Marie so sprach, als könnte sie tatsächlich wieder gesund werden.

„Danke, Gret!“, sagte Madda aus vollem Herzen. „Du bist wirklich eine gute Seele!“ Die Köchin winkte unwillig ab. „Ja, ja“, knurrte sie in ihrer barschen Art. „Verschwinde schon, bevor die Herrin es sich anders überlegt und dich zum Arbeiten zurückruft. Verdient hättest du es ja, du Wechselbalg. Und lass dich unterwegs nicht von den Burschen ansprechen!“

Die Marktstraße wirkte heute wie ausgestorben. Die wenigen Menschen, die unterwegs waren, hatten es eilig. Offenbar traute niemand diesem Himmel. In der Ferne quietschte ein Wirtshausschild, das zu lose aufgehängt war, an seinen Ketten. Der Wind spielte sogar mit dem Armesünderglöckchen, das in dem kleinen Erker am Stadtturm hing, der Wachturm und oberes Stadttor zugleich war. Dieses leise, unregelmäßige Klingeln war besonders unheimlich. Normalerweise schlug die helle Glocke am Obertor nur, wenn ein Verurteilter zu seiner Hinrichtung geführt wurde. Madda schaute besorgt in den Oktoberhimmel. Wolken jagten über den Dächern dahin.

Sie rannte bergab über das bucklige Pflaster. In diesem Teil der feinen Oberstadt, wo die Patrizier und reichen Bürger lebten, türmte sich der Unrat nicht bis unter die Fenster. Regen wusch den Dreck regelmäßig stadtabwärts und viele der Katzenkopfsteine waren von den Sohlen teurer Schuhe blank gescheuert – und an einigen Stellen rutschig. In der Nähe des Wirtshauses wäre Madda fast auf ein paar verfaulten Kohlblättern ausgerutscht, die wohl noch vom Markt dort lagen. Im letzten Moment fing sie sich – und schnappte nach Luft, als ihr wie aus dem Nichts ein scharfer Windstoß ins Gesicht fegte. Er war erstaunlich kalt und riss ihr das Tuch von einer Schulter. Sie drückte sich in den Schutz eines Türstocks und wartete mit klopfendem Herzen auf Blitz und Donner. Aber sie hörte nur das Echo von Hufschlag und das Quieken eines mageren Schweins, das ein Mann mit dem Stock die Straße entlangtrieb. Keine Spur von Regen. *Und Wind allein macht noch keinen Sturm.* Dennoch war Madda mulmig zumute. *Zurückgehen?* Nein, sie war schon beim Rathaus, und von dort war es nur noch ein Katzensprung bis zur Unterstadt.

Ein Rumpeln und Klappern näherte sich. Gerade bog ein älterer Mönch aus einer Seitengasse in die Straße ein. Am Strick führte er einen angeschirrten Esel. Sein Karren polterte über das Kopfsteinpflaster und die Reisetruhe darauf ruckelte hin und her. Der hagere Mönch gehörte dem Dominikanerorden an, das zeigte seine weiße Kutte, die im Wind unter dem offenen schwarzen Reisemantel hervorblitzte. Offenbar hatte der Mann einen langen Weg hinter sich, der Saum seiner Kleidung war von Schlamm verschmutzt, und er stützte sich auf einen Wanderstock. Sein Anblick ließ den Sturm für Madda in weite Ferne rücken. Der Alte hob seine Augen nämlich nicht ängstlich zum Himmel, und er trieb auch den Esel nicht zur Eile an, sondern schritt in aller Ruhe bergauf in Richtung Obertor. Als er Madda entdeckte und sie ihm ein höfliches „Gott zum Gruß“ zurief, nickte er bedächtig und ging weiter, als gäbe es keinen Sturm zu fürchten. Das war beruhigend.

Madda sprang auf die Straße und rannte gegen die nächste Bö an, die aus einer Seitenstraße heranfegte. Ein Schatten ließ sie zurückzucken, etwas Riesiges, Dunkles sprang sie an. Dann wurde sie von einem Schlag gegen die Schulter zur Seite geschleudert. Drahtiges Haar streifte ihren Mund, der Geruch von Pferdeschweiß fing sich stechend in ihrer Nase. Noch im Sturz nahm sie wahr, wie der Korb ihr vom Arm rutschte. Äpfel tanzten davon – und im letzten Moment wich sie einem Huf aus, der um ein Haar ihre Hand am Boden festgenagelt hätte. „He!“, brüllte sie. „Pass doch auf!“ Mit einem Satz war sie auf den Beinen und brachte sich in Sicherheit. Der Reiter, dem sie in den Weg gelaufen war, hatte alle Hände voll damit zu tun, sein Pferd zu bändigen. Es scheute vor Madda und warf den Kopf hoch, als wollte es auf die Hinterbeine steigen. Doch schließlich kam es zum Stehen, zitternd wie von einem langen Lauf, mit dampfendem, schweißbedecktem Fell. Es war ein Rotfuchs von einer Rasse, die Madda noch nie gesehen hatte: riesengroß, mit einem gebogenen Schwanenhals, einem zierlichen Kopf und dichtem Behang an Kinn und Fesseln. Und der Reiter war eindeutig ein junger Patrizier. Schon sein langer Mantel deutete darauf hin. Es war eine Schaube, deren breiter Pelzkragen dem Mann bis über die Schultern fiel. Eine teure Silberspange hielt den Mantel zusammen. Außerdem trug der Fremde fein gearbeitete Handschuhe aus gelb gefärbtem Leder.

„*Madonna mia!*", rief er und lachte. „*Che brutto tempo, ha?*"

Madda zitterte immer noch vor Schreck. Sie verstand zwar kein Wort, aber sie erkannte die Sprache der italienischen Geschäftspartner, die im Sommer im Haus Humpis zu Gast gewesen waren. *Ich habe sein Pferd aufgescheucht und ihn auch noch angeschrien.* Und als ob das nicht schon schlimm genug gewesen wäre, war das Schwein seinem Treiber ausgebüxt und machte sich mit einem gierigen Grunzen über die verirrten Äpfel her. Natürlich konnte sie jetzt unmöglich losrennen und die Äpfel retten – zumal ihr das Pferd den Weg versperrte.

„Verzeiht, Herr, ich wollte Euer Pferd nicht erschrecken", brachte sie hervor und machte einen hastigen, zittrigen Knicks. Dabei hob sie verstohlen den Aal auf, der ebenfalls auf die Straße gefallen war.

Der Mann sprang vom Pferd. Bisher hatte sie sein Gesicht nur als Schattenriss gegen den gleißenden Himmel wahrgenommen. Jetzt war Madda überrascht, wie jung er war – vielleicht zwei oder drei Jahre älter als sie, höchstens zwanzig. Ein junger Patrizier mit blonden Locken, die unter einer gelben Kappe hervorquollen und ihm bis über die Schultern fielen. Er sah auffallend gut aus, hatte dichte, geschwungene Brauen und einen Mund, den ihre Schwestern sicher als Engelsmund bezeichnet hätten.

Sein Pferd zog am Zügel, aber diesmal brachte er es mit einem entschiedenen Ruck zur Ruhe. Er musterte sie unverschämt direkt. Sein Blick verharrte entschieden zu lange auf der Höhe ihres Busens. Sie wollte sich besser bedecken, doch erst jetzt bemerkte sie, dass der Knoten aufgegangen und ihr das Tuch von den Schultern gerutscht war. Das zu hastig gebundene Haar hatte sich gelöst, die langen dunkelbraunen Strähnen flatterten im Wind und entblößten ihren Hals. Und prompt grinste der feine Herr und hob vielsagend eine Augenbraue. Madda schoss vor Ärger und Scham das Blut in die Wangen.

Hastig hangelte sie nach dem Tuch, von dem ein Ende bereits im Straßendreck hing, und raffte eilig mit einer Hand ihre Haare zu einem Nackenknoten, den sie unter das Tuch stopfte. Aber nun wirbelte der Wind ihren Rock hoch und entblößte die Beine bis zu den Knien.

„Schau an, eine Windsbraut!“ Jemand pfiff, Lachen ertönte hinter ihr. Madda blickte über die Schulter. Offenbar waren nicht nur zwei junge Männer, die gerade aus dem Gasthaus gekommen waren, stehen geblieben. In den Nachbarhäusern hatten sich auch die Fenster geöffnet. Gaffer steckten die Köpfe heraus. So ein Schauspiel ließ sich natürlich keiner entgehen: ein ausländischer Edelmann, ein scheuendes Pferd, ein Schwein, das Äpfeln nachjagte – und ein Mädchen, das versuchte, Tuch und Rock im Wind zu bändigen. Zu allem Überfluss war auch der Mönch auf der anderen Straßenseite stehen geblieben und beobachtete mit strenger Miene das Geschehen.

„Hört ihr wohl auf, anständigen Mädchen unter den Rock zu glotzen!" Liese, die Frau des Apothekers, steckte ihren Kopf noch weiter aus dem Fenster im ersten Stock und fuchtelte mit einem Besenstiel nach den beiden feixenden Wirthausbrüdern, die direkt hinter Madda standen. „Helft ihr lieber, die Äpfel aufzusammeln, ihr Maulaffen!"

„Das macht schon ein anderer", erwiderte einer der Kerle und deutete grinsend auf das Schwein, das gerade mit wippenden Ohren zum nächsten Apfel trabte.

„Halt dein Schwein von meinen Äpfeln weg!", fuhr Madda den Treiber an.

Aber der spuckte nur aus. „Dann schmeiß sie meiner Sau nicht vors Maul."

„Dein diebisches Vieh soll sich den Magen daran verrenken", stieß Madda verärgert hervor. Der Mann schnaubte, aber er machte nun wenigstens einen halbherzigen Versuch, sein Tier wieder einzufangen.

„Ja, leg dich nicht mit einer wilden Stute an, wenn du keine Sporen trägst, Tölpel!", rief einer der zwei Kerle hämisch dem Treiber zu. Sein Kamerad lachte, als wäre er betrunken. Liese schimpfte los, dass sie sich trollen sollten, der Treiber ließ den Spruch des Großmauls auch nicht auf sich sitzen, brüllte und fuchtelte mit seinem Stock. Nur der Ausländer kümmerte sich keinen Deut um den Tumult, er musterte Madda von Kopf bis Fuß.

„*Sei una Eva, hm?*“, sagte er.

„Ich … verstehe nicht, Herr.“

Die Augen der Schaulustigen wurden noch größer, als der Italiener sich bückte, als wollte er tatsächlich Maddas Korb aufheben, der neben dem Vorderhuf seines Pferdes lag. Aber er nahm nur den einzigen Apfel, der noch im Korb lag, heraus, und richtete sich wieder auf. Madda musste zähneknirschend mit ansehen, wie er genüsslich ein Stück von der Frucht abbiss.

„Ich sagte: Du bist eine Eva“, wiederholte nun der Fremde. Er betonte die Wörter seltsam falsch, aber immerhin hatte er das Deutsche so gut gelernt, dass man ihn verstand. Mit dem angebissenen Apfel deutete er auf den Aal, den sie in ihrer Armbeuge barg. Das Einschlagtuch war verrutscht, der Kopf des Fisches ragte hervor, und das weit aufgesperrte Maul schien den Italiener anzufauchen. „Das ist die Schlange“, erklärte der Fremde. „Und in meiner Hand halte ich *la mela di Eva* – den Apfel der Eva. Aber wenn sie so schön war wie du, dann lasse ich mich heute gerne wie Adam in Versuchung führen.“

Madda biss die Zähne zusammen. Kannte er keinen Anstand? Wenn er irgendein dahergelaufener Kerl gewesen wäre, dann hätte sie ihm jetzt mit aller Schärfe die Meinung gesagt. Aber einen Patrizier zurechtweisen? Dennoch konnte sie sich eine Antwort nicht ganz verkneifen. „Dieser Apfel stammt nicht aus dem Paradiesgarten", erwiderte sie höflich, aber bestimmt. „Sondern aus dem Obstgarten eines Bauern am See. Und diese Schlange hat Fischgräten und hätte Adam und Eva wohl höchstens dazu verführen können, die Brunnenkresse zu kosten, edler Herr."

Der Fremde hob überrascht die Augenbrauen. Er musste wohl erst einmal Maddas Ravensburgerisch für sich übersetzen – dann lachte er. Aber seine Augen wurden schmal und er musterte sie noch eindringlicher als zuvor. Vielleicht lag es an dem kühlen Wind, aber Madda fröstelte vor Unbehagen. Die Augen dieses Fremden waren hellbraun, fast golden. Doch in dem schwefelfarbenen Wolkenlicht wirkten sie gelb.

In aller Ruhe nahm er noch einen Bissen von dem Apfel – und schob dann den Rest seinem Pferd ins Maul. Maddas Hand krampfte sich noch fester um ihr Tuch. *Meine guten Äpfel!*

Der Ausländer blickte zu Liese hoch. „Wo lebt Onofrius Humpis?"

Arme schwenkten aus den Fenstern, alle Zeigefinger deuteten bergauf in Richtung Obertor. Jetzt fand sich für Madda endgültig alles zu einem Bild. *Er ist ein Gast von Herrn Onofrius! Der Handelszug aus Genua ist also angekommen.* Dieser Mann gehörte dazu, sicher war er einer der italienischen Geschäftspartner ihres Dienstherrn. *Aber warum ist er ohne Eskorte unterwegs?*

„Folgt einfach der Jungfer Madda, Herr“, rief Liese. „Sie bringt Euch hin. Sie gehört dort zum Gesinde.“

Der Gast dankte mit einem Nicken und wollte wieder aufsitzen. Doch sein Pferd begann zu tänzeln und zur Seite auszuweichen. Madda rettete ihren Weidenkorb, bevor er zertrampelt werden konnte. Dann brachte sie sich ein paar Schritte weiter in Sicherheit.

Offenbar war die Vorstellung damit vorbei. Fenster klappten zu, der Schweinetreiber machte seinem Tier mit Stockhieben und Zungenschnalzen Beine. Nur der Dominikanermönch auf der anderen Straßenseite rührte sich nicht. Für den Italiener hatte er keine Augen, nur für Madda. Sie zuckte zusammen, so streng und finster war die Miene des Mönchs. Er hatte graue, ungewöhnlich buschige Augenbrauen und eine tiefe Zornesfalte auf der Stirn. Sein Mund war zusammengekniffen, eine Grimasse des Misstrauens. *Was habe ich getan?*, dachte Madda verwundert. Sie blickte an sich herab und konnte nichts Ungehöriges entdecken.

„Worauf wartest du denn, Mädchen?“, rief Liese. „Mach, dass du nach Hause kommst!“

Madda schluckte. *Genau da wollte ich ja hin. Nach Hause.* Aber es half nichts. Der Italiener hangelte schon mit einem Fuß nach dem Steigbügel. Die freien Stunden waren verwirkt. Und ausländische Gäste mit ihren fremden Gewohnheiten und Sonderwünschen bedeuteten stets besonders viel Arbeit.

Madda versuchte die Tränen zu unterdrücken. Das fehlte noch, dass dieser eingebildete Herr sie heulen sah!

Sie bettete den Aal in den Korb und rettete rasch noch ein paar Äpfel. Viele waren es nicht, die Schaulustigen hatten wohl auch einige Früchte eingesteckt. Eine Frucht war auf der anderen Straßenseite zum Liegen gekommen – genau vor dem Eselskarren. Der Esel hatte den Leckerbissen natürlich entdeckt und machte schon einen langen Hals. Aber Madda zögerte, zu dem Mönch hinüberzugehen, so feindselig starrte er sie an. Dann fiel sein Blick auf den Apfel. Er hätte ihn aufheben können, aber Madda sah voller Bestürzung, wie er den Esel grob am Strick zurückriss und der Frucht mit angewiderter Miene einen Stoß mit dem Wanderstock versetzte: als wollte er den Apfel um keinen Preis berühren. Dann versetzte er dem Esel einen rüden Hieb, das Tier machte einen Satz und der Karren rumpelte bergauf. Madda hechtete sofort zu dem rollenden Apfel, bevor sie zu dem Edelmann zurückeilte. Der schien es jedoch keineswegs eilig zu haben.

„Madda heißt du also", bemerkte er von seinem Ross herab.

„Magdalene, edler Herr", antwortete sie. „So lautet mein Taufname. Magdalene Weißhaar."

„*Bene*", sagte er freundlich, aber mit der lässigen Überheblichkeit eines Patriziers, der das Befehlen gewohnt war. „Ist es noch weit zum Haus?"

„Nein. Nur ein Stück die Straße hoch."

Der Dominikaner war ihnen mit dem Eselskarren schon ein ganzes Stück voraus. Als er das Hufgeklapper des Rotfuchses hinter sich hörte, zog er die knochigen

Schultern fast bis zu den Ohren hoch und trieb den Esel noch mehr an, als wollte er so schnell wie möglich einen Abstand zwischen sich und Madda bringen.

*

Zumindest Gret wird sich über hungrige Gäste freuen, dachte Madda niedergeschlagen. Immer noch musste sie Tränen der Enttäuschung herunterwürgen. Aber sobald sie an Marie dachte, war es mit der Beherrschung vorbei. „Das ist das Haus", murmelte sie und wischte sich verstohlen über die Wangen.

„Ah, die berühmten Hunde." Der Italiener brachte das Pferd zum Stehen und betrachtete das Wappen über dem Blendbogen der Tür. Drei edle Hunde waren da in den Stein gehauen, schlanke Windspiele mit offenen Mäulern und langen Zungen. Auch der ringförmige Türklopfer aus Eisen wurde von einem Hundekopf gekrönt. Gret hatte Madda erzählt, dass der Herr diesen besonderen Türklopfer vor Jahrzehnten von seiner allerersten Handelsreise nach Italien mitgebracht hatte. Madda wollte gerade nach dem Ring greifen, als die Tür plötzlich mit Schwung aufgerissen wurde. Und heraus stürzte … der junge Herr Beno.

Madda sprang erschrocken zurück. Noch nie zuvor hatte sie den Enkel ihres Hausherrn ohne Buch in den Händen gesehen – und noch nie hatte sie ihn so ungestüm erlebt. Er kam abrupt zum Stehen, aber fast wären sie dennoch zusammengestoßen. *Es scheint ja heute mein Los zu sein, von einem hohen Herrn nach dem anderen umgerannt zu werden*, dachte sie.

Herr Beno runzelte die Stirn. „Magdalene", sagte er verwundert. „So früh zurück?"

Er spähte über ihren Kopf hinweg straßauf, dorthin, wo der Karren des Mönchs vor sich hin rumpelte. *Hat er etwa nach dem Mönch Ausschau gehalten?* Es sah aus, als wollte Beno an ihr vorbei, aber das Schnauben des Pferdes ließ ihn innehalten. Er wandte sich um und entdeckte den Italiener. Der war schon aus dem Sattel gesprungen und hielt ihm nun allen Ernstes mit herrischer Geste die Zügel hin.

„Mein Pferd muss sofort versorgt werden und der Reisesack soll auf mein Zimmer", befahl er. „*Signor* Onofrius erwartet mich. Meldet ihm Lucio Malaspani di Genova."

Madda hielt den Atem an. Der Italiener verwechselte den jungen Herrn tatsächlich mit einem Diener! Beno hob nur die linke Augenbraue.

„Hab ich mich nicht klar ausgedrückt?", sagte der Italiener verärgert.

Madda wich unwillkürlich einen kleinen Schritt zurück. Aber der junge Herr überraschte sie ein zweites Mal, indem er nun tatsächlich die Zügel nahm und mit einem Kopfnicken eine kleine Verbeugung andeutete.

„Sehr klar, *Signor Malaspani*", sagte er langsam. „Euer Pferd wird – wie das eines jeden höflichen Gastes – gut versorgt. Tretet ein, der Hausherr wird Euch gleich empfangen."

Offenbar war der Genueser taub für den spöttischen Unterton, er nickte nur knapp und schenkte Madda ein Lächeln.

„Danke, dass du mir den Weg gezeigt hast, *Bellissima*", sagte er und trat, ohne Beno eines Blickes zu würdigen, über die Schwelle.

Spar dir deine schönen Worte, dachte Madda grimmig. *Deine Sorte kenne ich.*

Beide schauten sie dem Gast nach. Wie immer blieb Beno kühl und beherrscht. Keine Regung zeigte sich in seinem schmalen Gesicht, nur seine graublauen Augen funkelten vor Missbilligung.

Dieser Malaspani sollte sich warm anziehen, dachte Madda.

Als hätte er ihren schadenfrohen Gedanken gehört, wandte sich Herr Beno ihr zu. „Geh in die Küche, Magdalene. Sag Gret Bescheid. Sie soll sofort ein Mahl richten und dabei nicht mit dem grünen Pfeffer sparen."

Madda nickte. „Ja, Herr." *Ich werde Marie nicht wiedersehen.* Hastig senkte sie den Kopf. Einen Moment lang hatte sie ihren Kummer vergessen, aber jetzt kehrte er umso heftiger zurück.

Beno runzelte die Stirn. „Warum weinst du denn?"

„Ich weine doch gar nicht. Es ist nur der Wind."

„Du bist keine gute Lügnerin, Magdalene."

Sie sah ertappt zu ihm hoch. Aber er wirkte nicht verärgert, da war nur dieser unendliche Ernst. Er musterte sie prüfend, während er dem Pferd mit freundlicher Geste die Stirnfransen glatt strich. Seine Augen waren wie Seen, ruhig und klar, aber mit Untiefen, die sicher mehr bargen, als mancher vermutete. Gret behauptete immer, der junge Herr sei wie ein Adler, er blicke stets weiter als jeder andere im Haus. „Aalfett gegen Gliederschwäche und Lähmungen?“ Er deutete auf ihren Korb.

Sie nickte zaghaft. Sie konnte sich kaum vorstellen, dass er wusste, für wen das Heilmittel gedacht war. Aber dann überraschte er sie ein drittes Mal.

„Wird Marie es überstehen?“

Seine Direktheit und sein Mitgefühl berührten sie. *Er weiß es? Aber von wem? Gret?* Und warum kümmerte er sich um so etwas?

„Ich ... hoffe es, Herr Beno. Und ich bete jeden Tag für ein Wunder. Aber niemand weiß, ob sie jemals wieder gesund wird.“

Beno blickte besorgt in den Himmel. Der Wind war etwas abgeflaut, doch die Luft schmeckte nach Regen.

„Beeil dich. Dann schaffst du es vielleicht noch, ohne nass zu werden.“

Madda blieb der Mund offen stehen. „Aber ... das geht nicht, ich muss hierbleiben. Der Gast ... und Frau Barbara. Und Elisabeth braucht mich doch für ...“

„Mach dir keine Sorgen, ich regle das. Geh schon! Und falls es Regen oder Sturm gibt, bleibst du über Nacht bei deinen Leuten, hörst du? Eine Magd, die vom Blitz erschlagen wird oder am Husten stirbt, nützt keinem etwas. Sieh nur zu, dass du morgen zur Messe wieder da bist.“

Gold und Bernstein

Edelsteine heilen und schützen vor Giften, Unglück und Zauberei. Ein gelber Topas ist für schöne Jungfern der richtige Schmuckstein, denn er bewahrt ihre Keuschheit. Bernstein hält Hexen, Dämonen und die Pest fern. Reisende und Kaufleute müssen stets ein Schutzamulett mit einem roten Granat mitnehmen. Dieser Edelstein bewahrt seinen Träger vor Überfällen, bringt ihm Glück und Erfolg und schützt außerdem vor Vergiftungen. Gefahren für seinen Herrn zeigt er an, indem sein klares rotes Licht sich eintrübt.

NÜTZLICHE ALLTAGSMAGIE FÜR ALL JENE,
DIE SICH EDELSTEINE LEISTEN KÖNNEN

Elisabeth horchte auf, als Beno draußen jemandem eine Anweisung zurief. Sofort sprang sie auf und warf ihre Stickerei hin. Durch die bleiverglasten Scheiben sah sie gerade noch, wie unter dem Fenster ein gesatteltes Pferd davongeführt wurde. *Die Italiener sind also schon da,* dachte sie. Am liebsten hätte sie gejubelt, doch das gehörte sich in dieser Zeit, da alle im Haus nur auf Zehenspitzen herumliefen, noch weniger als heimliche Freude. Aber es fühlte sich an, als schlügen plötzlich zwei Herzen in ihrer Brust. Das eine war nach wie vor voller

Trauer und Mitgefühl für ihre Tante. Aber das andere Herz tanzte, so sehr sehnte es sich nach dem Glanz der Ferne und dem Lachen, das Gäste ins Haus brachten. *Und sie sind bereits hier!*

Der Spiegel war in diesen Tagen der Trauer mit einem Leintuch verhängt. Es anzuheben würde nur Unglück bringen. Also sprang sie zu der Eichenkommode, auf der ein kleiner Kupferteller mit ihren drei schönsten Ringen stand: ein gelber Topas, ein Achat, so grün wie ihre Augen, und ein Silberring mit einem ovalen Granat. Dieses Schmuckstück war die einzige Kostbarkeit, die sie von ihrer verstorbenen Mutter geerbt hatte. Elisabeth steckte die Ringe hastig an und hielt den blank polierten Kupferteller prüfend vors Gesicht. Doch auch der beste Spiegel nützte nichts, wenn einem ein übermüdetes Gespenst entgegenblickte. Die letzten Tage hatten ihre Spuren hinterlassen. Unter ihren Augen lagen Schatten und ihre Sommersprossen wirkten in dem blassen Gesicht noch auffälliger als sonst. Ihr Haar, sonst eine Flut wilder rotblonder Wellen, war züchtig zurückgekämmt. Auf dem Kopf trug sie einen breiten Haarreif mit Schleiertuch, das sie wie eine Nonne wirken ließ. *Oder wie eine Büßerin.* Jeder würde sehen, dass sie heute geweint hatte. Ihre Augen waren noch ganz rot und verschwollen.

Bevor die Hebamme ein Tuch über das kleine, leblose Bündel gebreitet hatte, hatte Elisabeth einen Blick auf die unfassbar winzigen roten Fäustchen erhascht. Dieses Bild verfolgte sie bis in ihre Träume. „Nicht weinen“, flüsterte sie sich zu. „Nicht schon wieder." Sie atmete tief durch, zog entschlossen den Haarreif herunter und schüttelte ihr Haar aus. Es fühlte sich sofort besser an, lebendig und vertraut. Und als sie ihrem Spiegelbild im Kupferteller aufmunternd zulächelte, erkannte sie sich endlich wieder.

„Elisabeth?" Ertappt fuhr sie herum. Wie immer war Beno völlig lautlos aufgetaucht, nicht einmal die Tür hatte geknarrt. Nur das Talglicht flackerte im Luftzug. Hastig verbarg sie den Teller hinter ihrem Rücken, aber es war unnötig. Beno vermied es auch heute, sie anzusehen. Stattdessen musterte er stirnrunzelnd die Stickerei, die Elisabeth in der Eile auf den Scherenstuhl geworfen hatte und die auf den Boden gerutscht war. Sie konnte Benos Tadel fast spüren. Sein schmales, ernstes Gesicht erinnerte sie an einen Heiligen. Einen sehr jungen Heiligen allerdings.

„Der Reedersohn aus Genua ist hier", sagte er mit gesenktem Blick. „Er wartet bereits im Kaminzimmer. Ich werde mich um alles kümmern, aber sag Barbara Bescheid."

„Nur *ein* Gast? Wo sind die anderen?" *Sieh mich an!*, dachte sie. *Sieh mir endlich wieder in die Augen!*

„Das wird er uns hoffentlich gleich erklären", erwiderte Beno, ohne aufzuschauen.

Sein Schatten tanzte mit dem Flackern der kleinen Lampenflamme an der Tür. *Das ist das Einzige, was an ihm tanzt,* dachte Elisabeth. Dabei war es Beno gewesen, der ihr vor Jahren einen wilden spanischen Tanz mit vielen Stampfschritten und Drehungen beigebracht hatte. *Wann haben wir einander verloren?*, dachte sie verzagt. *Was ist passiert?* Aber auch heute fand sie keine Antwort darauf.

„Ich sage es Barbara", erwiderte sie.

Beno nickte und ging ebenso lautlos, wie er gekommen war.

Draußen hatte es zu regnen begonnen, schwere Tropfen klatschten an die Scheiben und in der Ferne glaubte sie schon Donnergrollen zu erahnen. Auf Zehenspitzen trat Elisabeth zu der Tür, die ihr Zimmer von dem großen Schlafgemach ihrer Tante und ihres Onkels trennte.

Es war still, doch als sie klopfte, hörte sie das Knarren von Schritten. Die Tür schwang auf und ein aromatischer Duft schlug Elisabeth entgegen. Aus einer Steinschale stieg der heilende Rauch von verglühenden Harzen auf, der alle bösen Einflüsse aus dem Zimmer fernhalten sollte. Es war ungewohnt, Tante Barbara so blass und schwach zu sehen – und mit offenem Haar. Ihr rechter Ärmel war hochgebunden und um die Armbeuge trug sie einen festen Verband. Dort hatte der Arzt sie gestern zur Ader gelassen. Ihren Rosenkranz aus roten, spanischen Korallenperlen hatte sie sich um Finger und Handgelenk geschlungen. Aber geweint hatte sie auch heute nicht, ihre Augen waren völlig klar. Bei Elisabeths Anblick hellte sich ihre ernste Miene sofort auf und sie lächelte sogar. „Was gibt es denn, Lies?"

Elisabeth stutzte, aber dann wallte eine jähe Zärtlichkeit für ihre Tante in ihr auf. *Lies* – so hatte ihre Tante sie früher als Kind liebevoll genannt. Aber es war Jahre her, seit sie diesen Kosenamen aus Barbaras Mund gehört hatte.

„Der Gast aus Genua ist da. Der Sohn von Malaspani, der im Kontor lernen soll."

„Dann müssen die restlichen Gebete warten, Lies. Das Leben und die Geschäfte müssen schließlich weitergehen, nicht wahr?" Barbara klang bei diesen Worten nicht bitter, nur vernünftig.

Wie kann sie nur so gleichmütig sein?, dachte Elisabeth. *Ich an ihrer Stelle würde mich auf den Boden werfen, mir die Haare raufen und laut losheulen. Und Gott persönlich anklagen für mein Unglück.*

Aufrecht und mit ruhigen Schritten trat ihre Tante zum Stehpult am Fenster. Darauf lag die Heilige Schrift in einer kostbaren, mit Blattgold verzierten Ausgabe.

Barbara nahm den Rosenkranz ab und legte ihn auf das offene Buch. „Worauf wartest du? Komm schon rein und hilf mir beim Anziehen!"

Heute war es seltsam, das Zimmer zu betreten. Die Stühle und die Gerätschaften des Arztes waren fortgeräumt worden, das wuchtige Himmelbett mit den schweren samtbraunen Vorhängen war frisch gelüftet, mit neuen Laken bezogen und mit Kräuterwasser besprengt worden. Alles wirkte, als wären die vergangenen drei Monate seit der frohen Botschaft des Arztes nur ein Traum gewesen, als hätten Hoffnung und fiebrige Vorfreude niemals existiert. Aber als Barbara sich zu Elisabeth umwandte, senkte deren Hand sich aus Gewohnheit auf ihren immer noch leicht gerundeten Bauch, als hätte sie vergessen, dass dort kein zweites Herz mehr schlug. Dann wurde es ihr wohl bewusst und die Hand zuckte weg, als hätte sie sich an der Berührung verbrannt. Barbara straffte die Schultern. „Hol mir das Mantelkleid. Das weite, dunkelblaue, nicht das mit dem engen Mieder. Und die neue Haube mit der Mailänder Spitze und den Perlen."

Barbara schlüpfte in die weiten, gebauschten Ärmel und damit zurück in die strenge Rolle der Hausherrin. Als Elisabeth schließlich noch Barbaras Haar zusammengefasst und unter der steifen Haube mit dem Spitzenschleier verborgen hatte, war ihre Tante wieder ganz die würdevolle und wohlhabende Kaufmannsfrau. Ihr Bauch war unter den gefältelten Raffungen des Kleides unsichtbar geworden.

Als wäre nie etwas gewesen, dachte Elisabeth. Es war wirklich wie in einer verkehrten Welt. Ihr und nicht Barbara stiegen die Tränen in die Augen, als ihr Blick auf die verwaiste Stelle fiel, an der noch vor drei Tagen die geschnitzte, prächtig bemalte Wiege gestanden hatte.

„Oh, nicht doch, Lies!", rief ihre Tante. „Immer so nah am Lachen – und ebenso nah am Weinen. Eine Frau darf vor Gästen niemals Tränen zeigen!" Sie strich Elisabeth liebevoll über die Wange. „Und wir zwei dürfen nicht mehr traurig sein", fügte sie leiser hinzu. „Es ist, wie es ist, und bald lachen wir wieder. Und bis dahin musst du eben noch für eine kleine Weile meine Tochter sein."

Elisabeth war taktvoll genug, um zu nicken. Denn plötzlich verstand sie, warum ihre Tante sie plötzlich wieder Lies nannte und worauf sie hoffte, wenn sie „*bis dahin*“ sagte. „Leider habe ich Madda heute Nachmittag freigegeben“, fuhr Barbara fort. „Also wirst du selbst zu Gret hinuntergehen. Hol den italienischen Wein und die vergoldeten Gläser. Geh vor, ich komme gleich!“

Elisabeth war froh, aus dem Zimmer zu kommen, aber die unausgesprochenen Gedanken ihrer Tante ließen sich nicht sofort abschütteln. *Sie hofft also tatsächlich!* Nun tat ihr Barbara so leid, dass ihre Kehle ganz eng wurde. Denn alle Hoffnung konnte nichts ausrichten gegen die Natur: Ihre Tante war alt wie eine Großmutter, über vierzig Jahre schon. Es war ein Wunder, dass sie in ihrem Alter überhaupt zum ersten Mal schwanger geworden war. *Und für ein zweites Kind*, dachte Elisabeth, *wären wohl zwei Wunder nötig.*

*

Die Tür zum Kaminsaal stand offen. Schritte knarrten, dann war es plötzlich still. Vermutlich hatte der Gast an dem großen Eichentisch Platz genommen.

Geh weiter und hol den Wein!, befahl sich Elisabeth. Aber sie konnte nicht widerstehen. An der Treppe zum Erdgeschoss kehrte sie um und spähte aus dem Schatten des Türstocks in den Raum. An dem wuchtigen Eichentisch, dem Herzstück des Raums, saß niemand. Nur über einer Stuhllehne lag lässig hingeworfen ein Mantel. Das feine Stück war innen mit Marderfell gefüttert und auf dem Tisch entdeckte Elisabeth ein Paar gelbe Handschuhe. An den geweißelten Wänden hoben sich die mit Blattgold verzierten Wandmalereien besonders leuchtend ab, denn das Feuer im Kamin loderte lichterloh und tauchte den Raum in warme Helligkeit. Holz klackte gegen Holz, ein Scheit polterte auf den Boden.

Ist das Beno, der Holz nachlegt?, dachte Elisabeth im ersten Augenblick. Aber dann erschien eine Hand in ihrem Sichtfeld und ergriff den eisernen Schürstock mit dem Hundekopfknauf neben dem Kamin. Der Ärmel lag am Unterarm eng an und bauschte sich weiter oben. Rot und gelb leuchtete der Samt und dazwischen blitzte heller, feiner Hemdstoff hervor. An der Hand funkelte ein Goldring mit einem großen Bernstein.

Elisabeth hielt den Atem an. Der Gast kauerte vor dem Kamin, schürte eigenhändig das Feuer und legte Scheite nach wie ein Bediensteter! Sie reckte den Hals, aber der Tisch und die Stühle mit den breiten Lehnen versperrten ihr die Sicht. Als sie sich bückte, um wenigstens unter dem Tisch hindurch einen Blick auf den Fremden zu erhaschen, hörte sie Schritte hinter sich und wich ertappt zur Seite. Beno kam die Treppe hoch, auf den Armen einen Stapel Feuerholz. Er stutzte kurz, als er sie sah, ging jedoch ohne Kommentar an ihr vorbei in den Raum.

Spätestens jetzt hätte sie nach unten laufen und den Wein holen sollen, aber wieder zögerte sie. Und ihre Neugier wurde belohnt. Der Gast am Kamin erhob sich und drehte sich zu Beno um. Elisabeth hielt unwillkürlich den Atem an. In ihrer Vorstellung war der Gast ein gewöhnlicher Kaufmannssohn gewesen, nicht besonders hübsch, wahrscheinlich sogar fett und verwöhnt wie so viele reiche Erben. Aber Malaspanis Sohn hatte ein fein geschnittenes Gesicht und goldblondes Haar, das er nach italienischer Mode bis über die Schultern fallend trug. Seine runde Kappe hatte etwas Orientalisches. Sein Obergewand war viel kürzer und lag enger an als die weiten, faltenreichen Gewänder der schwäbischen Handelsleute. Solche Kleidung kannte Elisabeth nur von Gemälden. Sie betonte, wie schlank der Reedersohn war. Dass er aus einer vermögenden Familie stammte, zeigte schon der reich verzierte Dolch an seinem Gürtel. Der Schutz bringende Granatstein, der den Griff zierte, funkelte wie rote Glut. Aber all die Pracht war nichts gegen seinen Blick. *Seine Augen sind aus Bernstein!*, dachte Elisabeth fasziniert.

„Ich sehe, Ihr habt es Euch schon behaglich gemacht", hörte sie Beno nicht gerade freundlich sagen.

„Zeit genug hatte ich ja", erwiderte der Italiener. „Wurde meine Ankunft dem Hausherrn denn nicht gemeldet?" Obwohl er offenbar ungeduldig und leicht verärgert war, klangen seine Worte wie eine sanfte Melodie. Er klopfte sich die Ascheflocken vom Ärmel und sah Beno fragend an. Beno lud in aller Ruhe das Holz ab.

„Ich habe etwas gefragt!", mahnte der Italiener.

Beno richtete sich auf. Er war hochgewachsen und überragte den Gast um einen halben Kopf. Aber jetzt sah er auch noch ganz bewusst auf ihn herab. Elisabeth konnte es nicht fassen. Höflichkeit sah anders aus!

„Ob Onofrius schon benachrichtigt wurde?", sagte Beno langsam. „Hm, lasst mich nachdenken. Nein!"

„Nein?", brauste der Italiener auf. „Was soll das heißen?"

„Das heißt, dass ich bei Sturm sicher nicht ins Kontor renne und den Hausherrn in den Regen hinauszerre. Ihr werdet also warten müssen. Und bis mein …"

„Was ist das für eine unhöfliche Art!", unterbrach ihn der Fremde scharf. „Ich habe eine lange Reise hinter mir."

„Das ist mir bekannt. Ich habe die Einladung, die Onofrius Eurem Vater schickte, schließlich mit eigener Hand verfasst. Und wenn Ihr so höflich wärt, mich ausreden zu lassen: Bis mein Großvater – das ist nämlich Onofrius Humpis – nach Hause kommt, werdet Ihr mit mir als Gastgeber vorliebnehmen müssen. Ich habe bereits Anweisung gegeben, dass Euch ein Mahl bereitet wird."

Der Gast versuchte gar nicht erst, seine Verblüffung zu verbergen. Ungläubig musterte er Benos schwarze, schlichte Kleidung. Elisabeth konnte die Verwunderung des Italieners gut verstehen. Seit Beno sich seinen religiösen Studien bei Magister Gremper verschrieben hatte, lehnte er allen Luxus ab, der bei jungen Männern seines Standes üblich war. Der einzige Schmuck, der seine Hand zierte, war ein schlichter Rubinring.

Der Italiener hatte seine Sprache wiedergefunden. „*Ihr* seid also …"

„Beno Humpis. Meinen Namen habt Ihr sicher schon oft genug in den Auftragsbüchern Eurer Schifffahrtsgesellschaft gelesen.“ Beno gab sich keine Mühe, langsam zu sprechen, obwohl der Gast sich sichtlich konzentrieren musste, um die deutschen Sätze zu verstehen.

Dabei kannst du fließend Italienisch, Beno, dachte Elisabeth grimmig. Beno war offenbar gekränkt, weil der Fremde ihn für einen Dienstboten hielt. *Aber wunderst du dich wirklich darüber, Beno?* In dieser Aufmachung konnte man ihn tatsächlich für einen jungen Hausdiener halten, einen Studenten – oder vielleicht noch für den Gehilfen eines Arztes. Auch war Benos dunkles Haar nach burgundischer Mode kurz geschnitten und über den Ohren und im Nacken ausrasiert, was ihm fast etwas Mönchisches gab. Neben Lucio erschien Beno ihr wie ein Rabe neben einem Falken. Und im Augenblick schien die Luft zwischen Rabe und Falke zu knistern wie vor einem Gewitter. Elisabeth wollte schon eintreten und Benos Unhöflichkeit durch eine freundliche Begrüßung wettmachen, als Lucio sich zu ihrer Überraschung vor Beno verbeugte.

„Dann entschuldige ich mich in aller Form für das Missverständnis“, sagte er völlig aufrichtig und ohne Groll. „Die Männer der Familie Humpis sind in Genua eher für Silber, Seide und Diamanten bekannt.“

Beno zuckte mit den Schultern. „Meiner Meinung nach kleiden Höflichkeit und Bescheidenheit einen Mann besser als Brokat und Seide. Und in jedem Fall sollte man genau hinsehen, bevor man ein Urteil fällt.

Ihr kennt ja das Sprichwort: *Non tutto quello che luccica è oro.*"

Elisabeth zog verärgert die Brauen zusammen. Sie wusste, was die Worte bedeuteten: „Es ist nicht alles Gold, was glänzt." Hoffentlich würde der Gast sich nicht beleidigt fühlen. Aber Lucio lachte nur überrascht und ehrlich erfreut auf. „Ich hätte sofort stutzig werden müssen, als Ihr mich vorhin mit *Signor* angesprochen habt", sagte er anerkennend. „Euer Italienisch ist weitaus besser als mein Deutsch. Mein Vater sagt, Ihr seid nicht nur ein hervorragender Mathematiker, sondern auch ein Sprachgelehrter."

Beno runzelte etwas irritiert die Stirn. „Ich … lasse Euch das Zimmer herrichten."

Beim Hinausgehen warf er Elisabeth einen fragenden Blick zu und formte mit den Lippen: „Barbara?"

Sie nickte und wartete, bis Beno auf der Treppe war, dann warf sie noch einen letzten Blick ins Zimmer. Der Gast wirkte plötzlich müde und erschöpft. Er seufzte tief, zog sich die Kappe vom Kopf und strich sich mit beiden Händen das Haar zurück. „*Dio mio*", murmelte er. „Beno Humpis!" Er schüttelte den Kopf, als würde er sich selbst tadeln.

Dann wandte er sich zur Tür und entdeckte Elisabeth. Vor Verlegenheit wurde er ein wenig rot. „Eine gute Art, mich als Gast sofort zum Narren zu machen, nicht wahr?" Er verzog den Mund zu einem zerknirschten Lächeln. „Und als würde das nicht genügen, habt Ihr meine Niederlage auch noch mit angesehen."

Kein Mann, den ich kenne, würde so offen sprechen, dachte Elisabeth erstaunt. *Und schon gar keinen Fehler zugeben.* Sie räusperte sich und trat dann möglichst würdevoll aus dem Türschatten. *Als hätte ich dort nicht gelauscht wie ein neugieriges Frettchen.*

„Es war eher eine Niederlage für uns als Gastgeber. Beno und ich hätten uns sofort vorstellen sollen."

Lucio zog die Stirn kraus, als würde er überlegen, ob sie sich über ihn lustig machte. „*Grazie* für Euren Versuch, aus dem Narren einen König zu machen." Dann straffte er die Schultern, umrundete mit langen Schritten den Tisch und trat zu ihr – so nah, dass sie den Rauchgeruch seiner Kleidung wahrnahm. „Da wir gerade beim Vorstellen sind: *Lucio di Lorenzo di Genova.* Lorenzo Malaspanis Sohn."

Es gehörte sich nicht, alleine mit einem Fremden zu sprechen, aber sie konnte nicht gehen. Nicht jetzt, als er mit einer Verbeugung ihre Hand ergriff und sie mit einem nur angedeuteten Kuss auf den Handrücken sehr höflich begrüßte. Die sanfte Berührung ließ ihr Herz schneller schlagen.

„Und Ihr seid ...?"

„Elisabeth."

Er überraschte sie mit einem offenen freundlichen Lächeln.

„*Elisabetta*", sagte er in diesem Singsang, der sie daran erinnerte, dass es irgendwo außerhalb dieser Stadtmauern eine Welt voller Farben und Musik gab.

Plötzlich wurde ihr schmerzlich bewusst, dass sie in

einem unvorteilhaften Hauskleid vor ihm stand, blass von den schlaflosen Nächten und sicher mit noch immer geröteten Augen. Aber Lucio sah sie an, als wäre sie die Engelsgestalt in diesem Raum und nicht er.

„Und Ihr seid Benos … Schwester?"

Warum klingt diese Frage so, als würde er auf ein Ja hoffen?

„Nein. Ich bin Frau Barbaras Nichte."

Er seufzte. „Helft Ihr mir dabei, mich im Hause Humpis nicht noch einmal zu blamieren? Barbara heißt doch die Gemahlin von Onofrius, nicht wahr?"

Elisabeth nickte.

„Dann ist sie also Benos *nonna?*", fragte Lucio vorsichtig weiter. „Ich meine, seine … Großmutter?"

Beinahe hätte Elisabeth gelacht. Niemals würde Beno Barbara so nennen. „Die zweite Frau seines Großvaters", korrigierte sie. „Benos Vater ist Onofrius' Sohn aus erster Ehe. Onofrius' erste Frau starb vor einigen Jahren. Er war Witwer und dann heiratete er meine Tante. Und – unter uns gesagt – sie würde es gar nicht schätzen, Großmutter genannt zu werden. Egal von wem."

Lucio dankte ihr mit einem Nicken, aber er sah sie immer noch so prüfend an, als wollte er eine Antwort in ihrem Gesicht lesen. Nur leider kannte sie die Frage nicht.

„Warum seid Ihr alleine hier?", brach sie das verlegene Schweigen. „Ihr … solltet doch mit dem Handelszug ankommen?"

„Ja, aber ich konnte es nicht länger ertragen, im

Schritt hinter den Wagen herzuschleichen. Also bin ich vor ein paar Tagen vorausgeritten."

„*Vor ein paar Tagen?* Dann seid Ihr entweder sehr mutig oder sehr leichtsinnig." Elisabeth deutete auf seinen kostbaren Ring. „Es ist gefährlich, ohne Eskorte unterwegs zu sein. Erst neulich ist ein Handelszug kurz vor Ravensburg von Räubern überfallen worden."

Lucios Augen blitzten auf. „Jede Gefahr birgt auch eine Chance. Wäre ich nicht vorausgeritten, hätten wir beide nicht allein miteinander sprechen können."

Jetzt hätte sie beinahe gelächelt. *Das ist nur die galante Art der Italiener*, dachte sie. *Es hat nichts zu bedeuten.* Aber dann flüsterte Lucio: „Darf ich ehrlich sein, *Elisabetta?* Ich bin froh zu hören, dass Beno doch nur so etwas wie ein Verwandter von Euch ist. Ich fürchtete, Ihr würdet sagen, er sei Euer Verlobter."

So etwas wie ein Verwandter. Sie hätte ihm erklären müssen, dass das ganz und gar nicht stimmte. Aber er war trotz allem ein Fremder und sie hatte schon mehr preisgegeben, als es der Anstand erlaubte.

Das fragende Schweigen dehnte sich. Und schließlich konnte Elisabeth nicht anders, als sein Lächeln zu erwidern. *Geh endlich, Elisabeth!*, befahl sie sich. Doch dieses Gespräch war wie ein Tanz, dem sie nicht widerstehen konnte.

„Erwartet Ihr jetzt ernsthaft, dass ich Euch verrate, ob ich einen Verlobten habe?"

„Kommt darauf an, wie die Antwort lautet. Falls es ein Ja ist, verschweigt mir bitte die grausame Wahrheit."

Sie wusste nicht, ob sie lachen oder empört auf dem Absatz kehrt machen und gehen sollte. Seltsamerweise war sie erleichtert und enttäuscht zugleich, Barbaras Schritte zu hören. „Fragt doch meine Tante, wenn Ihr es wissen wollt", raunte sie Lucio zu. Damit drehte sie sich um und eilte die Treppe hinunter, ohne sich umzusehen. Sie wollte nicht, dass der Gast aus Genua ihr Lächeln sah. Aber in ihrem Rücken fühlte sie warm wie einen Sonnenstrahl immer noch Lucios Bernsteinblick.

Eisen und Wasser

Häng ein Hufeisen so über die Tür, dass der offene Teil zum Himmel zeigt. Ist der Bogen unten, wirkt er nämlich als eine eiserne Schale, die den Blitz einfängt, wenn er aus den Wolken herunterschießt. Das Hufeisen hilft aber auch gegen andere Kräfte des Bösen. Denn jeder weiß, dass Dämonen kein Eisen mögen. Sei also froh, dass dein Vater Schmied ist, Madda, und ehre das Eisen.

Ratschlag von Anna Mindelheim

Noch bevor Madda das Rathaus passiert hatte, waren schon die ersten Tropfen vom Himmel gefallen. Sie zog sich das Tuch über den Kopf und rannte in Richtung Unterstadt. Einmal hatte sie gehört, wie Beno Gästen erzählt hatte, dass Ravensburg noch vor hundert Jahren nur aus der Oberstadt bestanden hatte. Dann hatte man einen Teil der Stadtmauer abgerissen und die Stadt erweitert. Der Stadtgraben war aufgeschüttet worden und der daraus entstandene breite Platz diente heute als Viehmarkt, Feuerschneise und Grenze zwischen der altehrwürdigen Oberstadt und der neueren Unterstadt. Maddas Weg führte an dieser Grenze entlang nur ein

Stück in Richtung des Gefängnisturmes und weit vor dem Judenviertel nach links in die Gassen.

Jedes Mal, wenn sie in die Unterstadt zurückkehrte, trug ihr der Wind den wohlvertrauten Geruch nach dem stinkenden Gerbersbach, nach Schweinekoben und den Ausdünstungen von Kohlküchen entgegen. Dann kam es ihr vor, als würde sie eine kleine, aber viel heimeligere Welt betreten, eine Stadt der ärmeren Bürger, kleinen Handwerker und Arbeiter.

In der Ferne blitzte es bereits, Donner grollte heran, aber selbst die Furcht konnte Madda nicht mehr aufhalten. Sie erreichte die Kirche des heiligen Jodok im selben Moment, als mit lautem Glockenklang das Sturmläuten begann, welches das nahende Unwetter vertreiben sollte. Leute flüchteten sich zum Gebet in die Sicherheit der Kirchenmauern. Madda dagegen bekreuzigte sich nur und eilte mit klopfendem Herzen weiter in Richtung untere Stadtmauer. Keuchend erreichte sie das Ende einer winzigen Straße, die sie und ihre Geschwister seit jeher nur als „Hühnergasse" bezeichneten. Dort lief nämlich das magere Federvieh herum, das sich die alte Anna hielt, um wenigstens ein paar Eier auf dem Markt verkaufen zu können. Auch heute waren ein paar ihrer dürren, zerrupften Hühner durch den löchrigen Gartenzaun entwischt und staksten mitten auf dem Weg herum. Der alte schwarze Hahn floh erst vor Madda, als sie ihn fast über den Haufen rannte. Und am Ende der Gasse, hinter einer niedrigen Mauer, sah sie schon die Schmiede. Wie immer, wenn sie nach Wochen im prächtigen Humpis-Haus nach Hause zurückkehrte, erschien ihr das Elternhaus winzig klein und schäbig. Nach dem schrecklichen Hagelschlag war das Dach an einer Seite nur notdürftig geflickt worden. Der angebaute Schuppen, der als Holz- und Kohlelager diente, hatte auch schon bessere Zeiten gesehen. Aber im Unterstand vor dem Erdgeschoss glühte das Schmiedefeuer und beim Klang der Hammerschläge auf den Amboss wurde Madda ganz heiß vor Freude. „Vater!“, rief sie schon von Weitem. „Marie! Ursel! Ellen!“

Krachender Donner ließ sie erschrocken zur Seite springen. Ein gleißend heller Blitz zuckte direkt über der Stadt, gefolgt vom nächsten Krachen, das Madda durch und durch ging. Sie drückte sich gegen einen Zaun und krümmte sich zusammen, die Hände fest auf die Ohren gepresst. Und als würde der Himmel bersten wie ein morsches Fass, platzte von einem Moment auf den anderen der Regen auf sie herunter. Auf der Stelle verwandelte sich die Gasse in einen Bach aus spritzendem Schlamm und Hühnermist.

„Madda!“ Es war nicht ihr Vater, der im Regen mit langen, federnden Sprüngen auf sie zurannte, sondern Martin. Seine lederne Schmiedeschürze war schon gefleckt vom Regen und glänzte gleich darauf dunkel und nass. Dann war der Schmiedegeselle schon bei ihr, breitete eine gefilzte Pferdedecke über ihren Kopf und hielt sie so, dass sie beide einigermaßen trocken zur Schmiede kamen. Gleißend hell zuckte ein neuer Blitz über den Dächern. Im Gewitterlicht leuchtete das Hufeisen auf, das Madda noch eigenhändig über das Tor zwischen Schmiedewerkstatt und Haus genagelt hatte. Immer noch zitterte Madda vor Schreck.

„Du bringst ja ein Wetter mit!“ Martin schüttelte die Pferdedecke aus. Tropfen landeten in der Glut der Esse und verdampften mit einem Zischen.

„Wo ist Vater?“, fragte Madda.

„Oben“, sagte Martin in seiner knappen Art. „Ruht sich aus.“

Madda machte einen Satz zum Amboss, als es donnerte. Hier, in der Nähe des Eisens, fühlte sie sich sicherer. Auch Martin lauschte besorgt auf das Gewitter. In dem rötlichen Licht wirkte sein verrußtes Gesicht finster und das Weiß seiner Augen gespenstisch hell. Das war aber auch schon alles, womit er kleinen Kindern hätte Angst machen können.

Zu Maddas Erleichterung schien das Gewitter sich zu beruhigen. Der Donner entfernte sich bereits wieder, umso lauter rauschte nun der Regen. Auch Martin atmete auf. „Was machst du hier?“, sagte er zu der Zange, mit der er nun ein Stück Eisen aus der Glut nahm. „Ich dachte, du kämst erst nächsten Sonntag wieder?“

„Der junge Humpis hat mir freigegeben“, erwiderte Madda atemlos. „Und dafür wird er bestimmt Ärger mit der Hausherrin bekommen. Sie haben nämlich Gäste aus dem Ausland, aber er hat mich trotzdem gehen lassen.“

„Soso“, murmelte Martin nur.

„Ich darf sogar bis morgen bleiben."

Seltsamerweise verfinsterte sich Martins Miene. Er schwieg und fachte mit dem Blasebalg die Glut an.

„Was ist los?", fragte Madda. „Hast du eine Spinne verschluckt, dass du so ein Gesicht machst?"

Martin schnaubte nur. Aber dann murmelte er: „Nimmt ja viel für dich in Kauf, der junge Humpis."

„Herr Beno hat einfach ein gutes Herz."

„Und freigebig ist er auch, was?" Martin deutete mit einem Kinnrucken auf ihren Korb.

Jetzt konnte Madda ein Lachen nicht unterdrücken. „Die Äpfel gehören mir und der Fisch ist von Gret. Was bist du? Ein eifersüchtiger Esel?"

Martin zog die Brauen zusammen und arbeitete mürrisch weiter, platzierte das Eisenstück mit der Zange auf dem Amboss und griff zum Schmiedehammer, als wäre er nur ein leichtes Stück Holz.

Madda musste lächeln. Leute, die Martin nicht kannten, wären nie auf den Gedanken gekommen, dass er als Nagel- und Hufschmied arbeitete. Dafür war er zu hager und linkisch in seinen Bewegungen. Aber der Eindruck täuschte: Martin war stark wie ein Ochse und er wurde auch mit dem bösartigsten Pferd fertig. Ganz zu schweigen von den Kerlen, die ihn wegen seiner stillen Art unterschätzten und glaubten, sich ungestraft über ihn lustig machen zu können. Es war sehr lange her, dass Madda ihn noch um einen ganzen Kopf überragt und ihn sogar einmal verprügelt hatte. Aber eine Fopperei konnte sie sich auch heute nicht verkneifen.

„Jedenfalls danke für das mutige Geleit durch den Sturm", sagte sie und strahlte ihn an. „Das hätte der hübsche Herr Beno auch nicht besser gemacht."

„Treib's nicht zu weit, Jungfer Weißhaar", knurrte Martin. „Los, mach Platz, anständige Leute müssen arbeiten!" Aber sie wusste, dass er sich über den Dank freute und unter seiner Maske aus Ruß und Gleichgültigkeit rot wurde. Der Hammer sauste auf das erhitzte Eisenstück nieder. Das sirrende Nachklingen des Ambosses war eine so vertraute Melodie, dass ihr ganz warm wurde. *Endlich zu Hause!*

Sie wandte sich zur Tür um, die ins Haus führte. Aber sie zögerte. *Wie schlimm wird es sein?*

Martin und sie kannten einander schon so lange, dass er ihre Gedanken sofort erriet. Er legte den Hammer hin und gab ihr einen freundschaftlichen Schubs zwischen die Schulterblätter. „Geh ruhig hoch, Hasenherz. Du wirst staunen."

Weit kam Madda nicht. Kaum war sie im Haus und bei der hölzernen Stiege, kam ihr von oben schon Ursel entgegen und übersprang die letzten Stufen.

„Madda!", rief die Schwester so laut, dass ihr die Ohren klingelten. „Ich wusste doch, ich hab dich rufen hören. Aber Vater sagte, du kannst es nicht sein!" Und mit einem verschmitzten Grinsen setzte sie hinzu: „Aha, du drückst dich also lieber hier unten beim Gesellen herum, statt zu uns zu kommen."

Über die Schulter sah Madda noch, wie Martin grinste, dann wurde sie von ihrer jüngeren Schwester schon über die Stiege nach oben in den Flur und in die große Wohnstube gezogen.

„Da ist ja unsere Oberstädterin!“, rief ihr Vater. Sein Haar war wüst zerzaust und auf seiner Wange zeichneten sich die Abdrücke von dem Stroh ab, das sich wohl durch die Stoffhülle der Bettunterlage gedrückt hatte. Er umfasste ihr Gesicht mit seinen schwieligen Händen und küsste sie auf Stirn und Wangen. Dann betrachtete er ihre Kleidung, die zwar einfach, aber immer noch feiner war als alle Röcke und Mieder ihrer Schwestern. „Gut siehst du aus!“

„Ja, wie eine nasse Katze“, feixte Ursula und bekam von Ellen, der Ältesten, sofort einen Klaps gegen den Hinterkopf. „Wenn du weiter so frech herumgackerst, kannst du Annas Hühnern im Regen Gesellschaft leisten!“

Aber Ursel lachte nur. Wieder einmal fiel Madda auf, dass ihre jüngere Schwester längst kein Kind mehr war. *Wann ist sie so hübsch geworden?* Heimweh überwältigte sie, obwohl sie ja hier war. *Wenigstens für eine Nacht!* In diesem Moment hätte sie Beno für seine Großzügigkeit am liebsten umarmt. Stattdessen drückte sie nun auch Ellen an sich. Dann nahm sie ihren Mut zusammen und trat ans andere Ende der Stube, wo ein Bett direkt am Kachelofen stand, vom restlichen Raum abgeteilt durch einen Lakenvorhang , damit sich dort die Wärme besser hielt. Maries mühsames, geräuschvolles Atmen dahinter machte Madda wenig Hoffnung. Doch als sie hinter den Vorhang spähte, blieb ihr fast das Herz stehen.

Marie *saß!* Und nicht nur das: Die teigige Totenblässe war verschwunden, die Kleine hatte rosige Wangen und strahlte übers ganze Gesicht. Sie streckte sogar die dünnen Arme aus, als wäre die Lähmung einfach verschwunden. „Madda!“

Madda wurde ganz warm ums Herz, als sie ihren Namen aus dem Mund der Kleinen hörte. Denn Marie hatte ihn erfunden, als sie, noch gesund, sprechen gelernt hatte. Irgendwann hatten alle nur noch Madda gesagt, bis sie selbst manchmal fast vergaß, dass sie eigentlich Magdalene hieß.

„Mariechen, das ist ja ein Wunder! Da müssen wir den Aal, den ich dir als Medizin mitgebracht habe, wohl wieder schwimmen lassen.“

Marie strahlte noch mehr, ein kleiner dunkelhaariger Engel mit Zahnlücken. „Am See?“, fragte sie mit leuchtenden Augen. Sie sprach undeutlich, auch ihre Zunge war von der Lähmung befallen.

„Ja, am Bodensee lassen wir ihn frei“, erwiderte Madda.

Da wurde der kleine Körper in ihrer Umarmung schlaff wie der einer Puppe. Madda spürte, wie der halb gelähmte Arm zitterte und heruntersank. Vorsichtig bettete sie Marie wieder auf den Strohsack.

Ellen legte Madda die Hände auf die Schultern. „Lass sie schlafen. Wenn sie aufgeregt ist, wird sie schnell müde.“

Madda nickte, strich Marie das Haar aus der Stirn und summte ein Lied, bis ihrer jüngsten Schwester die

Augen zufielen. Draußen war der Regen fast versiegt und auch das Sturmläuten der Kirche hatte aufgehört. Nur der Amboss war zu hören, beruhigend und regelmäßig, ein Schlaflied für Marie. Unter der Decke zeichnete sich der Umriss ihres rechten Beins ab. Es war verkürzt, als hätte es nach dem schlimmen Fieber vor zwei Jahren einfach vergessen zu wachsen. Vor einer Woche war die tückische Krankheit aus heiterem Himmel wieder ausgebrochen, und diesmal so heftig, dass keiner mehr an eine Genesung glaubte.

„Oh, Äpfel hast du auch mitgebracht!", rief Ursel und holte einen Zinnteller und ein Messer.

Madda setzte sich zu ihren Schwestern an den Tisch. Zehn Leute hatten früher hier gegessen. Jetzt lebten nur noch vier von acht Kindern und ihr Vater war schon seit Jahren Witwer. *Wenn Ellen nicht Mutters Arbeit machen würde, wären wir schon in alle Winde zerstreut,* dachte Madda bei sich.

„Seit wann hat Marie kein Fieber mehr?"

„Seit heute erst. Und das ist Annas Verdienst", antwortete Vater. „Sogar der Arzt hat gestern früh gesagt, sie würde die nächste Nacht nicht erleben. Aber Anna hat draußen auf der Kuppelnau irgendeine Wurzel ausgegraben und zusammen mit Hühnerfett ausgekocht. Weiß der Himmel, wo sie das Fett herhatte – sicher nicht von einem ihrer Hühner. Du weißt ja, wie spindeldürr ihre ausgehungerten Mistkratzer sind. Jedenfalls saß sie die ganze Nacht an Maries Bett und hat ihr den Sud eingeflößt, Schluck für Schluck."

Madda lächelte. Die alte Nachbarin war bitterarm und kaum besser genährt als ihre Hühner. Aber Madda kannte niemanden, der großzügiger war als Anna Mindelheim. In diesem Moment schämte sie sich für all die Streiche, die sie der Alten früher zusammen mit den Nachbarskindern gespielt hatte.

„Aber die Lähmung beim Sprechen ist schlimmer geworden“, sagte sie leise.

Ursel seufzte. „Ja, und seit heute kann sie kaum noch schlucken und ihr Nacken ist ganz steif. Wir können nur beten, dass es aufhört. Sonst kann sie bald gar nicht mehr essen.“

Ellen und Ursel blickten zu ihrem Vater hinüber, der sich abwandte, in den Flur schlurfte und hinunter in die Schmiede stieg. Madda wartete, bis er außer Hörweite war, erst dann fragte sie: „Und wie steht es sonst bei euch?“

Ellen zuckte mit den Achseln. „Nicht besser als bei den anderen. Kein Handwerker hat noch ein gutes Auskommen, die Löhne fallen in den Keller und die Preise auf dem Markt steigen immer weiter. Die Kornspeicher sind leer, heißt es, die ganze Stadt geht noch vor die Hunde. Es ist eine Schande, dass der Bürgermeister nicht endlich was unternimmt. Hast du nichts aufgeschnappt? Onofrius ist doch Mitglied im Stadtrat und kennt Ammann Geldrich gut.“

„Schon, aber ich weiß doch nicht, was die hohen Herren im Rathaus besprechen. Und die Frauen zu Hause haben gerade ganz andere Sorgen.“

„Was denn für Sorgen?“ Ursel rollte mit den Augen. „Ob glasierter Pfau oder doch nur Rebhuhn zum Festessen auf dem Tisch stehen soll? Ja, da hätte ich auch schlaflose Nächte!“

„Rede nicht so verächtlich über Maddas Herrschaft, Ursula“, tadelte Ellen sie. „Wir müssen dankbar sein, dass Madda dort arbeiten kann. Frau Barbara behandelt sie anständig und gut versorgt ist sie dort auch.“

Madda musste über Ursel lächeln. Es war seltsam, wie sehr ihre jüngere Schwester sie an Elisabeth erinnerte. Nicht nur, weil Ursel mit ihren fünfzehn Jahren nur ein Jahr jünger war als Elisabeth. Sondern auch wegen ihrer Fröhlichkeit und ihres schnellen Zorns. Sogar die Art, wie Ursel jetzt trotzig die Lippen zusammenkniff und anfing, die Äpfel mit der Schürze zu reinigen, ähnelte der Art, wie Elisabeth sich über ihre Arbeit beugte. *Nur, dass die eine Dreck von Äpfeln reibt und die andere mit goldenem Seidengarn stickt.*

„Barbara denkt jetzt ganz sicher nicht an Festessen“, sagte Madda. „Ihr Kind kam Monate zu früh tot auf die Welt.“

Ursel ließ den Apfel sinken und starrte Madda mit großen Augen an. „Wann?“

„Vor zwei Tagen erst.“

Ellen schnalzte voll Mitgefühl mit der Zunge. „Oh, die Arme. Das wünsche ich keiner Frau. Siehst du, Ursel: Das Unglück trifft die Reichen genauso wie die Armen.“

Ursel war blass geworden „Und weiß man, ob … jemand deiner Herrin was Böses wollte?“

„Was meinst du?"

„Na, Zauberei", flüsterte Ursel. „Es gibt Leute, die können einer Frau so ein Unglück an den Hals wünschen. Manche sagen, das ganze Elend in der Stadt hat seinen Grund."

„Wer sagt das?"

Ursel und Ellen wechselten einen besorgten Blick.

„Die Mägde im Badehaus", sagte Ellen. „Vor allem Agnes. Ein Badegast hat ihr erzählt, dass sie am See eine Frau verbrannt haben, die Sturm herbeigezaubert hat. Eine Drude! Weißt du etwas darüber?"

Madda biss sich auf die Unterlippe, aber dann nickte sie. „Die Verbrennung hat in Konstanz stattgefunden, das ist aber schon ein Jahr her. Magister Gremper hat vor ein paar Wochen mit Onofrius darüber gesprochen, aber viel habe ich vom Flur aus nicht gehört. Seitdem darf keiner im Haus Humpis mehr darüber reden. Barbara glaubt, das ziehe Unglück an."

„Stimmt ja auch", sagte Ursel. „Sonst würde ihr Kind noch leben. Und vielleicht gibt es ja bei uns ebenso Leute, die bösen Zauber …"

„Unsinn", sagte Madda.

„Aber es heißt, die Frau am See hat Hagel und Regen herbeigerufen", beharrte Ursel. „Genau solche Unwetter wie bei uns. Und man sagt, dass Druden auch Vieh verzaubern können. In unserer Nachbarschaft geben die Kühe plötzlich kaum noch Milch. Die Korbflechterin hatte im Sommer erst eine Fehlgeburt und dann stößt auch deiner Herrin so ein Unglück zu. Und jetzt

Maries Krankheit … Was, wenn jemand sie verflucht hat? Das Fieber und die neuen Lähmungen kamen aus heiterem Himmel – von einer Stunde auf die andere."

„Wer sollte denn so etwas tun? Niemand will Marie etwas Böses! Und außerdem: In Ravensburg gibt es keine Druden."

„Woher willst du denn das wissen?", rief Ursel hitzig.

Madda musste tief durchatmen. *Sie hat Recht: Woher weiß ich es?*

„Weil … der Ammann und der Stadtrat dann schon längst etwas dagegen unternommen hätten", sagte sie schließlich mit fester Stimme. „Schadenszauber ist ein Verbrechen und wird hart bestraft."

Ein Husten ließ sie alle aufhorchen. Dann erklang Maries besorgtes Piepsen: „Madda?"

Als Madda aufsprang, hielt Ellen sie am Arm zurück. „Horchst du trotzdem mal genauer hin bei den Ratsleuten?"

Madda nickte, dann lief sie zum Vorhang. Die Kleine sah sie mit großen leuchtenden Augen an. *Es geht ihr besser*, dachte Madda. *Niemand will ihr Böses. Das sind alles nur Hirngespinste.* Jetzt fiel ihr auf, dass jemand der Kleinen zum Schutz vor Zauberei ein Stück Angelikawurzel um den Hals gehängt hatte. Bestimmt war es Anna gewesen. Wenn sich jemand mit Abwehrzaubern auskannte, dann war es die alte Nachbarin. Madda rückte die Wurzel so zurecht, dass sie direkt über Maries Herzen lag.

„Wann gehen wir endlich zum See?", wollte die Kleine wissen.

„Sobald du wieder mit der Krücke laufen kannst. Also werde schnell wieder gesund."

„Und dann besuchen wir die Wasserfrauen?"

Woher hast du nur diese Liebe zum See?, dachte Madda. Das größte Gewässer, das Marie je gesehen hatte, war ein Gänsetümpel vor der Stadtmauer. Aber nichts liebte die Kleine mehr als die Märchen über das Land unter Wasser, die Madda sich für sie ausdachte.

„Das letzte Mal hast du gesagt, die Feen aus dem See haben grüne Haare", nuschelte Marie.

Madda legte sich neben die Kleine und nahm sie fest in die Arme. „Ja, wunderschöne Haare, so leuchtend grün wie die Dachschindeln auf dem Gefängnisturm", spann sie das Märchen weiter. „Schönere Mädchen hast du noch nie gesehen. Sie haben weiße Haut und tragen Gewänder, so fein und leicht wie Nebel, mit silbernen Schleppen. Sie haben Spitzenschleier und Perlennetze auf dem Haar – und an den Händen funkelnde Goldringe. Nachts, wenn alle schlafen, kommen sie ans Ufer und tanzen im Mondschein …"

Heute fiel es ihr schwer, in diese magische Welt einzutauchen. Viel zu nah schienen ihr plötzlich Konstanz am See und ein Scheiterhaufen, dessen Flammen sich im Wasser spiegelten.

Adams Rippe

*Durchlauchtigster Fürst und gnädigster Herr!
Es ist wahr, dass ein Doktor des Predigerordens im Herbst zu uns gekommen ist. Er ließ Kopien von päpstlichen Bullen seiner Ernennung zum Inquisitor an den Kirchentüren anschlagen und predigte darauf etliche Tage von der Kanzel.*

Aus einem Brief des Ravensburger Stadtammanns
Konrad Geldrich an Erzherzog
Sigmund von Österreich im Jahr 1484

Madda hatte von den sanften Wasserfrauen geträumt und einem See, der wie eine Schüssel voller Silbertaler funkelte. Aber jetzt, im Licht des grauen Oktobermorgens, war aller Glanz verflogen. Draußen gurgelte ein heiserer Hahn einen Morgenruf. Es hörte sich an, als würde jemand dem Tier den Hals umdrehen. Marie erwachte nicht, als Madda aufstand. Die Stirn der Kleinen war immer noch kühl. Madda atmete erleichtert auf und küsste die schlafende Marie zum Abschied sacht auf die Stirn.

Der Morgen erinnerte sie an frühere Zeiten ohne Sorgen und Geldnot. Auch damals hatte Ursel ihr summend das Haar zurechtgemacht, so wie heute. Doch kaum war ihre Schwester fertig, sprang Madda auf. „Bis in zwei Wochen!"

„Isst du denn nicht wenigstens noch die Dinkelgrütze mit uns?", rief Ellen.

„Ich kann nicht, ich bin spät dran. Meine Herrschaft wartet."

Als sie aus dem Haus lief, die Abschiedsküsse ihrer Familie noch wie ein warmes Glühen auf den Wangen, scheuchte sie Annas schwarzen Hahn auf, der im Erdgeschoss unter der Stiege herumscharrte. Sie trieb ihn in die Ecke und packte ihn mit schnellem Griff. Das Federvieh unter den Arm geklemmt, lief sie aus dem Haus auf die schlammige Straße.

Anna Mindelheims Zuhause war ein windschiefer Mietverschlag, eingezwängt zwischen dem Kuhstall des Nachbargebäudes und dem Haus des Korbflechters. Dessen Frau trieb gerade ihre fünf Kinder nach draußen, als wären es Schafe.

„Guten Morgen", rief Madda und eilte durch das Gartentor in Annas winzigen Hof. „Anna! Hier ist dein Ausreißer!"

Sie hätte gar nicht so laut rufen müssen. Die alte Nachbarin kam bereits heraus und pflückte ihr das Tier aus den Armen. „Mistvieh!", schalt sie den Hahn. „Das nächste Mal soll dich der Fuchs holen."

Anna sah immer mürrisch aus – und älter als die sechzig Jahre, die sie zählte. Sie ging ein wenig gebeugt, weil ihr Rücken schief war. Die rechte Schulter saß höher. Ursel nannte diese Verkrümmung „Witwenbuckel", aber Anna hatte nie einen Mann gehabt und war ohne Familie ganz auf sich allein gestellt. Sie hielt sich mit dem Verkauf von Eiern und Kräutern über Wasser. Manchmal half sie bei den Nachbarn aus, wusch Wäsche oder scheuerte Kessel. Sie war zäh und erstaunlich flink und hatte hellwache Augen. „Danke fürs Einfangen", brummte sie. „Ich bin nicht mehr schnell genug dafür."

Madda holte ein Stück Aal, das sie für Anna aufgehoben hatte, hervor. „Ich muss dir danken, Anna."

„Ach, wegen dem bisschen Suppe für Marie?" Anna winkte fast schon beleidigt ab. „Bedank dich bei der Heiligen Jungfrau, dass sie eure Gebete erhört hat." Aber sie steckte den Räucherfisch ein und ihre Augen leuchteten, als würde sie sich insgeheim freuen. Dann musterte sie Maddas fein gewebten Rock und schnalzte mit der Zunge. „Wer hätte gedacht, dass aus dem dürren Kobold, der nur Unfug im Kopf hatte, mal eine Oberstädterin wird. Und eine so hübsche noch dazu." Sie senkte die Stimme und sagte mit einem listigen Zwinkern: „Aber wo eine hübsche Katze herumstreift, sind die Kater nie weit, gell?"

Madda folgte Annas Blick. Auf der anderen Seite der Straße lehnte Martin, als hätte ihn der Wind nur zufällig zur Mauer geweht. Aber Madda entging nicht, dass er sich Mühe gegeben hatte, anständig auszusehen: keine Spur Ruß mehr an seinen Händen und in seinem Gesicht. Sein haselnussbraunes Haar war gekämmt, er trug seine besten Sachen und hatte sich sogar ein weißes Halstuch umgebunden. Über einer Schulter hing ein Lederbeutel.

Anna lachte vielsagend und verschwand in ihrem Haus.

Madda trat zu Martin. „Du bist ja ganz schön früh aufgestanden, um zur Kirche zu gehen. Hast wohl viel zu beichten?"

Martin zuckte mit den Schultern. „Ich habe heute nur einen weiteren Weg als sonst."

„Soso, du willst mich also begleiten."

„Bilde dir bloß nichts ein, ich muss ohnehin in die Oberstadt. Einen Satz Nägel abliefern." Er klopfte auf den Beutel, in dem es metallen klirrte.

„Dafür hast du dich aber sehr fein gemacht", spottete Madda. „Dein Auftraggeber hat wohl eine schöne Tochter?"

„Nun, für den Pfarrer allein wirst du dich auch nicht so hübsch gemacht haben", gab Martin ungerührt zurück.

Madda lächelte und strich sich den Zopf über die Schulter nach vorn. Ursel hatte sich wirklich Mühe gegeben. Sogar ein Band hatte sie ihr ins Haar geflochten, als würde Madda nicht in die Kirche, sondern zum Tanzen gehen.

„Du meinst, Herr Beno wird mich hübsch finden?", sagte sie gespielt erfreut.

Martin wurde erst blass, dann flammend rot, dann murmelte er so etwas wie „Schlangenzunge" und ließ sie stehen.

Madda verkniff sich ein Lachen und holte zu ihm auf. Sie musste fast rennen, um mit seinen langen Schritten mithalten zu können.

„Weißt du was? Ich begleite dich", sagte sie und schlug ihm gönnerhaft auf die Schulter. „So ein Unterstädter Ochse wie du verirrt sich sonst noch zwischen den Palästen."

„Du musst es ja wissen, Humpis-Braut!"

Madda lachte. „Komm schon, hör auf zu knurren! Das war doch nur Spaß."

„Was gibt es da zu gaffen, ihr Bälger?", zeterte Anna hinter ihnen. „Und du da, Rotzkopf! Weg von meiner Tür oder ich mache dir einen Knoten in deine Diebesfinger!"

Madda und Martin beherrschten sich und lachten erst los, als sie um die Ecke waren.

„Weißt du noch?", sagte Martin. „Uns hat Anna immer damit gedroht, dass wir an den Ohren im Rauchfang aufgehängt werden."

„Ja, und sie hätte Recht damit gehabt. Wir haben schließlich heimlich die Eier aus ihrem Marktkorb genommen, kleine Löcher reingebohrt und sie dann ausgeschlürft. Dann haben wir die hohlen Eier wieder in den Korb gelegt, als wären sie noch heil. Und den Korb haben wir mit kleinen Steinen beschwert, damit sie es erst auf dem Markt merkt. Ich glaube, Annas Geschrei hat man noch auf der Kuppelnau gehört. An ihrer Stelle hätte ich uns damals alle verprügelt."

Martin grinste. „Dazu hätte sie uns aber erst einmal

einfangen müssen. Zumindest dich. Du hast uns schließlich zu dem Streich angestiftet."

Ihre Blicke trafen sich, und für einen Moment war es so, als wären sie beide wieder sieben Jahre alt und Teil der Kinderhorde, das sich im Stadtteil herumtrieb.

Nur dass ich damals nicht so weit aufblicken musste, um Martin in die Augen zu schauen, dachte Madda. Sie erinnerten sie auch heute noch an die Augen eines freundlichen Hundes, so braun und warm waren sie. Und manchmal lächelten sie, auch wenn Martin sich Mühe gab, ein ernstes Gesicht zu machen.

Kein Wunder, dass sich jedes Kind sofort an sein Bein hängt und Marie ihn liebt, dachte Madda. Und wie so oft in letzter Zeit, schaute sie schnell weg, als würden sie einander sonst zu nahe kommen. Ganz von selbst waren sie beide langsamer geworden, ihre Schritte hatten einen Gleichklang gefunden. So wanderten sie in Richtung Oberstadt. Vor der Jodok-Kirche drängte sich eine Traube von Menschen und schaute dem Kaplan dabei zu, wie er eine Bekanntmachung an die Kirchentür nagelte. Madda wunderte sich über die besorgten Gesichter.

„Weißt du schon, ob du zum Martinifest heimkommst?", wollte Martin wissen.

„Was? Nein, noch nicht. Wieso?"

Martin räusperte sich. „Ich dachte nur. Wenn du sowieso da wärst … also … dann würde ich gerne mit dir tanzen."

Madda biss sich auf die Unterlippe. Normalerweise

hätte sie ihn jetzt mit einem Scherz über linkische Tanzbären aufgezogen, aber der zaghafte Unterton in seinen Worten ließ sie zögern. Als sie verstohlen zur Seite blickte, sah sie, dass Martin den Riemen des Lederbeutels viel zu fest umklammerte, während er stur geradeaus blickte. Plötzlich war es, als würden sie beide auf Zehenspitzen gehen. Weil es hier nicht mehr um die siebenjährigen Eierdiebe ging und auch nicht um einen harmlosen Tanz unter Freunden.

Es würde etwas bedeuten, dachte Madda. Und obwohl sie Martin nie Hoffnungen gemacht hatte, fühlte sie sich dennoch schuldig. Weil sie ein ganz anderes Gesicht sah, wenn sie ans Tanzen dachte: Veits rotbraunes, lockiges Haar, hellblaue Augen und ein Lächeln, das ihr Herz sogar jetzt schneller schlagen ließ. Verlegen suchte sie nach einer Antwort, die Martin nicht kränken würde. Aber zum Glück kam das ferne Glockenläuten der Liebfrauenkirche ihr zuvor.

„Wir kommen zu spät!", rief sie und beschleunigte ihre Schritte, bis sie rannte. Martin holte wie immer mühelos auf. Gemeinsam eilten sie in Richtung Frauentor.

Der wuchtige Stadtturm in der Oberstadt ragte nebelweiß in das Grau des Himmels. Natürlich war das Stadttor im Turm schon offen. Zwei Wächter mit Hellebarden überprüften dort gerade den Karren eines Bauern, auf dem sich Säcke stapelten. Ein Wächter fragte den Bauern barsch, weshalb er am Sonntag in die Stadt wolle und bei wem genau er seine Ware abliefern solle. Dabei musste er fast schreien, so laut schlugen die Kirchenglocken. Ein Stück links vom Stadttor erhob sich der Gefängnisturm mit seinem spitzen Dach. Wenn die Sonne schien, glänzten die glasierten Dachziegel in einem satten Grasgrün, aber bei diesem Wetter wirkten sie dunkel. Rechts vom Stadttor ging es zu der großen Kirche, die vor allem von den wohlhabenden Bürgern besucht wurde.

Als Madda und Martin am Eichenportal ankamen, begann das Läuten schon zu verhallen und sie folgten den letzten Nachzüglern. Im Vorbeigehen entdeckte Madda auch an dieser Kirchentür ein angenageltes Dokument. Ein offizielles Siegel prangte darauf.

Madda schob sich auf der Seite der Frauen zur letzten Kirchenbank. Die Frau des Lammwirts rückte ein Stück zu Seite, damit Madda Platz hatte. „Heute gibt es da vorne wirklich was zu sehen“, raunte sie. „Die Frau vom Möttelin hat sich wieder als Königin verkleidet.“

Madda rieb sich über die Arme. Jedes Mal, wenn sie in diese Kirche kam, bekam sie eine Gänsehaut. Unter den riesigen, spitz zulaufenden Säulenbögen musste man sich einfach klein fühlen und ehrfürchtig sein. Es duftete nach Weihrauch und jedes Geräusch hatte einen feierlichen Hall.

Verstohlen spähte Madda auf die Seite der Männer. Sogar von hier aus konnte sie erkennen, wie fehl am Platz sich Martin in der Kirche der feinen Leute fühlte. Aber es war nicht Martin, sondern der junge Mann eine Reihe vor ihm, der Maddas Herz höher schlagen ließ: Veit, der Sohn des Zunftmeisters der Rebleute.

Als hätte er ihren Blick gespürt, wandte er den Kopf. Bei Maddas Anblick hellte sich seine Miene sofort auf. Er machte ein fragendes Zeichen, ob sie nach der Kirche miteinander sprechen würden. Madda antwortete mit einem schulterzuckenden Vielleicht.

Die Wirtsfrau stieß ihr den Ellenbogen in die Seite. „Lass die Finger von Veit", sagte sie mit einem Grinsen. „Den wollen alle haben. Denk dran: Von einem schönen Teller isst man nie allein."

„Was du wieder denkst!", schnappte Madda.

Einige Patrizierdamen nahmen noch ohne Eile ihre Plätze ein. Madda war, als würde sie in die Märchenwelt blicken, die sie für Marie erfand: Rocksäume und Schleppen glitten über den Steinboden. Seide raschelte und Samt schleifte. Rubine funkelten und Schleier wallten. Bisher war ihr nie bewusst gewesen, woher sie die Bilder von den Wasserfrauen nahm, die Maries Augen zum Leuchten brachten. *Nur dass diese Damen hier keine grünen Haare haben*, dachte sie.

Die schöne junge Frau des Kaufmanns Möttelin hatte sich tatsächlich übertrieben prunkvoll zurechtgemacht. Sie trug eine ausladende Seidenhaube, die mit Perlenketten geschmückt war. Ihre Wangen waren künstlich gerötet und die Augenbrauen modisch gezupft. Die Schleppe ihres Kleides war so lang, dass die Leute zur Seite hüpfen mussten, um nicht daraufzutreten. Madda verkniff sich ein Lachen.

Aber dann bemerkte sie, dass jemand sie über die Reihen hinweg kritisch musterte. *Der Mönch von ges-*

tern! Der Dominikaner stand neben dem Pfarrer am Fuß der Kanzel. Seine Augen wurden noch schmaler, aber dann glitt sein Blick weiter. Vielleicht hatte er ja gar nicht sie im Visier gehabt. Dennoch zog sie ihr Brusttuch fast bis zum Kinn hoch. Jetzt fiel ihr auf, dass auch Magister Gremper vorne stand. Der weißblonde, blasse Mann mit dem weichen Gesicht war Theologe der Diözese Konstanz und ging in letzter Zeit oft im Haus Humpis ein und aus. In der Kirche wurde es still, als der Pfarrer zur Seite trat und Magister Gremper das Wort überließ. Der Kirchenmann bemühte sich, trotz seiner leisen Stimme feierlich und laut zu sprechen.

„Auf Einladung unserer Stadt ist ein Gast nach Ravensburg gekommen!" Gremper deutete eine kleine Verbeugung in Richtung des Dominikaners an. „Henricus Institoris! Hoch geschätzter Doktor der Theologie und päpstlicher Inquisitor für ganz Oberdeutschland. Unser Heiliger Vater in Rom höchstselbst hat ihm den heiligen Auftrag erteilt ..." Gremper machte eine kunstvolle Pause, holte tief Luft und schmetterte: „... dem Treiben von Unholden und Zauberern Einhalt zu gebieten, die offensichtlich auch in Ravensburg Schaden anrichten."

Aufgeregtes Murmeln wallte in der ganzen Kirche auf. „Zauberei? Bei uns?", murmelte die Wirtin.

Alle reckten die Hälse, als der Dominikaner auf die Kanzel stieg. Würdevoll hob er die Hand. Schlagartig ebbte das Geflüster wieder ab.

„Ja, ihr habt richtig gehört, Bürger von Ravensburg",

begann der Mönch. Seine Stimme war überraschend tief und klangvoll, beruhigend und väterlich, und sie trug mühelos bis in den letzten Winkel der Kirche. „Teufelspakt und Zauberei sind verantwortlich für das Verderben, das sich wie eine Pest in ganz Oberdeutschland ausbreitet. Unwetter und Krankheiten, vernichtete Ernten und krankes Vieh sind die Folge. Das alles ist das Werk von Dämonen, die mithilfe ihrer Dienerinnen, der *Hexen*, ihren bösen Zauber wirken. Doch das Böse ist schwer auszurotten, es greift um sich wie ein Feuer, das alles vernichten wird, was uns heilig ist, wenn …" Man hörte keinen Atemzug in der langen Pause „… wir ihnen nicht Einhalt gebieten, diesen verdorbenen, ketzerischen Frauen, die dem rechten Glauben abgeschworen haben, dem Teufel dienen und sich Dämonen unterwerfen."

Die Wirtin wagte kaum noch zu atmen und Madda krampfte die Hände um ihren leeren Korb. *Was, wenn das alles stimmt? Dann hat Ursel Recht gehabt.*

„Die Hexen sind mitten unter euch!", rief der Mönch so laut, dass Madda zusammenzuckte. „Du da hinten, hast du im Hagelsturm deine Ernte verloren? Wurde dein Geschäft ruiniert, Händler? Weil deine Wagen, die mit kostbaren Stoffen beladen schon auf dem Weg zur Messe nach Frankfurt waren, kurz hinter Ravensburg durch Hagel zerstört wurden? Und du dort, Weib? Kam dein Kind tot zur Welt? Oder kennst du Frauen, die Fehlgeburten hatten?"

Sogar von hier hinten konnte Madda sehen, wie sich

bei den Kaufmannsfrauen einige nach Barbara umsahen, die wie versteinert dasaß.

Der Zeigefinger des Dominikaners stach durch die Luft auf die Seite der Männer. „Du! Mit dem schwarzen Bart! Bist du in letzter Zeit ganz plötzlich krank geworden? Und der dünne Bursche dahinten mit dem weißen Halstuch: Verfolgt dich vielleicht der wollüstige Gedanke an eine Frau bis zur Besessenheit?" Martin saß mit verschränkten Armen da und blickte nur finster drein, als sich die Leute nach ihm umsahen und die Hälse reckten.

Veit schaute kurz zu Madda und sah sofort wieder weg.

„Das alles ist Hexenwerk." Ein schmales Lächeln erschien auf dem strengen Gesicht des Dominikaners. „Und es kann jede Frau sein, der ihr begegnet, jede, die ihr kennt. Ja, seht euch ruhig um! Vielleicht ist es eure Nachbarin, die neidisch auf euren Reichtum ist? Vielleicht ist es die alte Bettlerin, die euch böse anstarrt? Oder das schöne Mädchen, das euch auf offener Straße zulächelt. Gut möglich, dass es nachts einen *incubus* in sein Bett lässt, einen teuflischen Dämon in Gestalt eines Mannes!"

„Gütiger Gott", flüsterte die Wirtin neben Madda und bekreuzigte sich.

„Besonders oft sind Hebammen mit dem Teufel im Bunde", fuhr der Inquisitor mit zorniger Stimme fort. „Sie sind ihm die liebsten Dienerinnen. Schließlich sind sie die Ersten, die einen Säugling berühren, wenn er auf die Welt kommt. So können sie die Seele des armen

Kindes dem Teufel weihen, bevor es getauft werden kann. Viele Wehmütter ermorden Säuglinge."

Die Stadthebamme, die in der Mitte saß, schnappte hörbar nach Luft und schüttelte empört den Kopf.

„Sie brauchen nämlich das Fleisch und das Fett ungetaufter Kinder für Zaubertränke und Salben. Und nicht wenige Hexen hat man dabei beobachtet, wie sie bei einem Hexensabbat sogar Säuglinge verschlungen haben."

Manche Frauen schrien entsetzt auf. Und auch viele Männer bekreuzigten sich hastig. Die Angst war spürbar wie ein kalter Hauch.

„Glaubst du das?", flüsterte die Wirtin Madda zu. „Das wäre ja entsetzlich!"

Madda schluckte und schwieg. Beno hatte sich der Kanzel halb zugewandt und wirkte so besorgt, dass ihr ganz flau wurde.

Der Inquisitor wartete geduldig, bis der Tumult sich gelegt hatte.

„Ich weiß, es ist schwer zu glauben", fuhr er dann fort. „Aber ich nenne euch gerne Namen. Els Schwäbin, als ein Beispiel von vielen: Sie war in der Reichsstadt Nördlingen als Stadthebamme angestellt. Sie wurde angeklagt, in Schlettstadt eine Totgeburt wieder ausgegraben und diese mit drei anderen Frauen in einem Kessel gekocht zu haben, um einen Sturm herbeizuzaubern. Ihr seht also, die Lage ist ernst. In den nächsten Tagen erwarte ich, dass ihr mir jeden meldet, der euch verdächtig erscheint: Frauen, die einen schlechten Ruf oder einen besonders stechenden Blick haben. Frauen, die sich mit Kräutern auskennen oder auffällig fromm sind. Frauen mit körperlichen Gebrechen, besonders verführerische Frauen oder besonders hässliche. Niemand wird von eurer Aussage erfahren, auch die von euch Genannten nicht. Ihr müsst also keine Angst haben, dass jemand, der sich später als unschuldig erweist, euch euren Verdacht übel nimmt. Und falls wir es doch mit einer Hexe zu tun haben, seid ihr so vor ihrer Rache sicher. Aber reden müsst ihr, sonst macht ihr euch strafbar! Es geht um euer Seelenheil, Bürger von Ravensburg. Um die Seelen eurer unschuldigen Kinder."

Die Stille, die nach diesen Worten einsetzte, war beklemmend. Ängstliche Blicke flogen hin und her.

„Warum nur Frauen?"

Alle starrten die Frau des Schlossers an, Els Frowendienst. Sie hatte sich erhoben und der Kanzel zugewandt. „Warum sollen wir nur nach verdächtigen Frauen Ausschau halten? Magister Gremper sprach doch vorhin von Unholden und Zauberern. Gibt es denn keine männlichen Hexer ..."

„Els, setz dich wieder hin!", rief ihr Mann von der anderen Seite des Mittelgangs.

Prompt wurde die kämpferische Frau ganz rot vor Zorn. „Das werde ich nicht tun, Hans. Und den Mund lass ich mir auch nicht verbieten. Wenn ich als Christenmensch gegen meine Nachbarinnen aussagen soll, will ich als Christenmensch auch wissen, warum ..."

„Du hast völlig Recht, Els!", unterbrach Institoris sie

von der Kanzel herab. „Und ich bin froh, dass du fragst." Es klang freundlich und der Dominikaner lächelte sogar. „Deshalb erkläre ich noch mal ganz deutlich, was dazu in der Bibel steht: Die Frau ist von Natur aus anfälliger für die Verführungen des Teufels. Frauen zweifeln viel schneller als Männer am wahren Glauben und sie hüten ihre Zunge nicht. Dafür bist du ja selbst ein gutes Beispiel, Els."

Vereinzeltes Lachen von der Männerseite und auch in manchen Reihen der Frauen.

„Selbstverständlich gibt es auch männliche Teufelsanbeter", fuhr der Inquisitor fort. „Allerdings zeigt meine langjährige Erfahrung, dass fast nur Frauen Hexen sind. Zahlen und Gerichtsakten lügen nicht, Els. Also: Zweifelst du immer noch an meinen Worten oder vielleicht auch an denen des Papstes oder sogar an der Heiligen Schrift? Nur zu! Raus mit der Sprache!"

Els sah aus, als hätte sie eine Ohrfeige bekommen. Sie machte den Mund noch einmal auf und schloss ihn dann wieder. Und diesmal wehrte sie sich nicht, als ihre beiden erwachsenen Töchter sie am Ärmel fassten und wieder auf die Bank zogen.

Madda atmete insgeheim auf. Sie mochte die Schlosserfrau und schätzte ihren Mut und ihren Sinn für Gerechtigkeit. Aber wenn Els zornig wurde, konnte sie sich um Kopf und Kragen reden.

„Es ist eine Tatsache", fuhr der Inquisitor ernst fort. „Frauen sind verführbarer durch den Teufel, weil sie von Natur aus selbst Verführerinnen sind."

Von der Männerseite hörte man zustimmendes Murmeln.

Madda schnaubte. „Ja, Männer sind alle brave, unschuldige Schäfchen", raunte sie der Wirtin zu. „Wir sind es, die ihnen ständig auf der Straße nachstarren, derbe Witze reißen und die Hände nicht bei uns behalten können."

Die Wirtsfrau nickte grimmig. „Dieser gelehrte Mönch sollte mal zu uns ins Wirtshaus kommen, wenn unsere schöne Katharina bedient. Da würde er sehen, wem hier die Augen aus dem Kopf fallen."

„Frauen stellen sich gerne zur Schau", dozierte der Inquisitor. „Manche putzen sich sogar mit roter Farbe auf den Wangen und aufreizender Kleidung auf – und öffnen so dem Teufel mit ihrer Eitelkeit die Tür."

Einige Damen in den vorderen Reihen hatten sich bei diesen Worten sehr gerade aufgerichtet. Magister Gremper, der immer noch am Fuß der Kanzel stand, blickte stur geradeaus. Offenbar wollte er nur ja keiner Patrizierin ins Gesicht sehen. Diesmal wagte niemand zu lachen, aber eine Frau in der vorletzten Reihe flüsterte schadenfroh: „Na, wenigstens werden die feinen Hennen auch mal gerupft!"

„Wenn man betrachtet, wie die erste Frau erschaffen wurde, ist es ganz logisch, dass sie das schwächere Geschlecht ist", erklärte Institoris im Ton eines strengen, aber geduldigen Lehrers. „Eva wurde aus Adams Rippe geformt. Damit ist sie von vorneherein unvollständig und hat von Natur aus einen geringeren Glauben an

Gott. Das lateinische Wort für Frau, *femina*, setzt sich zusammen aus *fe* für *fides*, also: ‚Glaube'. Und dem Wort *minus* – ‚weniger'. *Fe-mina* bedeutet also: ‚Diejenige, die weniger Glauben hat.' Und war es nicht Eva, die im Paradies auf die Schlange hörte und den Apfel der Verdammnis pflückte? War nicht sie es, die Adam dazu verführte, von der verbotenen Frucht zu essen? Diese Geschichte wiederholt sich nun: Die Frauen wenden sich von Gott ab, um Satans Dienerinnen zu sein. Und durch Verführung reißen sie Menschen mit sich ins Verderben. Sie sind das wahre Übel, denn ein Dämon ist machtlos ohne seine Hexe. Er braucht ein leichtgläubiges, wollüstiges Wesen aus Fleisch und Blut als Instrument seiner Macht, um dem Teufel dienen zu können. Er braucht … die Frau!"

*

Es war schwierig, aus der Kirche herauszukommen, so groß war das Gedränge am Portal. Auf dem Kirchplatz warteten schon die Bettler und ein paar Kranke mit Krücken auf Almosen. Aber heute beachtete sie niemand. Die Bürger, die lesen konnten, wurden nach vorne zur Abschrift der päpstlichen Urkunde geschoben.

„Hab ich es doch gesagt!", hörte Madda Els Frowendienst rufen. „Hier schreibt der Papst wörtlich: ‚Personen beiderlei Geschlechts'."

„Und jetzt, Els?", knurrte ein alter Mann. „Nimmst

du dir die Bibel vor, weil du hoffst, dass in Wirklichkeit Adam aus Evas Rippe geschnitzt wurde?“

Madda hatte immer noch Herzklopfen und fühlte sich seltsam benommen. Die Worte des Predigers hallten in ihr nach. Martin bahnte sich durch den Mahlstrom der Neugierigen einen Weg zu ihr.

„Was für eine Predigt!“, sagte er und versuchte sich an einem schiefen Lächeln. Madda kannte ihn gut genug, um zu wissen, dass er ebenso betroffen war wie alle hier. Es war, als hätte sich plötzlich ein Schatten über die Stadt gelegt. Denn obwohl die Leute ungläubig die Köpfe schüttelten, spiegelten sich in ihren Mienen Furcht und Unsicherheit. Und schon jetzt bemerkte Madda voll Unbehagen, wie manche Bürger einander verstohlen und misstrauisch musterten.

„Gehst du nachher gleich zu Vater und erzählst ihm alles?“, bat Madda Martin. „Und sagst du auch Anna Bescheid? Sie soll ein besonderes Auge auf Marie haben.“

„Natürlich. Mach dir keine Sorgen.“

„Ich werde jedenfalls niemanden anzeigen“, sagte Els mit fester Stimme. „Ich wüsste gar nicht, wen.“

„Eine fällt mir da schon ein“, meldete sich ein Mann hinter Madda zu Wort.

Alles fuhr herum. Madda erkannte den jungen Kerl, der gestern mit seinem Kameraden betrunken aus der Kneipe gekommen war und sich über ihr Missgeschick mit den Äpfeln lustig gemacht hatte.

„Die alte bucklige Krähe, die samstags auf dem Markt

hockt und Eier verkauft", sagte er und spuckte aus. „Die Mindelheimerin. Das wäre doch eine rechte Hexe."

„Was redest du da?", erboste sich Madda. „Das ist doch gar nicht wahr."

„Ach ja?" Der Kerl verschränkte die Arme. Er schwankte leicht, als hätte er schon vor der Messe etwas getrunken. „Sie braut Kräutertränke und bespricht Eisen und Steine. Und dass sie den bösen Blick hat, sieht ja wohl jeder."

„He!", sagte Martin drohend. „Ich kenne Anna. Also pass auf, was du sagst."

„Ich kenne sie auch", gab der Mann zurück. „Das ist es ja! Ich wünschte, ich hätte sie nie getroffen und ihr keinen Trank abgekauft." Um ihn herum war es schlagartig still geworden. „Ja, hätte ich das nur nicht gemacht", sagte er lauter. Er genoss sichtlich, dass alle Aufmerksamkeit auf ihn gerichtet war. „Danach war mir die ganze Nacht sterbenselend und ich habe vom Teufel geträumt."

„Der Teufel sitzt bei dir höchstens im Weinglas", knurrte Martin.

„Ich weiß genau, was ich gesehen habe", brauste der Kerl auf. „Den Trank hat die Alte außerdem mit einem Fingerknochen umgerührt, so klein wie von einem Kind ..."

Madda schoss vor Zorn das Blut in die Wangen. „Halt dein Schandmaul!", fauchte sie. „Und hör auf, solche Lügen über anständige Leute zu verbreiten."

Der Mann lachte dreckig. „So anständig wie du, die

im Sturmwind halb nackt auf der Straße herumtanzt und schamlos die Beine zeigt, damit die Männer sie anschauen? Ihr Teufelsweiber haltet wohl zusammen!“

Madda dachte nicht mehr nach, sie schoss einfach nach vorne und holte aus. Der Kerl war so überrascht, dass er der Ohrfeige nicht einmal auswich. Er brüllte wie ein angestochener Stier und schlug so schnell zurück, dass sie sich nur noch wegducken konnte. Der Hieb traf ihre Schulter und sie stürzte. Doch sie wurde von starken Armen aufgefangen und sacht auf dem Boden abgesetzt. Und dann geschah alles auf einmal: Ehe sie wusste, wie ihr geschah, wirbelte jemand an ihr vorbei. Sie hörte den dumpfen Aufprall von Faust auf Fleisch, einmal, zweimal. Dann krümmte der Kerl sich mit hochrotem Kopf stöhnend im Dreck. Ein Schlag hatte seine Lippe gespalten, Blut tropfte auch aus seiner Nase. Er hielt sich den Leib, als hätte ein Hieb ihn mitten in den Magen getroffen.

Martin stand über ihm, mit finsterem Blick, die Fäuste geballt. „Das war nur eine Warnung“, sagte er ruhig. „Wenn du meinem Mädchen noch einmal zu nahe kommst und auch nur ein einziges böses Wort über sie oder die Mindelheimerin sagst, dann haue ich dir jeden Zahn aus deinem hässlichen Lügenmaul.“

Der Liegende riss erschrocken die Arme über den Kopf, als Martin sich vorbeugte. Aber Martin hob nur in aller Ruhe den Beutel mit den Nägeln vom Boden auf und hängte ihn sich wieder über die Schulter. „Hast du mich verstanden?“, wiederholte er. Der Mann nickte hastig, rappelte sich auf und taumelte gekrümmt davon. Normalerweise wären Spott und Hohngelächter ihm gefolgt, aber die Leute hielten sich zurück. Nur die Wirtsfrau klopfte Martin anerkennend auf die Schulter, als er zu Madda trat.

„Alles in Ordnung?", fragte er leise.

„Ja." Während Madda sich mit fahrigen Händen den Rock abklopfte, konnte sie die fragenden Blicke spüren wie Nadelstiche. Zu allem Überfluss entdeckte sie nun auch Veit unter den Zuschauern. Diesmal lächelte er nicht, er starrte sie nur mit schmalen Augen an. Hinter den Schaulustigen traten nun die Patrizier aus der Kirche und studierten das Dokument an der Tür.

„Hoffentlich hast du bei der Ohrfeige richtig zugelangt", sagte die Lammwirtin. „Der Kerl hat es verdient."

Madda konnte nicht antworten. Immer noch war sie zittrig und ihre Hand brannte, so fest hatte sie zugeschlagen. Ihre Wangen glühten, aber längst nicht mehr vor Zorn. *Hoffentlich hält Veit mich jetzt nicht für eine Verrückte.*

Aber es kam noch schlimmer. Auf dem Kirchplatz stand die junge Herrin Elisabeth – ihrer fassungslosen Miene nach zu urteilen lange genug.

„Ich muss gehen", flüsterte Madda Martin zu. Mehr Zeit für eine Verabschiedung blieb nicht, Elisabeth kam ihr schon entgegen und winkte sie aufgeregt heran.

„Hast du eben wirklich einen Mann geschlagen?", fragte sie ungläubig. „So kenne ich dich ja gar nicht!"

„Er hat mich beleidigt. Und eine Freundin übel verleumdet."

Elisabeth lachte leise auf und ihre grünen Augen leuchteten. „Dann kann man ja froh sein, dich zur Freundin zu haben. Was hat er denn Schlimmes über sie gesagt?"

Madda schluckte. „Dass er ... sie verdächtig findet. Weil sie Heiltränke kocht. Aber ohne sie wäre meine kleine Schwester schon tot!"

„Beruhige dich." Elisabeth legte ihr die Hand auf den Unterarm, eine fast zu vertrauliche Geste zwischen Herrin und Magd. „Keiner glaubt einem Säufer."

Madda schluckte. „Hoffentlich."

„Natürlich! Was glaubst du, wessen Wort mehr zählt: das einer ehrbaren Kammermagd der Familie Humpis oder das eines Tagediebs?"

Madda hätte gerne erleichtert genickt, aber die Art, wie der Kerl sie angesehen hatte, machte ihr immer noch Angst. Elisabeth ließ sie los und zupfte sich den Pelzkragen am Mantel zurecht. Es war helles Fuchsfell, das die rotblonden Haare der Patriziertochter gut zur Geltung brachte. Mehrere Männer betrachteten sie verstohlen.

„Und habe ich richtig gehört?", flüsterte Elisabeth ihr zu. „Der Geselle hat dich ‚mein Mädchen' genannt. Du hast also einen Verlobten, von dem ich nichts weiß?"

„Nein!", erwiderte Madda heftiger als beabsichtigt. „Martin ... er arbeitet nur bei meinem Vater."

„Martin heißt er also."

„Lies, da bist du ja!“ Frau Barbara rettete Madda vor weiteren Fragen. Die Kaufmannsfrau war aschgrau im Gesicht. *Sie hätte noch nicht zur Kirche gehen sollen*, dachte Madda. Aber wahrscheinlich machten ihr die Schauergeschichten über Hebammen, die Gräber plünderten, viel mehr zu schaffen als die körperliche Schwäche.

„Wir hätten dich gestern im Haus gut gebrauchen können, Magdalene“, bemerkte die Herrin streng. „Das nächste Mal läufst du nicht zu Beno, sondern fragst gefälligst mich, ob du über Nacht wegbleiben darfst.“

Madda senkte den Kopf. „Ja, Herrin.“

„Lauf voraus und sag der Köchin Bescheid, dass wir morgen wichtige Gäste erwarten.“

Barbara ging auf Elisabeth gestützt davon.

„Magdalene?“

Madda drehte sich um. Wie alle Bürger höheren Standes trug Beno einen Almosenbeutel am Gürtel. Gerade holte er eine Handvoll Münzen heraus und begann das Geld großzügig an Bettler und Kranke zu verteilen. Die anderen Patrizier hingegen waren viel zu sehr damit beschäftigt, über die Predigt zu diskutieren oder nach Hause zu eilen. *Er ist der Einzige, der die Armen nie vergisst*, dachte Madda. Benos Fürsorge berührte sie und gab ihr auf einmal wieder die Gewissheit, dass Ravensburg ein sicherer Ort war.

„Wie geht es denn deiner Schwester?“, fragte Beno.

„Viel besser. Sie hat das Fieber überstanden.“

Er lächelte verhalten, aber ehrlich erfreut. „Wenigstens eine gute Nachricht heute.“

Madda konnte nicht anders, als sein Lächeln aus vollem Herzen zu erwidern. „Danke, Herr Beno!"

„Schon gut." Er wandte sich ab und kramte die letzten Münzen hervor. Über seine Schulter hinweg entdeckte Madda plötzlich Martin. Er stand immer noch am Rand des Kirchplatzes und betrachtete mit finsterer Miene Beno und sie.

Maleficium

Der Dämon kann hier auf Erden nichts ausrichten ohne die Hexen.

HEINRICH KRAMER

Sobald Onofrius das Haus betrat, veränderte sich schlagartig die Atmosphäre. Wer gemütlich in einem Stuhl gelehnt hatte, setzte sich kerzengerade hin. Diener wurden nervös und beschleunigten ihre Schritte, sofort herrschte fiebrige Geschäftigkeit. Auch Elisabeth legte die Handarbeit beiseite, sobald sie Onofrius' dröhnende Stimme hörte. Der Einzige, der normalerweise ungerührt über Bilanzpapiere und Rechentabellen gebeugt sitzen blieb, war Beno. Umso verwunderter war Elisabeth, dass er heute sofort die Schreibfeder hinlegte und aufsprang.

„Immer rein, Geldrich", hörte sie Onofrius draußen im Flur sagen „Den Weg zu den Fleischtöpfen kennst du ja am besten."

Ein heiseres Lachen antwortete ihm. „Wenn du es

sagst, Noffre. Zu deinen Fleischtöpfen lohnt sich der Weg wenigstens."

Der Stadtammann – der Vorsitzende des städtischen Gerichts – trat als Erster in den Raum und rieb sich die Hände warm.

Tante Barbara kam dem Gast entgegen. „Willkommen, Konrad!", sagte sie mit echter Herzlichkeit.

„Gott zum Gruß, Barbara. Ah, Beno! Und die Jungfer Elisabeth wird immer hübscher."

Auch Elisabeth erwiderte Konrad Geldrichs Lächeln. Sie mochte den alten Mann. Mit seinem behäbigen Gang und seiner Freundlichkeit wirkte er harmlos. Wie alle erfolgreichen Kaufleute konnte er aber auch ein harter Gegner sein. Dennoch wurde er überall für seinen scharfen Verstand und seine Fairness geschätzt. Nicht umsonst war er schon mehrmals zum Bürgermeister gewählt worden. Wie die Familie Humpis gehörte Geldrich zu den Reichen der Stadt. Neben Onofrius wirkte er allerdings wie ein Krämer neben einem König.

Onofrius betonte seine imposante Erscheinung gerne mit überladenen Gewändern. Polierte Schildpattknöpfe aus Barcelona glänzten auf flandrischem Brokatstoff. Als er sich von Madda den Mantel abnehmen ließ, leuchtete das Pelzfutter im Feuerschein: geflecktes Leopardenfell. Er trat an den Kamin und rieb sich die Hände, schwere Juwelenringe klickten laut gegeneinander. Ein Diamant funkelte im Feuerschein.

Das Haus wurde eigentlich mit Kachelöfen beheizt,

aber Onofrius fand, nur der flackernde Schein von offenem Feuer bringe die mit Blattgold verzierten Malereien an den Wänden und das Silber von Kerzenleuchtern, Schalen und Tellern erst richtig zur Geltung. Inmitten dieses Prunks wirkte Benos schlichtes Schreibpult am Fenster wie ein Fremdkörper.

„Unser Genueser ist auch noch nicht da?“, fragte Onofrius und wandte sich um. Die Narbe eines Dolchschnitts an seiner linken Schläfe war schon fast verheilt, aber in der Wärme des Kamins färbte sich die neue Haut rot.

„Lucio hat wohl noch im Kontor zu tun“, erwiderte Beno. „Aber der Inquisitor ist schon auf dem Weg zu uns. Magister Gremper holt ihn gerade ab.“

Schlagartig schien die gute Stimmung im Raum merklich gedämpft, sogar Ammann Geldrich schaute besorgt drein.

„Na, wir brauchen jedenfalls erst einmal Wein“, sagte Onofrius. „Setzt euch, setzt euch!“

Stühle rückten, Elisabeth beeilte sich, als Geste der Gastfreundschaft den Wein selbst einzugießen. Madda brachte die Mäntel hinaus. Nur Beno zögerte neben seinem Pult. „Wollen wir mit dem Begrüßungstrunk nicht warten, bis alle Gäste da sind, Großvater?“

„Erzählt mir mein Enkel wieder, was ich zu tun und zu lassen habe?“ Ein Anflug von Ärger war nicht zu überhören.

Beno hob herausfordernd das Kinn, eine Geste, die Elisabeth so vertraut war, dass sie lächeln musste. In letzter Zeit reichte schon ein Funke, um zwischen Beno und Onofrius ein heftiges Streitgespräch zu entfachen. *Dabei sind sie einander trotz aller Unterschiede so ähnlich.* Und das lag nicht nur an der Tatsache, dass die beiden die gleichen wachen, graublauen Augen hatten. Die beiden Humpis-Männer glichen einander vor allem in ihrer direkten Art. Mit Leidenschaft konnten sie sich in eine Meinung verbeißen und für sie einstehen. *Sturköpfe*, so drückte es Barbara aus.

Onofrius griff nach seinem Glas. „Was befürchtest du, Beno? Dass in meinem Haus nicht Wein genug da ist für alle?"

Der Ammann grinste bei dieser Vorstellung.

„Ich glaube nicht, dass Doktor Institoris heute zum Feiern kommt", erwiderte Beno. „Dazu ist die Angelegenheit zu wichtig für Ravensburg."

„Egal wie ernst die Angelegenheit ist: Kein Gast erwartet, dass die Hausleute stehend und durstig auf ihn warten", mischte Barbara sich verärgert ein.

Beno nahm auf ihren energischen Wink hin zwar widerwillig Platz, aber als Elisabeth ihm einschenkte, wusste sie bereits, dass er das Glas nicht anrühren würde. Und als hätte er ihren Gedanken erraten, hob er vielsagend die linke Braue, ein vertrauliches Zeichen zwischen ihm und ihr, das einen ganzen Satz barg. *Spielen wir das Spiel mit, braves Hausmädchen?*, sagte das ironische Funkeln in seinen Augen. Elisabeth antwortete, indem sie einen Mundwinkel hochzog und das Glas besonders vollmachte. *Wenn ich ein Hausmädchen bin, bist du ein arroganter Kerl. Und jetzt trink und leg dich nicht schon wieder mit Barbara an!* Beno schmunzelte und Elisabeth wurde es ganz warm. Diese Momente der Vertrautheit waren so selten geworden. Und diesen hier zerstörte ihre Tante.

„Ach, die Geschwister!“, sagte sie mit einem nachsichtigen Kopfschütteln.

Benos Miene erstarrte auf der Stelle.

Und Elisabeth zuckte wie ertappt zurück. *Geschwister.* So nannte Barbara sie beide, weil sie gemeinsam aufgewachsen waren. Aber in letzter Zeit gebrauchte sie dieses Wort wie eine Mahnung.

„Auf die Familie!“ Der Ammann prostete der Runde zu. „Vielleicht kommt ja bald ein Schwiegersohn dazu? Wenn ich mir die Jungfer Elisabeth so anschaue, dürfen wir uns sicher bald auf eine Hochzeit freuen. Sie ist ja auch schon sechzehn Jahre alt, nicht wahr? Ist ein passender Kandidat in Sicht, Noffre?“

„Da habe ich nichts zu bestimmen“, erwiderte Onofrius. „Für ihre Nichte entscheidet Barbara allein.“

Barbara nickte. „Bewerber gibt es genug. Aber es muss eine Verbindung sein, die unserem Geschäft nützt, und das engt die Auswahl ein.“ Barbara bedeutete Elisabeth, sich zu setzen und der zurückkehrenden Madda die Weinkaraffe zu überlassen. „Allerdings …“ Barbara beugte sich vertraulich zu Geldrich vor, „… einen vielversprechenden jungen Mann gibt es.“

Ja, den hässlichen Rüpel Simon, der nicht einmal tanzen kann und schon jetzt eine rote Nase vom Saufen hat, dachte Elisabeth. *Aber er könnte auch Elefantenohren und die Krätze haben. Hauptsache, er gehört zur Familie Möttelin!*

„Ah! Magister Gremper und Doktor Institoris", sagte Onofrius. „Willkommen in meinem Haus!"

Die Gäste traten zum Tisch.

„Gott zum Gruß", erwiderte der Inquisitor kühl. *In der Kirche hat er größer gewirkt,* fand Elisabeth. Sein Habit war strahlend weiß und betonte die tiefen Schatten unter seinen Augen. Er nahm auf dem Stuhl Platz, den Barbara ihm anbot – am wärmsten Platz an der Tafel, mit dem Rücken zum Kamin. Aber der Prunk missfiel ihm sichtlich.

„Magdalene, was stehst du herum wie vom Donner gerührt?", rief Barbara. „Wein für unseren Ehrengast!"

Die Magd war plötzlich ganz blass und fahrig, als sie dem Dominikaner einschenkte. Und der Inquisitor verfolgte lauernd jede ihrer Bewegungen.

Als wäre Madda ein Studienobjekt, dachte Elisabeth verwundert. Und noch seltsamer war, wie der Inquisitor den Inhalt seines Weinglases betrachtete. *Als würden Schnecken und Spinnen darin schwimmen.*

„Und das ist Beno Humpis, von dem ich Euch erzählt habe", schloss Gremper gerade die Vorstellung.

Es war gespenstisch, wie schnell die misstrauische Miene des Inquisitors einen freundlichen Ausdruck annahm. „Von Euch hört man nur Gutes, Beno."

Magister Gremper lächelte voller Stolz.

„Unser Hausgast aus Italien verspätet sich leider", sagte Barbara. „Warten wir nicht auf ihn. Magdalene, sag in der Küche Bescheid!"

Madda war offenbar froh, den Raum verlassen zu können. *Sie hat Angst um ihre Freundin,* dachte Elisabeth. *Sicher fürchtet sie, dass der Säufer schon beim Inquisitor Meldung gemacht hat.*

„... und Magister Gremper sagt, Ihr wärt sein bester Lateinschüler und hättet das Zeug zu einem scharfsinnigen Kirchengelehrten", sagte der Dominikanermönch gerade zu Beno.

„Er ist Kaufmann und sonst nichts", warf Onofrius ein. „Wie ich – und wie sein Vater, der sehr erfolgreich unsere größte Auslandsniederlassung in Spanien leitet." Er hob das Glas: „Trinken wir auf die Kaufleute, die Ravensburg nähren und erhalten. Und auf die Kirchenmänner, die dasselbe mit unseren Seelen tun."

„Prost!", sagte der Ammann.

Elisabeth atmete den Duft des herben Weins tief ein, bevor sie einen Schluck nahm. Er war schwer und weich wie Öl und schmeckte leicht bitter, aber er duftete nach süßen Rosinen. Als Elisabeth die Augen schloss, sah sie italienische Hügel und ein blaues, sonnenbeschienenes Meer vor sich. *Lucios Heimat.* Sehnsüchtig lauschte sie zur Tür, aber auf der Treppe war alles still.

„Das ist ein *Amarone*, mein bester Wein", sagte Onofrius, „teurer als pures Goldwasser, aber für besondere Gäste scheue ich keine Kosten."

Doch der Inquisitor schob sein Glas mit spitzen Fingern von sich weg. „Den Kaufleuten alle Ehre, aber ist der Vergleich mit uns Kirchenmännern nicht anmaßend? Das Seelenheil ist viel kostbarer als alles Gold der Welt."

Sogar Beno hätte sich bei dieser Antwort fast verschluckt.

Im selben Moment wurde das Essen aufgetragen. Onofrius hatte auch hier keine Kosten gescheut. Auf Silberplatten schwamm in dunkler Weinsoße knusprig gebratenes Rindfleisch, gespickt mit Nelkengewürz. Es gab Schmalzgebackenes, Honigkuchen und würziges Brot vom Ravensburger Markt, aber auch Delikatessen wie westfälischen Schinken mit Kapern und teuerstem Senf. Daneben warteten Süßigkeiten aus dem Ausland: kandierte Orangen- und Zitronenstücke, getrocknete Datteln und Ingwer. Auf einem Teller lagen sogar fünf echte, frische Zitronen. Madda rückte noch vorsichtig eine Silberschale zurecht, die mit gemahlenem Zimt gefüllt war: eine weitere Kostbarkeit, die sich kaum jemand in der Stadt leisten konnte.

„Würdet Ihr uns die Ehre erweisen, das Tischgebet zu sprechen?", bat Barbara den Gast. Der Inquisitor nickte gnädig und sprach feierlich ein sehr langes lateinisches Gebet.

Die Speisen hatten von der Küche im Nebengebäude hierher bereits einen langen Weg hinter sich. Elisabeth sah Onofrius die Sorge an, dass sie nun ganz kalt werden könnten. Ungeduldig und grimmig sprach er das „Amen" am Ende des Gebets mit. „Versucht unbedingt den Käse“, sagte er dann in die Runde. „Er kam mit unserem letzten Handelszug aus Oberitalien.“

„Da lasse ich mich nicht zweimal bitten.“ Der Amman stach mit seinem Messer ein großes Stück Käse vom Teller. Zur Erleichterung aller war der Inquisitor höflich genug, wenigstens eine Scheibe Brot zu nehmen.

„Wie seid Ihr denn mit eurem Raum im Rathaus zufrieden, Doktor Institoris?“, begann Ammann Geldrich das Tischgespräch.

„Er erfüllt seinen Zweck“, erwiderte der Mönch trocken. „Was ich allerdings noch brauche, ist Papier. Viel Papier.“

„Das soll Eure geringste Sorge sein“, sagte Onofrius mit der großen Geste eines Gönners. „Ihr seid in der Königsstadt des Papiers. Wir stellen feinste Bögen her und verkaufen sie in alle Welt. Ich lasse Euch morgen drei Packen von meinem besten Fabrikat ins Rathaus bringen.“

Der Inquisitor nickte nur knapp. Elisabeth betrachtete die Narbe an Onofrius’ Schläfe. Inzwischen glühte sie zornesrot.

„Magister Gremper sagte, Ihr hättet zusammen schon viele Hexen überführt?“, beeilte sich Barbara zu sagen.

Der Mönch nickte. „Und er wird mir auch diesmal bei der Untersuchung als amtlicher Notar zur Seite stehen.“

„Bruder Heinrich und ich haben uns beim Prozess gegen eine Hexe in Waldshut kennengelernt“, erklärte Gremper.

Heinrich?, dachte Elisabeth. Natürlich, der Inquisitor

hatte seinen richtigen Namen ins lateinische *Henricus* übersetzt. Und auch der Nachname Institoris ließ sich leicht ableiten: „Kramer“. Das klang weit weniger eindrucksvoll und bedrohlich.

„Und letztes Jahr hatten wir auch miteinander zu tun“, fuhr Gremper fort. „Beim Prozess gegen Ursel Hanerin, die in Konstanz verbrannt wurde.“

Madda, die gerade dem Ammann nachschenkte, hätte fast das Glas umgestoßen. „Verzeihung“, murmelte sie.

„Haben sich denn schon Zeugen gemeldet?“, wandte sich der Ammann an den Inquisitor.

Kramer schnaubte verächtlich. „Zeugen? Jedes Waschweib, das mit seiner Nachbarin zerstritten ist, kommt, um sie anzuschwärzen.“ Er schüttelte unwillig den Kopf. „Solche Leute sollte man für meine verschwendete Zeit zahlen lassen.“

„Woher wisst Ihr so genau, welche Aussagen gelten und welche nicht?“, wollte Beno wissen. Barbara räusperte sich warnend.

„Erfahrung, Menschenkenntnis und die richtigen Fragen“, erklärte der Mönch. „*Inquirere* bedeutet ‚ermitteln‘. Ich bin also ein Ermittler, der ein Verbrechen aufdeckt.“

„Aber könnt Ihr wirklich garantieren, dass kein Unschuldiger bestraft wird?“, beharrte Beno. „Was, wenn es ein Komplott mit gekauften Zeugen ist? Vielleicht ... um einen beruflichen oder politischen Konkurrenten aus dem Weg zu schaffen?“

Kramer lächelte schmal. „Wir haben Methoden, die Schuld eindeutig zu beweisen. Keine Hexe kann sich dabei verstellen."

„Was für Methoden?"

„Das gehört in den Gerichtssaal, nicht hierher. Aber wenn es Euch so sehr interessiert, wie wäre es, wenn Ihr meinen Hexenprozessen beiwohnt? Ich suche noch einen zweiten Protokollanten für die Verhöre."

„Ja, mein Enkel ist wirklich scharfsinnig", fuhr Onofrius dazwischen. „Und er rechnet noch besser, als er schreibt. Er könnte jeden Geldwechsler schlagen. Nennt ihm irgendeinen Preis in einer beliebigen Währung. Er rechnet den Wechselkurs im Kopf aus, bevor ein dürrer Pfaffe Zeit hat, ‚Amen' zu sagen."

Sogar Barbara hob bei diesem Seitenhieb erschrocken die Brauen. Aber Kramer ließ sich nicht provozieren. *Das gibt trotzdem noch ein Wortgefecht*, dachte Elisabeth besorgt. Der Kirchenmann sah nämlich nicht so aus, als würde er Spott auf sich sitzen lassen.

„Beno ist ein Händler, kein Schreiber", setzte Onofrius hinzu. „Er wird im Kontor gebraucht."

„Allerdings", pflichtete Konrad Geldrich ihm bei. „Ich kenne keinen besseren Geschäftsmann als Beno."

Onofrius lehnte sich zurück. „So sind wir Humpis-Männer. Scharfe Hunde, wenn es ums Geschäft geht. Nicht umsonst haben wir im Wappen drei Windspiele – Jagdhunde, schnell wie der Blitz und mit Biss." Mit großer Geste deutete er auf das vergoldete Wappen über dem Kamin.

„Dann wäre Euer Enkel aber auch für meinen Orden ein echter Gewinn", bemerkte Kramer trocken.

Onofrius lachte mit kaum verhohlenem Spott. „Sieht mein Enkel etwa so aus, als wollte er in Zukunft Hostien statt Münzen zählen?"

Barbara schloss die Augen, als würde sie ein Stoßgebet zum Himmel schicken, dass ihr Mann endlich schweigen möge.

„So sehr unterscheiden sich meine Bruderschaft und Eure Gesellschaft gar nicht", erwiderte Kramer leichthin. „Auch bei uns sind Männer mit Biss gefragt. Nicht umsonst nennt man uns Dominikaner auch *domini canes* – Spürhunde des Herrn. Und wir haben sicher eine ähnlich lange Tradition als Kämpfer wider die Ketzerei wie ihr in Sachen Kaufen und Verkaufen. Wie lange gibt es Eure Handelsgesellschaft schon?"

Elisabeth bemerkte, wie Beno das Glas hastig an die Lippen hob. Er verbarg eindeutig ein amüsiertes Lächeln. Er wusste natürlich genau, worauf diese Frage zielte. *Jedenfalls auf nichts, was Onofrius gefallen wird.*

„Seit 1380", antwortete ihr Onkel voller Stolz. „Damals hat sich die Humpis-Familie mit den beiden Kaufmannsfamilien Möttelin aus Buchhorn und Muntprat aus Konstanz zusammengeschlossen."

Der Dominikaner lehnte sich zurück, legte die Fingerspitzen aneinander und sagte mit ironischem Bedauern: „Tja, dann gewinnen eindeutig wir *domini canes.* Wir haben die ältere und ehrwürdigere Tradition. Papst Gregor der Vierte vergab an unseren Orden schon im

Jahr 1231 den Auftrag, Abtrünnige der Kirche aufzuspüren, zu jagen und zur Strecke zu bringen – um bei Eurem Bild zu bleiben."

Einige Momente herrschte donnernde Stille. *Gleich wirft er den Gast aus dem Haus*, dachte Elisabeth mit klopfendem Herzen.

Doch zu aller Erstaunen schlug Onofrius mit der flachen Hand auf den Tisch und rief mit einem rauen Lachen: „Ein gerissener Hund seid Ihr, Kramer! Respekt! Aber Ihr wärt ja auch ein schlechter Inquisitor, wenn Ihr nicht argumentieren könntet. Leider seid Ihr bei mir an den Falschen geraten. Ich durchschaue Euch. Nur deshalb habt Ihr meine Einladung also angenommen: Ihr wollt meinen Enkel von meiner Tafel an ein Schreibpult im Gericht locken. Aber wenn Ihr glaubt, Ihr könnt Euren Prozess mit dem guten Namen Humpis schmücken oder gar meinen Nachfolger für Euren Orden werben, dann täuscht Ihr Euch. Blut ist dicker als Weihwasser!"

„Onofrius!", flüsterte Barbara entsetzt.

Aber Heinrich Kramer lachte nur leise. „Ihr müsst zugeben, einen Versuch war es wert", sagte er versöhnlich. „Gute Männer sind schwer zu finden." Er nickte Beno anerkennend zu und tunkte ein Stück Brot in die Bratensoße. Elisabeth atmete insgeheim auf.

„Auf den Inquisitor." Onofrius hob das Glas. „Für dieses Amt hast du offenbar einen fähigen Mann nach Ravensburg geholt, Geldrich!"

„Prost", sagte der Ammann.

„Mög'n alle Hexen bren'n!", ergänzte Magister Gremper mit Nachdruck. Der Wein war ihm bereits zu Kopf gestiegen, seine Wangen glühten und er blinzelte.

„Habt Ihr denn … schon einen ersten Verdacht?", fragte Barbara leise.

Schlagartig änderte sich die Stimmung im Raum.

„Keine Informationen über laufende Untersuchungen", sagte Kramer streng.

„Natürlich." Barbara zwang sich zu einem Lächeln.

Das Schweigen bekam etwas Unbehagliches.

„Ist denn … jede Art von Zauber ein Hinweis auf Hexen?", fragte Elisabeth in die Stille.

Barbara wollte sie mit einem Blick zum Schweigen bewegen, aber Beno lächelte ihr anerkennend zu.

„Wovon redet Ihr, Jungfer?"

Elisabeth räusperte sich. „Von den üblichen Zauberformeln, die das Böse von uns fernhalten. Amulette gegen den bösen Blick. Und man bespricht doch auch Eisen, damit es Blitze vom Haus abhält …"

„Man muss unterscheiden zwischen Zauberei und Magie", unterbrach der Inquisitor sie barsch. „Das, was Ihr beschreibt, ist gewöhnliche weiße Magie. Dagegen ist nichts einzuwenden, wenn dabei nur um himmlischen Beistand gebeten wird." Kramer stützte sich auf die Ellenbogen und beugte sich zu Elisabeth vor. Die Kerzenflammen irrlichterten in seinen dunklen Augen, aber sein Blick blieb kalt. „Aber hier haben wir es mit Zauberei zu tun, Jungfer Elisabeth", sagte er bedrohlich leise. „Mit … Dämonen!"

„Dämonenzauber also?“, fragte Beno. „Erzählt uns mehr darüber!“

Kramer nahm eine Zitrone vom Teller. Eine Weile betrachtete er die Frucht, setzte zu einer Erklärung an, aber dann schüttelte er den Kopf und legte die Zitrone zurück. „Nein, das führt hier zu weit.“

Beno konnte seine Enttäuschung kaum verbergen. Der Rest der Tischgesellschaft schien dagegen ebenso erleichtert zu sein wie Elisabeth.

Kramer lehnte sich zurück und ordnete seine Kapuze. „Manchmal ist es besser, nicht zu viel zu wissen. Es bringt Euch nur um den Schlaf. Seid froh, dass Ihr niemals sehen musstet, was wir erblickt haben. Habe ich Recht, Gremper?“

Gremper nickte. „Das Böse is' mitten unter uns“, sagte er mit schwerer Zunge. „Dämonen belauern uns. Als die Hexe in Konstanz verbrannte, haben alle Leute auf dem Richtplatz ihre Fratzen im schwarzen Rauch gesehen.“

„Aber meistens sind sie unsichtbar“, setzte Kramer hinzu. „Mich hassen diese Wesen von der dunklen Seite besonders.“ Wind fauchte von draußen gegen die Fenster, als würde sich ein unsichtbarer Körper dagegenwerfen. Die Kerzen flackerten. Eine erlosch in einem kühlen Luftzug.

Kramer lächelte grimmig. „Spürt ihr diesen Hauch im Genick? Ihr Atem verrät sie immer. Dann stehen sie direkt hinter uns und warten auf einen Moment der Schwäche.“

Madda rieb sich unbehaglich die Oberarme. In Barbaras Hand knirschten die Korallenperlen des Rosenkranzes.

Kramer hob den Kopf und schien zu lauschen. *Oder zu wittern*, dachte Elisabeth mit einem Frösteln.

„Sie sind hier", sagte Kramer mit einem messerscharfen Lächeln. „Aber mich täuschen sie nie …"

Im Kamin barst ein Feuerball, Funken knisterten, und mit einem Poltern landete ein brennendes Scheit am eisernen Kamingitter. Glühende Holzstücke brachen ab und rollten durch die Gitter auf den Fliesenboden, Funken flogen in den Raum. Barbara schnappte erschrocken nach Luft und Elisabeth war unwillkürlich aufgesprungen. „Gütiger Himmel!", rief Onofrius.

Madda stürzte zum Kamin. Der Ammann stellte mit zitternder Hand sein Weinglas ab und bekreuzigte sich.

Elisabeth hätte fast aufgeschrien, als hinter ihr die Tür knarrte. Auch die Männer fuhren herum. Elisabeths Herz machte einen Satz, als Lucio den Raum betrat, atemlos und erhitzt, als wäre er gerannt. Über der Schulter trug er einen Leinensack. Beim Anblick der betretenen Mienen hob er erstaunt die Brauen.

„Entschuldigt. Komme ich so sehr zu spät?"

Es war Onofrius, der den Bann brach und in nervöses Gelächter ausbrach. „Nein, du kommst genau im richtigen Augenblick, Lucio. Wo warst du so lange? Hat Meister Ferber dich als Geisel in unserem Kontor festgehalten?"

Barbara zuckte zusammen und warf ihrem Mann

einen zornigen Blick zu. „Über diesen Scherz kann ich nicht lachen“, flüsterte sie ihm zu.

„*Signor* Ferber ist unschuldig.“ Lucio lehnte den Leinensack gegen die Wand. Etwas Sperriges war darin. Es gab einen hallenden Laut, als würde man auf hohles Holz klopfen. „Ich habe noch die Pläne für das Waaghaus studiert und dabei die Zeit vergessen.“

„Das ist wenigstens ein guter Grund für eine Verspätung“, sagte Onofrius. „Geldrich? Das hier ist der junge Mann, der bislang nur die Planken großer Handelsschiffe kennt und bei uns bis zum Frühjahr den Fernhandel auf festem Grund und Boden lernen soll: Lorenzos Sohn. Ich habe ihn das letzte Mal gesehen, als er noch ein kleiner Bengel mit Zahnlücken war, aber in den letzten zwölf Jahren hat er sich sehr verändert – zu seinem Vorteil natürlich. Lucio, das sind der Herr Inquisitor und Magister Gremper.“

Lucio verbeugte sich. „*Dottore* Institoris. Ihr wart erst kürzlich in Rom, habe ich mir sagen lassen?“

„*Tutte le strade portano a Roma*“, antwortete der Inquisitor auf Italienisch. „Alle Wege führen nach Rom – zumindest für die wahrhaft Gläubigen. Ich kann mich gar nicht erinnern, Euch gestern in der Kirche gesehen zu haben?“

Lucio wurde rot und lächelte entschuldigend. „Weil ich nicht dort war. Um ehrlich zu sein: Ich habe den halben Tag wie ein Toter geschlafen. Die Reise war sehr lang. Aber bei Eurer nächsten Predigt werde ich als Buße den Weihrauch schwenken.“

Elisabeth musste sich ein Lächeln verkneifen. Es war, als wäre Lucio ein frischer Wind, der die düsteren Wolken vertrieb.

„Wollt Ihr Euch nicht wieder setzen, Doktor Institoris?", fragte Barbara.

Doch der Mönch schüttelte mürrisch den Kopf. „Auf mich wartet noch Arbeit."

Gremper schob sofort seinen Teller weg und stand ebenfalls auf. Madda lief los, um die Mäntel zu holen.

„Danke für Eure Gastfreundschaft", sagte der Inquisitor.

„Es war uns eine große Ehre", antwortete Barbara. „Aber bevor Ihr geht ... Sagt, gibt es denn ein Mittel, um sich vor Dämonen und Hexen zu schützen?"

Kramer griff zu seinem Seilgürtel, machte einen kleinen Leinenbeutel los und griff hinein. „Geweihtes Salz!", sagte er und ließ eine große Prise in sein noch volles, unberührtes Weinglas rieseln. Lucio hob entsetzt die Brauen. Onofrius sah aus, als hätte man vor seinen Augen die Festtafel niedergebrannt.

„Ich lasse Euch mein Salz da", sagte Kramer mit einem boshaften Lächeln in Richtung Barbara. „Manchmal braucht man es mehr, als man ahnt."

*

Es war Barbara zu verdanken, dass Onofrius sich zurückhielt, bis unten die Tür mit einem lauten Schlag zufiel. Aber kaum hatten Gremper und Kramer das Haus verlassen, schob er Barbaras Hand von seiner Schulter und sprang auf. „Das darf ja wohl nicht wahr sein! Den teuren *Amarone* zu verderben!"

„*Onore e il sale – preserva da ogni male*", bemerkte Lucio lakonisch. ‚Ehre und Salz retten uns vor jedem Übel.' Ich wusste nur nicht, dass in Schwaben auch Wein zu den Übeln gehört."

„Reg dich nicht auf, Onofrius", sagte Barbara. „Es gibt Schlimmeres auf der Welt als versalzenen Wein. Madda? Hol eine neue Karaffe und dann räume den Tisch auf." Mit diesen Worten nahm sie das Glas des Inquisitors und schüttete den Inhalt ins Feuer. Es zischte und dampfte, das Aroma von roten Früchten durchzog den Raum.

„Um den Wein geht es doch nicht", brauste Onofrius auf. „Es geht um Höflichkeit. Und eins sage ich dir, Geldrich: Ich tu wirklich alles für Ravensburg. Von mir aus kriegt der Kerl mein teuerstes Papier und dazu noch Tinte aus Gold und Engelsspucke. Aber wenn dieser eingebildete Pfaffenpinsel nicht hält, was er verspricht, dann stopfe ich ihm sein geweihtes Salz persönlich in den … Schlund!"

Barbara fuhr herum. „Um Himmels willen, Onofrius! Wie redest du denn über den päpstlichen Inquisitor? Wir haben immerhin einen Hausgast am Tisch!"

„In meinem Haus rede ich, wie ich will. Geldrich ist mein Freund, seit wann muss ich mich vor ihm verstellen? Und solange Lucio bei uns lebt, gehört er zur Familie wie mein eigener Sohn."

Barbara schnaubte verärgert. „Sag du doch etwas dazu, Konrad."

„Ich verstehe dich ja, Noffre", begann Konrad Geldrich in seiner ruhigen Art. „Aber diese Untersuchung muss stattfinden. Die Leute in der Stadt müssen sehen, dass die Obrigkeit etwas gegen ihre Not unternimmt. Du weißt, was Unzufriedenheit und Gerüchte alles anrichten. Die Bauern würden uns am liebsten mit Forken und Fackeln aufs Dach steigen. So ein Schwelbrand kann in schlechten Zeiten wie diesen gefährlich genug werden. Da können wir uns nicht auch noch unzufriedene Bürger in der eigenen Stadt leisten. Also ist es gut, dass Heinrich Kramer hier ist. Und ein Inquisitor muss keine guten Manieren haben, er muss nur gute Arbeit leisten. So sehe ich das."

„Dann hoffe ich nur, dass er sein Handwerk versteht", murrte Onofrius.

Seltsamerweise schwieg Beno und starrte ins Feuer. Seine Finger trommelten unruhig auf dem Tisch.

Barbara band sich das geweihte Salz an den Gürtel neben den großen Schlüsselbund, den sie als Hausherrin verwaltete. Lucio nutzte die Pause, in der Madda wiederkam und die überzähligen Teller abräumte, um sich zu Elisabeth zu beugen. „Was habe ich noch alles verpasst?", flüsterte er.

„Ein Gefecht mit Bratenmesser und Kreuz zwischen Kaufmann und Kirche", wisperte sie hastig zurück.

Lucios Augen blitzten belustigt. „Worum ging es denn im Gespräch mit dem *Dottore?*", fragte er laut in die Runde.

„Dämonen“, antwortete Beno in seiner knappen, nüchternen Art.

„In meiner Familie haben wir auch ein Mittel, um uns vor ihnen zu schützen“, sagte Lucio. „Zum Glück müssen wir dafür keinen Wein verderben. Darf ich?“

Er hangelte nach der Silberschale mit dem Zimtpulver. Dabei streifte sein Arm Elisabeths Schulter. Sie konnte die Wärme seines Körpers fühlen – und nahm sogar wahr, dass sein Hemd leicht duftete. *Nach Lavendel und Myrte.*

„Übernatürliche Wesen hassen den Duft von Zimt.“ Lucio streute etwas Pulver in Elisabeths Wein und reichte die Zimtschale an Geldrich weiter. „Versucht es! Ihr werdet gut träumen und das Böse wird sich von euch fernhalten.“

Das würzige Aroma und der bittersüße Geschmack stiegen Elisabeth sofort zu Kopf. Lucio hatte wirklich die Sonne mitgebracht, den Frühling und den Duft nach Zitronenblüten und frischem Gras.

„Das schmeckt gut!“, hörte sie ihre Tante überrascht sagen. Als Elisabeth die Augen wieder öffnete, bemerkte sie, dass Lucio sie über den Rand seines Weinglases hinweg betrachtete. Seine Bernsteinaugen lachten verschmitzt und irgendwo in ihr entfalteten sich ein flirrendes Schwingen von Leichtigkeit und die Sehnsucht zu tanzen.

„Wartet!“ Lucio sprang auf. Mit zwei großen Sätzen war er bei seinem Leinenbeutel, aus dem er eine abgeschabte, alte Laute hervorzog. Damit ließ er sich wieder auf den Stuhl fallen und stimmte die Saiten.

„Woher hast du das Instrument, Lucio?", fragte Onofrius.

Lucio lachte. „Jetzt habt Ihr mich erwischt: Ich habe mich nämlich vor allem deshalb verspätet, weil ich mir die Stadt angesehen habe. Vor dem Spital spielte ein *musicista* erbärmlich schlecht für Geld. Ich musste ihm die Laute einfach abkaufen, damit er keine Zuhörer mehr foltert." Er zupfte an den Saiten und lockte einige schiefe Töne hervor. Doch der Missklang verwandelte sich nach und nach in eine schnelle, fröhliche Melodie.

Sogar Barbaras Augen leuchteten auf. Und als Lucio zu singen begann, stützte sie sich auf die Ellenbogen und beugte sich vor, um keinen Ton zu verpassen. Der Ammann und Onofrius klopften auf dem Tisch den Takt mit – und plötzlich war es, als wären statt der Dämonen nun Frühlingsmädchen zu Gast.

Doch ein Poltern unterbrach den Takt. Stuhlbeine schoben sich unangenehm laut über den Boden. Beno war aufgestanden. Lucio hörte sofort auf zu spielen.

„Willst du etwa gehen?", fragte Barbara tadelnd.

„Ich habe noch Arbeit", erwiderte Beno nicht besonders freundlich.

„Und da kannst du nicht warten, bis das Lied vorbei ist?", rief Onofrius verärgert.

Beno presste die Lippen zusammen. „Haben wir in Zeiten wie diesen nichts anderes zu tun?"

„Es … tut mir leid." Lucio war ehrlich betroffen. „Ich wollte nicht unhöflich sein. Es waren nur alle so bedrückt und ich habe versucht …"

„Nicht *du* bist es, der unhöflich ist, Lucio", unterbrach ihn Onofrius. „Und wenn du mich so fragst, Beno: Nein! Wir haben nichts anderes zu tun. Gerade in Zeiten wie diesen darf man nicht vergessen, dass es Fröhlichkeit und schöne Dinge gibt."

Beno blieb wie immer kühl und sachlich, aber auf seinen Wangen glühten verräterisch rote Flecken. „Vermutlich hast du wie immer Recht, Großvater", erwiderte er sehr beherrscht. „Danke für das Mahl." Er verbeugte sich und ging mit großen, energischen Schritten hinaus. Unter dem Tisch hatte Elisabeth ihre Hände zu Fäusten geballt. Am liebsten hätte sie eine der Zitronen vom Teller genommen und sie Beno hinterhergeworfen. *Waren es nicht fünf Zitronen gewesen?*, dachte sie noch, während sie schon aufsprang.

„Lass ihn, Lies!", rief ihre Tante ihr hinterher. Aber Elisabeth war schon durch die Tür. Sie holte Beno am Fuß der Treppe ins obere Stockwerk ein.

„Beno!" Sie machte einen Satz auf die Treppe und packte ihn am Handgelenk. Er zuckte zusammen, als würde die Berührung ihn verbrennen.

„Was sollte das?", flüsterte Elisabeth ihm zu. „Zum ersten Mal seit dem Unglückstag war Barbara wieder ein bisschen fröhlich und du verdirbst ihr diese Freude!"

„Dann ist es doch umso besser, wenn ich euch nicht beim Feiern störe."

„Was ist nur los mit dir? Wem hast du nur dein Lachen verkauft? Ich kenne dich überhaupt nicht mehr! Seit ein paar Monaten benimmst du dich, als könntest du mich nicht mehr leiden …"

Sie musste innehalten, so sehr zitterte ihre Stimme. Im Halbdunkel des Flurs war es kalt, der Atem bauschte sich als weißer Nebel vor ihren Mündern. *Aber noch kälter ist es zwischen uns*, dachte sie. Lautenmusik drang zu ihnen und dann Lucios melodische Stimme.

Benos Miene verschloss sich noch mehr. „Ich weiß nicht, wovon du redest, Elisabeth", sagte er schroff. „Geh zurück zur Musik, du kannst es doch kaum erwarten. Und lass mich endlich los." Jetzt erst fiel ihr auf, dass sie sich an Beno krallte wie eine Katze. Unter ihren Fingern spürte sie seinen schnellen Herzschlag. Sie lockerte ihren Griff um sein Handgelenk. Beno entzog sich ihr und ging mit ruhigen Schritten nach oben.

Trugbilder

Wenn du willst, dass ein Mädchen in heißer Liebe zu dir entbrennt, schreib mit deinem Blut deinen und seinen Namen auf ein Stück Papier. Nimm drei Haare von ihm und drei Haare von dir und binde damit den Zettel mit einem zweiten zusammen. Auf dem zweiten steht mit deinem Blut geschrieben der Name Eva. Schneide einen Apfel in zwei Hälften, nimm die Kerne heraus und lege die Zettel hinein. Stecke die beiden Hälften mit Spießchen aus Myrtenholz zusammen und trockne den Apfel. Schließlich wickelst du ihn in Myrtenblätter und versteckst ihn heimlich im Bett der Angebeteten. Wenn sie morgens aufwacht, ist sie dein!

Alltagsmagie für sehnende Herzen

In den Straßen hörte man nur das Prasseln des nadelfeinen Eisregens, den der Wind gegen Türen und Fenster fegte. Aber Beno fror nicht. Eisspitzen schmolzen auf seinem glühenden Gesicht, während er durch die Gassen rannte. Onofrius würde ihn als Verrückten schelten, weil er sich allein aus dem Haus stahl. *Und er hätte Recht damit*, dachte Beno. Erst vor wenigen Wochen wäre sein Großvater um ein Haar von einem verfeindeten Zweig der eigenen Familie brutal entführt worden.

Jodokus „Jos" Humpis, der Vetter von Onofrius, hatte vorgehabt, ein hohes Lösegeld zu erpressen.

In der Herrengasse blieb Beno stehen und atmete mehrmals tief durch. Doch es half nichts. Sein Herz raste immer noch. Allein die Erinnerung an das Lächeln, das Elisabeth dem Italiener geschenkt hatte, fühlte sich an wie ein heißer Schnitt mitten in die Brust. *Hör auf an sie zu denken*, befahl er sich. *Es macht alles nur noch schlimmer.*

Immer noch glaubte er, Elisabeths Berührung am Handgelenk zu spüren. Und sogar die Lautenmusik und das Lachen schienen ihn im fernen Pfeifen des Windes zu folgen. Beno rang nach Atem und gestand sich zum ersten Mal ein, dass er geflohen war. Aber irgendwann würde es nicht mehr genügen, sich mitten in der Nacht aus dem Haus davonzustehlen. *Bald werde ich nach Spanien gehen*, dachte er. Aber wie viele Meilen würden genügen, um diese quälende Sehnsucht zu besiegen?

In der Nähe ertönte der singende Ruf des Nachtwächters, der gerade die achte Stunde ausrief. Das holte Beno in die Realität zurück. *Reiß dich zusammen*, ermahnte er sich. Er drückte den schweren Packen, den er mitgenommen hatte, dichter an sich und sah sich um. Kleine Fachwerkhäuser säumten die Gasse, manche ragten fast bis zur Hälfte in den Gehweg hinein, so ausladend waren die oberen Stockwerke verbreitert worden. Aber den schmalen Torbogen, der neben einem Krämerladen zu einem Innenhof führte, fand Beno sofort.

Er hatte Glück. Im Schein einer Öllampe sammelte

ein alter Mann gerade Feuerholz in einem Unterstand zusammen.

„Guten Abend!“, sagte Beno. „Ich suche den Inquisitor. Er wohnt hier irgendwo.“

Der Alte wandte sich ihm zu, aber er erkannte ihn nicht. Es hatte Vorteile, in einem gewöhnlichen, abgeschabten Mantel unterwegs zu sein. Wenn Beno die Kapuze ins Gesicht zog, vermutete niemand, dass darunter der Enkel des reichsten Mannes der Stadt steckte.

„Der Herr, der den Hexen Beine machen wird?“, knurrte der Alte.

„Ja. Ich muss zu ihm.“

Der Mann nahm das Licht und machte Beno ein Zeichen, ihm zu folgen. Der Weg führte wieder zu dem kleinen Torbogen in Richtung Straße. Kurz vor dem Durchgang blieb der Alte bei einem dünnen Seil stehen, das halb versteckt an der Wand herunterhing. Es führte zu einem Fenster im oberen Stock. Das Fenster gehörte zu einem kleinen Vorbau, der wie ein Schwalbennest an dem Gebäude hing. Eine schmale Tür war dort oben zu erkennen. Normalerweise führte eine Holztreppe an der Außenmauer zu einer solchen Tür, aber hier schwebte der Eingang weit über ihren Köpfen mitten im Nichts. Der Alte zog an dem Seil und oben klopfte ein Stück Holz gegen den Fensterladen. Kurz darauf flog der Laden auf und Kramer erschien am Fenster. „Was?“, fragte er ungehalten.

„Da ist einer, der noch ’ne Anzeige machen will!“, rief der Alte zu ihm hoch.

„Soll morgen zum Rathaus kommen wie jeder andere“, gab Kramer schlecht gelaunt zurück.

„Wäre ich jeder andere, würde ich sicher nicht Papier mitbringen“, rief Beno und schob seine Kapuze zurück. Der Inquisitor beugte sich so weit heraus, dass das Kreuz um seinen Hals über das Fensterbrett rutschte und in der Luft pendelte. Dann hörte Beno ein Lachen. „Grempers Meisterschüler! Das ist etwas anderes.“

Er verschwand. Gleich hörte man, wie mehrere Riegel an der Tür aufgeschoben wurden. Die Tür im Nichts ging auf. „Immer herauf zu mir!“

Soll ich fliegen?, dachte Beno verdutzt.

Aber im selben Moment ließ Kramer eine schmale Holzleiter herunter. Sehr stabil sah sie nicht aus. Beno zögerte, aber dann klemmte er den Papierpacken unter den Arm und hangelte sich an der knarrenden, wackelnden Leiter bis hinauf in Kramers Quartier. Es war eine lange, schlauchartige Schreibkammer. Die Reisetruhe war offen und schien wie ein Füllhorn Bücher und Schriftrollen in die Welt zu streuen. Sogar auf den Stühlen und neben der kleinen Kohlepfanne, die kaum Wärme abstrahlte, stapelten sich Schriften. *Die Kargheit einer Mönchszelle und die Pracht einer Bibliothek*, dachte Beno fasziniert.

„Legt das Papier irgendwo auf den Tisch, falls Ihr Platz findet“, sagte Kramer. „Ja, hier ist es nicht ganz so prächtig wie in Eurem goldenen Gemach, aber dafür ist mir die Gesellschaft hier deutlich lieber.“ Er deutete auf die Schriften einiger Kirchengelehrter. Flink holte er die

Leiter ein und lehnte sie liegend einfach an die Wand, wo auch ein paar Holzleisten und Balken lagen.

Als wäre das Zimmer in aller Eile vermietet und nicht ganz ausgeräumt worden.

Beno schob auf dem Tisch vorsichtig einen Haufen Papiere zur Seite, Listen voller Namen.

„Sind … das die Leute, die angezeigt wurden?"

Kramer sprang herbei, raffte hastig die Unterlagen zusammen und packte sie zur Seite. „Bisher sind es nur Vermutungen und üble Nachrede. Was natürlich noch gar nichts heißt."

Er griff nach einem Weinkrug und holte einen zweiten Metallbecher. Beno rieb sich die Hände warm. Der kleine Kohleofen reichte kaum aus, um die Kälte bis zur Tür zu treiben, aber der Mönch trug keinen Mantel und an den Füßen hatte er nur einfache Sandalen aus Eselsleder.

„Setzt Euch doch endlich, Beno. Ich freue mich, dass wir Gelegenheit haben, uns alleine zu unterhalten. Euer Großvater hat ja strikte Ansichten, wofür sein Enkel sich interessieren darf. Das soll natürlich keine Beleidigung Eurer Familie sein!"

Beno lächelte und nahm ebenfalls einen Schluck von dem sauren Wein. „Warum wohnt Ihr in diesem zugigen Schwalbennest? Es gibt gute Wirtshäuser hier."

„Nein, hier ist es sicherer. Ohne Leiter kommt hier niemand hoch. Inquisitor zu sein ist ein gefährlicher Beruf. Die Leute hassen uns, wenn wir Familienmitglieder verhaften. Einige meiner Mitstreiter wurden sogar vom

Pöbel verprügelt, bevor die Büttel eingreifen konnten. Nur vor dem Bösen ist man leider auch hier oben nicht sicher." Er deutete auf die Pritsche, die ihm als Bett diente. Mit Kreide waren magische Abwehrzeichen auf den Boden und an die Wand gemalt. „Gegen manche Dämonen helfen nicht einmal Bannzeichen. Oft wache ich nachts auf und schaue plötzlich in die glühenden Augen einer Frau. Sie steht an meinem Bett und beugt sich über mich. Eine Maske aus schöner Menschenhaut und roten Lippen und seidigem, wehenden Haar, das alles entblößt und dabei verbirgt, was man tatsächlich vor sich hat: einen *succubus!* Einen Dämon, der sich als verführerische Frau ausgibt, aber in Wirklichkeit ein fauliges, verdorbenes Wesen ist, älter als die Hölle selbst."

Der Wind ließ den Fensterladen klappern, Wind kroch durch die Ritzen, aber Beno fröstelte nicht nur deshalb.

„Wie ist es mit Euch, Beno?", fragte Kramer ernst. „Ihr wirkt ruhelos und übermüdet. Werdet Ihr vielleicht auch heimgesucht? Könnt Ihr nicht schlafen, weil ihr ständig an ein Mädchen denken müsst? Vielleicht an eines, dem Ihr jeden Tag begegnet?"

Er beobachtet Menschen wirklich sehr genau, dachte Beno voll Unbehagen. *Gefährlich genau.*

„Stimmt es, dass Dämonen jede Gestalt annehmen können?", fragte er statt einer Antwort. „Mann *oder* Frau?"

Kramer nickte langsam, ohne ihn aus den Augen zu lassen.

„Aber dann könnte doch im Grunde jeder Mensch, dem wir begegnen, ein … Dämon sein?“

„Jeder Fremde“, sagte Kramer. „Jeder, den Ihr kennt. Jeder, den Ihr liebt. Das Böse trägt viele Masken.“

Nur sein Mund lächelte, aber seine Augen blieben starr und kalt. *Wie ein Richter, der einen Verdächtigen einschüchtern will,* dachte Beno. *Zeit, ihm zu zeigen, mit wem er es zu tun hat.* Er hielt dem Blick des Gelehrten stand und sagte: „Nach dieser Theorie könntet sogar Ihr ein Dämon sein, der sich Kramers Gestalt leiht.“

Der Inquisitor zuckte überrascht zurück. Er blinzelte irritiert und zog empört die Brauen zusammen, lachte dann aber unvermittelt. Sein Atem bauschte sich in der eisigen Kammer als Wolke vor seinem Gesicht. „Gutes Argument. Aber wäre ich ein Dämon, der Euch zum Bösen verführen wollte, würde ich mir sicher eine hübschere Gestalt aussuchen als einen alten, hässlichen Kerl mit Tintenflecken an den Fingern.“ Er hob die Hand, die tatsächlich Farbe abbekommen hatte.

Immerhin hat er Humor, dachte Beno sich. *Das hätte ich ihm am allerwenigsten zugetraut.* Und er musste zugeben, dass ihm die Diskussion mit dem Mönch sogar Spaß zu machen begann.

Kramer nahm einen tiefen Schluck. „Verratet Ihr mir, warum Ihr bei Eurem Großvater lebt und nicht bei Eurem Vater in Spanien?“

„Ich wette, das wisst Ihr längst von Magister Gremper.“

„Die Wette gewinnt Ihr. Aber ich würde gerne Eure Version hören.“

Offenbar hatten Humpis-Männer und Dominikaner wirklich so einiges gemeinsam. *Genauso würde ich auch vorgehen.*

„Viel zu erzählen gibt es nicht. Meine Mutter starb nach meiner Geburt am Kindbettfieber. Drei Monate später reiste mein Vater nach Spanien, um dort unsere größte Niederlassung auszubauen und zu leiten. Deshalb blieb ich bei meinen Großeltern."

„Also bei Onofrius und ...?"

„Clara. So hieß meine Großmutter."

„Ihr sprecht Ihren Namen mit viel Wärme aus. Sie hat euch viel bedeutet?"

„Sie war die klügste und großherzigste Frau, die ich kannte. Und es gab niemanden, der belesener war als sie. Von ihr habe ich mehr über den Handel gelernt als von meinem Großvater."

„Wann starb sie?"

„Das ... ist schon einige Jahre her."

„Und danach kam diese andere Frau in Euer Haus?"

Diese andere Frau. So hatte Beno Barbara noch nie bezeichnet. Nicht einmal in Gedanken.

„Nein, Clara hatte Barbara noch zu Lebzeiten zu sich eingeladen. Sie kannten einander, weil meine Großmutter ursprünglich auch aus Augsburg stammte. Aber Clara wurde während Barbaras Besuch krank, also kehrte Barbara nicht nach Augsburg zurück. Sie pflegte meine Großmutter fast ein Jahr lang bis zu deren Tod."

„Wie aufopferungsvoll. Und als Lohn durfte sie den reichsten Witwer Oberschwabens heiraten. Ich könnte mir vorstellen, dass dieser Glücksfall sie sehr schnell über Claras Tod hinweggetröstet hat."

„Was wollt Ihr damit sagen?"

„Nur, dass die Wege des Herrn unergründlich sind. Des einen Leid ist des anderen Glück."

„Mein Großvater kann froh sein, eine Frau wie Barbara gefunden zu haben! Sie ist … sehr geschäftstüchtig."

„Zweifellos!" Kramer nippte am Wein und auch Beno nahm einen Schluck. Aber diesmal schmeckte er bitter und schal. *Wie die Lügen, die wir einander erzählen*, dachte er. Er bemühte sich, nicht an diesen fremden, angewiderten Ausdruck in Barbaras Gesicht bei ihrem Gespräch im Sommer zu denken. *„Mach dich nicht lächerlich, Beno! Und willst du dich versündigen?"* Ihre scharfen Worte schienen in der Kammer widerzuhallen.

„Warum seid Ihr Eurem Vater nie nach Spanien gefolgt, Beno?"

Weil ich ihn nie kennengelernt und deshalb nie vermisst habe. Weil er bald eine Spanierin heiratete und meine neuen Geschwister für mich ebenso fremd sind wie mein Vater, der nie nach Ravensburg zurückgekehrt ist. Weil Ravensburg seit jeher meine Heimat ist und Clara meine Familie war.

Das wäre eine ehrliche Antwort gewesen. Aber Beno sagte nur: „Tatsächlich werde ich bald nach Spanien gehen. Aber im Augenblick ist das, was in Ravensburg geschieht, wichtiger. Und abgesehen davon: Bin ich etwa zum Verhör geladen, Doktor Institoris?" Er holte die Zitrone unter dem Mantel hervor und legte sie auf den Papierstapel. „Falls es so ist, bin jetzt ich an der Reihe. Schließlich habt Ihr diesen Köder ja nur ausgelegt, um mich neugierig zu machen, nicht wahr?"

Kramer musste sich ein Grinsen verkneifen. „Kluger Mann. Was wollt Ihr wissen?"

„Alles. Hexenproben, Dämonenzauber – aber vor allem interessiert mich, wie Ihr es geschafft habt, den Feuerball im Kamin genau im richtigen Augenblick explodieren zu lassen. Und wie ein geschickter Taschenspieler habt Ihr unsere Aufmerksamkeit vorher auf Gremper gelenkt."

Kramers Brauen zuckten überrascht hoch. „Diesen Kunstgriff werde ich ganz sicher nicht verraten", sagte er dann verärgert. „Ein guter Ermittler muss nämlich auch ein geschickter Täuscher sein – schließlich kämpft er gegen übernatürliche Kräfte. Und die kennen keine Fairness. Aber danke für die Zitrone." Er nahm die Frucht, schnitt sie in zwei Hälften und schnupperte genießerisch an einer davon. „In Rom habe ich sie oft gegessen. Manche mögen sie nur gezuckert, aber ich liebe ihren frischen Duft und ihr saures Herz, Ihr auch?" Er biss herzhaft in das Fruchtfleisch, grub genussvoll seine Zähne hinein, Saft spritzte und rann ihm übers Kinn. Er schlürfte und kaute und verzog das Gesicht.

Beno lief bei diesem Anblick das Wasser im Mund zusammen. Er konnte die Säure fast selbst schmecken, so deutlich, dass es in den Kiefermuskeln zog.

„Ihr schluckt?" Kramer grinste triumphierend. „Das

ist nichts anderes als die wichtigste Lektion über Dämonenzauber: Der menschliche Körper reagiert auf das, was die Augen sehen. Mithilfe von Trugbildern lenken und beherrschen Dämonen uns – über die Augen. Sie lassen uns etwas sehen. Wir fühlen es am eigenen Leib und denken, es wäre die Wahrheit. Und das Schlimme ist: Es funktioniert sogar mit geschlossenen Augen! Ihr glaubt mir nicht?"

„Das habe ich nicht gesagt."

„Keine Angst. Ich lege Zweifel nicht als Ketzerei aus. Alles, was hier gesagt wird, bleibt in dieser Kammer. Es ist nur ein Gespräch zwischen zwei belesenen Männern, Heinrich und Beno. Schlagt Ihr bei diesem Pakt ein?"

Er streckte Beno tatsächlich die Hand hin. *Das ist der ungewöhnlichste Mönch, den ich je getroffen habe*, dachte Beno verwundert. Er zögerte, aber längst konnte er der Faszination nicht mehr widerstehen.

„Einverstanden."

„Gut!" Kramer ging zur Leiter und den Planken hinüber und schleppte ein langes Brett heran. Er räumte die Stühle beiseite und legte es auf den Boden.

„Mutig genug für ein Experiment? Bist du in der Lage, auf diesem Brett ein paar Schritte zu gehen und das Gleichgewicht zu halten …"

„Natürlich!"

„… mit geschlossenen Augen?"

„Ich denke schon."

„Beweise es."

Beno zögerte, aber dann setzte er einen Fuß auf das

Brett. Es war erstaunlich leicht, darauf zu balancieren. Aber bizarrerweise sah er im Dunkel seiner geschlossenen Lider Elisabeth. Ihr Lächeln, das so schnell aufflammte, das Strahlen ihrer grünen Augen …

„Nicht das Gleichgewicht verlieren“, hörte er Kramer mahnen. „Und jetzt wieder zurück. Gut. Ich erhöhe das Brett jetzt um ein paar Hand breit. Lass die Augen geschlossen!“

Beno hörte Rumpeln und Scharren, und als Kramer ihn wieder zum Brett führte, ertastete er einen Stuhl, auf dessen Sitzfläche das Brett auflag. Jetzt war es schon schwieriger, das Gleichgewicht zu halten. Beno breitete die Arme aus und balancierte Schritt für Schritt – bis es plötzlich noch kälter wurde. Unter seinen Füßen schwang das Brett plötzlich bei jedem Schritt sacht, als würde das Ende frei schweben. Aber erst als ein Windstoß ihm Schneeregen ins Gesicht wehte, verstand Beno und erstarrte.

„Spürst du den Wind?“, hörte er Kramer hinter sich rufen. „Ich habe das Brett aus der Tür hinausgeschoben. Du stehst über dem Abgrund. Aber stell dir einfach vor, du seist noch im Zimmer. Dreh dich um und komm zurück.“

Aber das hörte Beno nur noch wie aus weiter Ferne. Ihm wurde schwindlig und heißkalt vor Schreck. Er riss die Augen auf – und starrte verwirrt auf den Holzboden. Die Tür war noch ein ganzes Stück entfernt. Das Brett befand sich immer noch im Raum, es schwang nur deshalb frei, weil Kramer das hintere Ende an der Truhe verkeilt hatte. Allerdings standen Fenster und Tür nun offen, sodass der Nachtwind durch das Zimmer pfiff.

Beno schoss das Blut in die Wangen. Wütend sprang er vom Brett. „Das war ein wirklich schlechter Scherz!", fuhr er Kramer an.

Der Inquisitor nickte. „Zugegeben. Und ich war damals genauso wütend auf meinen Lehrer, als ich diese Lektion lernte. Ich mag Höhen nämlich ebenso wenig wie du – wir beide steigen eine Leiter auf dieselbe Weise hoch: Erst zögern wir, dann ziehen wir uns vorsichtig nach oben, Sprosse für Sprosse, ohne nach unten zu schauen. Aber Fakt ist, du warst nie in Gefahr. Und dennoch reagiert dein Körper auf eine eingebildete Gefahr genauso, als wäre sie real. Das ist der zweite Teil der Lektion: Dämonische Wesen arbeiten mit Trugbildern – selbst wenn diese nur in unserer Vorstellung existieren. So ist es am leichtesten, Menschen zu lenken. Du hast den Abgrund *gesehen*, nicht wahr?"

„Ich sehe nur eine Leiter", gab Beno ungehalten zurück. „Und die werde ich jetzt benutzen. Um zu gehen."

Ein weiterer Windstoß fegte in den Raum, ließ Benos Mantel flattern und wehte die Papiere vom Tisch. Ein Rascheln wie höhnisches Flüstern, das ihn zu verspotten schien. Denn ja, er hatte den Abgrund gesehen – und spürte ihn jetzt noch: das flaue Gefühl, die Angst vor dem Fall. Immer noch hatte er weiche Knie. Kramer hinderte ihn nicht daran, die Leiter zu holen. Doch als er schon bei der Tür war, legte sich die Hand des Mönchs sacht auf seine Schulter.

„Warte, Beno! Ich kann gut verstehen, dass du zornig auf mich bist. Zu Recht! Aber mein Angebot von heute Abend war ernst gemeint: Ich halte dich für einen guten Beobachter. Und ich brauche einen zweiten Protokollanten."

Beno schüttelte den Kopf. „Ich habe Pflichten im Kontor."

Der Mönch verstellte ihm den Weg zur Tür. „Dein Großvater mag sich einreden, dass du dafür brennst, verwöhnte Bürger mit Luxusgütern aus der ganzen Welt zu versorgen, während vor den Stadttoren die Bauern hungern. Aber ich habe gesehen, woran dein Herz wirklich hängt, Beno. Du bist jemand, der die Welt und ihre Gesetze verstehen will. Du bist hungrig nach Wissen! Nach Philosophie und Naturwissenschaften. Und du bist ein Mensch, dem Prunk und Eitelkeit nichts bedeuten. Deine Stadt liegt dir am Herzen – und alle ihre Menschen, auch die Ärmsten. Wäre es da nicht ehrenhaft, wenn du mit mir an der Vertreibung des Bösen arbeiten würdest?"

Beno schluckte schwer. Wie lange war es her, dass jemand ihn wirklich verstanden hatte? „Es … geht nicht darum, was ich will", sagte er heiser. „Jeder hat von Geburt an seinen Platz im Leben. Und mich hat Gott nun mal zu einem Humpis gemacht und ins Kontor gestellt."

Kramer lächelte fein. „Vielleicht hat er dich doch für eine andere Aufgabe ausersehen. Vielleicht ist es kein Zufall, dass ich Papier brauche und du es mir gebracht hast. Vielleicht hat Gott uns zusammengeführt, weil meine Aufgabe gute Verbündete erfordert. Denn …", seine Stimme sank zu einem Flüstern, „… hier geht es nicht um einen gewöhnlichen Hexenprozess, Beno. Ich bin dabei, das gesamte Wissen über Hexen zu sammeln und in einem Buch zusammenzufassen. In Zukunft werden alle Richter und Inquisitoren es als juristisches und theologisches Standardwerk benutzen." Er deutete auf einige Papiere, die der Wind auf die Dielen geweht hatte. „Das sind die ersten Entwürfe der Kapitel. Wenn das Werk erst gedruckt ist, wird es die Welt verändern! Und die Ravensburger Prozesse werden darin als Beispiele beschrieben."

„Das heißt, es gibt bereits Verdächtige?"

Kramer nickte ernst.

Beno fröstelte und das lag nicht nur am Wind. Er las den Titel des Werks auf einem Stück Papier auf dem Boden: *Maleus Maleficarum. Hammer der Schadenszauberinnen.*

„Willst du dir die Chance entgehen lassen, an diesen Prozessen mitzuwirken?", fragte Kramer. „Sie werden Geschichte schreiben!"

Beno antwortete nicht, er las, was auf einem Blatt stand, das direkt vor seine Füße geweht worden war:

Dämonen scheinen sich vor allem an Frauen und Mädchen zu heften, die schönes Haar haben. Diejenigen, die feuerfarbenes Haar haben, sind besonders verdächtig. Sie legen es ganz bewusst darauf an, die Männer zu entflammen und zu verführen.

„Ich brauche detaillierte Beschreibungen der Hexen und jeder ihrer Handlungen während der Prozesse", fuhr Kramer fort. „Jedes Handzeichen, jede Bewegung, jeder Blick der Frauen muss beobachtet und beschrieben werden. Gremper protokolliert ihre Aussagen. Aber du würdest mein drittes Auge sein."

Beno schüttelte den Kopf. „Ich könnte niemals Euer Auge sein, denn ich sehe ganz andere Dinge als Ihr. In Ravensburg habe ich nämlich kein Mädchen und keine ehrbare Frau gesehen, die sich so benimmt, wie Ihr es von den Frauen behauptet."

Kramers Augen blitzten vor Ärger, er schnaubte. „Dann hast du nicht richtig hingeschaut. Du wirst dich noch wundern, Beno. Das alles hier ist erst der Anfang." Etwas klirrte, dann drückte der Mönch ihm ein Amulett in die Hand. Es war ein Anhänger an einer Lederschlinge, ein Bernsteinkreuz, eingefasst in Silber. „Hier! Das hat der Papst persönlich gesegnet. Es wird dich beschützen. Und lass dir einen Rat geben: Sieh wenigstens genau hin. Betrachte die Frauen und Mädchen ganz genau, wie sie gehen, sprechen, wie sie sich das Haar hinters Ohr streichen. Analysiere, was du siehst, und du wirst überrascht sein. Denn manchen genügt es zu glauben, um zu sehen. Aber kritische Geister wie du müssen wohl erst sehen, um zu glauben."

Auge in Auge

Bärlapp – auch Teufelsklaue genannt – hilft einem Angeklagten vor Gericht. Dafür muss er einen Zweig dieser Pflanze unter dem Rock oder im Ärmel tragen, während er den Richtern fest in die Augen sieht. Dann kann er sicher sein, dass der Prozess zu seinen Gunsten entschieden wird.

ALLTAGSWISSEN

Diejenigen, die feuerfarbenes Haar haben, sind besonders verdächtig. Diese Worte gingen Beno auf dem Heimweg nicht mehr aus dem Kopf. Feuerrot war Elisabeths Haar nicht, aber rotgolden wie helle Flammen, und im Kerzenlicht bekamen die langen Wellen den dunklen Glanz von Kupfer. Während Beno den Schlüssel hervorholte, musste er voll Unbehagen daran denken, wie misstrauisch Kramer Elisabeth gemustert hatte.

Das Schloss schnappte fast lautlos auf und Beno huschte ins Haus. Zum Glück waren keine Lautenklänge mehr zu hören. Der Tisch war abgeräumt worden, im Prunkzimmer war nur noch Madda, die am Kamin stand und in der Glut stocherte. Als Beno eintrat, fuhr sie mit dem Schüreisen in der Hand ertappt herum. „Herr Beno! Ihr … Ihr wart so spät noch unterwegs?“

Sie biss sich auf die Unterlippe, als sie sich wohl darauf besann, dass sie als Magd keine Fragen zu stellen hatte.

Aber Beno nickte. „Hol mir ein Glas Wein.“

Madda legte das Eisen hin und eilte davon.

Beno trat zum Kamin. Auf dem Stuhl an der Wand lag Elisabeths Stickerei, das Altartuch, das den Kreuzsockel im Krankensaal des Spitals schmücken sollte. Das Motiv hatten sie gemeinsam ausgesucht: die Muttergottes, umgeben von ihren biblischen Symbolen – Einhorn und Phönix, eine Rose ohne Dornen, eine Lilie, eine Zypresse und der Baum des Lebens. *Nur dass Maria hier eher wie ein fröhliches Mädchen wirkt*, dachte Beno mit einem Lächeln. *Und der Rest ist ein verwunschener Märchengarten voller Fabeltiere und Geheimnisse.* Er widerstand der Versuchung, über die zarten Goldfäden zu streichen, die Elisabeths Haar so ähnlich waren. Stattdessen griff er zum Schüreisen. Ascheflocken und Funken lösten sich aus den Resten der Glut, als Beno die verkohlten Scheite wendete und verschob. Aber sosehr er auch suchte, es fand sich kein Hinweis.

Hinter sich hörte er, wie ein Glas auf dem Tisch abgestellt wurde.

„Danke, Magdalene. Du kannst gehen.“

Aber er hörte keinen Schritt. Als er sich umsah, stand Madda immer noch da, knetete verlegen ihre Hände und schien mit sich zu ringen.

„Was ist los, Magdalene?"

„Sucht Ihr vielleicht … das hier?" Sie streckte ihm die Faust hin und öffnete die Hand.

Ihre Finger waren von Asche geschwärzt, und auf der Handfläche lag etwas, was wie ein halb verkohltes, mehrfach zusammengefaltetes Papier aussah. Beno nahm das winzige Päckchen an sich. Es war feucht. „Es lag im Kamin", erklärte Madda. „Es wäre ganz verbrannt, aber Frau Barbara hat es unabsichtlich gelöscht, als sie den versalzenen Wein ins Feuer goss."

Beno zupfte die Papierfetzen vorsichtig auseinander. In dem scharfen Knick klebten Reste von nassem Pulver. Er schnupperte daran, aber es roch nur nach Wein und Asche.

„Ich … ich glaube, ich weiß, was das ist", sagte Madda leise.

„Ach ja?"

Sie nickte, ihre Wangen glühten, als sie näher trat. „Sporen der Bärlapp-Pflanze. Wirft man sie ins Feuer, dann gibt es einen Feuerball. Genau wie vorhin."

Beno konnte sie nur völlig verblüfft anstarren. Beinahe hätte er gelacht. Plötzlich passte alles zusammen. Die Art, wie Kramer die Aufmerksamkeit auf Gremper gelenkt hatte, während er scheinbar nur seine Kleidung ordnete. *Und dabei blitzschnell das kleine Päckchen hinter sich ins Feuer beförderte.* Die Papierschichten sorgten dafür, dass Kramer noch genug Zeit für seine Ansprache hatte. *Hat er mitgezählt, wie lange es dauern würde, bis die Sporen verpuffen?*, fragte sich Beno.

„Logisch!“, sagte er. „Aber woher wusstest du es?“

„Ich ... habe es nur vermutet. Als Kinder haben meine Schwestern und ich oft Bärlapp gepflückt. Damit haben wir den Gesellen in der Schmiede unseres Vaters Streiche gespielt. Wir haben uns hinterrücks angeschlichen und das trockene Kraut über ihre Schultern ins Schmiedefeuer geworfen.“

„Du liebe Güte! Ist nie die Schmiede abgebrannt?“

Madda grinste. „Das war wohl das Glück der Narren. Aber ich wurde mehr als einmal für diesen Streich verprügelt.“

Jetzt musste Beno doch lachen. „Weiß Barbara, was für eine schlaue Magd sie angestellt hat?“

Madda machte einen übertriebenen Knicks. „Man muss nicht immer schlau sein, Herr Beno.“ Sie lächelte ihm verschmitzt zu. „Meist genügt es, genau hinzusehen.“

Manche müssen wohl erst sehen, um zu glauben. In dieser Hinsicht hat Kramer wohl doch Recht, dachte Beno verwundert. Denn es kam ihm vor, als würde er Madda an diesem verrückten Abend zum ersten Mal wirklich sehen. Noch nie war ihm aufgefallen, wie aufrecht und stolz dieses Mädchen war. Maddas Augen strahlten und unter ihrem Tuch war eine dunkle Strähne herausgerutscht, die ihr über die Wange fiel. *Sie ist schön*, dachte Beno. *Auf eine ganz andere Art als Elisabeth. Elisabeth ist die Frühlingssonne, Madda der klare Dezembermond.*

Auch sie musterte ihn ohne Scheu, prüfend und sehr genau.

„Was denkst du … über all das?“, fragte Beno.

„Vermutlich denken wir dasselbe. Dass auch ein Inquisitor seine Lehren gut verkaufen muss. Mit … allen Mitteln.“

Diesmal teilten sie das Lächeln zweier Komplizen. Es war seltsam, aber plötzlich waren sie nicht mehr Herr und Magd, sondern einfach nur zwei Menschen, die gemeinsam ein Geheimnis gelüftet hatten.

Doch der magische Moment erlosch. Irgendwo knarrte eine Diele. Ein Luftzug ließ die Kerzenflammen flackern und fauchen, als hätte jemand eine Tür geöffnet.

Madda senkte ertappt den Blick.

„Du kannst gehen, Magdalene“, sagte Beno laut. „Ich lösche die Lichter heute selbst.“

„Sehr wohl, Herr Beno.“ Sie machte einen hastigen Knicks und huschte davon.

Als Beno wenig später mit einem Talglicht in der Hand zur Treppe ging, hatte er immer noch das Gefühl, nicht allein zu sein. Sein Nacken kribbelte, als würde ihn jemand beobachten. Doch niemand war im Flur. *Zumindest niemand, den ich sehen kann*, dachte er voll Unbehagen. Er blieb stehen und drehte sich vor der Treppe um. Der Docht des Talglichts verrutschte bei der Bewegung und die Flamme ertrank im flüssigen Talg. Dunkelheit fiel über Beno wie eine schwarze Decke. Umso deutlicher konnte er nun die Gegenwart in den Schatten fühlen. Warm und beruhigend lag Kramers Amulett aus Bernstein in seiner Hand. *Aber ihr seid hier,* dachte Beno grimmig. *Unsichtbar belauert ihr uns.* Er zögerte, die Treppe zu seiner Kammer hochzugehen. Jenseits der Schwärze, ganz am Ende des langen Flurs, befand sich das Schlafgemach von Onofrius und Barbara. *Und Elisabeths Kammer.*

*

Elisabeth hatte schon längst das Licht gelöscht, aber an Schlaf war nicht zu denken. Ob sie die Augen schloss oder in die Dunkelheit starrte, sie sah immer Lucios Lächeln vor sich, sie hörte die Tanzmelodie und spürte sogar jetzt wieder das seltsame, leichte Flattern in ihrem Bauch. Es war verrückt, aber sie vermisste Lucio bereits und konnte den Morgen kaum erwarten. Nebenan knarrten Schritte. Dann drang das dumpfe Murmeln einer Unterhaltung durch die Tür. Elisabeth schlüpfte aus dem Bett und huschte barfuß zur schmalen Verbindungstür, die ihre Kammer vom Schlafzimmer trennte. Sie wusste, welche Dielen sie meiden musste, um sich nicht durch ihr Knarren zu verraten. Lautlos kauerte sie sich auf die Schwelle und zog vorsichtig das kleine Holzstück aus dem Loch, das sie als Kind heimlich in die Tür gebohrt hatte. Ein Lichtfinger fiel durch die winzige Öffnung, und sobald sie das Ohr an die Tür presste, konnte sie die Worte gut verstehen.

„Beruhige dich doch“, sagte Onofrius gerade. „Der Ausspruch mit der Kontorgeisel war doch nur ein Scherz!“

„Über eine Entführung macht man keine Scherze!“, gab Barbara hitzig zurück. „Du hättest tot sein können! Diese grässliche Narbe an deiner Schläfe erinnert mich jeden Tag daran.“

„Jos Humpis wollte mich nicht umbringen, sondern mich in seinem Schloss in Ratzenried einkerkern und Lösegeld erpressen.“

„Zwei deiner Söldner sind bei dem Angriff umgekommen, und es war reines Glück, dass du bei dem Kampf nicht ein Auge verloren hast.“

„Tja, wer solche Verwandte wie meinen machtgierigen Vetter Jos hat, braucht keine Feinde mehr. Aber es ist vorbei.“

„Es ist nie vorbei!“, rief Barbara. „Nie! Ich träume jede Nacht davon. Und jedes Mal, wenn du aus dem Haus gehst, fürchte ich mich davor, dass die Ratzenrieder es wieder versuchen.“ Ihre Stimme zitterte. „Wann hört das Unglück endlich auf? Erst diese Stürme, dann der Hunger und die drohenden Aufstände, die versuchte Entführung – und als wir endlich Hoffnung hatten …“

Ihr krampfhaftes Luftholen wurde zu einem erstickten Schluchzen.

„Barbara! Weine doch nicht.“ Onofrius Stimme war ganz und gar raue Zärtlichkeit.

„Vielleicht schenkt der Herr uns die Gnade eines weiteren Kindes. Und falls nicht, ändert es nichts an meinen Gefühlen für dich. Du weißt, ich habe dich nicht geheiratet, weil ich einen Nachfolger brauche. Ich bin ein alter Mann. Und ich habe genug Kinder und Enkel.“

„Ich weiß! Und … ich weine ja gar nicht, das alles macht mir einfach nur Angst! Hexenprozesse – bei uns, grundgütiger Gott! Hast du bemerkt, wie dieser schreckliche Inquisitor Madda angestarrt hat? Und die Art, wie er sich bei uns umgesehen hat – als wäre unser Haus eine Brutstätte von Dämonen. Aber vielleicht stimmt das ja? Vielleicht hat mich wirklich jemand verflucht? Leute, die uns unseren Reichtum neiden und uns Böses wünschen, gibt es schließlich genug. Und was, wenn es wirklich die Hebamme war?" Elisabeth hielt die Luft an und schlang die Arme um die Knie. Plötzlich bereute sie, gelauscht zu haben. Sie sah sich bang um, aber da war nichts Beängstigendes. Der Mond war hervorgekommen und tauchte das Zimmer in milchigen Nachtglanz.

„Madda muss gleich morgen früh zur Grabstelle gehen", fuhr Barbara hitzig fort, „und nachsehen, ob die Erde unberührt ist …"

„Hör auf, du redest ja wie im Fieber!", rief Onofrius. „Und außerdem weißt du, dass ein solcher Verdacht Unsinn ist. Käthe Meitlin ist eine fromme, anständige Frau, die ihren Beruf versteht, sonst hätten wir sie nicht per Ratsbeschluss als Stadthebamme angestellt. Um solche Menschen geht es bei den Hexenprozessen doch gar nicht! Und schon gar nicht um unser Gesinde."

„Du hast ja Recht", erwiderte Barbara mit erstickter Stimme. Und noch leiser fügte sie hinzu: „Aber mir kommt es so vor, als wären die Stadtmauern plötzlich Gefängnismauern."

„Ich weiß, Liebste", sagte Onofrius zärtlich. Stoff raschelte, als würde er seine Frau an sich ziehen.

Es waren diese Momente, die Elisabeth das Herz aufgehen ließen. In der Öffentlichkeit würden die Eheleute natürlich niemals zeigen, dass sie einander liebten. Liebe war etwas, was nicht zur Ehe gehörte und eher mit Missbilligung betrachtet wurde. Leidenschaft zwischen Eheleuten galt sogar als schädlich. Aber aus irgendeinem Grund war es für Elisabeth wichtig zu wissen, dass diese verborgene Kammer voller echter Nähe und Zuneigung existierte. Wieder zitterte dieser ruhelose Falter in ihr und ließ ihr Herz schneller schlagen. *Ich will keinen heiraten, der mich nicht liebt und den ich nicht liebe,* dachte sie. *Und der hässliche Saufkopf Simon wird es ganz bestimmt nicht sein. Eher werde ich Nonne!*

„Aber ich weiß, wie wir dem Kerker entkommen können – zumindest für eine Weile", sagte Onofrius im Ton eines Verschwörers. „Wir geben ein Fest in unserem Schloss, weit weg von den Gefängnismauern."

Elisabeth drückte sich noch dichter an die Tür.

„Ein Fest?", fragte Barbara. „Was ist mit dem Kontor? Wer soll den Handelszug empfangen, wenn er endlich ankommt? Und dann die Prozesse ... Gerade jetzt wirst du im Rathaus gebraucht."

Onofrius lachte. „Pfeif auf die Prozesse! Rathaus und Kontor kommen eine Woche ohne mich aus. Und wenn der Handelszug eintreffen sollte, wird uns jemand im Schloss benachrichtigen und ich schicke Beno los. Aber wir werden in unserem Wasserschloss tanzen! Schließlich müssen wir unserem Hausgast doch zeigen, dass nicht nur die Italiener Feste feiern können. Das Wichtigste ist aber, dass ich meine Frau wieder fröhlich sehe."

„Du bist ein unverbesserlicher Leichtfuß."

Bitte, lieber Gott, lass meine Tante Ja sagen!, flehte Elisabeth.

„Vielleicht hast du Recht", sagte Barbara. „Das Kontor ist bei Beno in guten Händen. Lass ihn hierbleiben."

„Ich will, dass er mitkommt."

„Warum? Er tanzt ohnehin nicht."

„Eben. Mein Enkel ist für meinen Geschmack viel zu sehr dabei, zu einem trockenen, mürrischen Papierfresser zu werden. Es wird ihm guttun, Zeit mit Lucio zu verbringen. Mach nicht so ein Gesicht, Barbara! Ich weiß, Beno und du, ihr seid in letzter Zeit wie Hund und Katze. Es ist nicht einfach mit ihm. Aber ich verspreche dir, wir werden alle lachen und fröhlich sein. Und du wirst die Königin des Festes sein! Bestell morgen den Schneider, ich lasse dir den besten roten Samt aus dem Lager holen …"

Onofrius sprach weiter, aber Elisabeth hielt es keine Sekunde länger aus und sprang auf. Mit drei Schritten war sie bei der Truhe und zog ihr lindgrünes Festkleid heraus. Die Seide knisterte unter ihren Fingern, als sie das Gewand an den Körper hielt. Es wirbelte bei der Drehung, der Saum streifte über ihre Füße. In den Mondschatten glaubte sie, Lucios Gesicht zu erkennen. Und seltsamerweise auch Benos Züge, lachend und übermütig, so wie sie ihn schon lange nicht mehr erlebt hatte.

Aber ein Geräusch ließ sie erschrocken mitten in der Drehung verharren. Irgendetwas war draußen im Flur. Atemlos horchte sie eine ganze Weile, dann öffnete sie lautlos die Tür. Im Gegensatz zum monddurchfluteten Zimmer herrschte im fensterlosen Flur blinde Schwärze. Etwas klackte kaum wahrnehmbar gegen die Tür – *wie ein Pendel.* Ihre Fingerspitzen fanden ein Lederband, das um die Klinke geschlungen war. Sie ertastete einen kreuzförmigen Anhänger, die Kühle von Metall – und die samtige Glätte eines Edelsteins, noch warm von einer Hand. *Ein Schutzamulett aus Bernstein!* Ein Strahlen ging über ihr Gesicht. *Lucio war hier.*

Feuerrot

Karfunkelsteine erkennt man an ihrem klaren, tiefen Rot. Der Karfunkel kann ein Rubin sein, aber auch ein Granat oder ein Spinell. Das Rot von Rubinen steht für das Leiden Christi und das Blut der Märtyrer. Ein Rubin verleiht Mut und stärkt das Herz. Manche munkeln aber auch, dass dieser rote Stein Wünsche und Sehnsüchte weckt und das Liebesfeuer zwischen Mann und Frau besonders heiß lodern lässt.

„An einem Tag wird gebetet und gefastet und am nächsten schon wieder geprasst und gefeiert." So schimpfte Gret schon seit Tagen. „Ich möchte wirklich wissen, welche Laus den Herrschaften da quer über den Kopf gekrochen ist!"

Madda konnte die Köchin gut verstehen. Mehr als vierzig Gäste würden zum Fest in das kleine Wasserschloss an der Bettenreute reisen. Und es war Grets Aufgabe, für Gewürze und Vorräte zu sorgen. Musiker waren angeheuert worden, außerdem Reitknechte und bewaffnete Söldner samt Pferden, die den Humpis-Tross auf dem Weg bewachen und das Schloss während der Festtage sichern sollten. Der größte Teil der Dienstboten, Mietköche und Helfer war bereits vorausgefahren, um vor Ort alles für die Gäste vorzubereiten. Die Herrschaften selbst würden morgen in aller Frühe aufbrechen.

Das Haus schwirrte wie ein Bienenschwarm, der sich bereit machte davonzufliegen. Im Flur traten sich die Helfer und Lieferanten auf die Füße, Truhen und Reisesäcke stapelten sich im Erdgeschoss. Madda kam aus dem Hetzen nicht mehr heraus.

„Was machst du denn für ein Gesicht? Freust du dich denn gar nicht?“, fragte Elisabeth sicher schon zum hundertsten Mal, als Madda gerade Wolldecken in einen Sack stopfte. Madda schwieg. Die junge Herrin wartete ohnehin keine Antwort ab.

„Ich kann vor Aufregung kaum noch schlafen!“, sprudelte sie schon weiter. „Aber Barbara hat natürlich auch Simon eingeladen. Willst du nicht mit ihm tanzen? Dann wäre ich ihn los.“

„Das steht mir nicht zu“, erwiderte Madda ernst.

Barbara lugte in den Raum. „Lies? Bring diese Liste zu Gret in den Vorratskeller. Madda! Lauf zum Kontor und hol den roten Samt ab. Aber beeil dich! Der Schneider wartet im Kaminzimmer.“

Madda war froh, aus dem Haus zu kommen. Auf der Straße atmete sie tief durch. *Könnte ich nur in Ravensburg bleiben!*, dachte sie. Denn nein, sie freute sich noch weniger als Gret auf das Schloss. Die Reise dorthin würde mindestens vier Stunden dauern. Noch nie war Madda so weit weg von zu Hause gewesen. Sie würde außerdem auf einem Pferd sitzen müssen, weil Barbara, die auf Anweisung des Arztes nur im Schritt reiten durfte, darauf bestanden hatte, Madda an ihrer Seite zu haben. Aber das Schlimmste war, dass sie ihre Familie am Sonntag nicht sehen würde. *Marie wird enttäuscht sein.* Wenigstens hatte sie gestern Anna Mindelheim auf dem Weg zur Apotheke getroffen.

„Fahr ruhig zum Schloss." So hatte alte Nachbarin sie beruhigt. „Mariechen hat kein Fieber mehr. Ich pass schon auf, dass nichts Böses in die Nähe eurer Kleinen kommt."

Anna ist wirklich ein Engel, dachte Madda.

Doch ein schriller Schrei schreckte sie aus ihren Gedanken auf. „Lasst mich los!", gellte es beim Rathaus. „Hilft denn keiner?"

Madda raffte den Rock und rannte sofort los – in Richtung der verzweifelten Rufe. Sie fegte um die Ecke auf den Rathausplatz … und landete mitten in einer Gruppe gaffender Menschen.

„Pass doch auf, wo du hinstolperst, Trampel", knurrte ein Mann und stieß sie grob zurück.

Madda erkannte, warum man nur die Schreie der Frau hörte. Die Leute beobachteten stumm und mit offenen Mündern das Schauspiel: Zwei Büttel, die eine sich windende Frau auf ihren Schultern zum Rathaus schleppten.

Das ist ja Els Frowendienst!, dachte Madda. *Die Frau des Schlossers, die in der Kirche dem Inquisitor widersprochen hat.* Madda wurde heiß vor Empörung, als sie sah, wie die Stadtwächter mit der ehrbaren Bürgersfrau umgingen. Die Haube war ihr vom Kopf gerutscht, das graue Haar fiel ihr offen ins tränenüberströmte Gesicht. Und sie war mit Seilen und Fesseln zusammengeschnürt wie ein Kalb auf einem Marktkarren.

„Lasst mich runter!" Ihre Stimme überschlug sich. „Hans!"

Ihr Mann, der sich durch die Menge kämpfte, wollte zu ihr, aber ein dritter Büttel versperrte ihm mit gezückter Hellebarde den Weg. „Geh zurück und lass uns unsere Arbeit tun!"

„In Gottes Namen, Thomas!", rief der Schlosser dem Stadtwächter empört zu. „Das ist doch Els! Du kennst sie, seit du ein kleiner Junge warst. Und als dein alter Vater neulich eure Truhe bei uns abgeholt hat, hat sie Kuchen für deine Kinder eingepackt. Wie kannst du zulassen, dass man sie so behandelt?"

Der Wächter bemühte sich um eine unbewegte Miene, aber sogar Madda sah, wie er rot wurde und schluckte.

„Befehl ist Befehl, Hans", gab er zurück. „Hätte sie sich der Verhaftung nicht widersetzt, wäre sie nicht gefesselt worden."

„Warum wird sie denn verhaftet?", flüsterte Madda einer der Schaulustigen zu.

Die Frau sah sie an, als hätte Madda gefragt, warum die Menschen nicht auf Händen liefen. „Na, weil sie eine Hexe ist!"

„Els wird verdächtigt?", rief Madda so laut, dass sich ein paar Leute umdrehten. „Das ist doch Unsinn! Wer hat sie angezeigt?"

Die Frau bekam schmale Augen, dann bekreuzigte sie sich ängstlich und ließ Madda einfach stehen. Els' Geschrei riss mit dem donnernden Zufallen der Rathaustür ab. Schlagartig fanden die Leute die Sprache wieder und bestürmten Hans, der fassungslos und totenblass dastand, mit Fragen. Madda entdeckte auch Veit unter den Gaffern.

Sein Vater gehört zum Stadtrat, er weiß sicher mehr. „Veit!", schrie sie über die Köpfe der Leute hinweg. Sie winkte und kämpfte sich zu ihm durch, aber zu ihrer Überraschung hörte er sie wohl nicht, denn er wandte sich hastig ab und ging mit schnellen Schritten davon. Jetzt war es an Madda, mit offenem Mund dazustehen. *Er muss mich gehört und gesehen haben! Sind jetzt alle verrückt geworden?*

„Verdammtes Hexenpack", murmelte jemand hinter ihr. Aber als sie sich umdrehte, taten alle so, als wäre Madda Luft.

*

Völlig außer Atem kam sie im Kontorhaus der Familie Humpis an. Auch hier im Außenlager ging es zu wie in einem Bienenstock. Sekretäre und Kontoristen eilten an ihr vorbei, in Lagerräumen wurden Gewürze in Hanfbeutel umgefüllt, Stoffe gefaltet und verschnürt. Madda eilte in den hinteren Teil des Gebäudes. Wie meist saß Beno auch heute über den Rechentisch gebeugt und notierte die Wechselkurse verschiedener Münzen, die er vor sich auf den Umrechnungstabellen und gezeichneten Schablonen aufgereiht hatte. Wenn er im Kontor war, kleidete er sich mehr seinem Stand entsprechend. Zumindest trug er feinere Stoffe. Seinen Rubinring hatte er allerdings neben die Münzen gelegt. Als er Madda entdeckte, hellte sich seine Miene auf. „Komm rein. Schickt dich Barbara, um den Samtstoff abzuholen?"

Sie konnte nur stumm nicken. Beno wurde ernst. „Du bist ganz blass. Ist etwas passiert?"

„Els Frowendienst wurde verhaftet!"

„So?" Wenn Beno überrascht war, verbarg er es gut.

Madda nickte hastig. „Wusstet Ihr davon? Ihr habt doch mit dem Inquisitor gesprochen."

„Nein, er hat nichts gesagt."

„Els hat nichts mit den Hagelstürmen zu tun!"

„Natürlich nicht", sagte Beno verwundert. „Das wird jeder bestätigen, der sie kennt. Vielleicht soll sie ja nur als Zeugin aussagen ..."

„Sie war gefesselt wie eine Verbrecherin."

Jetzt runzelte Beno doch die Stirn. Madda huschte zu ihm und beugte sich so weit über den Tisch, dass sie einander direkt in die Augen sahen. „Was passiert jetzt mit ihr?", flüsterte sie. „Was macht der Inquisitor mit ihr?"

„Ich weiß es nicht", erwiderte Beno ebenso leise. Für einen langen Moment sahen sie einander nur an. Dann schenkte Beno ihr ein beruhigendes Lächeln. „Mach dir keine Sorgen um Els. Das ist sicher nur ein Missverständnis. Heute Abend wissen wir mehr."

Wir. Sofort ging es ihr besser. „Ich hoffe, du hast Recht", raunte sie ihm zu. „Ich meine ... *Ihr* habt Recht."

„*La caccia alle streghe* hat also begonnen."

Madda fuhr herum. Der Genueser lehnte mit verschränkten Armen lässig im Türschatten an der Wand.

„In Italien mag man es vielleicht Hexenjagd nennen, Lucio", erwiderte Beno ruhig. „Aber hierzulande bezeichnet man es immer noch als gerichtliche Untersuchung. Und da du so feine Ohren hast, hast du sicher auch mitbekommen, dass Magdalene den Stoff für Barbara holen soll, nicht wahr?"

Der Italiener lachte leise und hob die Hände. „*Colposo!*", sagte er versöhnlich. „Schuldig im Sinne der Anklage! Dafür hole ich den Stoff persönlich aus dem Lager. Komm mit!" Er ging mit federnden Schritten voraus. Madda sah sich noch einmal nach Beno um, aber der hatte sich schon wieder über seine Arbeit gebeugt. Doch seine Finger spielten nervös mit dem Rubinring auf dem Tisch, und als hätte er eine Fährte aufgenommen, waren seine Augen ganz schmal und die Linie um seinen Mund war hart.

„*Maddalina?*"

Sie riss sich los und holte zu Lucio auf. Der Weg führte zum hintersten Lagerzimmer, wo sich auf Regalen bunte Stoffballen bis zur Decke türmten.

„Rot, ja?", wollte Lucio wissen. Sie nickte und blieb an der Schwelle stehen, während Lucio eine Leiter holte und Stoffbündel vom obersten Regal zog. Madda sah sich unbehaglich um. Kein Lehrling und kein Lagerarbeiter weit und breit. Hier war sie mit Lucio ganz allein.

„Du musst schon herkommen, ich werfe den teuren Samt nicht auf den Boden“, sagte der Italiener. Und als sie zögerte, fügte er spöttisch hinzu: „Was ist los? Hast du etwa Angst vor mir?“

Bilde dir bloß nichts ein!, dachte Madda grimmig. *Ich habe nicht vergessen, wie du mich neulich auf der Straße angesehen hast. Aber falls du denkst, Mägde seien Freiwild, wirst du dich wundern.* Sie hob herausfordernd das Kinn und trat zur Leiter. Doch der Italiener leistete sich keine Frechheit. Er reichte ihr nur ein Bündel herunter und hangelte dann nach einem zweiten, mit dem er von der Leiter stieg.

Madda machte ihm Platz und schrak zusammen, als sie wie aus dem Nichts einem Mädchen gegenüberstand, das ihr schockierend ähnlich sah. Aber da war nur ein hoher Spiegel, der an einem Regal lehnte. Inmitten der bunten Stoffe wirkte ihr ernstes Spiegelbild mit der graubraunen Kleidung farblos wie ein Gespenst.

„Was meinst du, welcher Rotton passt besser zu Barbara?“, wollte Lucio wissen.

„Das habe ich nicht zu entscheiden, Herr Lucio.“ Auch ihre Stimme klang in diesem Raum gedämpft, fast unwirklich.

„Dann versuchen wir es mit dem Zinnoberrot“, bestimmte Lucio. „In Genua sagen wir *rosso fuoco* dazu – ‚Feuerrot‘. Wusstest du, dass die Farbe aus dem Kampf zwischen einem Drachen und einer Schlange hervorgegangen ist?" Er lächelte ihr zu wie ein verschmitzter Geschichtenerzähler. Und auch wenn sie es nicht gerne zugab: Seine Frage machte sie neugierig. „Nein, das … wusste ich nicht."

Lucios Augen leuchteten auf. „Dann hör zu! Der Drache und die Schlange kämpften viele Tage lang. Keiner von beiden konnte gewinnen. Schließlich verbissen sie sich ineinander. Sie rollten auf einen Abgrund zu, aber keine der Bestien wollte lockerlassen. So stürzten sie schließlich eng umschlungen in die Schlucht und … starben beide, zerschmettert am Grunde des Tals. Aber dort geschah etwas Magisches: Das kalte Blut der Schlange und das heiße, feurige Blut des Drachen vermischten sich und erstrahlten in einem ganz besonderen Rot."

Es war seltsam: Madda fröstelte, ohne zu wissen warum. Die sanfte Stimme und der fremdartige Singsang seiner Stimme faszinierten sie. Und auf eine Art verstand sie, warum die junge Herrin kaum die Augen von ihm lassen konnte. *Er ist ein Gaukler, der sein Handwerk versteht. Marie würde ihn bestimmt lieben.* Jetzt schämte sie sich beinahe für ihr Misstrauen.

„So entstand diese Farbe hier … Zinnober." Es flappte, als Lucio den Stoff ausschüttelte. Noch nie hatte Madda ein solches Rot gesehen. Es war so leuchtend, dass es fast in den Augen schmerzte. „Im alten Rom rieben sich die Gladiatoren vor dem Kampf mit dieser Farbe ein. Adelige Römerinnen schminkten sich damit die Lippen, um schöner zu sein als die Göttin Venus selbst und …" Madda zuckte zurück, aber es war zu spät. Mit Schwung hatte Lucio den Stoff schon über ihre Schultern geworfen. Warm und schwer hing das Rot an ihr.

„... und junge Königinnen und die mächtigsten Kurtisanen aller Länder bringen damit seit jeher ihre Schönheit zum Strahlen."

Madda wusste zwar nicht, was eine Kurtisane war, aber sie erkannte sehr wohl, dass Lucio mit diesem Wort gerade eine Grenze überschritten hatte. *Geh!*, befahl sie sich. *Das geht zu weit.* Aber sie konnte nicht. Es war, als würde Lucios Gegenwart sie benommen machen. Als wäre die Luft plötzlich aus winterkaltem Honig, so unmöglich schien es, die Beine zu bewegen oder auch nur den Mund zu öffnen.

Sie wehrte sich nicht einmal, als Lucio ihr die Hände ganz sacht auf die Schultern legte und sie zum Spiegel drehte. Und dann blieb ihr der Atem weg. Von der Magd war nichts mehr übrig. Im Spiegel stand eine schöne Fremde. Ihre Haut schien neben dem Rot zu leuchten wie Schnee und ihre Augen hatten einen dunklen, geheimnisvollen Glanz. „Feuerrot steht dir, *Maddalina*", raunte ihr der Italiener zu. „Es bringt dich zum Strahlen. Du siehst aus wie in Glut gekleidet, die jedes Herz entflammt."

Das brachte sie endlich wieder zu sich. „Für Herzen habe ich nichts übrig", sagte sie barsch. Hastig schüttelte sie den Stoff ab und wich zur Seite, weg von dem Spiegel und von Lucio.

Lucio lachte leise. Es klang sanft und arglos, aber Madda war plötzlich noch unbehaglicher zumute. Denn erst jetzt fiel ihr auf, dass er sich so hingestellt hatte, dass er ihr den Weg zur Tür versperrte. *Zufall?* In ihrem Magen spürte sie längst die aufkeimende Angst. Jetzt hätte sie sich dafür ohrfeigen können, dass sie ihm überhaupt so lange zugehört hatte. „Ich muss gehen!“

Doch Lucio rührte sich nicht. „*Sei bellissima*“, fuhr er ungerührt fort. „Auch wenn du dein Haar unter dem Tuch versteckst, ich habe es im Wind gesehen. Willst du diese Schönheit wirklich an ein aschgraues, mühsames Leben als Dienerin verschwenden? Sie ist ein Kapital, *Maddalina*, eine Währung. Setze sie richtig ein und du wirst Macht über reiche Männer haben …“

„Ich verstehe nicht, was das alles hier soll!“, schnappte Madda. „Und jetzt …“

„Du verstehst nicht?“ Seine Sanftheit bekam etwas Lauerndes. Sie fand ihn überhaupt nicht mehr hübsch, nur noch gefährlich. „Willst du behaupten, du weißt nicht, welchen Zauber du auf uns Männer ausübst?“, fuhr er fort. „Du bist für uns wie eine Melodie, der wir nicht widerstehen können. Wir müssen tanzen, ob wir wollen oder nicht. Das ist ein großes Geschenk, *Maddalina.* Die mächtigsten Männer könnten dir zu Füßen liegen. In Italien könntest du ein Leben in Reichtum führen.“ Er hob die Hand, als wollte er ihre Wange berühren. „Du müsstest dich nur dazu entschließen, weniger spröde zu sein …“

Madda sprang zurück und funkelte ihn wütend an. „Weniger spröde zu Euch, ja? Ich verstehe nur eines, Herr Lucio: dass ihr ein anständiges Mädchen offenbar nicht von einer Dirne unterscheiden könnt. Ich bin aber keine! Sprecht mich also nie wieder auf diese Weise an. Und jetzt lasst mich gehen oder ich schreie nach Meister Ferber!"

Resolut wickelte sie den Stoff zu einem Bündel zusammen und drückte es wie einen Schutzschild an sich, die Hände zu Fäusten geballt. Lucio verstand die Botschaft offenbar. In seinen goldbraunen Augen blitzte Ärger auf.

„Sollte ich etwas Falsches gesagt haben, entschuldige ich mich. Vorhin in Benos Schreibzimmer hatte ich jedenfalls den Eindruck, du redest gerne vertraulich mit Männern, die weit über dir stehen. Gib es zu: Du tust nur so anständig, dabei weißt du genau, was du willst – und wie du es bei Beno erreichst."

Jetzt hätte sie gute Lust gehabt, ihm sein spöttisches Lächeln aus dem Gesicht zu schlagen. „Die einzige Zukunft, an die ich denke, wartet im Humpis-Haus auf mich", erwiderte sie mit aller Schärfe. „Nämlich der Schneider, der den Stoff für Barbaras Schleppe braucht. Also lasst mich vorbei!"

Lucios Lächeln erlosch, aber nach einer quälend langen Weile trat er tatsächlich zur Seite und ließ sie mit einer spöttischen Verbeugung passieren. Doch während sie schon erleichtert davoneilte, spürte sie immer noch seinen Blick im Rücken wie ein kaltes Eisen.

*

Obwohl sein Großvater am Nachmittag im Rathaus gewesen war, hatte Beno von ihm kaum etwas über die Verhaftung erfahren. Nur dass Els Frowendienst vor Gericht zu den Aussagen der anonymen Zeugen Stellung nehmen musste und im Rathauskerker in Untersuchungshaft saß. Aber weder Barbara noch Onofrius machten Els zum Thema.

Hauptsache, wir haben schöne Musik zum Fest, dachte Beno voller Bitterkeit.

Unten im Kaminzimmer ging es an diesem Abend offenbar fröhlich zu. Barbara und Onofrius ließen sich von Lucio in ein spanisches Brettspiel einweihen, und das Lachen hallte bis ins obere Stockwerk, wo Beno in seiner Kammer neben den Lagerräumen die letzten Anweisungen an die Kontorsleute schrieb. Er ertappte sich dabei, auf Elisabeth zu horchen, aber seltsamerweise hörte er ihre Stimme und ihr Lachen heute nicht heraus. Es war verrückt, wie sehr er diesen Klang vermisste.

Gewöhne dich daran, dachte er. *Bald wirst du ganz ohne sie leben müssen.* Er legte die Feder beiseite und rieb sich die brennenden Augen. Noch nie hatte er die Schwere der Mutlosigkeit so gefühlt wie jetzt. Schließlich holte er bestimmt zum fünfzigsten Mal an diesem Tag einen Stapel eng beschriebener Blätter und den Brief hervor, den man ihm heute ins Kontor gebracht hatte. Heinrich Kramers steile, akkurate Handschrift sprang Beno entgegen.

Anbei schicke ich dir einige weitere Textentwürfe zu Kapiteln des Hexenhammers *zum Lesen. Und falls*

deine Neugier siegt und du deine Meinung änderst, melde dich beim Ratsknecht Gmeiner. Aber warte nicht zu lange, Beno, denn für das Himmelreich und für meine Hexenprozesse gilt dasselbe: Die Türen dorthin schließen sich schneller, als sie sich öffnen.
H.

Unten im Haus ertönten drei donnernde Schläge, Metall gegen Holz. Jemand betätigte den Türklopfer der Eingangstür. *So spät?*, dachte Beno verwundert. Er machte sich auf den Weg nach unten, aber Madda hatte die Haustür bereits geöffnet und hastete gerade wieder die Treppe hoch. Über das Treppengeländer gebeugt beobachtete Beno, wie sie zum Kaminzimmer huschte. Dann hörte er sie sagen: „Hans Frowendienst ist unten, Herr Onofrius. Er bittet darum, Euch sprechen zu dürfen."

*

Hans stand am Fuß der Treppe, aschfahl im Gesicht, in den Händen seine Filzkappe. Er nickte auch Beno höflich zu, als dieser sich zu seinem Großvater gesellte. Onofrius war wieder ganz Geschäftsmann, nüchtern und direkt. „Was gibt es, Hans?"

Der Schlosser schluckte. „Ich habe eine Bitte."

„Ich kann nichts für Els tun", sagte Onofrius ohne Umschweife. „Bei diesem Prozess sitze ich nicht als Ratsmitglied im Gericht."

„Ich weiß, Onofrius. Es geht um die Bürgschaft."

„Els wird also gegen eine Geldsumme freigelassen?", sagte Onofrius. „Wie schön, das freut mich zu hören!"

Beno atmete insgeheim auf. *Obwohl eine Bürgschaft noch kein Freispruch ist.* „Wie geht es Els denn?", wandte er sich an den Handwerker.

„Wie es einer ehrbaren Mutter und Großmutter eben geht, wenn man sie wie eine gemeine Verbrecherin behandelt", erwiderte Hans niedergeschlagen. „Diese Schande wird sie nie verwinden. Unsere Familie ist heute vor Gericht erschienen. Alle haben ausgesagt, dass Els unschuldig ist. Ich habe auch einen Advokaten angeheuert. Er sorgt dafür, dass es nicht zu einer Anklage kommt. Aber solange die Kaution nicht gezahlt ist, bleibt sie im Gefängnis. Und die Richter … haben die Summe auf fünfzehn Goldgulden festgesetzt."

Jetzt verstand Beno, warum Hans so verzweifelt war. Das war für einen Handwerker wie Hans weit mehr als ein halber Jahreslohn.

„Du willst also Geld von mir", stellte Onofrius nüchtern fest.

„Eine Vorauszahlung", sagte Hans mit leiser Stimme. „Für … die Truhen im nächsten Jahr." Onofrius holte sehr tief Luft, auf eine Art, die Beno nur zu gut kannte. *So bereitet er sich auf eine Absage vor.* Ihm sank der Mut. „Die ganze Familie legt zusammen", fuhr Hans hastig fort. „Sogar der Apotheker hat uns was geliehen. Aber es fehlen immer noch acht Gulden."

Beno sah Onofrius auffordernd an, aber sein Großvater ignorierte ihn ganz bewusst.

„Wir wissen noch gar nicht, wie viele Truhenschlösser wir im nächsten Jahr benötigen“, wandte er sich ruhig, aber bestimmt an Hans Frowendienst. „Ich habe dir immer geholfen, Hans, und dir auch schon zweimal Geld geliehen. Einmal für die Reparatur eures Daches nach dem Hagelschlag. Und einmal für die Mitgift eurer Ältesten. Beide Kredite hast du noch nicht abgezahlt. Ich habe dir für dieses Jahr sogar die Zinsen erlassen, weil ich weiß, dass deine Geschäfte in dieser harten Zeit schlecht laufen. Aber mehr kann ich nicht tun.“

Was soll das?, dachte Beno fassungslos. *Alleine die Gewürze für dein Festmahl kosten viel mehr!*

Hans senkte den Kopf. Es tat fast körperlich weh zu sehen, wie sehr sich der Schlosser zusammennehmen musste, obwohl ihm die Tränen schon in den Augen standen. „Ich verstehe, Onofrius.“

„Hat deine Frau nicht noch einen Verwandten, der irgendwo bei Konstanz lebt?“, setzte Onofrius freundlich hinzu. „Der hat doch ein Geschäft und wird dir das Geld wohl leihen können?“

„Ich … werde ihn fragen“, sagte der Schlosser heiser, aber erstaunlich gefasst. „Danke für Euren Rat und Eure Zeit, Onofrius.“

Onofrius nickte. „Alles Gute, Hans.“

Hans grüßte auch Beno höflich zum Abschied und setzte im Hinausgehen seine Kappe wieder auf. Beno entging nicht, dass die Hände des Mannes dabei zitterten. Wie demütigend musste es sein, so zu betteln und dann so gönnerhaft abgewiesen zu werden – vom reichsten Mann Ravensburgs.

Sehen lernen, dachte Beno. *Auch das hat Heinrich Kramer damit gemeint.*

Onofrius wartete, bis die Tür hinter Hans ins Schloss gefallen war, dann entspannte er sich und seufzte tief. „Hoffen wir das Beste für Els“, sagte er zu Beno. „Vielleicht lernt sie ja daraus und überlegt sich das nächste Mal, ob sie es sich durch ihre Zanksucht wirklich mit allen verderben will.“

Mit diesen Worten ging er einfach die Treppe hoch.

„Großvater! Warum gibst ihm den Vorschuss nicht?“

Sein Ruf hallte viel zu laut durchs Haus.

Onofrius fuhr auf der Treppe herum. „Meinst du diese dumme Frage wirklich ernst?“

„Hans will nichts geschenkt haben. Der Vorschuss würde uns doch bei Gott nicht arm machen. Und natürlich brauchen wir die Truhen.“

Onofrius stöhnte und schüttelte den Kopf, als wäre Beno ein hoffnungsloser Fall. „Manchmal frage ich mich wirklich, ob du Humpis-Blut in den Adern hast oder ein Wechselbalg der barmherzigen Samariter bist. Denk doch einmal logisch: Wie sieht es aus, wenn ein Ratsherr für die Freilassung einer Verdächtigen zahlt?“

„Du sitzt doch bei diesem Fall gar nicht im Gericht.“

„Na und? Die Leute würden sich fragen, warum ich dafür bezahle, Els so schnell wie möglich aus dem Gefängnis zu bekommen. Dann heißt es: Die Familie Humpis hat wohl etwas zu verbergen. Und die Els wusste davon. Oder, schlimmer noch: Was, wenn getratscht wird, dass Els doch eine Hexe ist und der alte Humpis habe sie rausgekauft? Dieser Vorschuss kann uns den Ruf kosten! Und wenn wir den Ruf verlieren, verlieren wir alles. Du denkst vielleicht, unser Geld sei unser wahres Kapital? Da irrst du dich! Das Kapital ist unser guter Name. Darauf gründet unser Erfolg. Und jetzt will ich kein Wort mehr von diesen verdammten Hexenprozessen hören!"

Beno biss die Zähne so fest zusammen, dass seine Kiefer schmerzten. Onofrius stampfte hinauf zum Kaminzimmer, wo nun Lautenklänge ein Lied begleiteten. Augenblicke später fiel die Tür oben donnernd ins Schloss. Die kleine Öllampe, die neben der Haustür hing, pendelte in einem sachten Luftzug. Beno atmete einmal tief durch.

Doch dann stutzte er. Angestrengt spähte er in den Schatten neben der Treppe – dort, wo man durch einen schmalen Flur in das Nebengebäude zur Küche und den Gesinderäumen kam. „Madda?"

Und tatsächlich trat die Magd aus der Dunkelheit. Jetzt merkte Beno, dass er sie unversehens bei dem vertraulichen Namen genannt hatte, den sonst nur die Frauen ihr gaben.

„Ja, ich habe gelauscht", gab sie zu. Und dann sprach sie aus, was er dachte: „Nach Konstanz ist es weit. Solange ihr Mann unterwegs ist, sitzt Els im Rathaus fest. Und was, wenn Hans das Geld nicht bekommt?"

Beno nickte. „Sie muss so schnell wie möglich freigekauft werden." *Denn im schlimmsten Fall sagt Els aus Wut und Verzweiflung auch noch etwas Falsches vor Gericht oder zum Inquisitor,* setzte er in Gedanken hinzu. *Daraus werden sie ihr dann einen Strick drehen und es kommt womöglich doch noch zu einer Anklage.* Erst jetzt bemerkte er, dass er seine Hände zu Fäusten geballt hatte. Als er sie löste, pochte die Stelle, an der sich der Ring tief in die Haut eingedrückt hatte. Der Rubin, den seine Großmutter Clara ihm vor vielen Jahren geschenkt hatte, warf warme Reflexe von Rot auf seine Haut. Plötzlich war Beno hellwach und völlig klar. Es war ein Gedanke und eine vage Idee. Aber vielleicht die Lösung. *Würde Clara mich verurteilen?*, fragte er sich.

Denn das Verrückte war: Onofrius hatte Recht. Und dennoch ... *Welche Wahrheit zählt hier? Logik oder Menschenleben?*

„Warte an der Tür auf mich", flüsterte er Madda zu. „Ich bin gleich wieder da."

Madda sprang sofort herbei. Und die Art, wie sie zu strahlen begann, zeigte ihm, dass sie sofort verstand, was er vorhatte.

*

Draußen pfiff der Wind schneidend kalt um die Häuser. Beno klapperten auf der Stelle die Zähne, als er ohne Mantel und Mütze die mondbeschienene Straße hinunterlief. Hans war zum Glück noch nicht weit gekommen, mit schleppenden Schritten ging er langsam die

Straße hinunter. Als Beno ihn einholte, schrak er zusammen und wischte sich verlegen mit dem Ärmel über die verweinten Augen. „Beno!“, murmelte er. „Hat Onofrius es sich anders überle…“

„Nein! Und du sagst ihm auch kein Wort, verstanden?“ Beno drückte ihm Claras Ring in die schwielige Rechte. „Nimm diesen Karfunkelstein. Es ist ein echter Rubin. Wenn du ihn verpfändest, kannst du Els gleich morgen früh aus dem Kerker holen.“

Hans rang mit offenem Mund um Fassung, doch dann konnte er ein erleichtertes Aufschluchzen nicht länger unterdrücken. „Vergelts Euch Gott, Beno! Ihr bekommt den Ring ohne einen Kratzer zurück!“

„Natürlich“, sagte Beno so überzeugt, als würde er wirklich daran glauben. „Aber bis dahin muss ich mich auf deine Verschwiegenheit verlassen können. Keiner darf wissen, dass du das Geld von mir hast, nicht einmal Els. Du weißt, ich setze hier das Vertrauen meiner Familie aufs Spiel.“

Es war nur ein scheinbarer Pakt auf Gegenseitigkeit, das wusste Hans sicher genauso gut wie Beno. Der Handwerker steckte bis zum Hals in Schulden, er würde den Ring niemals wieder beim Geldverleiher auslösen können. Aber der Handel mit dem Pfand seines Schweigens gab ihm etwas von der Würde zurück, die Onofrius ihm vorhin genommen hatte. Hans straffte die Schultern und nickte. „Ihr habt mein Ehrenwort.“ Und dann überrumpelte er Beno völlig, indem er ihn zum Dank einfach umarmte und fest an sich drückte.

Reiterinnen

Hexe bedeutet im übertragenen Sinne so viel wie „Zaunreiterin". Ursprünglich leitet sich dieses Wort aus den jahrhundertealten Begriffen Hag, *das heißt* „Einfriedung", *und* Zussa – „Dämon" *– ab. Tatsächlich reiten die Hexen durch die Luft auf Zaunlatten oder sonstigem Holz, sogar auf Besen. Aber manche haben im Verhör auch beschrieben, wie sie auf dem Rücken von Ziegen zu ihren heimlichen Zusammenkünften in der Wildnis außerhalb der Städte kamen. Natürlich ritten sie nicht auf echten Tieren, es waren Dämonen in Tiergestalt. Bisweilen fliegen Hexen aber auch ohne jegliche Hilfsmittel.*

Aus Heinrich Kramers Notizen

Die Pfahlbürger, die außerhalb der Stadtmauern lebten, kamen schon früh am Tag nach Ravensburg, um zu arbeiten – als Tagelöhner, Scheuermägde oder Holzmacher in den Badehäusern. Wie jeden Morgen überprüften die Wächter am Frauentor jeden von ihnen genau, bevor sie ihn in die Stadt ließen.

Aber heute gab es an der Stadtmauer noch mehr zu sehen als sonst: Die Festgesellschaft würde sich hier in Kürze zum Ritt ins Wasserschloss versammeln. Noch waren die Patrizier in der Kirche, wo Barbara ein Gebet und einen Reisesegen für die Gesellschaft lesen ließ. Außerdem würde Maddas Herrin ein Bündel feinster Kerzen spenden mit dem Auftrag, dass in der Liebfrauenkirche während ihrer Abwesenheit für ihr Kind gebetet wurde.

Madda wartete wie die anderen Bediensteten draußen bei den Pferden, die zwischen Kirchplatz und Frauentor bereitstanden. Überall drängten sie sich, scharrend, weiße Atemfahnen in die Luft schnaubend und mit angelegten Ohren nach dem Nebenpferd schnappend. Reitknechte rückten noch Sättel zurecht, die berittenen Wächter prüften ihre Waffen. Ein Gehilfe aus dem Kontor teilte den Begleitern bereits die Reittiere zu.

„Du nimmst den Rappen da hinten“, wandte er sich an Madda.

„Geht gefälligst weiter, hier gibt es nichts zu sehen!“, schnauzte ein Torwächter. Es nützte nichts, Gruppen von Arbeitern blieben stehen und stauten sich schon vom Stadttor ein Stück Richtung Judenviertel, wo sich auch der Gefängnisturm mit dem grünen Dach erhob. Madda raffte den Rock und machte sich auf den Weg. Sie trug heute ein abgelegtes Reitkleid von Elisabeth. Es war schwarz und sehr lang, mit schwerem Saum. Beim Laufen verhedderte sie sich immer wieder in den Stoffmassen. Die Humpis-Frauen saßen nämlich gerne rittlings wie Männer auf den Pferden, die Beine verborgen unter weiten Röcken. Schaulustige reckten die Hälse, um ja nichts zu verpassen. Noch nie hatte Madda sich so beobachtet gefühlt. Wenigstens war der Rappe nicht so groß wie die Pferde, die schon für Barbara und Elisabeth bereitstanden. Lucios fuchsroter Wallach, den ein Knecht hielt, tänzelte und zerrte ungeduldig am Zügel. Niemand würde Madda in den Sattel helfen, nur ein magerer Bursche, fast noch ein Kind, hielt ängstlich die Zügel. Das schwarze Pferd rollte mit den Augen und schnappte wüst nach dem Jungen, der vor Schreck prompt die Zügel losließ. Bevor ihr Pferd sich davonmachen konnte, sprang Madda vor und packte es am Zaum.

„Das ist eine schwarze Teufelsmähre", spottete ein Tagelöhner und spuckte aus.

Das fängt ja gut an, dachte Madda verzagt. Die Leute grinsten und glotzten, während sie nach dem Steigbügel hangelte. Ein Pferd in der Schmiede beim Beschlagen am Halfter zu halten war etwas ganz anderes, als in einem Sattel zu sitzen. Der Rappe wich ihr aus und tanzte um sie herum. Aus dem Augenwinkel verfolgte sie, wie Barbara und Elisabeth auf den Platz kamen und warteten, dass ihnen die Knechte ihre Pferde brachten und ihnen in den Sattel halfen. Und dann, als Madda endlich den Fuß im Steigbügel hatte, quiekte ihr Reittier und machte einen riesigen Satz zur Seite – ohne Rücksicht auf Madda, die sich an den Sattel klammerte, um nicht unter die Hufe zu kommen. Ihr Fuß verhakte sich im Steigbügel.

„Halt doch den Gaul fest!", schrie Madda den Jungen an. Aber der wich mit großen Augen zurück. Neben ihr ertönte ein wohlbekanntes Lachen.

„Schöner Tanz“, rief Lucio ihr spöttisch zu. Im Vorbeigehen gab er dem Rappen beiläufig einen Klaps gegen das Hinterbein.

Mistkerl!, dachte Madda.

Das Pferd erschrak so sehr, als hätte Lucio es mit einem glühenden Eisen berührt. Und dann war der Teufel los: Der Zügel wurde durch Maddas Hand gerissen. Ein Fuß verdrehte sich schmerzhaft im Bügel, der andere Fuß schleifte über den Boden, als das Pferd zur Seite ausbrach. Verzweifelt klammerte sie sich fest und versuchte sich auf den Pferderücken hochzuziehen, aber ihre Hand rutschte vom Sattel ab. *Das war es*, schoss es ihr durch den Kopf. *Das Biest wird mich durch den Dreck schleifen!*

Ein Mädchen rief ihren Namen, irgendein Büttel brüllte einen Befehl. Und gerade, als sie sich nur noch mit der linken Hand in die struppige Mähne krallen konnte, kam das Pferd zitternd zum Stehen.

„Deinen Gaul haben sie wohl mit Tollkirschen gefüttert“, sagte eine spöttische Stimme.

„Martin!“ Noch nie war Madda so erleichtert gewesen, den Schmiedegesellen zu sehen. Er hielt die Zügel fest in der Hand. Nun grinste er ihr freundlich zu und hakte geschickt den Steigbügel von ihrem Fuß los.

Als Madda endlich wieder auf beiden Beinen stand, sah sie, dass auch ihre jüngere Schwester zum Tor gekommen war. „Ursel! Was willst du denn hier?“

Ursel umarmte sie stürmisch. „Mich verabschieden, was denn sonst? Anna hat uns ausgerichtet, wann ihr losreitet. Ich wollte unbedingt zu dir, und Martin sagte sofort, dass er mich begleitet."

Das glaube ich gern. Madda verkniff sich ein Lächeln.

„Zur Seite! Macht den Weg frei!", gellte ein Befehl aus der Richtung des Gefängnisturms. „Komm hier rüber!" Ursel zog sie in Richtung Stadtmauer, während die Schaulustigen an ihnen vorbei nach vorne drängten. Jetzt erkannte Madda, dass es einen weiteren Grund für den Menschenauflauf gab. Einige Wächter und ein Ratsknecht waren gerade aus dem Rathaus gekommen und gingen nun zum Gefängnisturm.

„Hier!" Ursel zog einen kleinen Kranz aus Wacholderzweigen hervor. „Ich habe ihn genauso geflochten, wie Marie es wollte. Du sollst den Kranz in den See werfen, er ist ein Geschenk für die Wasserfrauen."

„Wie kommt Marie denn darauf, dass ich zum Bodensee reite?"

Ursel seufzte. „Du kennst sie doch! Anna hat nur einmal das Wasserschloss erwähnt – und seitdem lässt Mariechen sich nicht davon abbringen."

Madda musste lachen und gleichzeitig wurde sie traurig. *Was gäbe ich dafür, jetzt einfach heimgehen zu können.*

Aber Barbara und Elisabeth saßen schon im Sattel. Onofrius stieg über einen hölzernen Leiterbock gerade auf seinen Schimmel, dann ritt er als Erster durch das Stadttor nach draußen. Hufe klapperten, als sich auch der Rest des Trosses in Bewegung setzte. Nur Beno verharrte mit seinem Pferd noch an der Seite des Turms und unterhielt sich mit einem der Torwächter. *Vielleicht fragt er, ob Els Frowendienst wieder frei ist.*

„Du musst wohl los“, sagte Ursel. „Das hier wird dich beschützen.“ Sie hängte Madda ein Amulett um – ein Stück Angelikawurzel an einem Lederband. Madda umarmte ihre Schwester. „Danke! Und sag Marie, ich bringe ihr ein Geschenk von den Seefrauen mit.“

Ursel nickte und wich zurück. Aus sicherer Entfernung beobachtete sie, wie Martin den Rappen zu Madda führte. An seiner Hand ging das Pferd lammfromm und ruhig. „Soso, du begleitest also Ursel aus reiner Freundlichkeit“, bemerkte Madda.

Martin verzog den Mund zu einem schiefen Lächeln. „Und du hast dich wohl in ein Burgfräulein aus Zuckerschnee verwandelt. Als wir damals den Gaul des Müllers heimlich aus dem Stall geholt haben, wusstest du jedenfalls noch, wie man auf einen Pferderücken klettert.“ Bei diesen Worten fasste er sie einfach um die Taille und hob sie mühelos aufs Pferd.

Madda wurde rot, aber trotz allem musste sie lachen. Sie wollte nach den Bügeln hangeln, als wieder Gebrüll einsetzte. Plötzlich schoben sich die Leute zusammen, stolperten nach hinten. Einige fielen rücklings in den Dreck. Der Rappe erschrak, warf den Kopf hoch und machte Anstalten zu steigen. Madda krallte sich in seine Mähne, heilfroh, dass Martin das Pferd immer noch im Zaum hielt.

„Kannst du von da oben sehen, was da vorne los ist?“, fragte er über die Schulter.

Über die Köpfe der Leute hinweg beobachtete Madda, wie die Büttel mit quer gehaltenen Hellebarden die Leute grob zu den Seiten abdrängten, um eine Schneise zu schaffen. Und aus der Richtung des Gefängnisturms kam der Ratsknecht zurück – gefolgt von zwei Wächtern, die eine Gefangene in Ketten zwischen sich führten. Es war eine dicke, sehr kräftige Frau, so schmutzig und zerzaust, dass Madda sie nicht sofort erkannte. Mit starrem Gesicht stapfte die Gefangene vor sich hin wie eine Schlafwandlerin, kreideweiß und so eingeschüchtert, dass es Madda ins Herz schnitt.

„Das ist die Magd aus dem Badehaus", sagte sie zu Martin. „Agnes. Sie ist in Ketten und wird wohl zum Rathaus gebracht." *Und das heißt, sie wird der Hexerei verdächtigt und muss zum Verhör.*

Die Leute bekreuzigten sich und tuschelten. Einige spuckten verächtlich vor Agnes auf den Weg. Ursel sah sich ängstlich nach Madda um. „Geh mit Martin heim", befahl Madda ihrer Schwester und holte die Zügel ein.

Aber Martin schüttelte den Kopf und rief: „Lauf in die Liebfrauenkirche und rühr dich nicht, bis ich dich dort abhole, Ursel!"

Zu Maddas Überraschung gehorchte ihre Schwester dem Gesellen sofort und schob sich eilig durch die Menge. Martin zog den Rappen in die andere Richtung zum Tor. „Was hast du vor?"

„Dich ins Freie zu bringen. Dein Pferd ist schreckhafter als eine Katze im Hundepferch. Falls es hier gleich einen Tumult gibt, kann deine Herrschaft ihre Magd von der Stadtmauer kratzen.“

Madda war froh, dass Martin bei ihr blieb. Die Patrizier hatten es wohl eilig gehabt, den Schauplatz zu verlassen. Nur Beno wartete immer noch hoch zu Ross neben dem Tor und beobachtete besorgt den Gefängniszug. Als er Maddas Blick begegnete, war es, als könnte sie seine Gedanken hören. *Er will genauso wenig von hier weg wie ich*, dachte sie. Sichtlich widerwillig wendete Beno sein Pferd und lenkte es an den Wächtern vorbei durch das Tor.

„Wohin?“, fragte der Büttel Martin. „Willst du zu Fuß mit zum Schloss?“

„Nein, ich begleite die Magd nur nach draußen.“

Der Büttel grinste. „Kann ich verstehen bei der Teufelszosse, die dein Mädchen von seiner Herrschaft zum Reiten bekommen hat. Geh durch!“

Der Hufschlag bekam ein paar Schritte lang einen leichten Hall, dann lag Ravensburg hinter ihnen. Es war ein seltsames Gefühl, die Sicherheit der Stadt zu verlassen. Plötzlich schien der Himmel weiter zu sein, und das Land wild und endlos. Martin betrachtete finster die Gruppe von Patrizierfrauen, die sich auf freiem Feld neben der Straße um Barbara scharte. Die junge Gemahlin von Kaufmann Möttelin saß in einem Frauensattel in züchtiger Pose schräg auf ihrem Pferd, beide Beine auf der linken Seite. *Sie wird also mit Barbara zusammen den ganzen Weg im Schritttempo zurücklegen müssen. Gut für mich!*

„Wenigstens hat dein Hausherr nicht an Wächtern gespart", murmelte Martin. „Hoffen wir, dass Jos Humpis nicht schon wieder einen Überfall auf deine feinen Herrschaften plant. Rutsch ein bisschen im Sattel zurück."

„Warum?"

„Die Steigbügel sind zu lang für dich."

Madda betrachtete Martin, während er die Lederriemen auf beiden Seiten mit sicheren Handgriffen neu verzurrte. Eine warme Welle von Zuneigung durchströmte sie. *Das Mädchen, das dich einmal heiratet, wird sich immer sicher fühlen können*, dachte sie. Ein wenig kam es ihr so vor, als hätte sie Martin so lange nicht gesehen, dass er ihr fast fremd erschien. Das glatte, haselnussbraune Haar fiel ihm schräg in die Stirn. Noch nie war ihr aufgefallen, dass seine Augen von langen Wimpern umschattet waren. Und mit seinem konzentrierten Gesichtsausdruck wirkte ihr schlaksiger, hagerer Freund aus Kindertagen heute gar nicht mehr so jungenhaft.

„Versuche es jetzt mal." Ihr Herz machte einen Satz, als er ihre Ferse umfasste und ihren linken Fuß in den Bügel schob. „Besser?"

„Ja", sagte sie ein wenig verlegen. *Was ist los mit mir? Das ist doch nur Martin.*

Als hätte er ihren Gedanken gehört, blickte er auf, ernsthaft, ohne das spöttische Lächeln, das sie sonst verband.

„Bei so einem schreckhaften Pferd darfst um keinen

Preis die Steigbügel verlieren“, erklärte er. „Drück die Fersen immer nach unten. Und wenn du fürchtest, im schnellen Lauf das Gleichgewicht zu verlieren, dann stell dich in die Bügel, beuge dich ein wenig vor und halte dich mit einer Hand an der Mähne fest, verstanden?“

„Wann hat man dich denn zum Turnierritter geschlagen?“ Der scherzhafte Tonfall wollte ihr heute nicht so gut gelingen.

Martin schwieg und behielt weiter die Zügel in der Hand. Unschlüssig stand er da, als hätte er noch etwas auf dem Herzen. *Gleich wird er mich wieder fragen.*

„Du … solltest Ursel aus der Kirche holen“, sagte Madda.

„Du schuldest mir noch eine Antwort auf meine Frage“, sagte Martin leise. „Tanzt du am Martinifest mit mir?“

Madda spähte zu den Patriziern hinüber. Die Frauen trieben ihre Reittiere in langsamem Schritt voran. Nur Elisabeth zügelte ihr hochbeiniges Pferd und schaute zu Madda.

„Meine Herrschaft wartet.“

Martin schnaubte. „Die Herrschaft wartet immer! Herrgott, Madda, ich will doch nur ein Ja oder ein Nein hören, ist das so schwer?“

Madda schluckte. Plötzlich schlug ihr das Herz bis zum Hals. *Sag einfach Nein*, dachte sie. Aber das war ebenso unmöglich auszusprechen wie ein Ja.

Martins Miene verfinsterte sich. „Es ist wegen Veit,

stimmt's? Ich bin kein Esel, ich weiß, dass er dir viel besser gefällt als ich. Natürlich, er sieht gut aus – und mehr bieten kann er dir als Erbe eines Zunftmeisters auch. Wenn du ihn heiratest, wärst du eine richtige Oberstädterin …"

„Hör auf, darum geht es doch gar nicht!"

„Worum dann?"

Darum, dass jeder von mir Entscheidungen erwartet, hätte sie ihm am liebsten geantwortet. *Darum, dass es immer gleich ums Heiraten geht, um meinen guten Ruf, um mein ganzes Leben. Darum, dass jeder meiner Schritte falsch sein, Hoffnung oder Enttäuschung für meine Familie bedeuten kann.*

„Es … geht darum, dass alles vorbestimmt sein soll", sagte sie. „Nur weil wir zwei uns so lange kennen und mein Vater es am liebsten hätte, wenn die Schmiede von seinem Gesellen und seiner Tochter übernommen würde, damit alles in der Familie bleibt. Wenn wir tanzen, gelten wir gleich als Paar …"

„Und wäre das so schlimm?"

Was soll ich darauf antworten?, dachte Madda. *Dass mir Veit vielleicht wirklich besser gefällt? Dass ich die Freiheit haben will, es herauszufinden und bis dahin einfach zu lachen und zu tanzen, mit wem ich will, ohne dass es gleich so viel bedeutet?* Aber sie hütete sich, den Mund aufzumachen. Martin konnte kaum verbergen, dass auch ihr Schweigen ihn kränkte. Er schnaubte und fuhr sich mit der Hand unwirsch durchs Haar. „Na schön, Madda. Du weißt jetzt, wie es in mir aussieht. Wenn du zum Martinifest kommst, tanz mit mir – oder lass es bleiben. Aber ich frage dich kein drittes Mal."

„Madda, wo bleibst du?" Barbaras herrischer Ruf ließ sie zusammenzucken.

„Wir reden, wenn ich wieder da bin, Martin", sagte sie leise. „Sei nicht böse auf mich, bitte!"

Martin versuchte sich vergebens an einem Lächeln. Etwas sanfter sagte er: „Pass auf dich auf, Wildfang, hörst du?"

„Mach ich. Danke für alles, Martin."

Er strich dem Rappen mit einer beruhigenden Geste die Stirnfransen glatt und gab ihm einen freundlichen Klaps auf die Schulter. Das Pferd gehorchte wie von Zauberhand berührt und lief ruhig los. Jetzt, mit den kürzeren Steigbügeln, fiel es Madda erstaunlich leicht, im Sattel zu bleiben. Elisabeth kam ihr schon entgegengetrabt und lenkte ihr Pferd neben den Rappen.

„Das war doch Martin aus eurer Schmiede, der ausdrücklich nicht dein Verlobter ist?"

„Ja", erwiderte Madda knapp.

Elisabeth wandte sich halb im Sattel um. „Was hast du mit ihm gemacht, dass er so besinnungslos verliebt in dich ist?"

Madda antwortete nicht, sie trieb nur verärgert ihren Rappen an. *Fängt sogar schon meine Herrschaft davon an?*, dachte sie. *Kein Wunder, dass Veit auf Abstand geht, wenn jeder so tut, als wäre ich mit Martin verlobt.* „Gibt es etwas Neues von Els Frowendienst?", wechselte sie das Thema.

Elisabeth wurde schlagartig ernst und beugte sich von ihrem großen Pferd ein Stück zu Madda hinunter. „Sie wurde zum Glück schon heute Morgen gegen eine Bürgschaft aus dem Gefängnis entlassen“, sagte sie leise. „Aber inzwischen sind schon vier weitere Frauen verhaftet worden. Und angeblich sollen es nicht die letzten gewesen sein.“

Vier Frauen?, dachte Madda entsetzt. *Heilige Maria, was geht nur bei uns vor!*

„Wisst Ihr, welche Frauen das sind?“

„Nein, ich kenne keine von ihnen“, wisperte Elisabeth. „Langsam kann man wirklich Angst bekommen. Aber kein Wort davon zu Barbara. Sie hat verboten, dass an den Festtagen über die Prozesse getratscht wird!“

Madda nickte beklommen und schaute zu ihrer Stadt zurück. Sogar die Krähen, die sich krächzend vor dem Tor in die Luft erhoben, wirkten wie Unheilszeichen. Aber es war tröstlich, dass Martin immer noch dastand und ihr mit einer Mischung aus Sorge und Sehnsucht nachschaute.

*

Die Stunden krochen im Schritt dahin, aber mit jeder Meile, die hinter ihr lag, fiel Elisabeth das Atmen leichter. Die Türme von Ravensburg waren nur noch ferne Silhouetten im Novembernebel, nichts als düstere Traumbilder. Lucio ritt ganz vorne bei den Männern.

Aber als würde er ihren Blick spüren, drehte er sich jetzt im Sattel nach ihr um und schickte ihr ein Lächeln aus der Ferne.

In den vergangenen Tagen hatten sie kein heimliches Wort miteinander wechseln können. Tagsüber war er im Kontor und Barbara nahm Elisabeth völlig in Beschlag. Doch sie hatten sich trotzdem verständigt, in einer Sprache, die aus Lächeln und beiläufigen Gesten bestand.

„Wie weit ist es denn noch?“, klagte die Möttelin in ihrem unbequemen Damensattel.

„Nur noch eine Meile“, antwortete Barbara.

Elisabeth hielt es nicht mehr aus. Sie trieb ihr Pferd an und überholte die träge Gruppe ehrwürdiger Ehefrauen.

„Wo willst du hin, Lies?“, hörte sie Barbara noch rufen, aber da trabte sie schon an zwei Reitknechten vorbei. Die Spitze des Zuges war schon weit voraus, also holte sie im Galopp auf. Hier vorne war sie nicht die einzige Frau. Zwei Kaufmannstöchter, Johanna und Ingrid, versuchten offenbar, Benos Aufmerksamkeit auf sich zu lenken. Elisabeth brachte ihr Pferd so nah an seines, dass sich ihre Knie fast berührten. „Du wirst offenbar hoch auf dem Heiratsmarkt gehandelt“, sagte sie leise zu ihm. „Sei vorsichtig, vielleicht plant Barbara, dich als Höhepunkt des Festes an die Meistbietende zu verschachern …?“

Früher hatten sie sich oft über solche Schachzüge ihrer Familie lustig gemacht, aber heute blieb Benos Miene unbewegt und er starrte nur geradeaus. „Ich glaube, der Hauptpreis bist wohl eher du“, sagte er so ernst, dass ihr Herz sofort wieder schwer wurde. Aber so leicht gab sie nicht auf.

„Dann lass uns davonlaufen!", flüsterte sie und holte die Zügel ein. „Jetzt sofort. Bis zu den Ufern des alten Byzanz. Ich zähle auf drei!"

Das war ihr gemeinsames Zeichen. Früher hatten sie oft den ganzen Zug in Aufregung versetzt, indem sie aus dem Stand einfach davongestürmt waren, so schnell, dass sie selbst die Wächter abgehängt hatten.

Über Benos Züge huschte etwas Schmerzliches, Düsteres. Und natürlich schüttelte er den Kopf. „Das war ein Spiel", murmelte er. „Aber wir sind keine Kinder mehr, Elisabeth. Weglaufen ist keine Lösung." Er schnalzte und lenkte sein Pferd nach links, zu Onofrius und ein paar Männern, die in Geschäftsgespräche vertieft waren.

Weglaufen ist also keine Lösung?, dachte Elisabeth grimmig. *Da spricht ja der Richtige!*

Sie schluckte die Enttäuschung herunter und sah sich nach den Mädchen um. Simon langweilte die schöne Johanna ganz offensichtlich mit seinem Gerede zu Tode. Kein Wunder, er blinzelte, und sein Gesicht war schon so rot, als hätte er seine Morgengrütze in Branntwein eingeweicht.

„He, Johanna!", rief Elisabeth über die Schulter. „Ingrid! Wer zuerst am Schloss ist, trägt morgen Abend die Fackel beim Tanz!" Ihr Pferd machte einen erschrockenen Satz, so energisch trieb sie es an. Mehrere Pferde scheuten, als es aus dem Stand losschoss.

„He! Halt!“, hörte sie noch Onofrius' donnernden Befehl. Aber da flog sie längst im Galopp dahin, den Wind im Haar – und Lucios Stimme im Ohr.

„Keine Sorge, Onofrius, ich fange sie wieder ein!“, hörte sie ihn rufen.

Tief über die Mähne gebeugt, musste sie lachen. *Versuch es doch!*

Eine Schar Krähen flatterte auf, eine wirbelnde schwarze Wolke, die dem Pferd nur haarscharf auswich. Ein Flügel flappte gegen ihre Schulter und das empörte Krächzen vermischte sich mit dem dumpfen Hufschlag, der ihr folgte. Es war nicht nur Lucio, der aufholte, ein Blick über die Schulter zeigte ihr, dass die Mädchen ihr auf der Spur waren. Ohne sich um das Schimpfen ihrer Väter zu scheren, gaben sie ihren Pferden die Sporen.

Elisabeth beugte sich so tief über den Hals des Pferdes, dass flatterndes Mähnenhaar ihr übers Gesicht strich. Halb gefrorene Matschbrocken flogen nach allen Seiten, als ihr Pferd in gestrecktem Galopp durch das Frostgras pflügte. Ein eisiger Windstoß riss ihr den Schleier vom Haar, zusammen mit dem Bronzekamm, der ihre Wellen bändigen sollte. Jetzt flog ihr Haar bei jedem Sprung des Pferdes und sie genoss dieses Gefühl von Freiheit.

Eine Reihe von Bäumen huschte vorbei, ein verwischter Schattentanz. Nur aus dem Augenwinkel sah sie Johannas Grauschimmel. Wenige Augenblicke jagten sie Seite an Seite dahin, dann blieb der Schimmel zurück. Ingrid hatte auf ihrem schweren, langsamen Zelter ohnehin keine Chance, aber seltsamerweise war auch Lucio nirgendwo zu sehen. Und da merkte sie schlagartig, dass sie allein auf freiem Feld war.

Ihr Pferd hatte sie über eine flache Kuppe getragen. Der Zug war wie von Zauberhand aus ihrem Sichtfeld verschwunden. Die Wächter, die ihr Onofrius sicher hinterhergeschickt hatte, hatten noch nicht aufgeholt.

Ich bin frei!, dachte sie fast verwundert. Sie schloss kurz die Augen und genoss nur: das Schnauben des Pferdes in der Stille, die nach Eisnebel schmeckende Luft und den Wind, der sie zu tragen schien.

Als sie die Augen wieder öffnete, schrak sie zusammen. Etwas Schwarzes glitt pfeilschnell in der Luft dahin – eine Krähe, die neben ihrem Pferd dahinsegelte. Das glänzende Onyxauge schien sie zu mustern. *So nah!* Sie hätte die Hand ausstrecken und den Vogel berühren können. Für einige unwirkliche Momente spürte sie kaum noch, wie das Pferd sich unter ihr streckte. Alles war leicht und schwebend, der Boden glitt wie ein frostweißes Seidentuch unter ihr dahin.

Wir fliegen!, dachte sie fasziniert. Im selben Moment drehte der Vogel ab und sie entdeckte Lucio. Er hatte sie längst überholt und galoppierte im Sichtschutz der Baumgruppen, sein Mantel – ein Aufblitzen von Rot zwischen den Bäumen rechts von ihr. „*Lisabetta!*", hörte sie ihn leise rufen. „Hierher, schnell!"

Sie schaffte es gerade noch, über einen kleinen vereisten Bach zu setzen und in den Sichtschutz der Bäume einzutauchen, als der erste Wächter über die Kuppe preschte. Lucio winkte sie heran. Sie duckten sich unter tief hängenden Zweigen und stürmten im Unterholz davon wie Diebe auf der Flucht. Erst auf einer nebligen Lichtung zügelten sie völlig außer Atem ihre Pferde. Auch Lucios Wangen glühten und sein Atem bauschte sich als eisige Wolke vor seinem Mund. In weiter Ferne ertönten Rufe, aber hier war es gespenstisch still. Das Schnauben der Pferde schien zu hallen.

Lucio lachte verschwörerisch und schüttelte den Kopf. „*Dio mio*, was für eine Jagd!“, keuchte er. „Ich wusste gar nicht, dass du eine *dona de fuera* bist – ein wildes Waldmädchen. Warum verkleidest du dich als Kaufmannstochter?“

„Warum tust du so, als wolltest du mich zurückholen, wenn du in Wirklichkeit mit mir weglaufen willst?“

Lucio atmete durch und wurde ernster. „Weil es die einzige Möglichkeit ist, mit dir allein zu sein“, sagte er sanft. „Dafür werde ich gerne zum Dieb und stehle mir so viel Zeit, wie ich bekomme.“

Er lenkte sein Pferd sehr nah an ihres, und sie wehrte sich nicht, als er wie selbstverständlich ihre Hand nahm und sie an die Lippen zog. Der Kuss war nur eine Andeutung, aber sogar durch die Handschuhe aus Ziegenleder glaubte sie die Berührung zu spüren und wurde rot. Lucio ließ sie nicht los, er betrachtete sie so voller Hingabe, als hätte er etwas unendlich Schönes und Kostbares vor sich.

„Ich … habe dein Geschenk gefunden“, brach sie die verlegene Stille.

Sie ließ die Zügel los und griff mit der freien Hand nach dem Bernsteinkreuz, das ihr beim wilden Ritt aus dem Kragen gerutscht war. Das Lederband hatte sie durch eine Silberkette ersetzt. „Ich habe gehört, wie du das Amulett neulich an meine Tür gehängt hast", fügte sie hinzu. „Nur hatte ich noch keine Gelegenheit, mich dafür zu bedanken."

Lucio lächelte. „Der Bernstein schützt am besten gegen bösen Zauber. Und hoffentlich auch … gegen Unglück." Er schluckte und wurde ernst. „Wirst du … diesen Kaufmannssohn heiraten, wie Barbara es plant?"

Elisabeth schrak zusammen. *Wir kennen uns kaum und es geht ihn nichts an.* Aber sie fasste sich ein Herz und schüttelte zaghaft den Kopf. „Ich will es nicht", antwortete sie kaum hörbar. „Ich … will einen Mann heiraten, für den ich nicht nur eine Handelsware bin. Und den ich auch … lieben kann." Ihre Wangen glühten, als sie diese Ungeheuerlichkeit tatsächlich aussprach. Ihre Worte widersprachen Anstand und Tradition. Aber nichts hatte sich jemals richtiger angefühlt. Und die Art, wie Lucios Augen zu leuchten begannen, brachte ihr die Leichtigkeit zurück, die sie bei dem schnellen Ritt gespürt hatte. *Ist das Freiheit?*, dachte sie. *Nicht nur in Gedanken sagen zu dürfen, was man wirklich fühlt?*

„*Certo*", stimmte Lucio ihr ernst zu. „Unsere Familien ähneln einander. Mein Vater würde mich am liebsten an eine dürre, schielende Tochter aus der Familie Mendoza verschachern. Aber ohne Liebe ist eine Ehe doch nur ein Grab, in dem man liegt, obwohl man noch atmet. Ohne Luft und Weite können wir beide nicht leben, nicht wahr? Du brauchst Lachen und Licht, *Lisabetta.* Und der einzige Mann, der deine Hand verdient, ist derjenige, der auch die Melodie deines Herzens hört."

Es war verrückt, aber auf einmal brannten Tränen in ihren Augen. Sie hatte nicht gewusst, wie viel Sehnsucht es in ihr gab. Und wie viel Verzweiflung. Es war, als würde Lucio die wahre Elisabeth sehen. Nicht die Heiratskandidatin und nicht die lohnende Investition in die Handelsgesellschaft, nicht die kleine, unwissende Lies oder eine Vertreterin der ehrwürdigen Familie Humpis. Nein, Lucio erkannte das, was sie im tiefsten Herzen war. *Vielleicht bin ich sogar ein Waldmädchen.*

In der Ferne knackte ein Zweig unter Hufen laut wie ein Schuss. „Jungfer Elisabeth?", rief ein Söldner im Nebel. Schwer wie Blei sackte die Wirklichkeit wieder auf ihre Schultern. *Sei vernünftig und hör auf zu träumen, Lies.* Aber alles in ihr lehnte sich dagegen auf, gehorsam zurückzureiten. Und auch Lucio verharrte angespannt. Jetzt erst wurde ihr bewusst, dass er immer noch ihre Hand in seiner hielt. Seltsamerweise musste sie an Beno denken, und ohne zu wissen warum, fühlte sie sich schuldig. Vorsichtig entzog sie sich. „Wir … müssen gehen", wisperte sie.

„Müssen wir das?" Lucio verzog den Mund zu einem diebischen Lächeln. Und dann beugte er sich zu ihr, legte einfach den Arm um ihre Taille und zog sie halb aus dem Sattel. Sie war viel zu überrascht, um sich zu wehren. Und einen Herzschlag später wollte sie es auch nicht mehr. Sie fand sich in Lucios Umarmung wieder, zwischen Himmel und Erde, einen Fuß noch im Steigbügel, versunken in einen vorsichtigen, fragenden Kuss. *Sünde?*, dachte noch irgendein Teil von ihr. Aber dann vergaß sie jeden Gedanken. Als Lucios Lippen sich wieder von ihren lösten, war ihr schwindelig und sie zitterte am ganzen Leib.

„Verzeih mir", flüsterte Lucio ihr zärtlich zu. „Aber selbst wenn du von nun an nie wieder ein Wort mit mir wechselst, versprich mir eines, *dona de fuera:* Lass dich niemals – niemals! – einfangen und zähmen!"

Sie wusste nicht, wann sie in den Sattel zurückgeglitten war. Es war, als hätte die Zeit einen Sprung gemacht. Die Zügel lagen wieder in ihren Händen und der fremde Hufschlag war schon beängstigend nah. Aber alles, was sie spürte, war das Echo dieses Kusses, das Rauschen ihres Blutes – und ein unbändiges, zorniges Nein zu allem, was sie hinter sich gelassen hatte.

„Die Wette gilt immer noch", flüsterte sie, während sie energisch ihr Pferd wendete. „Wer von uns beiden zuerst im Schloss ist, trägt morgen die Fackel beim ersten Tanz!"

Perlmutt und Kupfer

Benvenuti! *Zu Ehren unseres Gastes aus Genua, Lucio Malaspani, steht unser Fest im Zeichen fröhlicher italienischer Gastlichkeit. Der Schirmherr unseres Festes wird der Phönix sein. Ihr kennt das Fabeltier aus dem Orient. Dieser Vogel beendet sein langes Leben, indem er sich in die Flammen stürzt – aber nur, um jünger und schöner denn je wiedergeboren zu werden. Folgen wir heute seinem Beispiel und feiern – bis Kummer und Sorgen zu Asche zerfallen und Freude und neuer Lebensmut sich an ihrer Stelle erheben!*“

MERKZETTEL VON ONOFRIUS FÜR SEINE FESTANSPRACHE

Es war das erste Mal im Leben, dass Madda einen lebenden Pfau gesehen hatte. Seit ihrer Ankunft am gestrigen Nachmittag war der prächtige Vogel stolz im Schloss herumspaziert und von den Gästen bewundert und mit Brot gefüttert worden.

Aber jetzt ereilte ihn auf dem rauen Steinboden der Küche sein Schicksal. Es war auch das erste Mal, dass Madda sah, wie einem Pfau der Hals umgedreht wurde, und darauf hätte sie gut und gern verzichten können. Von Kindheit an war sie gewohnt, Hühner auf dem

Hackklotz neben der Schmiede einen Kopf kürzer zu machen. Aber dieser Vogel hier durfte auf keinen Fall bluten. Mit aller Macht wehrte er sich gegen Grets Griff. Zwei Küchenhilfen mussten ihn auf dem Boden festhalten, ohne dass Federn abknickten, denn sein prächtiges Gefieder wurde für das Fest gebraucht.

Madda verzog das Gesicht, als das Genick des armen Tieres endlich brach. Gret hatte weniger Mitleid, sie richtete sich nur schlecht gelaunt auf und wischte sich mit dem Ärmel den Schweiß von der Stirn. „Und das nächste Mal schlachten wir wohl ein Einhorn, damit die Damen beim Abendessen was zum Staunen haben", knurrte sie. „Haltet ihn fest, solange die Flügel noch zucken. Und dann ab mit ihm auf den Tisch." Sie hangelte nach einem Messer und entdeckte Madda in der Tür. Sofort huschte ein Lächeln über ihr breites, faltiges Gesicht. „Was machst du denn hier unten? Du sollst doch Barbara und Elisabeth für das große Fest hübsch machen?"

„Ja. Und dafür brauche ich Eiweiß mit Wasser."

Gret wischte sich die Hände an der Schürze ab und begann zu wirbeln, während sie nebenbei den Küchenhilfen Anweisungen zuraunzte. Madda drückte sich gegen den riesigen Holzzuber neben der Tür. Es war besser, nicht im Weg zu stehen, alle traten sich auf die Füße. Schweiß rann in Strömen, Hände flogen in fiebriger Hast, Befehle hallten in den verrußten, niedrigen Räumen. Aber dennoch hätte Madda einiges dafür gegeben, in diesem Durcheinander Gret zur Hand zu gehen. Küchen waren wenigstens überall ähnlich, in den oberen Räumen dagegen fühlte sie sich verloren. Das Schloss war eine wuchtige Trutzburg mit zwei eckigen, klobigen Türmen. Manche Räume waren so groß, dass sie sich vorkam wie in einer Kirche.

Im Zuber platschte es, eine Flosse durchschnitt die Wasseroberfläche. Silbrige Fischrücken leuchteten am Grund des Zubers, fette Karpfen und sogar Felchen, die lebendig vom Bodensee herbeigeschafft worden waren. *Zumindest Marie hätte ihre Freude hier*, dachte Madda. Sie dagegen stöhnte nur darüber, dass es im Gemäuer wegen des Wassergrabens, der das Schloss umgab, feucht und kalt war. Am schlimmsten war es in dem schlecht beheizten, modrig riechenden Raum, in dem alle Mägde und Helferinnen gemeinsam übernachteten, manche nur auf Strohsäcken auf dem Boden.

Im großen Frauenzimmer im mittleren Teil der Burg sah es natürlich ganz anders aus. Als Madda mit der Schüssel im Arm eintrat, schlug ihr die Wärme des Kaminfeuers entgegen. Hier sah es inzwischen aus wie im Stofflager des Kontors. Alle Truhen standen offen, Kleider und Tücher waren auf Betten und Stühlen ausgebreitet. Die beiden jungen Kaufmannstöchter und Elisabeth drehten sich in Unterkleidern vor einem mannshohen Spiegel und hielten sich prüfend Samt und Seide an die Körper.

„Na endlich!", rief Elisabeth. „Trud wartet schon darauf, dass du uns das Wasser in die Haare kämmst!"

Die alte Magd, die zu der Kaufmannstochter Johanna

gehörte, saß am Feuer und erwärmte einen kurzen, runden Eisenstab mit Holzgriff. Zusammen mit dem Eiweiß würde dieser Brennstab sogar Ingrids aalglattes Haar in prächtige Locken verwandeln.

Madda nahm den Perlmuttkamm und fing erst einmal damit an, das Haar ihrer jungen Herrin zu entwirren. Barbara hatte darauf bestanden, dass Elisabeth heute die Möttelin-Männer und Onofrius auf einen Ausritt begleitete, und nun waren ihre Wellen völlig zerzaust.

Und welcher Teufel hat dich nur gestern geritten, einfach aus dem Zug auszubrechen?, dachte Madda bei sich. Der Italiener hatte Elisabeth erst am Schloss eingeholt – kurz vor den Wächtern. Seitdem hing zwischen Barbara und ihr der Haussegen schief. Madda war gestern im Nebenraum mit Auspacken beschäftigt gewesen und hatte den Streit mit angehört. Es war das erste und einzige Mal, dass sie Barbara hatte schreien hören. „Bist du völlig verrückt geworden?“, hatte es durch mindestens drei Räume gehallt. „Da bezahlen wir Söldner, die uns schützen sollen – und dann reitest du einfach davon. Was, wenn Jos uns aufgelauert hätte? Er tut alles, um unserer Familie zu schaden und ein leichteres Opfer als dich hätte er nicht finden können. Weißt du, was seine Reitknechte mit dir gemacht hätten? Geschändet hätten sie dich, mit seiner Erlaubnis. Und eines sage ich dir: Noch schlimmer als der körperliche Schmerz wäre für dich zeitlebens der befleckte Ruf gewesen. Jos hätte sich ins Fäustchen gelacht, wenn wir dich mit dem Makel, keine Jungfrau mehr zu sein, in die Ehe hätten geben müssen!"

„Es sollte doch nur ein harmloses Wettreiten mit den Mädchen sein", hatte Elisabeth sich energisch verteidigt. „Und es hätte nichts passieren können – Onofrius hat mir doch sofort die halbe Söldnermeute und euren neuen Lieblingsziehsohn hinterhergehetzt."

„Rede nicht so abfällig über Lucio", hatte Barbara zornig gerufen. „Er ist weitaus verlässlicher als du! Und im Gegensatz zu dir weiß er sehr genau, was sich gehört."

Ja natürlich!, hatte Madda sich kopfschüttelnd gedacht. *Aber nur, wenn es um reiche Töchter geht.*

„Ich erwarte, dass du dich anständig benimmst." Das waren Barbaras strenge Schlussworte gewesen. „Morgen Abend forderst du Simon beim Fackeltanz auf, so wie wir es besprochen haben."

Erst jetzt bemerkte Madda, dass Elisabeth im Spiegel ihren Blick suchte. Und sie erwiderte das Lächeln aus vollem Herzen. Auf eine Art fühlte sie sich Elisabeth heute verbunden. *Auch für Patrizierinnen gelten die Regeln*, dachte sie. *Wer mit wem tanzt, hat eine Bedeutung. Und jede Bewegung von Elisabeth kann Glück oder Enttäuschung für ihre Familie bedeuten.*

„Vielleicht tanzt du heute ja auch, Madda?", sagte Elisabeth. „Das Gesinde darf nach dem Fest mit den Resten von der Tafel noch ein wenig für sich feiern."

„Vielleicht", sagte Madda. Jetzt hatte sie die Aufmerksamkeit der beiden Kaufmannstöchter. Sie wirkten wie Gegensätze. Johanna war stolz und hochgewachsen. Ihr kastanienbraunes Haar betonte ihre sahneweiße Haut. Trotz ihrer spitzen Nase und ihrer scharfen Züge hatte sie eine ungewöhnliche Art von Schönheit und sie wusste es genau. Ingrid dagegen war klein und unscheinbar, ihre Augen waren fischblass und ihr fahlblondes Haar hatte keinen Glanz. Man sah die Adern an ihrer Stirn, und ihre schiefen Zähne machten sie auch nicht hübscher.

„Ich würde die Gelegenheit zum Feiern nutzen", sagte Johanna zu Madda. „Du trägst heute schließlich ein neues Kleid und wirst so hübsch sein wie noch nie. Und ich schwöre, der blonde Hilfskoch hat bereits ein Auge auf dich geworfen."

„Dann wäre der arme Kerl, der sie vor das Stadttor geführt hat, aber enttäuscht", griff Ingrid sofort das Thema auf. „Der hat Madda nachgeschaut wie ein Liebeskranker. Hast du ihn mit einem Liebestrank hörig gemacht?"

Madda konnte sich ein Schnauben nicht verkneifen. „Warum sollte man versuchen, sich Liebe mit einem Zauber zu erkaufen? Entweder ein Bursche mag einen oder nicht."

„Das stimmt", sagte Elisabeth ernst zu ihrem eigenen Spiegelbild. „Liebestränke sind so armselig wie gekaufte Komplimente."

„Du hast leicht reden!" Ingrid seufzte. „Du kannst dir die Bewerber ja aussuchen. Aber man sagt, die schielende Schwester der Apothekerin konnte ihren hübschen Mann nur auf diese Weise für sich gewinnen."

„Ach ja?" Jetzt war Johanna hellhörig geworden.

Ingrid nickte. „Angeblich hat das Schielauge dem Schönling Bilsenkraut in den Wein gemischt. Und dazu Krötenblut. Was gibt es da zu grinsen, Madda?"

„Weil man mit Bilsenkraut höchstens erreicht, dass ein Kerl mit dem Becher in der Hand schnarchend auf den Tisch kippt", erklärte Madda spöttisch.

„Was müsste man denn stattdessen verwenden?", fragte Ingrid. „Nur mal angenommen, man will einen Burschen, der einem sonst keinen Blick gönnt, dazu bringen, dass er einen heiratet?"

„Wen willst du vor den Altar zaubern?", spottete Johanna. „Beno? Oder den unwiderstehlichen Lucio?"

Ingrid wurde flammend rot und funkelte Johanna zornig an. „Halt deinen Mund!"

Madda lächelte insgeheim und zog den Kamm sanft durch Elisabeths Haar. *Das könnten auch Ursel und ihre Freundinnen sein.*

„Trud?", wandte sich Johanna an ihre Kammermagd. „Was meinst du dazu?"

Aber die alte Frau winkte nur unwillig ab. „Der Pfarrer sagt, Liebestränke sind Hexenwerk. Und in Zeiten wie diesen würde ich aufpassen, wen ich überhaupt in meine Nähe lasse. Dämonen können jede Gestalt annehmen, auch die von hübschen Mannsbildern."

„Dann sind wir zumindest bei Simon auf der sicheren Seite", konterte Johanna. Sie und Ingrid platzten los, aber auf Elisabeths Miene fiel ein Schatten. „Über Dämonen macht man keine Witze!", wies sie ihre Freundinnen zurecht.

„Schon gut", lenkte Johanna lachend ein. „Aber man wird sich ja noch Gedanken machen dürfen, welcher Ravensburger Junggeselle garantiert keinen Ziegenfuß oder Pferdehuf im Schuh versteckt."

„Das kann man nie wissen", knurrte Trud. „Der Teufel ist listig und trägt tausend Masken. Um sicherzugehen, müsste man Weihwasser auf den Burschen schütten. Das fügt dem Dämon Schmerzen wie bei einer Verbrennung zu – und zwingt ihn, auf der Stelle seine wahre Gestalt zu enthüllen." Sie spuckte ins Feuer und bekreuzigte sich.

„Na dann wissen wir ja, was wir zu tun haben", erwiderte Johanna. „Wir begießen jeden, der uns heute auffordert, mit Weihwasser aus der Schlosskapelle. Das wird beim Fackeltanz schön zischen!" Aber diesmal lachte nicht einmal Ingrid mit. Ganz plötzlich war die unbeschwerte Stimmung wie weggeblasen. Auch für Madda war alles wieder beängstigend nah: das Kettenklirren, die Wächter vor dem Gefängnisturm und die arme Agnes, die von den Leuten beschimpft und bespuckt wurde.

„Hat … jemand etwas Neues aus der Stadt gehört?", fragte Ingrid zaghaft.

Johanna sah sich nach der Tür um und beugte sich zu den anderen. „Ich hab nur aufgeschnappt, dass man drei Verdächtigen nichts nachweisen konnte. Einer Gerbersfrau, der Schwiegertochter des Goldschmieds und der alten Tante von Medicus Wolff. Sie wurden schon wieder freigelassen."

„Ja, glücklich ist, wer eine Familie hat, die den Rechtsanwalt und die hohe Bürgschaft ans Gericht zahlen kann", grummelte Trud vor sich hin. „Die arme Agnes Bader hat keinen Mann, keine Kinder und auch sonst niemanden, der für sie zahlt und einsteht."

„Darauf kommt es doch gar nicht an!", wies Ingrid die alte Magd empört zurecht. „Ein Gerichtssaal ist doch kein Viehmarkt! Mein Onkel Olof sitzt gerade in Ravensburg als Ratsmitglied im Inquisitionsgericht. Und er sagt, wer unschuldig ist, kommt frei."

Trud war wohl lange genug in den Diensten von Patriziern, um zu wissen, wann es besser war, den Mund zu halten. „Hast ja Recht, Jungfer Muntprat", brummelte sie und prüfte die Wärme des Brennstabs mit dem angeleckten Daumen. „Dummes Geschwätz von mir."

Das ist kein dummes Geschwätz, dachte Madda bei sich. *Els wäre vielleicht noch heute im Kerker, wenn sie keine Familie hätte, die das Geld für den Advokaten und die Kaution zusammenkratzen kann.* Voller Wärme erinnerte sie sich an Beno. Die Art, wie er ohne Zögern und Bedauern den Rubinring vom Finger gestreift hatte. *Als wäre das Schicksal jedes noch so fremden Menschen für ihn kostbarer als alle Schätze der Welt.*

„Woran denkst du gerade?", wollte Elisabeth wissen.

Aus irgendeinem Grund fühlte Madda sich ertappt. „An … nichts."

„Warum hast du dann gelächelt?"

„Die Frage ist falsch gestellt", mischte sich die scharfzüngige Johanna sofort wieder ein. „Du hättest fragen sollen, an wen sie gerade denkt. An den Hilfskoch? Die liebeskranke Bohnenstange, die dein Pferd geführt hat? Oh nein, ich weiß! Es ist natürlich der Italiener!“

„Ganz sicher nicht!“, rutschte es Madda viel zu abfällig heraus. Die jungen Frauen starrten sie neugierig an.

„Warum nicht?“, wollte Johanna wissen. „Sag nicht, dass er dir nicht gefällt. Das würde heißen, du bist blind!“

Madda biss sich auf die Unterlippe. *Mach es wie Trud und halt den Mund.* Aber sie musste nur an Lucio denken, um wieder den Wunsch zu verspüren, die Fäuste zu ballen.

„Ich wäre nur dann blind, wenn ich mich von Schönheit blenden lassen würde“, sagte sie mit fester Stimme. „Auch der schönste Apfel kann mehlig schmecken.“

Trud stöhnte am Feuer auf mit einem Augenrollen, das deutlich machte, dass sie Madda für einen Dummkopf hielt.

Was ich wahrscheinlich auch bin …

„Warum redest du schlecht über einen Gast deiner Herrschaft?“, fragte Ingrid spitz.

„Das tue ich nicht. Ich sagte nur …“

„Was?“, schnitt Ingrid ihr das Wort ab.

Bin ich hier im Gerichtssaal?, dachte Madda verärgert. Sie ignorierte Truds warnendes Kopfschütteln und erwiderte ruhig: „Meiner Meinung nach spiegelt Schönheit nun mal nicht zwangsläufig das Wesen eines Menschen wider.“

„Was hast du gegen Lucio? Hat er dir ans Mieder gegriffen?", feixte Johanna – und erntete dafür einen wütenden Blick aus grünen Augen.

„Rede keinen Unsinn, Johanna!", rief Elisabeth voller Empörung. „So etwas würde er nie tun!"

„Aber irgendetwas muss er doch gemacht haben", beharrte Johanna. „Sonst würde Madda sich ja wohl kaum so weit aufs Glatteis wagen."

Alle wandten sich zu Madda um und warteten.

Madda schluckte. „Er hat im Kontor etwas gesagt, was ich … unpassend fand."

„Was?"

„Dass ich mir einen reichen Mann angeln könne, wenn ich nicht so spröde wäre und …"

„Er hat dir also gesagt, du bist so schön, dass du nach oben heiraten könntest?", rief Johanna in gespieltem Entsetzen. „Wie unhöflich und beleidigend!"

Madda schoss das Blut in die Wangen. „Nein, Ihr versteht nicht. Er … hat mit mir geredet, als sei ich eine Käufliche."

Johanna und Ingrid lachten jetzt ganz offen los. Elisabeth dagegen wurde ernst und runzelte zweifelnd die Stirn. „Das hast du sicher falsch verstanden", sagte sie mit großer Bestimmtheit.

Wie sollte sie mir auch glauben? Der feine Herr ist ja über jeden Zweifel erhaben!

„Natürlich! Er wollte dir nur ein Kompliment machen, Madda", erklärte Johanna gönnerhaft. „Das ist typisch italienisch. Und was Lucio mit ‚nicht so spröde' meinte: In Italien sind die Damen stolz zu zeigen, was sie zu bieten haben. Und niemand findet etwas dabei."

Trud feixte nun eindeutig. *Hab dich ja gewarnt*, sagte ihr Grinsen.

Madda presste zornig die Lippen zusammen. Warum hatte sie nur den Mund aufgemacht! Natürlich waren diese Patrizierinnen auf der Seite des Gastes. Er war ihresgleichen. *Und ich bin der prüde Trampel aus der Unterstadt, der keine Ahnung hat, was Männer meinen, wenn sie so reden wie Lucio.*

„Magdalene?" Eine der Kaufmannsfrauen lugte durch den Türspalt. „Barbara ist aufgewacht. Bring ihr das rote Kleid."

Nur zu gern legte Madda den Kamm hin und holte das neue Festkleid.

„Ich kenne übrigens auch ein Rezept für einen Liebestrank", hörte sie Johanna im Hinausgehen sagen. „Kannst dein Glück damit heute ja mal bei den Junggesellen versuchen, Ingrid. Roter Wein, zwei zerriebene Eschensamen und ein Blutstropfen aus deinem rechten Ringfinger."

„Das ist ja fast zu einfach", spottete Elisabeth. „Dann sollten wir heute Abend wohl aufpassen, dass wir von den Jungs keinen Wein annehmen."

*

Die Spielleute, die in der Nähe des Dorfes lagerten, warteten schon in ihren bunten Gauklergewändern. Als die

Fanfare erklang, die alle Gäste zum Fest rief, beschleunigte Madda ihre Schritte. Das Mieder saß viel enger, als sie es gewohnt war. Alle Kammermägde waren für das Fest gleich eingekleidet worden: festliche dunkle Röcke, feine weiße Brusttücher, aber Mieder aus rot gefärbtem Stoff. Barbara hatte zudem darauf gepocht, dass alle Frauen nach italienischer Tradition Blumen im Haar trugen. Die Stoffrose in Maddas geflochtenem Haar begann auf ihrem Rücken tanzen, als sie um die Ecke rannte. Noch war es ohne Lampen hell genug, aber die späte Nachmittagssonne verwandelte die Flure bereits in Flächen aus rötlichem Schein und Schatten. Und an einem Fenster fiel ihr in diesem Licht auf … goldener Stoff und eine schlanke Gestalt.

Madda bremste mitten im Lauf und drückte sich in den Schatten. *Oh nein, nicht hier. Nicht schon wieder allein mit ihm.* Noch hatte er sie nicht entdeckt, er stand halb verdeckt von einem Stützbalken am Fenster und schaute hinaus. Sie wollte schon auf Zehenspitzen den Rückzug antreten, als der Mann einen Schritt vom Fenster zurücktrat und sein Barett abnahm.

Madda atmete auf. Es war gar nicht Lucio. Sondern Beno. Sie hatte ihn nur nicht erkannt, weil er heute von Kopf bis Fuß Patrizier war, in grüngolden schillernden Brokat gekleidet. Über seiner Brust lag eine schwere Kette mit grünen Edelsteinen. Marderpelz schmückte seine Schultern.

Beno betrachtete etwas in seiner Hand. Madda konnte nur erkennen, dass es ein flacher Gegenstand aus Bronze war. Aber Beno hielt ihn so vorsichtig, als wäre das Metall zerbrechlich wie Schmetterlingsflügel. Seine Miene war so weich und voller Kummer, dass Madda den Eindruck hatte, in eine verbotene Kammer zu blicken. Sie räusperte sich und er schrak sichtlich ertappt zusammen und schloss sofort die Faust um den Gegenstand.

„Ich wollte mich nicht anschleichen", beeilte sie sich zu sagen.

Doch Beno hob nur amüsiert die linke Augenbraue. „Sieh an, die Prinzessin von Saba!"

Madda deutete einen kleinen Knicks an. „Wir sind heute wohl beide verkleidet, edler König Salomon."

Der letzte Schatten von Kummer löste sich auf. Beno lachte und Madda wurde es ganz warm ums Herz. Jetzt wandte er sich wieder zum Fenster. Aber ihr entging nicht, dass er dabei den kleinen Gegenstand beiläufig, aber geschickt unter seinem Mantel verschwinden ließ. *Wie ein Taschenspieler, der nicht ertappt werden will.*

„Gibt es schon etwas Neues aus Ravensburg?"

Beno schüttelte ernst den Kopf. „Der Bote mit dem Tagesbericht aus dem Kontor sollte längst da sein. Soll ich dir ein Zeichen geben, sobald ich mehr weiß?"

Madda nickte sofort.

„Gut. Dann treffen wir uns hier. Du kannst ja vorgeben, Wein zu holen – und ich … lasse mir auch eine Ausrede einfallen."

„Wir sind Meister der Verschwörung."

„Das müssen gute Komplizen sein", erwiderte Beno.

Sie lächelten einander an wie Diebe. *Warum ist es mit ihm so einfach?*, dachte Madda. *Vielleicht weil Beno genau wie ich seinen Platz kennt und stets die Grenzen des Respekts wahrt, egal was dieser hinterlistige Italiener sich einbildet.*

Und dennoch wich sie ertappt zurück, als sie Schritte hörte. Aber Onofrius und Barbara hatten sie längst zusammen mit Beno gesehen. Die Herrschaften kamen gemeinsam mit Elisabeth den Gang entlang. Barbaras feuerrote, neu genähte Samtschleppe schleifte weich und flüsternd auf den Holzdielen. Onofrius trug dieselben Farben wie seine Frau: Rot und Bronze.

„Na, sieh mal an!", rief er beim Blick auf Benos Kleidung. „So gefällt mir mein Enkelsohn: standesgemäß als richtiger Humpis gekleidet."

„Freut mich, dass ich deinen Ansprüchen heute genüge, Großvater", gab Beno in seiner trockenen Art zurück. Barbara bekam sofort ihren Gewitterblick, aber Onofrius lachte nur rau über den Seitenhieb. Und auch über Elisabeths Züge huschte ein Lächeln. Trud hatte mit dem Brenneisen ganze Arbeit geleistet. Ihr Haar hatte sich in einen Wasserfall von Locken verwandelt, gebändigt nur von zwei Kämmen und einem Perlband. Madda kniff die Augen zusammen. *Irgendetwas passt nicht ganz.* Aber sie kam nicht darauf, was es war.

„Was schleichst du eigentlich schon wieder bei Beno herum, Madda?", tadelte Barbara sie. „Man könnte meinen, du bist neuerdings seine Magd und nicht mehr meine. Lauf zurück und hol mir noch meinen Rosenkranz."

Madda nickte mit rotem Kopf und machte, dass sie wegkam.

„Und worauf wartest du, Beno?“, hörte sie hinter sich Barbara ebenso streng fragen.

„Auf den Kurier“, erwiderte er ruhig. „Ich komme gleich nach.“

„Warte nicht zu lange.“

Die Schritte entfernten sich. Madda bog zwar in den nächsten Flur. Aber dort blieb sie stehen und schaute noch einmal um die Ecke zurück. Barbara und Onofrius verschwanden eben aus ihrem Sichtfeld, doch Elisabeth folgte ihnen nur bis zur nächsten Ecke. Sie wandte sich um und ging entschlossen zu Beno zurück. Die letzten Sonnenstrahlen machten sie zu einer Lichtgestalt. Vor dem Lindgrün ihres Kleides schienen ihre Locken zu glühen. Und noch nie waren Madda die Augen der jungen Herrin so schön erschienen. *Als hätten sie ein eigenes Licht.*

Aber Beno senkte den Kopf, als wären seine Schuhspitzen viel interessanter.

„Was ist los?“, fragte Elisabeth. „Mit meiner Magd redest und lachst du, aber ich bin wohl so hässlich, dass du mich nicht einmal ansehen kannst?“

Beno räusperte sich unbehaglich. „Natürlich nicht.“

„Dann gefällt dir also mein Kleid?“

Es kostete Beno ganz offensichtlich Überwindung, den Blick zu heben. Aber er beachtete das Kleid nicht. Ernst sahen sie einander ins Gesicht. Elisabeth lächelte nicht, es wirkte eher wie eine Prüfung, als sie schließlich anmutig die Arme nach der Seite ausstreckte und sich vor Beno drehte. Der Rock wirbelte wie grünes Wasser, der federleichte Saum und ihre Fingerspitzen streiften Beno beinahe. Perlmutt glänzte in Elisabeths Haar, und dann, am Ende ihrer Drehung, blitzte Kupfer im Abendlicht.

Es war ein Moment wie im Kaminzimmer, als sie Heinrich Kramers Papierbriefchen mit Sporenstaub in der Asche entdeckt hatte. Plötzlich ergab alles ein logisches Bild. *Perlmutt und Kupfer, sie trägt zwei unterschiedliche Haarkämme!*, dachte Madda. Jetzt war völlig klar, was Beno so traurig und sehnsüchtig betrachtet hatte und nun unter seinem Mantel versteckte wie einen verbotenen Schatz: *Elisabeths anderen Kupferkamm.*

„Das Kleid steht dir gut", sagte Beno betont sachlich. „Du wirst die Sonne des Festes sein."

Beinahe hätte Madda gelacht. *Sogar die Art, wie du jetzt wieder ihrem Blick ausweichst, verrät dich, Beno.*

Elisabeth dagegen sah aus, als hätte Beno sie beleidigt. Ihre Lippen wurden zu einem blassen, wütenden Strich, ihre grünen Augen funkelten. Die Röcke rauschten auf, als sie sich abwandte und zornig und verletzt davonging. Und das war die zweite Überraschung dieses Tages. *Ist es also gar nicht der Italiener, dem sie gefallen will?*, dachte Madda verblüfft. *Und wann hat sich die kleine Raupe Lies in einen Schmetterling verwandelt?*

Der Tanz des Phönix

Sie treffen sich nachts mit ihren Komplizinnen zu sündigen Festen außerhalb der Städte. Dort tanzen sie bis zum Morgengrauen, kochen Zaubertränke, verschlingen nackt am Feuer sitzend das Fleisch unschuldiger Kinder und geben sich hemmungslos und zu Dutzenden dem Teufel hin.

Aus Kramers Materialsammlung für den Hexenhammer

Onofrius hatte ein Wunder vollbracht: Mitten im Eisherbst hatte er den Festsaal mit farbigen Bändern und Stoffblumen in eine Ahnung von Frühling und Italien verwandelt. Die Gäste hatten sich Mühe gegeben, sich nach italienischer Art zu kleiden – wenn auch keine einzige der Ehefrauen so weit ging, ihr Haar zu zeigen. Dafür waren die Hauben und Gebände umso luxuriöser.

Aber Elisabeth konnte die Pracht plötzlich kaum noch genießen. Erst als ihr Lucio über den Raum hinweg einen Blick zuwarf, in dem sich Bewunderung und Freude spiegelten, lösten sich ihre Fäuste wie von selbst. Sie konnte nicht sagen, was genau sich auf der Lichtung in ihr verändert hatte. Aber alles war anders, seit sie Lucios Lippen auf den ihren gespürt hatte. *Habe ich mich wirklich verliebt? Ist es so, wenn man sein Herz an einen Mann verliert?* Sie war sich nicht sicher, sie wusste nur, dass Lucio der einzige Mensch war, der sie verstand. Dass sie in seiner Nähe aufblühte, als wäre er das Wasser und sie die Rose – und dass sie sich seit gestern so frei fühlte, dass ihr schwindelig wurde, sobald sie die Augen schloss. Beno betrat den Saal und blieb mit verschränkten Armen neben der Tür stehen. Die letzten Gäste strömten an ihm vorbei in den Saal und stießen entzückte und überraschte Rufe aus. Er dagegen runzelte so finster die Stirn, als würde die Pracht ihn beleidigen. Erst als Madda atemlos und abgehetzt mit Barbaras Rosenkranz zurückkam, wurde seine Miene freundlicher. Sie gaben sich im Vorübergehen einen verstohlenen Wink. *Was soll das?* Elisabeth beobachtete mit schmalen Augen, wie Madda die Korallenkette zu Barbara brachte und sich dann zu den anderen Mägden gesellte. *Was hatten Beno und Madda vorher im Flur zu besprechen? Und warum ist Madda so zurückgezuckt, als hätten wir sie ertappt?*

Onofrius hob die Hände und die Menge verstummte. Die letzten Sonnenstrahlen, die durch die Fenster fielen, brachten Barbaras Gewand zum Leuchten. Als Onofrius seine Ansprache hielt, begriff Elisabeth, dass auch dieses rötliche Abendlicht Teil seiner perfekten Inszenierung war. Es war gerade noch hell genug, aber in wenigen Momenten würde man schon Kerzen anzünden müssen. Und als ihr Onkel nun rief: „Der Patron des Festes wird der Phönix sein!", stürmten zwei Gauklerinnen in den Raum – jonglierend mit Fackeln.

Einige Gäste wichen erschrocken zurück, als die beiden Frauen begannen, ihre Kunststücke als Feuerspucker vorzuführen. Flammen verpufften weit über ihren Köpfen. Doch die eigentliche Attraktion trugen nun zwei Köche auf einer Kupferplatte in den Raum. Der Pfau sah aus, als wäre er noch lebendig. Sein Federkleid war mit der Haut abgezogen und wieder über den Braten gelegt worden. Seine prächtigen Schwanzfedern sahen aus wie eine Schleppe und berührten fast den Boden, den Kopf trug er stolz erhoben und sein Schnabel war vergoldet. Darin steckte ein brennendes Stoffbündel, das Funken sprühte – als würde Phönix persönlich Feuer speien. Der Applaus war ohrenbetäubend. Sogar Simon Möttelin hörte auf, Elisabeth anzustarren wie ein verdurstender Ochse die Tränke. Ingrid lachte und nutzte die Gelegenheit, sich direkt neben Beno zu stellen. Aber Beno hatte seltsamerweise nur Augen für Johanna, die er sehr interessiert musterte.

„So zornig, *Lisabetta?*" Sie hatte nicht bemerkt, dass Lucio direkt neben sie getreten war.

„Ich bin nicht zornig", raunte sie ihm zu.

„Seltsam", gab er ebenso leise zurück. „Allen Grund hättest du. Du bist die Lilie des Festes. Aber die Art, wie manche Männer hier lieber gewöhnliche Gänseblümchen bewundern, ist eine Beleidigung deiner Schönheit."

Elisabeth spähte wieder zur Tür. Jetzt stand auch noch Johanna direkt bei Beno und strich sich das Haar kokett über eine Schulter, sodass man ihren Hals sehen konnte. Dann warf sie den Kopf zurück und lachte über ein Kunststück der beiden Akrobatinnen – ebenfalls darauf bedacht, Benos Aufmerksamkeit zu fesseln. Die arme Ingrid hatte fast schon Tränen in den Augen. Denn Beno war ganz auf Johanna konzentriert, betrachtete sie so genau, wie er Elisabeth noch niemals angesehen hatte. Sie war selbst überrascht, wie empfindlich der Stich war, den sie plötzlich fühlte.

„Johanna ist bestimmt kein Gänseblümchen", murmelte sie Lucio zu. „Eher eine Mistel, die ihre Wurzelkrallen in jeden Baum schlägt, um ihm die Lebenskräfte auszusaugen."

Lucio hätte sich fast am Wein verschluckt und lachte. „Vielleicht gelingt es mir, dich wieder zum Lächeln zu bringen!", flüsterte er ihr zu. „Mit einer Überraschung, die unsere Mistel auf der Stelle zu neidgelbem Unkraut vertrocknen lässt."

Mit diesen Worten ging er durch den aufbrandenden Applaus, der gerade Onofrius' Schlusswort folgte, nach vorne. Barbara lächelte erfreut und auch Onofrius winkte ihn eifrig heran. *Wie selbstverständlich er schon zu den Humpis gehört*, dachte Elisabeth voll Wärme.

„Danke für das Willkommen und das Privileg, Ehrengast dieses Festes sein zu dürfen!", wandte sich Lucio an die Gäste. „Bei uns in Genua ist es Tradition, dem Gastgeber zum Dank ein Geschenk zu überreichen.

Sicher kennt ihr den Namen unseres Meistermalers aus Florenz, Sandro Botticelli. Niemand erschafft schönere Madonnen und Engel. Meine Familie besitzt mehrere Gemälde von ihm. Inzwischen arbeitet er jedoch hauptsächlich für die Familie de Medici."

Ein bewunderndes Raunen ging durch den Saal. Natürlich kannte jeder hier die mächtigen Medici, die ursprünglich Kaufleute gewesen waren und dann als Bankiers von Päpsten und Fürsten an die Macht gekommen waren.

„In Rom schmückte er im Auftrag des Papstes die Sixtinische Kapelle mit Szenen aus dem Leben von Jesus und Moses", fuhr Lucio fort. „Deshalb konnte mein Vater den *Maestro* leider nicht dazu verpflichten, ein Porträt für Euch zu malen. Aber als zeitweiligen Ersatz bringe ich eine detailgetreue Kopie von Botticcellis schönstem Gemälde. Sie ist vom Original nicht zu unterscheiden."

Ein Diener trug das verhüllte Bild nach vorne. Elisabeth hielt den Atem an, als Lucio das Tuch herunterzog. Sie erwartete ein Ölbild, das Heilige oder Engel darstellte, aber wie alle anderen erstarrte sie. *Das wird Barbara niemals dulden!*, dachte sie erschrocken. Tatsächlich war ihre Tante ebenso sprachlos wie die anderen Patrizier.

„Ist das nicht Sünde?", tuschelte jemand hinter Elisabeth.

„*La Primavera!*", rief Lucio. „Der Frühling, der in einem paradiesischen Orangenhain Einzug hält. Das blumenbekränzte Mädchen auf der rechten Seite ist die

Frühlingsgöttin Flora. Links seht ihr die drei jungen Grazien den Frühlingsreigen tanzen …"

„… splitternackt bis auf ein paar Schleier?", sagte Ingrids Mutter pikiert zu ihrer Nachbarin. „Medici hin oder her, aber das dürfte unser Pfarrer nicht sehen."

„Und die Figur in dem weißen Kleid und dem roten Mantel ist Venus, die Göttin der Schönheit und Liebe", setzte Lucio feierlich hinzu.

Raunen erhob sich. Aber die meisten Gäste sahen sich längst schon nach Elisabeth um. Elisabeth wurde rot. Denn die Figur, die lächelnd im Zentrum des Bildes stand, sah ihr bis hin zu dem rotblonden Haar so ähnlich, als hätte sie selbst Botticelli Modell gesessen. *Zum Glück ist die Venus nicht nackt wie die drei Tänzerinnen*, dachte sie mit glühendem Gesicht. Johanna und Ingrid starrten mit offenen Mündern die Göttin an. Johanna wurde blass und schluckte schwer.

Na, habe ich zu viel versprochen?, fragte Lucios verschmitzter Blick über die Menge hinweg. Elisabeth musste sich beherrschen, um nicht loszulachen.

„Ganz links im Bild seht Ihr Merkur", schloss Lucio. „Den Gott der Kaufleute. Er sticht mit einem Stab in den Himmel und vertreibt die Gewitterwolken."

Das war das Zeichen, das den Schreckmoment beendete.

„Ein Meisterwerk!", rief Onofrius und hob das Glas. „So soll unser Fest der Kaufleute sein: Fern von den Hagelstürmen und Gewittern und den Sorgen in Ravensburg! Und nun lasst uns essen." Endlich setzte zögernd der Applaus ein, in den auch Barbara und die anderen Frauen einfielen.

„Hast du das mit dem Bild gewusst?“, flüsterte Ingrid Elisabeth zu, sobald sie an der Festtafel saßen. „Das ist ein Skandal!“

„Allerdings“, sagte Johanna sehr spitz. „Hoffentlich erfährt der Inquisitor nichts davon. Am Ende bekommt unsere Ravensburger Venus hier noch Schwierigkeiten.“

„Scht!“, machte Ingrid. „Bist du verrückt, so etwas zu sagen?“

Große Worte, neidische Mistel, dachte Elisabeth nur bei sich.

„... es mag ja Kunst sein, aber mir käme ein solches Bild nicht ins Haus“, sagte Ingrids Mutter gerade am oberen Ende der Tafel zu Lucio.

Er grinste und zuckte mit den Schultern. „Andere Länder, andere Sitten. *Primavera* ist ein Hochzeitsbild, wie es bei uns als Geschenk an die Braut üblich ist. Und ich würde sogar meine Gemahlin von Botticelli malen lassen – vielleicht als Venus, wie sie in einer Muschel im blauen Ozean stehend aus dem Meeresschaum geboren wird. Als Kleid nur ihr windverwehtes Haar.“

Elisabeth musste sich bei den entsetzten Blicken ein Lachen verbeißen.

„Ihr würdet Eure Braut als heidnische Göttin darstellen lassen?“ Ingrids Mutter schnaubte. „Ohne ... alles?“

„Hier würde es für eine Einladung vor das Inquisitionsgericht reichen“, bemerkte ein älterer Mann trocken.

„Was ja nicht für das Gericht spricht", ergänzte ein anderer mit süffisantem Grinsen.

„Also, mir gefallen die Mädchen auf dem Bild", mischte sich nun auch noch Simon Möttelin ein. „Wann bekommt man im zugeknöpften Ravensburg schon so viel schöne Frauenhaut zu sehen?" Er grinste Elisabeth vielsagend zu und kippte sich sein drittes Glas Wein in den Rachen. Elisabeth musste sich Mühe geben, nicht genervt mit den Augen zu rollen.

„Aber was, wenn Eure Zukünftige hässlich ist, Lucio?", fragte Johanna provokant über den ganzen Tisch hinweg. „Lasst Ihr sie dann auch im Evaskostüm malen? Das wäre doch peinlich für die Arme, wenn sie so zum Gespött Eurer Gäste würde."

„Die Frau meines Herzens wird eine Venus sein", sagte Lucio sehr bestimmt. „Mit Lilienhaut und einem Mund, so süß wie Kirschen, von denen man im Winter träumt. Mit den schönsten Malachitaugen und Haar wie rotgoldene Seide. Jeder Mann auf dieser Welt wird sich wünschen, an meiner Stelle zu sein."

Er sah Elisabeth bei diesen Worten nicht an, aber ihr Herz raste dennoch. *Ist er verrückt? Was, wenn Barbara Verdacht schöpft?*

Aber ihre Tante hob nur gut gelaunt das Glas. „Trinken wir auf die glückliche Italienerin, die diesem Idealbild entspricht!"

Johanna beugte sich zu Ingrid. „Ein Jammer für dich", flüsterte sie ihr schadenfroh zu. „Aber du hast es gehört: Lucio will eine Schönheit. Falls du dir immer noch Hoffnungen machst, besorge dir besser einen Zaubertrank, der ihn blind macht …“

„Und du dir ein Bleichmittel für die Haare und einen Gesichtsschleier, wie die Orientalinnen ihn tragen“, konterte Ingrid. „Mit dem dunklen Gestrüpp auf dem Kopf und deinem spitzen Zinken bist du nämlich auch keine Venus, bestenfalls eine schwarze Percht!“

„He!“, fuhr Elisabeth dazwischen.

Aber die sonst so ruhige Ingrid schien plötzlich vor Zorn Funken zu sprühen. „Und glaub bloß nicht, keiner hier merkt, dass du um Beno herumstreichst wie eine rollige Katze, Johanna. Aber eine wie dich nimmt er ganz bestimmt nicht nach Spanien mit.“

„Wollen wir wetten?“, sagte Johanna mit einem diebischen Lächeln. „Nicht, dass ich vorhätte, mich neben diesem trockenen Gelehrten in einem spanischen Ehebett begraben zu lassen, aber …“

„Was meinst du mit Spanien?“, unterbrach Elisabeth sie.

Die beiden sahen sie verdutzt an.

„Na, Beno wird Ravensburg doch in ein paar Wochen verlassen und nach Saragossa reisen“, sagte Johanna. „Das hat Onofrius letzte Woche im Stadtrat erzählt.“

Diese Neuigkeit fühlte sich an wie ein Tritt, der Elisabeth die Luft nahm.

„Was ist los?“, fragte Ingrid verwundert. „Wusstest du das etwa nicht?“

Keine Blöße geben!, befahl sie sich. Also rang sie sich ein gespielt neutrales „Natürlich weiß ich das …“ ab.

Der Auftritt der Musikanten bewahrte sie vor weiteren Erklärungen. Die Mädchen wandten sich den Spielleuten zu. Aber Elisabeth betrachtete nur verstohlen Beno. Den Wein und das Pfauenfleisch hatte er kaum angerührt, und in seinem Prunkgewand wirkte er so fehl am Platz, als hätte er sich nur als Patrizier verkleidet. Plötzlich kam es ihr so vor, als wäre er ein Fremder. Jetzt starrte er der Gauklerin, die tanzend eine Fackel vor ihm schwenkte, viel zu interessiert auf Taille und Hüften. Dorthin, wo der enge Miedergürtel saß, an dem so etwas wie ein kleines Trinkhorn hing.

Wer bist du, Beno?, dachte Elisabeth völlig verunsichert. *Was geht plötzlich in dir vor?*

Erst als Johanna sie mit dem Ellenbogen in die Seite stieß, merkte sie, dass ihre Tante ihr schon die ganze Zeit energisch das Zeichen gab aufzustehen. „Schläfst du?", mahnte Johanna. „Du musst den Fackeltanz eröffnen!" Elisabeth stand mit rotem Kopf auf. Die Gauklerin hatte schon darauf gewartet, anmutig sprang sie mitten auf den Tisch und reichte ihr mit einem Kniefall zwischen Tellern und Kerzenleuchtern die Fackel. Das war das Zeichen. Stuhlbeine scharrten, die Gäste strömten auf die Tanzfläche. Elisabeth stellte sich allein in der Mitte auf. Ein Tanzlied mit Flöten und Zimbeln setzte ein. Die Gäste klatschten im Takt und Elisabeth machte die ersten Schritte, drehte sich, während die anderen Frauen ebenfalls die ersten Figuren alleine tanzten.

Simon wartete schon mit selbstgefälligem Grinsen. Elisabeth schritt auf ihn zu – aber dann zögerte sie. Ein, zwei Schritte lang kam sie aus dem Takt. Die Tänzerinnen drehten sich um sie herum und versuchten dabei in der Nähe ihrer ausgesuchten Partner zu bleiben. Aber Elisabeth sah nur einen Tänzer, der sie anzog. Ihre Absätze klackten auf dem Boden. Ganz von selbst schienen ihre Beine sie zu tragen, an Simon und an der fassungslosen Barbara vorbei, direkt zu Beno, der ganz am Rand stand, als wollte er vermeiden, aufgefordert zu werden. *Zu spät*, dachte Elisabeth grimmig. Bevor er reagieren konnte, hatte sie schon seine Hand genommen und zog ihn auf die Tanzfläche, mitten in den Reigen, der sich nun zusammenfand. Die Frauen holten ihre Männer zum Tanz. Johanna war schneller als Ingrid und schnappte sich Lucio. Die Übriggebliebenen klatschten und stampften im Takt. Elisabeth reichte die Fackel an das nächste Paar weiter, dann gab es in dem engen Zirkel der Tänzer endlich nur noch Beno und sie. „Hältst du das für eine gute Idee?", fragte Beno leise.

„Es ist die einzige Chance, mit dir zu sprechen", gab sie verärgert zurück. „Und du hast mir das Tanzen doch beigebracht, schon vergessen? Damals im Hinterhof beim Brunnen, der spanische Tanz mit den vielen Sprüngen. Weißt du das nicht mehr?"

Er antwortete nicht, aber der sanfte Blick in seinen graublauen Augen log nicht. Seine Hand, die ihre hielt, zitterte leicht, als wäre er nervös. Vielleicht gab ihr das den Mut, so direkt zu sein. „Damals haben wir einander versprochen, immer zusammenzubleiben, Beno", sagte sie leise. „Und alle Geheimnisse miteinander zu teilen."

Er konnte nicht antworten. Die anderen Tänzer kamen ihnen zu nah. Also führte er sie stumm in die nächste Tanzfigur. Sein Arm lag nun um ihre Taille und für ein paar kostbare Momente waren sie einander ganz nahe. *In Wirklichkeit bin ich es, die so viel vergessen hat,* dachte sie verwundert. *Zum Beispiel, dass er ein guter Tänzer ist. Und wie wohl ich mich fühle, in seiner Nähe zu sein.* Seine Bewegungen waren energisch, aber sanft wie das Fließen von Wasser. Es war leicht, sich darin zu verlieren, fast wie Schweben. Ganz von selbst führten sie die Schritte aus, gingen im Halbkreis und verbeugten sich vor dem nächsten Tanzpaar. Es waren Lucio und Johanna. Lucio zwinkerte ihr ganz offen zu, bevor Johanna ihn etwas zu rabiat in die Drehung zog.

Benos Griff um Elisabeths Taille wurde fester. Sie wartete, bis sie wieder am äußeren Zirkel waren, und fragte dann: „Wann wolltest du es mir sagen?"

Beno wusste sofort, wovon sie sprach, er biss sich ertappt auf die Unterlippe. „Bald", murmelte er.

„Bald?", sagte sie bitter. „Ist das alles, Beno? Wir wollten gemeinsam die Welt erkunden, fremde Länder bereisen. ‚Bis zu den Ufern des alten Byzanz'. Das haben wir einander heimlich zugeflüstert. Wir haben dieselben Träume geträumt. Und jetzt bin ich es dir nicht einmal wert, dass ich von deiner Abreise als Erste erfahre?"

Seine Reaktion enttäuschte sie maßlos. Er schaute an ihr vorbei, seine Miene wieder eine Maske von Sachlichkeit. „Meine Entscheidung hat nichts mit dir zu tun, Elisabeth. Du hast deine Zukunft, ich habe meine. Und unsere Wege führen nun mal in verschiedene Richtungen. Ich habe meinen Vater lange nicht gesehen und …"

„Hör auf!" Jetzt konnte sie sich nicht mehr beherrschen. „Das sind doch nur feige Ausreden! Denn das bist du, Beno: ein Feigling, der plötzlich fremde Frauen anstarrt, aber mir nicht einmal mehr ins Gesicht sehen kann. Was ist nur aus dir geworden?"

Ein Schatten fiel auf sein Gesicht und seine Augen blitzen zornig. „Dasselbe könnte ich dich fragen", gab er leise, aber scharf zurück. „Die Elisabeth, die ich kannte, war nicht auf Komplimente aus. Wann hast du dich in eine Frau verwandelt, die sich nur noch für schöne Kleider interessiert? Eine Frau, die rot vor Freude wird, nur weil jemand von ihrem Haar und ihren schönen grünen Augen schwärmt? Glaubst du, keiner hat gemerkt, wen dein Verehrer mit seiner Beschreibung von Botticellis Venus gemeint hat?"

„Zumindest bemerkt mein Verehrer, dass ich schöne Augen habe", gab Elisabeth hitzig zurück. „Und im Gegensatz zu dir weiß er meine Gesellschaft zu schätzen."

„Dann verstehe ich noch viel weniger, was du in Spanien willst", flüsterte Beno. „Offenbar interessiert dich Italien viel mehr."

Beim nächsten Figurenwechsel warfen sie einander zornige Blicke zu. Und Elisabeth lernte in diesem Moment, dass ihr sogar der schlimmste Streit lieber war als Benos kalte Höflichkeit der letzten Monate.

„Sag bloß, du bist eifersüchtig!", gab sie provozierend zurück.

„Auf wen?“, antwortete Beno herablassend. „Den hübschen Hohlkopf, der sich bei der Arbeit im Kontor anstellt wie der erste Mensch und kaum eine Bilanz richtig lesen kann? Aber Lucios Interessen liegen ja auch ganz woanders, habe ich Recht?“

„Sagt der Mann, der seine Augen nicht von Johanna und der hübschen Gauklerin lassen kann. Seit wann hast du dein Interesse für Tinte und Papier auf Schminke und enge Mieder verlagert?“

„Habe ich das?“, gab er trocken zurück. „Nun, vielleicht muss man manchmal einfach hinsehen, um zu glauben.“

Elisabeth schnaubte. „Du kannst von Lucio noch einiges lernen. Zum Beispiel, nicht in Rätseln zu sprechen!“

„Das Reden überlasse ich lieber Lucio. Und es gibt ja genug leichtgläubige Frauen, die jedes seiner Komplimente wie Honig schlucken …“

„So siehst du mich also! Als leichtgläubig, dumm und vergnügungssüchtig?“ Jetzt war es an Elisabeth, wütend Luft zu holen. „Bin ich das, nur weil ich gerne tanze und es hasse, übersehen zu werden …“

Aber bevor sie weiterreden konnte, endete die Musik abrupt und Barbara tauchte wie aus dem Nichts neben Elisabeth auf und riss sie regelrecht aus Benos Arm. „Applaus für unsere Geschwister!“, rief sie in die Runde. „Was für ein gelungener Eröffnungstanz.“ Aber ihr Lächeln wirkte wie gefroren und sie hielt Elisabeths Handgelenk so fest, dass es schmerzte. „Jetzt mischen sich die Tänzer neu!“ Elisabeth blieb gar nichts anderes übrig, als ihrer Tante zu den Möttelins zu folgen.

„Ich warne dich zum letzten Mal“, flüsterte Barbara ihr zu. „Wenn du Simon noch einmal beleidigst, schicke ich dich sofort zurück nach Ravensburg!“

Elisabeth hörte kaum hin. Im Gehen spähte sie mit klopfendem Herzen über die Schulter. Aber sie sah nur noch, wie Beno aus dem Saal eilte, ohne sich noch einmal nach ihr umzusehen.

*

Madda spürte genau, dass Lucio sie schon den ganzen Abend kaum aus den Augen ließ. Im Augenblick gab er vor, ein wichtiges Gespräch mit einem Kaufmann zu führen, aber über dessen Schulter hinweg musterte er sie wieder – besonders das enge Mieder schien ihm zu gefallen. In seinen Augen war ein Glanz, der ihr gar nicht gefiel. Sie wandte sich ab, als würde sie ihn nicht bemerken.

„Madda, hältst du Maulaffen feil?“, fuhr eine Magd sie an. „Der Herr wartet auf neuen Wein!“

Natürlich war es Lucio, der sie nun heranwinkte. Madda biss die Zähne zusammen. *Hilft ja nichts*, dachte sie. Gerade wollte sie widerwillig losgehen. Aber da tauchte Beno wie ein rettender Engel an der Tür auf und gab ihr ein Zeichen.

„Schenk du dem Herrn nach“, sagte Madda hastig. „Die Leute trinken ja heute mehr als Mühlenpferde im

Sommer! Mein Krug ist schon wieder leer, ich muss zum Weinkeller."

Bevor die Magd widersprechen konnte, huschte Madda schon zur Tür, sorgfältig darauf bedacht, wie zufällig einen weiten Bogen um Lucio zu machen. Beno erwartete sie schon an ihrem heimlichen Treffpunkt bei der Fensternische. In den Händen hielt er ein Schreiben.

„Neuigkeiten aus der Stadt?", fragte Madda atemlos.

Beno nickte sehr besorgt. „Jetzt ist es amtlich, Madda. Ravensburg hat seine erste Hexe. Agnes Bader hat vor Gericht ein Geständnis abgelegt."

„Agnes?" Madda bekreuzigte sich erschrocken. „Sie hat es wirklich zugegeben?"

„Ja." Beno schnaubte und fuhr sich unwillig durch das kurze Haar. „Was mache ich hier? Ich tanze herum wie ein verkleideter Pfau und tue so, als wäre zu Hause alles in bester Ordnung. Ich sollte in Ravensburg sein!" Dann schien er sich darauf zu besinnen, mit wem er sprach. Er räusperte sich. „Mein Kurier sagte, draußen im Gauklerlager wartet ein Mann auf dich."

„Was? Wer denn?"

„Das hat er nicht verraten. Aber es muss eine wichtige Nachricht sein. Der Mann wollte ins Schloss, aber die Wachen haben ihn natürlich nicht vorgelassen. Fast hätte es ein Handgemenge gegeben. Doch er hat es geschafft, unseren Kurier vor der Brücke abzufangen."

Das klingt nach Martin, dachte sie. *Aber warum sollte er mir hierher folgen?*

Beno lächelte ihr zu. „Komm mit! Diesmal bin ich wohl an der Reihe, dir die Tür aufzuhalten."

*

Simon trat Elisabeth sicher schon zum zehnten Mal schmerzhaft fest auf den Fuß.

„'tschuldigung", nuschelte er mit schwerer Zunge. Sein widerlicher Weinatem umwehte sie wie ein Pesthauch. Lucio hatte sich vor Ingrid und Johanna in Sicherheit gebracht und saß bei Onofrius und den Kaufmännern an der Festtafel. Er lächelte ihr mitfühlend aus der Entfernung zu, als Simons tapsiger Tanzbärenschritt sie wieder einmal zum Stolpern brachte. Aber sie konnte nicht einmal mit einer Geste antworten, so aufgewühlt war sie noch von dem Streit mit Beno. Nach ihrem Tanz war er aus dem Saal gegangen und nicht zurückgekehrt. *Aber wenn du denkst, du kannst wieder einmal davonlaufen, täuschst du dich, Beno.*

*

Die Söldner, die am Graben Wache schoben, ließen Madda passieren, als sie im Schein der Pechfackeln über die Brücke schritt. Die Sonne war längst untergegangen, Madda fror im eisigen Wind. Jenseits der Holzbrücke wehten die Funkenschleier mehrerer Lagerfeuer in den Nachthimmel. Die Wagen der Spielleute zeichneten sich als Schattenrisse gegen den Schein ab. Pferde dösten mit hängenden Köpfen bei den Wagen. Und dann entdeckte sie auch eine hagere, vertraute Gestalt.

„Madda! Endlich!“ Martin sprang auf und eilte mit großen, schlaksigen Sprüngen zu ihr. Im ersten Moment freute sie sich einfach nur unbändig, ihn zu sehen, aber dann erinnerte sie sich daran, dass seine Anwesenheit sicher nichts Gutes bedeutete. Sogar im Schatten konnte sie erkennen, wie traurig er wirkte.

„Marie?“, fragte sie zaghaft.

Martin nickte und seufzte tief. „Es tut mir so leid. Aber diesmal kann ihr niemand mehr helfen. Sie ... stirbt.“

Ihre Beine gaben nach, aber Martin legte den Arm um sie und führte sie zu dem Wagen, wo sein Deckenlager war. Ein paar Gauklerkinder, die am Feuer Brotkanten rösteten, spähten neugierig zu ihnen hinüber. Madda wandte sich ab. Ihre Zähne klapperten, aber sie spürte die Kälte des Bodens gar nicht. Das Wasser des Schlossgrabens glänzte wie schwarze Seide. *Oder wie ein Leichentuch.* Seltsamerweise konnte sie nicht weinen. Da waren nur eine schreckliche Leere in ihrer Brust und die Angst zu fallen, sobald Martin sie losließ. Doch er hielt sie behutsam fest, breitete seinen Mantel halb über sie und rieb ihr die Oberarme warm.

„Hat Vater dich hergeschickt?“, brachte sie nach einer Weile mühsam hervor.

Martin schüttelte den Kopf. „Marie war es“, sagte er sanft. „Na ja, sprechen kann sie wegen der Lähmung nun gar nicht mehr und sie ist kaum noch bei Bewusstsein. Aber ich bin ganz sicher: Wenn sie könnte, hätte sie mich darum gebeten. Und ich dachte mir: Ich muss es dir wenigstens sagen. Vielleicht lässt deine Herrschaft dich gehen, damit du noch Abschied nehmen kannst."

„Ich muss sofort Frau Barbara fragen!" Doch sie schaffte es nicht aufzustehen. Eine Weile saßen sie nur da, eng aneinandergelehnt. *Vielleicht habe ich es ja längst gewusst*, dachte sie benommen. *Auf eine Art habe ich auf diese Nachricht gewartet, seit ich von zu Hause weggegangen bin, um für die Humpis-Familie zu arbeiten.*

„Dein Vater wollte mich gar nicht fortlassen", sagte Martin in die beklommene Stille. „Ellen und Ursel wissen es, aber dein Vater redet sich stur ein, dass eure Kleine auch diesmal dem Tod entwischen wird."

Alles andere würde mich bei ihm wundern, dachte Madda mit trauriger Zärtlichkeit.

„Ich muss gehen", sagte sie mit belegter Stimme. Langsam stand sie auf. „Aber viel Hoffnung habe ich nicht. Und selbst wenn mich die Humpis-Leute morgen weglassen, brauchen wir bestimmt den ganzen Tag für die Wegstrecke."

Martin stand ebenfalls auf. „Wenn wir früh losreiten, sind wir immer noch vor Mittag da." Er deutete zu den Pferden, die im Wagenrund angebunden waren.

Madda klappte der Mund auf. „Du hast Pferde mitgebracht?"

„Geliehen von einem Händler aus Basel, der ein paar Tage in der Stadt bleiben muss. Dafür bekommt er die neuen Hufeisen kostenlos."

„Aber das kostet dich deinen Gesellenlohn!"

„Mag sein", sagte er mit einem Schulterzucken. „Aber manche Dinge darf man nicht versäumen. Abschiede gehören dazu."

Nun kamen die ersten Tränen, die sie nur mit Mühe wieder herunterwürgte. „Danke, Martin!"

„He!", rief ein Söldner von der Brücke. „Wird's bald, Mädchen? Das Tor steht nicht die halbe Nacht lang offen, damit du mit deinem Kerl herummachen kannst."

„Du gehst jetzt wirklich besser zu Barbara", murmelte Martin. „Ich bleibe die Nacht über im Lager und warte auf dich."

*

„Lies?"

Elisabeth stöhnte innerlich auf, aber sie hielt gehorsam an der Tür inne und wandte sich um.

„Versuchst du dich davonzuschleichen?", fragte ihre Tante misstrauisch. „Was hast du vor?"

Was wohl? Meine Hundeleine durchnagen und laufen, so weit ich kann. Mühsam setzte sie ihr bestes Nichtenlächeln auf. „Ich muss zum Abtritt. Und Simon hat diesen Tanz Ingrid versprochen."

Barbara spähte zur Tanzfläche und betrachtete stirnrunzelnd, wie die blasse Kaufmannstochter sich mit Simon auf der Tanzfläche ins Gehege kam. *Zwei tölpelhafte Tanzbären*, dachte Elisabeth bei sich.

Barbara lächelte mitleidig. „Wenn Ingrid sich Hoffnungen auf diese gute Partie macht, wird sie wohl enttäuscht werden. Geh schon, aber beeil dich!"

Elisabeth schritt langsam und würdevoll aus dem Saal, aber kaum war sie um die Ecke, raffte sie die Röcke und rannte los. Nicht zu dem Flur, wo der zugige Erker mit dem Abtritt direkt über den Schlossgraben hinausragte, sondern in die andere Richtung. Unten in der großen Vorhalle fiel gerade das Tor ins Schloss. Das hörte sie sogar trotz der Musik, die ihr aus dem Festsaal folgte. Atemlos erreichte sie die große Treppe. Ihr Herz machte einen Satz, als sie unten Beno erspähte. Er stand mit dem Rücken zu ihr. Sie wollte ihn schon rufen und nach unten eilen. Aber dann entdeckte sie, dass er nicht allein war.

*

„Alles in Ordnung?" Madda hörte Benos geflüsterte Frage kaum, so laut war das Getrommel aus dem Festsaal.

„Nein!", brach es aus ihr heraus. „Meine kleine Schwester liegt im Sterben. Ich muss nach Ravensburg zurück." *Und wenn es schon zu spät ist?* Beim Gedanken daran, dass sie vielleicht nur noch ein kleines Grab neben der Jodok-Kirche vorfinden würde, schien ihr ein heißes Band das Herz zuzuschnüren. Sie erstickte ihr Schluchzen in den Händen und wollte sich abwenden. Aber Beno fasste sie sanft an den Handgelenken, zog sie einfach zu sich – und nahm sie fest in die Arme. „Madda, das tut mir leid“, murmelte er in ihr Haar. „Ich weiß, wie schlimm es ist, jemanden, den man liebt, zu verlieren.“ Die Wärme seines Körpers umfing sie, Marderpelz strich über ihre Schläfe.

Sie hätte sich losmachen und zusammennehmen müssen, schließlich heulte man nicht vor einem Patrizier. *Und was würde Martin wohl denken?* Aber diese Berührung war etwas ganz anderes. Benos Mitgefühl war wie ein warmer Hauch. Und ganz von selbst erwiderte sie die Umarmung und vergrub den Kopf an seiner Brust. Musik und trunkener Gesang dröhnten von oben herunter, aber hier hielt Beno sie einfach nur fest, als gäbe es nichts Wichtigeres auf der Welt. Tröstend strich er ihr über das Haar, bis nach und nach ihre Tränen versiegten.

„Falls Barbara dich nicht gehen lässt, sag es mir, dann spreche ich mit Onofrius.“

Sie musste den Kopf in den Nacken legen, um ihm in die Augen zu sehen zu können. „Danke.“

Er verzog den Mund und deutete ein Kopfschütteln an. „Wofür?“ Dann beugte er sich zu ihr hinunter und küsste sie sacht auf die Stirn. „Gib Marie diesen Kuss von mir“, sagte er ernst. „Ich werde für sie beten.“

Die Musik hörte abrupt auf. Und in der Pause zwischen dem letzten Trommelschlag und dem Applaus erklang ein nahes Rumpeln. Beno und Madda fuhren sofort auseinander, aber oben an der Treppe war niemand.

„Ich kümmere mich darum, dass dich morgen einer

der Reitknechte nach Ravensburg bringt“, wandte sich Beno wieder an Madda.

„Nein. Martin hat Pferde ausgeliehen.“

„Martin Faber ist also der geheimnisvolle Bote. Euer Schmiedegeselle.“

Wieder einmal war sie verblüfft, wie genau Beno über alles Bescheid wusste. Sie nickte.

„Scheint ein guter Kerl zu sein“, sagte Beno.

Madda spürte, wie sie rot wurde. „Das ist er wirklich. Auch wenn ich es wohl bisher nicht deutlich genug gesehen habe.“

Er lächelte sie an und wandte sich zur Treppe. Aber Madda fasste ihn am Arm und hielt ihn zurück.

„Ihr seht auch manches nicht, Beno!“

„Was meinst du?“

„Ist etwa nur mir aufgefallen, dass Elisabeth einen Haarkamm aus Kupfer und einen aus Perlmutt trägt? Ihren zweiten Kupferkamm hat sie nämlich beim Ritt verloren. Jemand hat ihn gefunden. Nur seltsam, dass derjenige ihr den Kamm nicht zurückgegeben hat, sondern ihn wie einen Schatz unter seinem Mantel hütet.“

Beno wurde tatsächlich ein wenig rot. „Ich hüte ihn nicht. Es gab nur noch keine Gelegenheit, ihr den Kamm zu geben …“

„Und ich bin die Herzogin von Genua!“, sagte Madda spöttisch. „Werdet Ihr … Elisabeth sagen, wie es um Euch steht?“

„Nein!“ Ein Schatten von Kummer huschte über Benos Miene. „Und du sagst ihr kein Wort, hörst du? Es ist besser, wenn alles so bleibt, wie es ist. Hier, leg du ihn zurück."

Er holte den Kamm hervor. Aber Madda verschränkte die Arme. „Nichts auf der Welt bleibt so, wie es ist, Beno. Und was befürchtet Ihr? Elisabeth ist kein Mädchen mehr. Sie wartet nur darauf, dass Ihr es bemerkt und …"

„Das verstehst du nicht, Madda!", fuhr er sie überraschend heftig an. „So einfach wie für euch Handwerkersleute ist es für uns Patrizier nicht! Und in der Familie Humpis gelten sogar noch strengere Gesetze als in manchem Königshaus."

Mit diesen Worten ließ er sie stehen und lief so schnell die Treppe hinauf, als würde er fliehen.

Wahrheiten

Loses Haar, das in Kämmen oder nach dem Rasieren zurückbleibt, muss unbedingt verbrannt werden. Die Hexen stehlen es sonst und verwenden es für Schadenszauber, um Sturmwind zu rufen. Sie können Leute damit aber auch an sich binden oder ihnen Krankheiten und Unglück an den Hals hexen.

Magister Grempers Warnung an Barbara

Elisabeths Rocksaum war von Wein durchtränkt, aber sie nahm es kaum wahr, als sie durch die Gänge zurückhastete. Um ein Haar hätte sie sich verraten, als sie Maddas abgestellten Weinkrug umgestoßen hatte, während sie zur Wand zurückgewichen war. Am Fuß der Treppe waren Beno und Madda mitten im Kuss auseinandergefahren und hatten nach oben gespäht, wo Elisabeth sich in den Schatten geduckt hatte. Auch jetzt glaubte sie noch zu ersticken, während sie sich vor der Tür des Festsaals mit dem Ärmel die Tränen von den Wangen wischte. *Und du hältst mir eine Moralpredigt, Beno! Während du heimlich meine Kammermagd küsst.*

Zwar hatte sie die Szene nur von hinten beobachtet, aber es bestand kein Zweifel, dass er sich zu einem innigen Kuss hinuntergebeugt hatte. Wie zärtlich er Madda an sich gezogen hatte! *Warum bist du so aufgebracht, Elisabeth?*, mahnte eine leise Stimme in ihr. *Bist du besser als Beno? Hast du nicht gestern erst heimlich Lucio geküsst?*

Das ist etwas völlig anderes!, rechtfertigte sie sich.

Während die Musikanten Pause machten, führte ein Gaukler in einem Winkel des Festsaals einigen Frauen einen dressierten Hund vor. Lucio kam zu Elisabeth und reichte ihr ein Glas Wein. „Wie kannst du mich mit den beiden Hyänen alleine lassen?“, raunte er ihr zu. „Sie streiten sich um mich wie um ein Stück Beute. Es fehlt nicht viel und Johanna schlägt ihre Fänge in mein Bein und schleift mich in eine Höhle.“

Elisabeth rang sich ein mühsames Lächeln ab und nahm ein paar große Schlucke Wein. Wärme durchströmte sie und machte sie leicht schwindelig. „Langsam, *Betta!*“, mahnte Lucio. „Der Abend ist noch lang. Ist alles in Ordnung? Du siehst aus, als hättest du ein Gespenst gesehen.“

Wenn es nur ein Gespenst wäre.

Madda schlüpfte zurück in den Saal, den Krug in den Händen, und huschte zu Barbara.

Ganz die bescheidene Magd, dachte Elisabeth. *Und ich glaubte, dich zu kennen!* Seltsamerweise fühlte sie sich von Madda ebenso betrogen wie von Beno.

„Gar nichts ist in Ordnung“, sagte sie leise zu Lucio.

„Da ist ja endlich Elisabeth!" Johanna platzte zwischen sie, die Wangen gerötet vom Wein und mit blitzenden Augen. „Lucio hat versprochen zu singen. Aber er wollte unbedingt auf dich warten. Los, worauf wartest du, Lucio?"

Dieser seufzte, aber er ließ sich von Johanna zu der wartenden Gruppe ziehen und nahm die Laute eines Gauklers. „Ich singe ein Lied, das mir meine Mutter beigebracht hat", begann er. „Die Vorfahren der Familie Malaspani stammen aus dem spanischen Sizilien. Dort leben auch die *donas de fuera.*"

Elisabeth horchte auf. *So hat Lucio mich im Wald genannt.*

„‚Die Damen von außerhalb'", erklärte Lucio. „So nennt man sie bei uns. Sie sind Naturgeister in Gestalt wunderschöner wilder Waldmädchen. Zauberinnen."

Sofort schielten alle verstohlen zur Festtafel, aber Barbara hatte die Erwähnung von Zauberei nicht mitbekommen, so vertieft war sie in eine Diskussion mit dem alten Möttelin. *Wahrscheinlich verhandeln sie schon über meine Mitgift*, dachte Elisabeth.

Beno kam in den Raum und spähte verstohlen nach Madda. Sie strahlte ihn über die Festtafel hinweg an und formte ein Wort mit den Lippen, das wie „morgen" wirkte.

Beno verzog keine Miene, aber Elisabeth kannte ihn gut genug, um das Leuchten in seinen Augen richtig zu deuten. *Heuchler.* Jetzt hatte sie gute Lust, ihm den restlichen Wein ins Gesicht zu schütten. *Wie lange geht das*

Verhältnis der beiden schon? Nun, zumindest diese Antwort konnte sie sich nun zusammenreimen. *Seit dem Sommer. Da kam Madda als Magd ins Haus und Beno wandte sich ganz plötzlich von mir ab.*

„… nachts dringen die *donas* auf magische Weise in die Häuser der Menschen ein und feiern dort heimlich Feste“, sagte Lucio mit sanfter Stimme. „Dabei wirbeln sie natürlich einiges durcheinander. Aber das nehmen die Hausherren gerne in Kauf. Die Zauberfrauen bringen nämlich Segen, schenken Reichtum und Glück. Meine Mutter sang deshalb oft dieses Locklied, um die *donas* in unser Haus zu laden.“ Er nickte Elisabeth aufmunternd zu und ihr wurde sofort leichter ums Herz. Dann begann er zu spielen.

Es war keine liebliche Melodie, das Stück war überraschend rau. Manche Töne klangen schräg wie ein Schrei und Lucios Samtstimme hatte plötzlich etwas Dunkles, Forderndes. Die Patrizierinnen rissen erstaunt die Augen auf. Die Gaukler dagegen griffen den Refrain mit kehligen Stimmen auf. *„Bella, bella luce di notte …“*

Als Elisabeth den Text übersetzte, durchfuhr sie ein freudiger Schreck. Und als Lucio ihr verschwörerisch zulächelte, verstand sie, dass er das Lied gerade so umgedichtet hatte, dass die Beschreibung der Zauberfrauen genau auf sie passte. Und wie immer, wenn er sie auf diese Art anlachte, als gäbe es auf der Welt nur sie und ihn, hatte sie ein paar Herzschläge lang dieses schwebende Gefühl von Leichtigkeit. *Wenigstens bei Lucio weiß ich, woran ich bin,* dachte sie. *Wir sind einander gleich. In so vielen Dingen.*

„Elisabeth?"

Sie fuhr herum und erstarrte.

Beno trat vor sie und neigte den Kopf in einer förmlichen Verbeugung. „Ich … will mich für meine Worte von vorhin entschuldigen. Ich wollte dich nicht beleidigen."

Sie nahm den letzten Schluck Wein und sah ihn nur kühl und herablassend an.

Das irritierte ihn sichtlich. Er räusperte sich nervös und hielt ihr etwas hin. „Und das hier hast du verloren."

Elisabeth betrachtete den kleinen Kupferkamm in seiner ausgestreckten Hand. *Dieselbe Hand, die Madda beim Kuss so zärtlich berührt hat.*

„Du kannst mich gar nicht beleidigen", sagte sie kalt. „Dafür kennst du mich zu wenig. Aber du hast Recht: Wir haben nichts mehr miteinander zu schaffen. Unsere Wege führen schon lange in ganz verschiedene Richtungen."

Jetzt wirkte er ehrlich bestürzt. „Ich verstehe nicht ganz …"

„Dafür verstehe ich endlich so einiges. Behalte den Kamm. Schenk ihn doch der Gauklerin, die dir so gut gefällt. Man soll schließlich immer mehrere Eisen im Feuer haben, nicht wahr?"

Damit drückte sie dem völlig verdatterten Beno ihr leeres Weinglas in die Hand und ließ ihn stehen. Wie ein Echo ihres Herzschlags fiel eine schnelle Trommel in

Lucios Lautenspiel ein, Bläser griffen die Melodie auf. Die Akrobaten begannen mit wilden Sprüngen und Drehungen zu tanzen. Elisabeth drängte sich durch den Ring der Zuschauer und fiel in den Tanz mit ein. Johanna und Ingrid folgten ihr lachend in den Kreis und sogar die junge Ehefrau von Kaufmann Möttelin ließ sich mitreißen.

Aber die Umstehenden hatten nur Augen für Elisabeth. Die Melodie war wie ein Zauber, ließ sie tanzen, wie sie es nie zuvor getan hatte. Die Gauklerinnen nachahmend bewegte Elisabeth schlangengleich die Arme. Sie näherte sich Lucio und umkreiste ihn so dicht, dass ihr fliegendes Haar ihn streifte. Der Perlmuttkamm löste sich und zerbrach bei der nächsten Drehung unter ihrem Schuh. Das Perlenband zersprang auf dem Boden in eine Flut davonrollender Perlen. Elisabeth musste lachen. Mit einem herausfordernden Blick zu Beno zog sie auch noch den Kupferkamm aus ihren Locken.

Er wirkte wie ein Schlafwandler, den eine schmerzhafte Ohrfeige geweckt hatte. Die Trommeln wurden immer schneller, der Raum drehte sich um sie, die Seide ihres Kleides knisterte und rauschte, als würde sie im Wind stehen. Nur aus den Augenwinkeln nahm sie wahr, wie Beno zurückwich. Als sie das nächste Mal hinschaute, war er aus dem Festsaal verschwunden.

„Was ist das hier für eine Tollheit?“ Mit Barbaras Auftauchen endete der Spuk so schnell, wie er begonnen hatte. Die Musik brach ab. Johanna erstarrte mitten in einer Tanzfigur. Die junge Möttelin spähte besorgt zu ihrem alten Ehemann hinüber.

„*Scusate, Signora Barbara.* Es ist meine Schuld", beeilte sich Lucio zu sagen. „Ich habe den Damen einen italienischen Tanz gezeigt. Er … wirkt für hiesige Traditionen vielleicht etwas wild."

„Allerdings!" Barbara bemühte sich um Fassung, aber unter ihrem eisigen Blick trollten sich die Gaukler sofort. „Madda?", rief sie über die Schulter. „Sammle die Perlen auf. Und den zerbrochenen Perlmuttkamm wirfst du ins Feuer." Freundlicher wandte sie sich an die Gäste. „Kühlen wir uns an der Festtafel etwas ab, der Fisch wird gleich aufgetragen. Und meine Nichte wird sich rasch umziehen." Sie packte Elisabeth am Arm und dirigierte sie mit eisernem Griff aus dem Saal.

„Ist dir klar, dass ganz Ravensburg darüber tratschen wird, wie du dich aufgeführt hast?", flüsterte sie, kaum, dass sie draußen im Flur waren.

„Ich habe nur getanzt."

„Nur getanzt?", zischte Barbara. Sie trieb Elisabeth zur Eile an, bis sie fast rannten. Aber der Weg führte nicht zurück ins Frauenzimmer, sondern zu einer Lagerkammer. Tischdecken und Stoffbezüge stapelten sich hier und die verstaubte Dekoration einstiger Feste. Ein Küchengehilfe kramte im Schein eines Talglichts in einer Truhe. „Raus", befahl Barbara. Dann schob sie Elisabeth in die Kammer und schloss die Tür hinter ihnen.

„Sieh dich an!" Barbara packte sie an den Schultern und drehte sie zur Wand. Dort lehnte eine spiegelnde

Silberplatte, auf der sonst Speisen aufgetragen wurden. Ein gespenstisch bleiches Mädchen mit einer völlig aufgelösten Lockenmähne und fleckigen Wangen starrte Elisabeth an. Fiebrig glänzten seine Augen. *Wie unglücklich ich aussehe*, schoss es Elisabeth durch den Kopf.

„Das teure Seidenkleid ist verdorben von Weinflecken", schimpfte Barbara. „Und als wäre das noch nicht schlimm genug, tanzt du wie die sündige Salome persönlich um Lucio herum – lachend und die Hüften schwingend, als wolltest du ihn verführen …" Sie stutzte, dann klappte ihr Mund auf. „Oh, ist das etwa dein Plan?"

Das Mädchen im Spiegel zog verwirrt die Brauen zusammen. „Was?"

„Immer noch dieses alberne Hirngespinst von Reisen in ferne Länder, Lies? Hoffst du deshalb auf einen Mann wie Lucio? Sei nicht albern! Er ist verlobt. Und selbst wenn seine Familie Interesse an einer Heiratsverbindung mit unserem Haus hätte, kommt Lucio für uns nicht infrage. Wir brauchen keine Blutsbande nach Genua, dieser Handelsweg ist durch langfristige Verträge gut genug abgesichert …"

„Bin ich wirklich nur eine Handelsware?", brach es aus Elisabeth heraus. „Kauft orientalischen Weihrauch, spanische Korallen, ein Hausäffchen aus Afrika – oder ein Humpis-Mädchen mit dem schriftlichen Garantieschein unversehrter Jungfräulichkeit …"

„Was redest du da?", sagte Barbara in eisigem Ton. „Was sind das für Unverschämtheiten! Ist dir überhaupt klar, dass das hier kein Spiel ist? Ich lasse nicht zu, dass du deine Zukunft ruinierst!"

„Meine Zukunft als Bettsklavin eines Trunkenbolds?", rutschte es Elisabeth heraus.

Jetzt verlor Barbara endgültig die Fassung. „Als Gemahlin eines anständigen und reichen jungen Mannes mit dem guten Namen Möttelin!", schrie sie. „Herrgott, Lies, was ist nur los mit dir? Schämst du dich nicht, so undankbar zu sein? Dieses Fest kostet uns ein Vermögen. Wir haben es nur für dich ausgerichtet! Damit du und Simon einander standesgemäß …"

„Aber das stimmt doch nicht!", begehrte Elisabeth verzweifelt auf. „So vieles, was du sagst, ist einfach nicht wahr, Tante! Simon ist vielleicht reich, aber anständig ist er ganz bestimmt nicht. Ich bin außerdem nicht ‚deine kleine Tochter Lies', wie du neulich gesagt hast. Beno und ich sind keine Geschwister. Und Onofrius veranstaltet das Fest nicht für mich, sondern für dich."

Barbara wurde rot vor Empörung. „Du wirst noch lernen, deinen vorlauten Mund zu halten! Und du gehst weder nach Italien noch sonst wohin. Du heiratest Simon und bleibst bei mir in Ravensburg."

„Also darum geht es?", rief Elisabeth hitzig. „Du willst nur, dass ich bei dir bleibe? Weil ich die Tochter sein muss, die du nicht haben wirst? Du weißt nämlich genau, dass du kein Kind mehr bekommen kannst …"

Die Ohrfeige traf sie so überraschend, dass sie zurücktaumelte und auf den Stapel Tischwäsche sackte. Noch nie hatte Barbara die Hand gegen sie erhoben.

Ihre Tante schien darüber ebenso erschrocken zu sein wie sie. Aber noch mehr als das Brennen auf Elisabeths Wange schmerzte der tiefe Kummer in Barbaras Miene und die Tränen in ihren Augen. *Wie konnte ich nur so etwas Gemeines sagen?* „Tante! Es tut mir leid …"

„Kein Wort mehr!" Barbara wich zur Tür zurück. Mit zitternden Händen hakte sie den Schlüsselbund von ihrem Gürtel los. „Für dich ist das Fest vorbei."

Bella luce di notte

Schönes, schönstes Licht der Nacht,
du Traum voll Fröhlichkeit!
Aus Schatten webst du deinen Leib,
aus Sternenlicht dein Kleid.

Mit Augen, grün wie Malachit
und Haar aus Feuerglanz,
tritt ein in dieses schöne Haus
Und folge mir zum Tanz!

Lucios Version des Liedes zur Beschwörung der „Damen von ausserhalb“

In den ersten Stunden hatte sie noch gehofft, dass Barbara zurückkommen würde. Aber als das Talglicht erlosch und die Kammer in Dunkelheit versank, war Elisabeth klar, dass sie die ganze Nacht hier verbringen würde. Um sich vor der Kälte zu schützen, hatte sie sich aus den Tischdecken ein Lager zurechtgemacht. Und irgendwann musste sie wohl eingeschlafen sein, denn als sich der Schlüssel im Schloss drehte, schreckte sie aus einem wirren Traum hoch, in dem ein Pfau durch den

Festsaal flog und Barbara allein an der Festtafel saß und weinte. Sie setzte sich auf. „Tante?", fragte sie zaghaft.

Dielen knarrten in der Schwärze. „Ich bin es, *Betta.*"

Sofort schien die Kammer heller und wärmer zu werden. „Lucio! Wie kommst du hier rein?"

„Zu jedem Schloss gibt es einen zweiten Schlüssel. Der Verwalter, der diesen hier hüten sollte, hat sich heute eine goldene Nase verdient. Ich musste ihn nämlich auch dafür bezahlen, dass er schweigen wird wie ein Grab."

„Du bist verrückt. Wenn Barbara das erfährt ..."

Lucio lachte. „Wird sie nicht. Alle sind betrunken und schlafen wie die Toten. Und selbst wenn deine *zia* noch wach ist, hat sie gerade ganz andere Sorgen. Beno hat sich nämlich mitten in der Nacht davongemacht."

„Was?"

„Pst! Nicht so laut! Ja, Barbara hat es mir anvertraut. Onofrius hat getobt. Er wollte Beno in den Festsaal zurückholen, aber der packte schon seine Sachen. Du kannst dir vorstellen, was für einen Streit die beiden hatten. Beno sagte seinem Großvater ins Gesicht, er verbringe die Nacht lieber in dem schäbigen Wirtshaus hinter dem nächsten Dorf, als noch einen Augenblick länger prunksüchtigen Narren dabei zuzusehen, wie sie um das goldene Kalb tanzen. Ich schätze, mit den Narren meint er wohl uns."

Elisabeth schluckte. *Ist Beno wegen mir gegangen?*

„Die offizielle Version für die Gäste lautet, dass er aus geschäftlichen Gründen zurück nach Ravensburg musste", fuhr Lucio fort. „Der Kurier hat gestern eine Nachricht von dem Handelszug gebracht. Meine Italiener schreiben mir, dass sie mit einer gebrochenen Wagenachse liegen geblieben sind und wegen der Regenfälle noch eine Weile fast vierzig Meilen vor Ravensburg feststecken."

„Das sind keine guten Nachrichten."

„Kommt darauf an. So werde ich länger als geplant in Ravensburg bleiben. Und damit ... bei dir."

In seiner Stimme hörte sie eine diebische Genugtuung, die sie unwillkürlich ansteckte. Und als er ihre Hand vorsichtig umschloss, erwiderte sie seinen Händedruck. Es war schön, seine Wärme zu fühlen. Wie immer, wenn er bei ihr war, war alles plötzlich leicht und vertraut.

„Und wie lautet die offizielle Version für mein Verschwinden?", flüsterte sie.

Lucio schnaubte. „Deine Tante ist eine gute Schauspielerin. Ich bin bestimmt der Einzige, der ihr nicht abgenommen hat, dass dir vom Wein plötzlich schlecht geworden ist und du zu Bett gehen musstest. Wie erbärmlich, seine eigene Nichte wie einen Hund einzusperren!"

„Sprich nicht so über Barbara! Ich habe sie tief verletzt."

„Was kann so schlimm sein, dass sie dich so behandelt?"

„Eine ... Wahrheit, die ich niemals hätte laut aussprechen dürfen. Ich weiß nicht, was in mich gefahren ist."

Zu ihrer Überraschung lachte Lucio nun leise auf und küsste federleicht ihre Hand. Ein Schauer rieselte ihr über die Haut und brachte auch sie wieder zum Lächeln. „Tja, dann lerne deine Lektion, ehrliches Mädchen", sagte Lucio im Tonfall eines Lehrers. „Wenn du deiner eigenen Familie die Wahrheit sagst, bringt dich das nur in den Kerker."

„Das heißt, Lügen machen frei?", gab sie ironisch zurück.

„Geheimnisse machen frei! Komm mit!" Er zog sie einfach vom Lager auf die Beine.

„Wohin?"

„Auf eine Reise übers Meer."

„Lügen machen einsam, wusstest du das?"

„Du glaubst mir also nicht?"

Diese Frage machte sie ein wenig traurig. *Wem kann ich überhaupt noch glauben? Meiner eigenen Familie? Beno?*

Lucio deutete ihr Schweigen wohl falsch und ließ ihre Hand los. „Verzeih mir", sagte er zerknirscht. „Schon auf dem Ausritt bin ich mit dem Kuss viel zu weit gegangen. Aber mein Ehrenwort darauf: Ich werde dir nicht mehr zu nahe treten. Du kannst mir vertrauen."

Wenn nicht dir, wem dann?, dachte Elisabeth. Im Dunkeln suchte sie seine Hand und umschloss sie fest. „Bring mich fort von hier", flüsterte sie.

*

Der Weg führte zu einer steilen Stiege, deren Stufen sie Schritt für Schritt ertasten mussten. Lucio schien den Weg jedoch genau zu kennen. Es war stockdunkel, aber Elisabeth nahm bald schon den Kellergeruch nach feuchtem Gemäuer wahr. Spinnweben hefteten sich an ihr Gesicht, dann schälte sich eine kleine Tür mit einem runden Bogen aus dem Dunkel. Schwacher Kerzenschein zeichnete die Lücke zwischen Tür und Zarge nach. *Einer der Vorratskeller.*

„Schließ deine Augen", raunte Lucio. Sie erschauerte, so eisig war der Luftzug an der Schwelle, dann sanken ihre Füße so tief in weiche Felle ein, als würde sie auf Wolken laufen. Wärme umfing sie, würziger Rauchduft stieg ihr in die Nase und dann das süße Aroma von Zimt, Orangenöl und Zitronen. Sie riss die Augen auf – und musste die Hände vor den Mund schlagen, um nicht überrascht aufzuschreien. Der Raum erstrahlte im Licht farbiger venezianischer Zierlampen. Kohlepfannen sorgten für Wärme und der Boden war mit Schaffellen ausgelegt. *Aragonische Felle, unsere Handelsware aus Spanien.* Lucio hatte sie einfach aus den Kisten geholt. Glänzende Stoffe machten Lagertruhen und Fässer zu Festtafeln. Auf Silbergeschirr hatte Lucio sogar Zitronen, Kandis und Feigen malerisch drapiert.

„Siehst du? Ich habe nicht gelogen", sagte er. „Unsere Reise hat uns übers Meer direkt nach Sizilien geführt. Die *donas* heißen dich willkommen!" Er deutete zur Tür. Dort hing das Gemälde von Botticelli. Die drei entblößten Tänzerinnen schienen sich im Licht der flackernden Flammen zu bewegen. „Das ist zwar keine Entschädigung für deine Verbannung vom Fest", schloss Lucio verschmitzt. „Aber besser als nichts."

„Machst du Witze?" Elisabeth lachte, breitete die Arme aus und drehte sich, bis ihr schwindelig wurde. Lachend sank sie auf den Boden. Lucio nahm zwei Trinkgläser vom Tablett und hangelte nach einer bauchigen Flasche aus dunkelblauem Glas.

„Nein. Für heute hatte ich genug Wein", sagte Elisabeth. „Ist dort in der Karaffe gesüßter Zitronensaft?"

„*Certo!*", bestätigte Lucio und schenkte ihr ein Glas der milchigen Flüssigkeit ein. Dann ließ er sich neben ihr im Schneidersitz nieder. Etwas befremdet sah sie zu, wie er seine blaue Flasche einfach mit den Zähnen entkorkte. *Er ist wirklich ganz anders als alle Patrizier, die ich kenne.*

„Das ist übrigens kein Wein, sondern die berühmte Himmelsarznei aus Venedig – *Theriak*", erklärte Lucio. „Die wichtigste Zutat ist das Fleisch junger Vipern."

„Ich soll einen Sud aus Schlangenfleisch trinken?"

„Einen Zaubertrank!", sagte Lucio geheimnisvoll. „Da gibt es gar nichts zu lachen, es ist wahr! Im Frühjahr verwandelt sich ganz Venedig für drei Tage in den Schauplatz eines richtigen Hexenfestes. Jeder Apotheker braut seinen Vorrat nämlich unter freiem Himmel. In den Gassen brennen offene Feuer unter mannshohen Kupferkesseln. Überall auf den Marktplätzen wird getanzt und die Damen bestaunen die zischenden Vipern in ihren Käfigen." Er goss den Theriak in sein Glas und schwenkte die gelbe Flüssigkeit. Das scharfe Aroma fremder Gewürze und von Lavendel stieg Elisabeth in die Nase. „*Theriak* ist ein Elixier, das verjüngt", fuhr Lucio fort. „Es heilt alle Krankheiten. Und so, wie eine Viper sich häutet, kann man nach einem Schluck davon auch allen Kummer abstreifen. Sogar sein altes Leben. Man ist frei von allen Sorgen und Verpflichtungen und kann ganz neu anfangen."

Frei. Das Wort blühte so heiß in Elisabeth auf, dass es fast schmerzte. Sie nahm einen Schluck von ihrem süßen Saft, atmete den Duft der Zitronen ein und kostete voller Wehmut den Geschmack der Ferne aus. Lucio betrachtete sie voller Zärtlichkeit. *Aber er sieht auch ein wenig traurig aus. Wie das Mädchen im Spiegel.*

„Wollen wir frei sein?", sagte er plötzlich. „Ich meine: wirklich frei, *Elisabetta!* Wir stehlen zwei Pferde und laufen weg. Noch heute!"

„Ist das ein Scherz?"

Sie erwartete eine ironische Antwort, aber Lucio wurde erschreckend ernst.

„Was, wenn es keiner wäre?", fragte er völlig aufrichtig.

Sie kannte den redegewandten Italiener, der stets auch etwas von einem Gaukler hatte. Sie kannte den Sänger und den stolzen Reedersohn und Patrizier. Aber vor ihr saß nun einfach ein junger Mann, der sie ansah, als hielte sie sein Leben in der Hand. Sein Blick hatte etwas Weiches, Sehnsüchtiges. Ihr Herz flog ihm zu und ganz von selbst fanden sich ihre Hände, so vorsichtig, als hätten sie einander noch nie berührt. *Es wäre so einfach, Ja zu sagen*, dachte Elisabeth.

„So einfach ist es nicht", sagte sie leise.

„Ich weiß." Auf Lucios Miene fiel ein dunkler Schatten. „Unsere Familien würden uns finden. Wir sind nur Schachfiguren auf den Spielbrettern ihrer Handelspolitik. Um dich spielt die Familie Möttelin, um mich die Familie Mendoza."

Die Namen brachten endgültig den kalten Hauch von Realität zurück. Plötzlich war die Kammer nicht mehr Sizilien, sondern nur noch eine Zuflucht auf Zeit.

„Mein Vater droht sogar damit, mich zu enterben, wenn ich diesen schwarzhaarigen Besen namens Elena nicht heirate", fuhr Lucio fort. „Ravensburg ist meine Gnadenfrist."

Er versuchte zu lachen, als wäre das ein Scherz. Aber Elisabeth hörte die Verzweiflung dahinter nur zu gut heraus.

„Bei euch geht es um Papier, Felle und edle Stoffe", setzte er hinzu. „In meiner Familie dagegen um Laderaum, Planken und Segel. Unsere *naves* sind die größten Handelsschiffe der Welt. Sie werden nur in Genua gebaut und schwimmen wie riesige Burgen auf dem Ozean. Elena Mendoza bringt das Geld in die Ehe, ich die Werft und unsere Schiffbauer. Das Ergebnis soll ein neues, sturmtauglicheres Schiffsmodell sein. Ach ja – und natürlich ein Enkelsohn für meinen Vater. Meine Brüder haben ihn bisher mit Töchtern enttäuscht."

Elisabeth schluckte. „Und ich dachte immer, Männer hätten die Wahl."

„Söhne nicht", erwiderte Lucio bitter. Er umschloss ihre Hand fester. „Was ist mit dir? Keine Chance, dem schweinsäugigen Trinker Simon zu entkommen?"

„Du kennst doch meine Tante."

„Kann Onofrius die Heirat nicht verhindern?"

„Das würde er nie tun. Die Verbindung nützt seiner Handelsgesellschaft. Und meine Tante ist mein einziger Vormund."

„Du hast keine anderen Verwandten, zu denen du gehen könntest?"

„Meine ganze Familie ist an der Lungenpest gestorben, als ich acht war."

„Oh!" Lucio war ehrlich betroffen. „Das tut mir leid!", sagte er voll Mitgefühl. „Du musst schrecklich verzweifelt und einsam gewesen sein."

Nein, einsam war ich nicht. Ein Lampenlicht flackerte und zuckte, brachte Lucios lang gezogenen Schatten an der Wand zum Tanzen. Und ihr war, als würde sie darin Beno erahnen, einen Abglanz des schlaksigen, lebhaften Zwölfjährigen, der er damals gewesen war. Immer flink, immer neugierig und zu Streichen aufgelegt. Und immer bemüht, sie zu trösten und aufzuheitern. Plötzlich erinnerte sie sich an den Tag, als Beno sie nach einem Kinderstreit zum Brunnen hinter dem Haus getragen hatte. Er hatte gedroht, sie kopfüber ins kalte Wasser zu tauchen, während sie sich kreischend wie eine Eidechse in seinen Armen wand – und zum allerersten Mal seit dem Tod ihrer Familie wieder so sehr lachen musste, dass sie sich verschluckte. Eine jähe Zärtlichkeit für Beno stieg in ihr auf. Aber gleichzeitig wurde ihr das Herz schwer. Denn sie musste wieder an Madda denken. *Warum bin ich immer noch so verletzt? Ich bin doch in Lucio verliebt.*

„Du hast so viel Schlimmes erlebt und bist trotzdem so fröhlich", sagte Lucio voller Bewunderung. „So temperamentvoll und so lebenshungrig! Weißt du, was ich dachte, als du gestern im Galopp davongestürmt bist?" Er ließ ihre Hand los und strich ihr zärtlich eine Locke aus der Stirn. „So müsste meine Frau sein! Mit genau diesen Augen, diesem klingenden Lachen und dem Mut, einfach davonzufliegen und den Wind zu kosten. Ich dachte mir: Wenn du Elena Mendoza wärst, wäre ich der glücklichste Mann der Welt."

Elisabeth wurde rot und nahm verlegen noch einen Schluck von ihrem Saft. *Niemand sieht mich so an wie Lucio.*

„*Betta*, ich muss es einfach wissen! Wenn wir fliehen könnten ... Würdest du mit mir kommen?"

„Wohin würden wir gehen?", flüsterte sie.

„Das entscheidest du! Über das Tyrrhenische Meer nach Griechenland vielleicht? Oder nach Afrika?" Er hob vielsagend die Brauen. „Hyänen jagen?"

Sie lächelte. „Zu den Ufern des alten Byzanz!", sagte sie leise. Sie erschrak, als sie dieses Geheimnis aus Kinderzeiten preisgab. Beno war wieder so nah, als hätte sie ihn damit heraufbeschworen.

Lucio hob das Glas und betrachtete den Theriak darin. „Niemand kann uns Wünsche verbieten“, sagte er so ernst, dass sie fröstelte. „Vielleicht gibt es ja doch Wunder. Oder Zaubertränke, die dafür sorgen, dass wir unsere alte Haut abstreifen können?“ Er schloss die Augen und trank ein paar große Schlucke. Aber sofort verzog er das Gesicht. „*Madonna!*“ Er schüttelte sich angewidert und wischte sich über den Mund. Dann sah er sich um und seufzte tief. Sein schmerzliches Lächeln erinnerte sie plötzlich an Beno. „Das wäre auch zu einfach gewesen“, sagte er. „Wir sind immer noch hier.“

Sind wir das?, dachte Elisabeth verwundert. Ihr war ein wenig schwindelig. Der Boden schien leicht unter ihr zu schwanken wie die Planken eines Schiffes. Die Farben der Tücher waberten wie Wasser, und Spinnweben verwandelten sich vor ihren Augen in das helle Sternennetz der Milchstraße, das Deckengewölbe in einen Nachthimmel über dem Meer. *Frei*, dachte sie.

„Alles in Ordnung?“, fragte Lucio besorgt.

Wenn ich das wüsste. Plötzlich hatte sie Lust zu lachen und wusste nicht, warum. Noch nie war ihr Lucio so schön erschienen wie jetzt, mit genau diesem ernsten, zweifelnden Ausdruck. Und ihre Sehnsucht wurde so stark, dass sie nicht länger widerstehen konnte. „Was …“, fragte er, als sie an ihn heranrückte und die Arme um seinen Hals schlang.

„Ich würde mitkommen“, sagte sie. Und dann schloss sie die Augen und küsste diesen fragenden, ernsten Mund. Er schmeckte fremd und süß, nach Lavendel und Honig und auch nach etwas Dunklem, Schwerem. Aber mitten in diesem Kuss erkannte sie mit einem Mal, wen sie eigentlich meinte. *Ich bin ja gar nicht verliebt,* dachte sie verwundert. *Zumindest nicht in Lucio!* Sie wollte sich von ihm lösen, aber Lucio zog sie an sich und erwiderte ihren Kuss mit aller Leidenschaft. Ihr Körper reagierte ganz von selbst, Wärme durchströmte sie, ein Teil von ihr wollte diese fiebrige Nähe auskosten wie einen süßen Trank. Aber der andere Teil war ein einziges atemloses Nein. *Es ist falsch. Lucio ist nicht der, den ich meine.* „Nein", murmelte sie und versuchte Lucio von sich zu schieben, aber das Schiff schwankte nun wie im Sturm und Schaffell drückte sich weich in ihren Nacken. *Warum liege ich?* Sie wusste es nicht, und dann wagte sie Lucio nicht mehr loszulassen, denn das Schiff hob sich jäh und riss sie mit hinunter in ein tiefes schwarzes Wellental.

Wetterzauber

Am Mittag kam der Dämon, dem ich schon seit achtzehn Jahren diene, in mein Haus. Er befahl mir, zur Kuppelnau zu gehen. Ich sollte Wasser mitnehmen. Unter der großen Buche sollte ich eine Grube graben, das Wasser hineingießen, mit dem Finger links herum rühren und dabei den Teufel und alle seine Dämonen anrufen. Das Wasser verschwand dann, der Teufel hob es hoch in die Luft. Und kaum war ich wieder zu Hause, brach schon der große Hagelsturm los.

AUS MAGISTER GREMPERS PROTOKOLL, GESTÄNDNIS VON AGNES BADER

Die Sonne war längst noch nicht aufgegangen, aber Madda hielt es nicht mehr aus. Lautlos erhob sie sich zwischen den schnarchenden Mägden und suchte im stickigen Dunkel ihre Sachen zusammen. Auf Zehenspitzen huschte sie hinaus. Im Laufen befühlte sie durch den Stoff ihres Bündels den geflochtenen Kranz aus Wacholderzweigen. *Maries Geschenk an die Frauen vom See.* Die Flure waren frostkalt und nachtdunkel, und in dem abgelegenen, unteren Teil des Schlosses, den sie nun betrat, war sie ganz allein. Nicht einmal Gesinde schlief hier, die meisten Kammern waren Lagerräume.

Lautlos huschte sie zu einem Fenster am Ende des Ganges und holte den Kranz hervor. Der Laden knarrte widerwillig beim Öffnen, dann wehte ihr eisiger Oktoberwind ins Gesicht, und sie zog dankbar die frische Luft ein. Nicht weit unter ihr lag der hintere Teil des Schlossgrabens. Über Nacht war das Wasser an den seichteren Stellen angefroren, die freien Stellen in der Mitte dampften, als wäre es dort wärmer. Jenseits des Grabens waren auf dieser Seite nur noch Wiesen und Büsche. Der Schein einiger Pechfackeln, die Wächter aufgestellt hatten, erhellte die Dunkelheit.

Madda bekreuzigte sich und sprach halblaut ein Mariengebet für ihre kleine Schwester. Sie schluckte ihre Tränen herunter und warf den Kranz mit Schwung aus dem Fenster. Er flog zu weit, fast bis zum gegenüberliegenden Ufer. Dort durchbrach er eine hautfeine Eisschicht und blieb halb im Wasser liegen. *Macht nichts*, dachte Madda und schloss das Fenster. *Sobald es Tag wird, schmilzt das Eis und …*

„He!" Jemand packte sie am Handgelenk und riss sie herum. Schmerzhaft fest stieß sie mit dem Rücken gegen den hölzernen Fensterrahmen, atemlos vor Überraschung – und vor Schreck. *Lucio! Hat er mir aufgelauert?* Doch der nächste Gedanke war schlimmer: *Hier hört mich niemand.* In dieser blinden Ecke des Flurs saß sie in der Falle und konnte nicht an ihm vorbei. Offenbar wusste er das auch, er grinste selbstgefällig. Obwohl das Fest schon seit vielen Stunden vorbei war, trug er komischerweise immer noch sein Festgewand.

„Was zum Teufel treibst du hier?“, fragte er mit einer Sanftheit, die eine Drohung war.

„Gar nichts.“

„Das glaube ich dir nicht. Ich habe dich doch reden hören. Hast du eine *maledizione* ausgesprochen – eine Verwünschung? Gegen wen?“

„Ich habe nur gebetet!“

Sein Grinsen bekam etwas Wölfisches. „Zu welchem Herrn?“

„Kennt man in Italien das Mariengebet etwa nicht?“, fragte Madda betont kühl.

Er lachte spöttisch. „Das kannst du vielleicht deiner gutgläubigen Herrin erzählen. Aber mich kannst du nicht täuschen. Ich habe doch gesehen, wie du Beno gestern umgarnt hast. Willst du ihn mit Magie an dich binden? Was hat dieser blasse Schreiberling nur an sich, dass du ihn so begehrst?“

„Das tue ich nicht“, fauchte Madda. „Außerdem habe ich nur ein Morgengebet zu Jesus Christus und Maria gesprochen. Und wagt es nicht, mich anzufassen!“

Lucio, der schon näher treten wollte, hielt inne.

„So viel Angst vor einem Mann, der dein Feuer zu schätzen weiß? Denn das hast du, meine wilde Schöne: Feuer im Leib!“

Sie wich seiner Hand aus, die ihr ins Haar greifen wollte, und versuchte an ihm vorbeizukommen. Aber zu spät erkannte sie, dass seine Bewegung nur eine Ablenkung gewesen war. Im nächsten Moment stolperte sie über seinen Fuß. Und während sie fiel, hatte er sie schon gepackt und an sich gerissen.

Sein Atem roch schwer und scharf nach fremden Gewürzen. „Du bist so schön", sagte er mit einer heiseren, gierigen Zärtlichkeit, die ihr ein Frösteln über die Haut jagte. „Und ob du zu den Heiligen oder zur Hölle selbst betest: Es ist dein roter Mund, der den Zauber wirkt."

Dass er drauf und dran war, ihr einen Kuss aufzuzwingen, machte sie so wütend, dass sie jeden Respekt vor seinem Stand vergaß. „Lasst mich los!", schrie sie und wehrte sich mit aller Kraft, aber er drehte ihr den Arm auf den Rücken und drückte sie gegen das Fensterbrett. Sie wand sich und trat nach ihm. Aber der Genueser war erschreckend stark und viel wendiger und tückischer als sie, als hätte er schon oft gegen jemanden gekämpft, der sich nicht an die Regeln hielt.

Doch das Lachen verging dem Italiener, als ihr Knie hochzuckte und ihn an seiner empfindlichsten Stelle traf. Er keuchte auf und krümmte sich. Mit einem Satz war sie bei ihrem Bündel und riss es an sich. Das zerbrochene Kammstück aus Perlmutt, das sie heimlich als Geschenk für Marie eingesteckt hatte, rutschte heraus und klapperte über den Boden. Maddas Fingernägel kratzten schmerzhaft fest über den Steinboden, als sie sich den Kamm schnappte.

„Verdammte *strega!*" Ein Ruck an ihrer Schulter riss sie abermals herum. Stoff riss. Ohne nachzudenken, holte sie blitzschnell aus. Sie hörte einen wüsten, zornigen Fluch auf Italienisch. Lucio war zurückgewichen, die Hand an die Wange gepresst. Als er sie herunternahm, zeigten sich drei blutunterlaufene Abschürfungen, dort, wo die scharfen Bruchkanten der Kammzinken über die Haut gefahren waren. „Das wird dir noch leidtun", sagte Lucio bedrohlich leise. „Ich werde Barbara sagen, dass du das warst."

Madda hob das Kinn und drückte ihr Bündel an sich. „Macht Euch keine Mühe. Das sage ich ihr selbst, Signor Malaspani", sagte sie mit bebender Stimme. „Und Frau Barbara wird wissen wollen, warum ich gezwungen war, mich zu wehren."

Damit sprang sie an ihm vorbei und rannte. Das Blut rauschte ihr in den Ohren und ihr Herz hämmerte wie verrückt, als sie im Eingangsaal beim Tor ankam. Lucio war ihr nicht gefolgt. Mit zitternden Händen richtete sie ihr Kleid und versuchte, einen klaren Kopf zu bekommen. Sollte sie umkehren und sofort zu Barbara gehen? Ihr war klar, dass sie den Mund zu voll genommen hatte. Zeugen gab es nicht. Es stand also ihr Wort gegen das eines Patriziers. Natürlich würde Barbara fragen, was sie vor Sonnenaufgang allein in diesem Teil des Schlosses verloren hatte. Und sie würde ihrer Herrin erklären müssen, warum die Kratzer an Lucios Wange von dem Perlmuttkamm stammten, den sie auf Barbaras ausdrücklichen Befehl hin schon gestern hätte ins Kaminfeuer werfen müssen. *In jedem Fall wird sie mich nicht zu Marie gehen lassen, bis die ganze Sache geklärt ist.* Und der Einzige, der ihr glauben würde, war Beno –

und der war schon heute Nacht nach Ravensburg aufgebrochen.

„Wohin?“, fragte der Wächter am Tor.

„Frau Barbara schickt mich zurück nach Ravensburg.“

„So früh?“, knurrte der Mann, aber er entriegelte das Tor. Mit einem unbehaglichen Gefühl im Rücken rannte sie über die Brücke. *Beobachtet er mich vielleicht von einem der Fenster aus?* Erst auf Höhe des Gauklerlagers wagte sie, mit klopfendem Herzen zurückzublicken. Aber zu ihrer Erleichterung waren alle Fenster geschlossen wie schlafende Augen.

Zwei magere Hunde schlugen an, als Madda das Lager betrat. Ein paar verschlafene Spielleute lugten kurz aus den Wagen und verschwanden wieder. Die Feuer waren heruntergebrannt, nur eines flackerte noch zaghaft vor sich hin. Martin saß dicht an der Glut, eingewickelt in Pferdedecken. Jetzt sprang er auf und lief ihr mit großen Schritten entgegen. „Dem Himmel sei Dank, sie hat dich gehen lassen!“

„Martin!“ Er war völlig überrascht, dass sie ihm einfach in die Arme fiel. Aber ohne zu zögern, hielt er sie fest und strich ihr beruhigend über Schultern und Rücken.

„Was ist los?“, sagte er verwundert. „Du zitterst ja!“

Sie war drauf und dran, ihm alles zu erzählen, aber dann besann sie sich. *Martin bringt es fertig und geht bei der nächsten Gelegenheit auf den Italiener los*, dachte sie. *Und dann bekommt er auch noch Ärger.* Nein, sie musste in Ravensburg erst mit Beno sprechen.

„Mir ist nur kalt", sagte sie leise. „Glaubst du, wir kommen noch rechtzeitig?"

Martin strich ihr sanft über die Wange. „Keine Sorge, Wildfang. Wir reiten schneller als der Wind. Und zweimal schneller als der Tod auf seinem Knochenross. Warte hier!"

Er lief zu den Pferden und band einen riesigen grauen Wallach los. Das Zaumzeug bestand nur aus verknoteten Stricken. Martin führte das Pferd aus dem Wagenrund und winkte Madda, ihm zu folgen. Etwas verwundert gehorchte sie.

„Wo ist der Sattel?"

„Den wollte der Händler mir nicht mit seinem Gaul zusammen vermieten", erwiderte Martin. „Aber ich reite ohne Sattel sowieso besser."

„Aber … wo ist denn mein Pferd?"

„Wir haben nur dieses eine."

Madda riss die Augen auf. „Du sagtest doch gestern …"

„Ich wollte dich nur nicht gleich erschrecken." Martin grinste entschuldigend. „Aber mehr als ein Leihpferd kann ich mir leider nicht leisten." Er packte die Mähne und zog sich mühelos auf den Rücken des Tieres. Dann streckte er Madda die Hand hin. „Vertrau mir. Es kann uns beide tragen. Und ich passe auf dich auf."

Madda zögerte nur ein paar Herzschläge lang, dann zog sie das Bündel an der Knotenschlaufe über den Arm und ergriff Martins Hand. Wieder einmal staunte sie, wie viel Kraft dieser hagere Bursche hatte. Im nächsten

Moment saß sie schon hinter ihm und rutschte verlegen ein Stück von ihm weg.

„Willst du wie ein Gaukler am Schweif des Gauls hängen?“, fragte er spöttisch über die Schulter. „Das ist nicht der Martini-Tanz, Jungfer Anstand. Und ich werde ja kaum versuchen, dich auf dem Pferderücken zu verführen.“

Nein, du bist keiner von dieser Sorte, dachte Madda. Voll Unbehagen blickte sie zum Schloss hinüber. Ein jäher Wind überzog das Wasser im Schlossgraben mit einer Gänsehaut. Madda rückte an Martin heran und legte zaghaft die Arme um seine Taille. Er fasste sie an den Unterarmen und verschränkte ihre Hände noch fester. „Wenn du nicht aus der nächsten Pfütze trinken willst, hältst du dich besser richtig fest! Wir müssen nämlich schneller sein als der Regen.“

Vorsichtig schmiegte sie sich an Martins Rücken und schloss die Augen. Eben noch hatte sie gezittert und sich eingebildet, Lucios hasserfüllten Blick im Rücken zu spüren. Aber hier bei Martin schwand aller Schrecken.

„Bereit?“, fragte er. Rauer Mantelstoff rieb an ihrer Wange, als sie nickte.

Das Pferd schnellte aus dem Stand in den Galopp. Der Ruck warf Madda so hart zurück, dass sie Martin beinahe losgelassen hätte. Aber er hatte schon nach hinten gegriffen und hielt sie fest, bis sie wieder Halt fand. Trotzdem fühlte es sich an, als würde sie jeden Moment vom Pferd stürzen. Die ersten Regentropfen trafen ihr Gesicht und der vereiste Boden flog schwindelerregend schnell unter dem Pferd dahin. Sie hätte Angst haben müssen, doch nie hatte sie sich sicherer gefühlt als hier, mitten im Wind, fest an Martin geklammert, sein warmer Körper an ihrem.

*

„Beno?“, murmelte Elisabeth. Aber dann fiel ihr ein, dass sie ja mit Lucio im Lagerkeller war. *Aber welchen von beiden habe ich geküsst?* Sie erinnerte sich genau an den ernsten Ausdruck in Benos Miene. Oder hatte Lucio sie nur an Beno erinnert?

Unter ihren Fingern spürte sie weiches Schaffell, aber ihr war übel und erbärmlich kalt. Mühsam hob sie die Lider. Spinnweben hingen in grauen Fetzen vom Gemäuer und dort, wo Botticellis Bild gehangen hatte, erhob sich nur noch die nackte Tür im Licht einer einzelnen Öllampe. Es roch dumpf nach feuchtem Lagerkeller und erloschenen Kohlepfannen. Sie wälzte sich auf die Seite – und rollte von dem Schaffell auf nackten Steinboden. *Alles verschwunden!*, dachte sie verwirrt. Bis auf das Fell, auf dem sie eben noch gelegen hatte, war alles weggepackt worden. Statt des Prunks nur noch verschlossene Lagerkisten, Fässer, nackte Wände und Steinboden. Aber erst, als sie sich hochstemmte und bemerkte, dass ihr Kleid nur wie eine Decke auf ihr gelegen hatte und einfach heruntergerutscht war, ahnte sie Schlimmes. Sie sah an sich herunter. Im Öllicht glänzte das kleine Bernsteinkreuz, das Lucio ihr heimlich geschenkt hatte, auf bloßer Haut. Und weiter unten, genau zwischen ihrer Scham und ihrem Bauchnabel leuchteten ihre drei besonderen, rötlich braunen Muttermale, angeordnet zu einem perfekten Dreieck. *Ich bin nackt!* Keuchend vor Schreck krümmte sie sich zusammen, dann riss sie das Kleid an sich und kam auf die Beine, taumelnd wie das Opfer eines Gauklers. Bei der jähen Bewegung durchfuhr sie ein leichtes, unangenehmes Ziehen zwischen den Beinen. Auf dem Schaffell entdeckte sie ein paar getrocknete Blutstropfen. *Es ist doch noch längst nicht die Zeit meiner Monatsblutung*, dachte sie. Aber dann dämmerte ihr, was geschehen sein musste. Sie schlug die Hand vor den Mund und erstickte einen Verzweiflungsschrei. *Lucio und ich? Aber warum ... ich habe doch nicht ... Ich hätte doch nie ...*

Sie wich zurück und zuckte zusammen. Etwas Metallenes bohrte sich schmerzhaft in ihre Sohle: ein Schlüssel, der auf dem Steinboden lag, so als sollte sie ihn finden.

*

Regen peitschte gegen die Fenster. Das weiße Morgenlicht in den Fluren stach ihr in die Augen. Aber wie durch ein Wunder begegnete Elisabeth keinem der Dienstboten, obwohl sie Stimmen und Schritte hörte. Als sie endlich wieder zusammenhängend denken konnte, schloss sie die Lagerkammer auf. Und da hörte sie auch schon Barbaras Stimme. Gerade noch rechtzeitig schlüpfte sie in den Raum und sperrte von innen zu. Sie stolperte rückwärts zu der schmalen Fensterscharte. Eisiger Morgenwind pfiff durch die Ritzen im Fensterladen. Jemand hämmerte gegen die Tür.

„Lies?“, rief Barbara so laut, dass Elisabeth zusammenzuckte. Schmerzhaft fest drückte sich der Schlüssel in ihre Hand. Ohne nachzudenken, entriegelte sie den Laden und ließ das Beweisstück in den Schlossgraben fallen.

„Geht es dir gut? Lies, sag doch etwas!“

Elisabeth schluckte. „Ich bin da!“, krächzte sie.

Männerstimmen brummten, Werkzeug klirrte. Dann krachten ein paar Schläge und die Tür ging auf. „Geht!“, befahl Barbara den Männern. Doch kaum waren sie allein, stürzte sie zu Elisabeth und riss sie in ihre Arme. „Es tut mir so leid!“, flüsterte sie. „Ich wollte dich nicht die ganze Nacht hier drin lassen, ich schwöre es. Gleich nach dem Fest wollte ich dich zu mir holen, aber ich habe mich plötzlich so schwindelig gefühlt und nur für ein paar Augenblicke auf dem Bett ausgeruht. Und als ich wieder zu mir kam, war es schon Morgen! Auch Onofrius schlief tief und fest – noch in seinen Kleidern. Und ich muss den Schlüssel verloren haben. Er war einfach fort.“

Elisabeth bekam kaum noch Luft. *Weil Lucio ihn hatte?*

„Hast du mit Lucio gesprochen?“, fragte sie tonlos. „Heute Morgen?“

Ihre Tante schüttelte den Kopf. „Ich nicht. Onofrius

hat ihn schlafend in einer Wachstube gefunden. Lucio hat die ganze Nacht über mit dem Hauptmann der Söldner Karten gespielt und viel Geld verloren."

Jetzt hatte Elisabeth endgültig das Gefühl, jeden Halt zu verlieren. *„Der Verwalter, der diesen Schlüssel hüten sollte, hat sich heute eine goldene Nase verdient. Ich musste ihn nämlich auch dafür bezahlen, dass er schweigen wird wie ein Grab."* Das waren heute Nacht Lucios Worte gewesen. *Wofür hat er bezahlt?*, dachte sie. *Hat er sich bei dem Wachmann ein Alibi gekauft? Um beweisen zu können, dass er nicht bei mir war?* Aber es ergab alles keinen Sinn. W*arum sollte er mir so etwas antun?*

„Ich muss mit Lucio sprechen, Tante! Sofort!"

„Da musst du warten, bis wir wieder in Ravensburg sind. Lucio ist schon vorausgeritten und will sich um den Handelszug kümmern. Er macht sich Sorgen, dass sich seine Rückkehr nach Genua verzögern könnte." Sie lächelte ein wenig schief. „Zu Onofrius sagte er, er wolle den Hochzeitstermin mit Elena Mendoza um keinen Preis aufs Spiel setzen."

Das war wie ein Dolchstich mitten in ihre Brust. Tränen schossen ihr in die Augen.

„Oh, Lies, es tut mir so leid!" Barbara drückte sie wieder fest an sich. „Ich weiß, ich war gestern viel zu streng zu dir. Wirst du mir jemals verzeihen können?"

Sie strich ihr übers Haar, dann umfasste sie zärtlich ihr Gesicht mit den Händen und sah sie ernst an. „Ich weiß, wie schwer es ist", sagte sie. „Und ja, du hattest Recht. Wir Frauen sind zu einem gewissen Teil tatsächlich eine Handelsware – aber nur, bis wir verheiratet sind. Dann sind wir in Sicherheit und Herrinnen über unser eigenes Haus. Doch bis zur Hochzeitsnacht bemisst sich unser Wert an vier Dingen: Schönheit, Jugend, Frömmigkeit und Reinheit. Es ist meine Pflicht, über deine Tugenden zu wachen und dich in die bestmögliche Verbindung zu geben. Das habe ich deiner armen Mutter am Totenbett versprochen. Natürlich gibt es hübschere und klügere Männer als Simon. Aber eines Tages wirst du mir dankbar sein …“ Elisabeth hörte die Worte nur noch wie aus weiter Ferne.

Ihre Beine gaben nach. Wieder wurde ihr schwindelig und der Boden schien zu schwanken wie heute Nacht im Lager.

„Lies“, rief Barbara erschrocken aus. „Mein Gott, du zitterst ja vor Fieber!“

Im Hexenkessel

Merke dir: Hexen leugnen normalerweise beim ersten Verhör. Wenn man sie fragt, ob es Hexen gebe, sagen sie, dass sie keine sind. Wenn sie unschuldig wären, müssten sie antworten: „Ob es Hexen gibt oder nicht, überlasse ich Höheren."

Heinrich Kramer zu Beno

Ravensburg duckte sich unter einer grauen Glocke von Regendunst und Nebel. Und ebenso aschgrau wirkten auch die Gesichter der Menschen, die vor der Frühmesse in Grüppchen bei der Kirche warteten und miteinander tuschelten. Besorgt blickten viele zum Gefängnisturm hinüber und schlugen ängstlich das Kreuz. Auch Beno fröstelte, als er das grüne Dach betrachtete. Noch immer konnte er kaum glauben, dass es wahr sein sollte, aber als er wenig später im Rathaus ankam, wurde ihm klar, wie ernst die Sache war. Unten an der Treppe standen, in dunkle Roben gehüllt, einige Mitglieder des Gerichts, darunter Ammann Geldrich. Die Männer wirkten grau und übernächtigt und unterhielten sich nur murmelnd.

Doch trotz der finsteren Stimmung war Beno plötzlich leichter zumute. Es war, als wäre er in der Fremde gewesen und nun an einen vertrauten Ort heimgekehrt, in die Atmosphäre von sachlicher Geschäftigkeit. Nüchtern und schlicht, farblos, aber dafür von einer Klarheit, die ihn sofort freier atmen ließ. *Hier passe ich hin*, dachte er.

„Beno!“ Ammann Geldrich kam ihm entgegen. „Was machst du denn hier? Seid ihr schon zurück von der Bettenreute?“

„Nein, ich bin vorausgeritten. Die anderen kommen heute gegen Abend nach Ravensburg. Vielleicht auch erst morgen, je nach Wetter. Ist der Inquisitor zu sprechen?“

„Er bereitet das Verhör vor. Lässt dich Onofrius nun doch an den Prozessen teilnehmen?“

Beno schluckte. „Nein, es … ist meine eigene Entscheidung.“

Geldrich hob die Brauen. „Ich habe es Noffre neulich nach dem Essen ja gesagt: Der Junge hatte schon immer seinen eigenen Kopf.“

„Jedenfalls weiß ich, dass mein Kopf hier nützlicher ist als in einem Festsaal.“

Der Ammann betrachtete ihn nachdenklich. „Du bist uns als Schreiber willkommen. Wir können jeden Mann mit scharfem Verstand gebrauchen. Ich werde dich bestimmt nicht wegschicken. Aber du weißt, dass du Ärger mit deinem Großvater bekommen wirst.“

Den habe ich längst, dachte Beno. Der Streit im Schloss saß ihm immer noch in den Knochen. Er konnte sich an jedes verletzende Wort, das zwischen ihm und Onofrius gefallen war, erinnern.

„Ist es wahr, was unser Kurier berichtet hat?“, wechselte er das Thema.

Konrad Geldrich seufzte. „Leider ja. Die meisten der angezeigten Bürgerinnen konnten wir zum Glück nach der Anhörung im Rathaus wieder gehen lassen. Aber Agnes Bader ist tatsächlich eine Hexe und für den Hagel verantwortlich – und sie hat schon eine Komplizin genannt.“ Er seufzte noch einmal tief und rieb sich die Nasenwurzel, als hätte er Kopfschmerzen. „Ich habe heute Nacht kein Auge zugetan“, murmelte er. „Es geht mir einfach nicht in den Kopf, wie sich Menschen mit dem Teufel einlassen können!“

„Das kann keiner von uns verstehen“, rief einer der Räte von der Treppe.

Ammann Geldrich winkte einen Ratsknecht heran. „Bring Beno Humpis zum Inquisitor.“

Der Diener führte ihn durch lange Flure in eine versteckt liegende Kammer, in der sonst wohl irgendein kleiner Schreiber sein graues Dasein fristete. Der Tisch darin bog sich unter Papierbergen und Akten und die Luft war zum Schneiden. Im Licht einer einzelnen Kerze saß Kramer tief über seine Papiere gebeugt und schrieb. Er schaute nur einmal kurz auf, als der Ratsknecht mit Beno eintrat.

Es war wohl einiges geschehen in den vergangenen Tagen. Der Mönch schien um viele Jahre gealtert zu sein, seine Augen waren gerötet, als hätte er schlaflose

Nächte hinter sich, und seine Wangen wirkten noch eingefallener als sonst. Mürrisch wandte er sich wieder seiner Arbeit zu. Offenbar hatte er im Halbdunkel des Raums nicht erkannt, wen er vor sich hatte. Kein Wunder, Beno hatte seine Prunkgewänder gegen die einfache Kleidung eines Reitknechts getauscht. Die Kapuze hatte er noch halb über den Kopf gezogen.

„Ich sagte doch, keine Zeugen mehr", knurrte Kramer mit einem unwilligen Wink in Richtung Tür. „Raus hier. Wenn der Kerl was zu sagen hat, soll er heute Abend nach der siebten Stunde wiederkommen."

Beno trat einfach zum Tisch und legte Kramer das kleine Pulverhorn hin, das die Feuerschluckerin an ihrem Miedergürtel getragen hatte.

„Bärlapp-Sporen", sagte er so leise, dass es der Ratsknecht nicht hörte. „Die Feuerschlucker blasen das Pulver auf ihre Fackeln, um eine Stichflamme oder einen Feuerball zu entfachen. Ein Inquisitor kann Bärlapp aber auch in Papier eingewickelt in den Kamin werfen, um einen ähnlichen Effekt zu erzielen und seinen Worten Nachdruck zu verleihen."

Kramer sah überrascht auf. Dann ging ein Strahlen über sein Gesicht, das ihn um Jahre verjüngte. „Beno!", rief er. „Worauf wartest du?", herrschte er den Diener an. „Geh und hol Feder und Tinte für unseren Protokollanten. Und bring ihm auch einen Teller mit heißer Suppe." Der Ratsknecht stürzte davon. Kramer eilte um den Tisch herum und legte Beno die Hände auf die Schultern. Es tat Beno gut zu spüren, dass sich der

Mönch so sehr freute, ihn zu sehen. Zum ersten Mal seit langer Zeit fühlte er sich am genau richtigen Platz.

„Du hast mein Geheimnis also entdeckt." Kramer lachte anerkennend. „Kluger Mann, aber ich habe nichts anderes erwartet! Und es freut mich, dass Gott dich auf den richtigen Weg geführt hat. Offenbar bist du so entschlossen, dass du sogar hergeschwommen bist."

Beno war kaum aufgefallen, dass sein Mantel vor Nässe triefte. Das nasse Haar klebte ihm an der Stirn.

„Runter mit dem Mantel", befahl Kramer. „Nimm meinen Reisemantel, bis dir wärmer ist. Und setz dich."

Beno ließ sich auf dem Stuhl nieder, auf dem sonst wohl die Zeugen saßen. Kramer legte ihm fürsorglich seinen schwarzen Wettermantel über die Schultern und nahm wieder Platz. Dann griff er zu einem Krug Wein und schob Beno einen Becher zu. „Ravensburger Rebwein. Ziemlich sauer, aber er weckt die Lebensgeister und wärmt. Du bist ja völlig durchgefroren. Kein Wunder, euer Wetter hier ist wahres Hexenwerk."

Dankbar nahm Beno den Becher an. „Der Amman sagt, Agnes Bader hat eine Komplizin?", fragte er dann ohne Umschweife.

Kramer wurde ernst und nickte. „Jetzt wird es ernst. Wir haben die richtige Spur und werden das Hexennest bald ausheben."

Beno sah beklommen auf die Aktenberge.

„Du hast bis zuletzt daran gezweifelt, dass es Hexen gibt, nicht wahr?", fragte Kramer. „Aber ich sehe dir auch an, dass seit unserem letzten Gespräch in deinem

Leben einiges passiert ist." Er stützte sich auf die Ellenbogen und beugte sich ein Stück über den Tisch. „Du hast meinen Rat befolgt, nicht wahr? Du hast bei den Frauen genauer hingeschaut und endlich *gesehen?*"

Beno schluckte und wich dem Blick des Dominikaners aus. Aber das Bild von Elisabeth ließ sich jetzt genauso wenig vertreiben wie heute Nacht, als er sich schlaflos auf der Pritsche in dem schäbigen Wirtshaus hin und her gewälzt hatte.

„Du musst nichts erzählen, ich kann mir auch so denken, was in dir vorgeht", fuhr Kramer fort. „Ich war schließlich auch einmal ein junger Kerl. Und obwohl ich im Konvent lebte, war ich nicht blind und taub, wenn ich einem schönen Mädchen begegnete. Und glaub mir: Genau wie du hielt ich alle Frauen erst für Engel. Als der Schleier von meinen Augen fiel, war ich verstört und tief enttäuscht. Selbst die Frauen, die ich schätzte, waren plötzlich wie Fremde, als ich ihr wahres Wesen erkannte."

Ihr wahres Wesen? Beno schwieg und umklammerte seinen Becher. *Ist es das?* Er musste an Johanna und Ingrid denken, an die aufdringliche Art, wie sie sich ihm und vor allem Lucio an den Hals geworfen hatten. Aber das, was ihn wirklich getroffen hatte, war Elisabeths Benehmen. Noch jetzt spürte er ihre kalte Verachtung, sah ihr herausforderndes Lachen, ihren aufreizenden Tanz … *Wer bist du, Elisabeth? Jedenfalls nicht mehr das Mädchen, das ich schon als Kind gekannt habe.* Im Schloss hatte sie sich in eine verführerische Fremde verwandelt, wild und berauschend schön.

Und das Verrückte war, dass er sie umso mehr küssen wollte. Noch jetzt fühlte er einen glühenden Stich im Herzen, wenn er an sie dachte: an den Glanz in ihren Augen und ihr Lächeln, das ihn verwirrt hatte. *Aber dieses Lächeln galt nur Lucio allein.* Das schmerzte ihn mehr als alles andere. *Wie konnte ich nur glauben, dass dieser italienische Dummkopf ihr niemals etwas bedeuten könnte?*

„Du hast die Frauen auf dem Fest genau beobachtet", fuhr Kramer leise fort. „Die Patrizierinnen, die nur sonntags so fromm sind. Und vielleicht bricht es dir das Herz, dass ein Mädchen, das du für rein und unschuldig gehalten hast, in Wirklichkeit eine sündige Sirene ist, deren Gesang dich bis in den Schlaf verfolgt? Ist es so, Beno?"

Der Ratsknecht kam zurück und bewahrte Beno vor einer Antwort. Kramer lehnte sich zurück und wartete, bis der Diener wieder die Tür hinter sich geschlossen hatte.

„Hab Mut, mein junger Freund!", sagte er dann voll Mitgefühl. „Was auch geschehen ist und welche Frau es auch sein mag, die dich so enttäuscht hat: Du wirst stärker aus dieser Prüfung hervorgehen. Und mache nicht aus Bitterkeit den Fehler, alle Frauen zu verdammen. Es gibt auch andere unter ihnen! Wenn Frauen sich zum Rechten hinwenden, können sie sehr fromm und gut sein. In der Bibel finden sich einige Beispiele für gute Frauen. Lassen sie sich aber auf das Böse ein, dann ..." Er hob vielsagend die Brauen. „... haben wir es leider mit dem Schlimmsten zu tun." Er nahm eine dicke Akte und schob sie Beno hin.

Er blätterte die Akte auf. Magister Grempers gestochen scharfe Schrift sprang ihm entgegen. Sein Herz schlug sofort schneller. „Das Geständnis von Agnes Bader."

Kramer nickte. „Überfliege es. Wir haben nicht mehr viel Zeit, bis das Verhör im grünen Turm beginnt. Und bevor wir die neue Verdächtige befragen, will ich, dass du dir unsere erste Hexe im Kerker ansiehst. Es wird lehrreich für dich sein."

Beno blickte vom Protokoll auf. „Agnes wurde gefoltert!"

„Warum beunruhigt dich das? Folter ist vor Gericht ein übliches Mittel. Das weißt du doch hoffentlich?"

„Ja." Natürlich kannte Beno alle Paragrafen der städtischen Gerichtsbarkeit. Oft genug hatte schließlich auch Onofrius schon als Ratsmitglied im Blutgericht gesessen und über das Schicksal von Mördern und Räubern entschieden.

„Dann weißt du ja, wann es angemessen ist, Gefangene der peinlichen Befragung zu unterziehen?"

„Wenn sie nicht freiwillig die Wahrheit sagen", murmelte Beno, „aber Zeugenaussagen und Beweise bereits eine deutliche Sprache sprechen. Im ersten Schritt zeigt man ihnen die Foltergeräte und stellt sie vor die Wahl, die Wahrheit zu sagen oder die Folter zu erleiden. Aber dazu kommt es fast nie. Die allermeisten sind dann bereits geständig. Aber Agnes hat nichts zugegeben?"

„Verstockt wie fast alle Hexen", sagte Kramer.

Beno schluckte schwer und schwieg.

„Sei nicht so bekümmert", sagte Kramer voll Wohlwollen. „Ich weiß schon, es ist seltsam, sich vorzustellen, dass man im Angesicht der Folter nicht die Wahrheit sagt. Und wahrscheinlich kannst du dir eher einen kriegserprobten Söldner im Stock vorstellen als eine zarte Frau im Eisen. Das ist für dich sicher ein grässlicher Gedanke."

Beno strich sich unbehaglich das regennasse Haar aus der Stirn. „Gibt es keinen anderen Weg? Ihr sagtet doch, es gebe Hexenproben, die eindeutig zeigen, wer schuldig ist."

Kramer seufzte tief. „Ja, die Proben haben wir. Aber leider sieht die Prozessordnung vor, dass wir auch ein freiwilliges Geständnis aus dem Mund der Hexe selbst brauchen. Ohne Geständnis dürfen wir kein Urteil fällen, so ist das Gesetz. Aber selbst wenn wir die Folter anwenden, ist es eine unsichere Sache, denn der Teufel schützt Hexen mit einem Zauber vor Schmerzen. Sie tun zwar so, als würden sie etwas empfinden, aber das ist nur eine vom Teufel hervorgerufene Täuschung. Ja, sieh mich nicht so kritisch an, frag den Ammann, wie gut die Baderin der Folter standgehalten hat. Ohne die Hilfe des Teufels wäre ihr das nicht gelungen. Wir hatten schon keine Hoffnung mehr auf ein Geständnis. Erst als ich ihr unter vier Augen ganz ruhig ins Gewissen geredet habe, hat sie ihre Verbrechen doch noch zugegeben." Er lächelte milde. „Manchmal erreicht ein guter Inquisitor mit Worten mehr als der Scharfrichter mit Daumenschrauben und glühenden Zangen."

Beno warf einen Blick in die Akte. Hier stand es: Agnes hatte in Anwesenheit von Kramer und Magister

Gremper in ihrer Zelle ausgesagt und das Geständnis vor dem Gericht bereitwillig und ohne Zwang wiederholt. *Die Angeklagte war voller Reue,* las Beno. *Sie flehte den Inquisitor und das Gericht unter Tränen an, sie vor den Dämonen und dem Teufel zu beschützen. Diese wollten sich an ihr rächen, weil sie alles verraten habe.*

Heinrich Kramer stand auf und zupfte die Ärmel seiner weißen Kutte glatt. „Bilde dir dein eigenes Urteil. Aber jetzt stärke dich erst einmal mit der Suppe. Du wirst deine Kräfte brauchen, wenn du Agnes' Hexenkomplizin Auge in Auge gegenüberstehst."

*

Sie hatten es nicht geschafft, dem Regen davonzureiten. Mehrfach mussten sie sich einen Unterstand suchen und warten, weil das Unwetter zu stark wurde. Martin hatte Madda zwar auf halber Strecke auch noch seinen Mantel umgelegt, aber die Nässe fand trotzdem ihren Weg. Maddas Zähne klapperten, eisig kalt klebten ihr die Kleider am Leib. Der Wächter am Stadttor hatte sie beide sofort wiedererkannt und sie ohne Nachfragen in die Stadt gelassen. Jetzt hetzten sie zu Fuß weiter. Martin führte das Pferd am Strickhalfter. Das Tier war völlig erschöpft, auf dem Kopfsteinpflaster stolperte es mehr, als es trabte, und sein schweißnasses Fell dampfte in der kalten Luft. Sie boten wohl ein seltsames Bild, denn immer wieder blieben Leute stehen und schauten ihnen misstrauisch nach.

Bitte, lieber Gott, lass Marie noch am Leben sein, flehte

Madda bei jedem eiligen Schritt. Der Regen wurde schlagartig wieder stärker, als sie in der Unterstadt ankamen. Doch als bald darauf die Gasse mit der Schmiede in Sicht kam, wagte Madda zum ersten Mal ein wenig zu hoffen. Hof und Gasse wirkten still und friedlich, als wäre nichts Schlimmes geschehen. Die Schmiede war dunkel und der Hof leer. Sie entdeckte bekannte Gesichter an den Fenstern der Nachbarhäuser, aber niemand rief ihr etwas zu oder stürzte zu ihr heraus.

Wenn Marie gestorben wäre, dann wären sie jetzt alle bei uns im Haus, um der Familie beizustehen – und sie würden sofort zu mir auf die Straße eilen. Die Korbmacherin schloss nur eilig die Läden. Vielleicht fürchtete sie ja, dass der Wind zu einem Sturm werden könnte.

„Geh vor, ich stelle nur schnell das Pferd ins Trockene", sagte Martin.

Madda nickte und rannte über den Hof in die Schmiede. *Heilige Maria, schenk mir wenigstens noch eine Stunde mit ihr*, betete sie im Stillen. „Vater? Ellen?", rief sie zaghaft die Stiege hoch.

Niemand antwortete, also hetzte sie nach oben. Und hier fühlte sie sich sofort besser. Der vertraute Duft von Anna Mindelheims heilendem Räucherwerk stieg ihr schon im Flur in die Nase. Sie lauschte auf die Stimmen ihrer Familie und hörte Ellens beruhigendes Murmeln. Erst jetzt begannen ihre Knie zu zittern, nicht nur aus Erschöpfung, vor allem aus Erleichterung. *Sie sitzen also an Maries Lager und Ellen tröstet sie. Deshalb haben sie mich nicht rufen hören.* Hastig kramte sie im Gehen das zerbrochene Kammstück aus dem Bündel. *„Das ist Perlmutt aus der Schale einer Muschel, Marie.“* Diese Worte würde sie der Kleinen ins Ohr flüstern. *„Ein Wassermädchen aus dem Bodensee hat diesen Kamm beim Tanz verloren. Und jetzt gehört er dir.“*

Aber dann stockte ihr der Atem. Aus dem Zimmer drang nun ein hohes, verzweifeltes Schluchzen. Ursel weinte. Sie wollte stehen bleiben, aber es war, als würden ihre Beine ganz von selbst weitergehen, obwohl alles an ihr starr und kalt vor Angst wurde. Und als sie in der Stube war, musste sie sich am Türrahmen abstützen, um auf den Beinen zu bleiben.

Es war wie in einem Albtraum, nur freundlicher und heller. Noch nie hatten in diesem Raum so viele Kerzen gebrannt. Die Schleier von Räucherwerk wirkten wie Nebel. Der Bettvorhang war abgenommen worden. Ellen und Ursel saßen an Maries Bett. Ursels Schultern bebten, so heftig schluchzte sie. Ellen hielt sie in den Armen, wiegte sie und strich ihr übers Haar, so wie eine Mutter ihr Kind trösten würde.

Und dort lag Marie.

Sie schläft nur, redete Madda sich ein. *Ganz bestimmt!* Die Wangen der Kleinen waren rosig und ihr Mund lächelte leicht, als hätte sie einen schönen Traum. Aber der Rosenkranz, der um ihre gefalteten Hände geschlungen worden war, strafte jede Hoffnung Lügen.

„Madda!“ Ellen hatte sie entdeckt und sprang auf. Im nächsten Moment fand sich Madda in der Umarmung ihrer ältesten Schwester wieder.

„Wann?“, brachte Madda mit erstickter Stimme hervor.

„Erst heute Morgen“, antwortete Ellen. „Es ging alles ganz friedlich vor sich. Sie hat einfach im Schlaf aufgehört zu atmen.“

Ursel schluchzte wieder auf und jetzt stiegen auch Madda die Tränen in die Augen. Regenwasser tropfte auf das Bett, als sie sich über Marie beugte. So vorsichtig, als könnte sie die Kleine wecken, küsste sie Marie auf die Stirn und strich ihr über die Hände. Sie waren so kalt wie ihre eigenen.

„Ursel, hol für Madda trockene Sachen aus meiner Truhe“, befahl Ellen. „Und ein Tuch für die nassen Haare.“ Die Jüngere schniefte, aber sie gehorchte und schlüpfte aus der Stube.

„Wo ist Vater?“, fragte Madda tonlos.

„Beim Pfarrer, er kümmert sich um das Grab. Wir beerdigen sie heute Nachmittag.“ Ellen rang sich ein Lächeln ab und strich Madda zärtlich das nasse Haar aus der Stirn. „Du bist nicht zu spät gekommen“, sagte sie eindringlich. „Sie hätte dich sowieso nicht mehr erkannt. Seit gestern ist sie nicht mehr aufgewacht. Aber wenigstens kannst du noch am Totenbett von ihr Abschied nehmen.“

Ellen fand immer die richtigen Worte. Aber in Madda war trotzdem nur dunkle graue Leere. *Alles ist verkehrt*, dachte sie. *Das ist kein richtiges Totenzimmer. Wo sind die Nachbarn, die für Marie beten? Wo der Pfarrer? Wo die mitgebrachten Speisen für das Totenmahl? Vielleicht träume ich ja doch?* Die Stiege knarrte, dann erschien Martin auf der Schwelle. Als er Marie erblickte, sanken seine Schultern nach unten, als würde alle Kraft aus ihm weichen. Er schluckte mehrmals, krampfhaft darum bemüht, Haltung zu wahren. „Tut mir leid, Madda", murmelte er. „Mein Beileid." Damit wollte er sich abwenden und in die Schmiede zurückgehen.

„Warte!", riefen Ellen und Madda wie aus einem Mund. „Komm rein!", befahl Ellen. „Vater wird gleich zurückkommen. Dann gibt es erst einmal eine warme Suppe für die ganze Familie, und wir beten gemeinsam, wenn es schon sonst keiner mit uns tun will …"

Sie schrak zusammen. Auch Madda fuhr herum, als das Krachen ertönte. Es kam von der Eingangstür, ein Gepolter, als würden zornige Männer mit Holzstöcken oder Fäusten in eisernen Handschuhen gegen die Tür hämmern. Ellen sprang auf und eilte an Martin vorbei zur Stiege. „Wer ist da?", rief sie mit herrischer Stimme nach unten. Niemand antwortete ihr, nur ein weiterer Schlag ließ die Tür erzittern.

*

Beno war noch nie zuvor im Gefängnisturm gewesen, und als Erstes fiel ihm der Gestank von Angst und Elend auf, der sogar den beißenden Rauch der Pechfackeln vor der Wachstube überlagerte. Zu den Verliesen ging es durch eine eisenbeschlagene Tür hinunter in den Keller. Ein Büttel ging mit einer Fackel voraus, Kramer und

Beno folgten ihm. Auf dem harten Steinboden hörte sich das Schleifen ihrer Sohlen an wie das Scharren von Insekten. Je tiefer sie auf der steilen Treppe nach unten kamen, desto heftiger schlug Beno der Dunst aus Schweiß und ungewaschener Haut, Koteimern und fauligem Stroh entgegen, bis er kaum noch atmen konnte und sich den Ärmel vor die Nase pressen musste. Irgendwo quiekten Ratten, wahrscheinlich gab es in einer Mauerspalte ein Nest. Schlüssel klirrten, dann leuchtete der Büttel mit der Fackel in ein schwarzes, fensterloses Loch, das wohl eine Zelle sein sollte.

„Geh rein und stell dich links an die Seite", sagte Kramer. „Keine Angst, sie ist angekettet und hat keine Macht mehr. Aber pass auf, dass sie dich nicht berührt."

Benos Herz schlug bis zum Hals. Erst sah er kaum etwas in dem spärlichen Licht, aber als er auf das Stroh trat, das den Steinboden nur notdürftig bedeckte, hörte er ein leises Klirren und Ächzen. An der hinteren Wand erhob sich eine Gestalt.

Dann trat der Büttel mit der Fackel direkt neben ihn und Beno wäre fast zurückgeprallt. Das Wesen, das ihn anstarrte, hatte kaum noch etwas Menschliches. Er konnte auf den ersten Blick nicht einmal sagen, ob es ein Mann oder eine Frau war. *Oder ein Dämon?* Die große, massige Gestalt lehnte an der Wand, gekrümmt unter der Last der Eisenketten an Handgelenken und Fußknöcheln. Das kantige, grobe Gesicht war so schmutzig, dass die Augen weiß zu leuchten schienen. Die Gefangene trug nichts als ein grobes, knielanges Hemd. Mit ihrem kahl geschorenen Kopf sah sie aus wie ein Kobold. Es war die kräftige Magd aus dem städtischen Badehaus.

Mitleid überkam ihn, doch als Agnes Bader auf ihn zuschlurfte und nach seiner Hand greifen wollte, wich er erschrocken zurück. Kettenklirrend sank sie auf die Knie und faltete die Hände zum Gebet. Sie waren schlimm geschwollen und blutverkrustet. Aber die Frau schien tatsächlich keine Schmerzen zu spüren. Sie lächelte Heinrich Kramer sogar an. „Gott zum Gruß", flüsterte sie. „Der Herr Jesus möge Euch beschützen, gnädigster, bester Herr! Vergebt mir meine Verfehlungen!"

„Vergeben kann dir nur Gott allein, Agnes", sagte Kramer freundlich. „Aber ich bin sicher, er wird es tun. Denn trotz deiner Sünden hast du wieder zu Gott zurückgefunden und den armen Menschen in Ravensburg geholfen, indem du uns die Wahrheit gesagt hast. So können wir schlimmeres Übel in Zukunft verhindern."

Agnes schniefte und nickte. Ihre Augen leuchteten dankbar auf, für einen Moment sah sie fast glücklich aus. Beno bekam eine Gänsehaut und drückte seine Papiere fest an die Brust. Kramer fuhr an die Gefangene gewandt fort: „Hör zu. Wir haben dein Geständnis aufgeschrieben und es ist alles korrekt und gut so. Aber erzähl doch noch einmal genau, wie du mithilfe des Dämons den Wetterzauber gewirkt hast."

Sie nickte sofort bereitwillig und begann eifrig alles zu schildern. Ein Geständnis auf Papier war nur Tinte – Worte, die wahr sein konnten oder auch nicht. Aber alles direkt aus dem Mund dieser Frau zu hören, war etwas völlig anderes. Fassungslos wurde Beno Zeuge, wie sie mit ihren geschwollenen Händen Zaubergesten vollführte und den Dämon beschrieb, dem sie seit vielen Jahren gehorchte. „Auf der Durchreise kam er vor achtzehn Jahren das erste Mal zu uns ins Badehaus“, erklärte sie. „Er war ein hübscher Mann, groß und stattlich. Er trug Pelz und feine Stoffe und sagte, er sei ein Kaufmann aus Konstanz. Er hat mir Reichtum und Macht versprochen, wenn ich ihn in mein Bett lasse und tue, was er sagt. Und da habe ich mich von ihm verführen lassen. Doch bald fand ich heraus, dass er gar kein Kaufmann war. Er war ein Teufel und handelte mit Seelen. Er wich mir nicht mehr von der Seite. Ich hätte zum Pfarrer gehen und um Hilfe bitten sollen, aber ich war wie unter einem Bann, konnte Tag und Nacht nur noch an ihn denken und ihn begehren. Aber er war nicht immer so hübsch und freundlich. Er konnte viele Gestalten annehmen. Manchmal verwandelte er sich in einen Raben. Er begleitete mich, wo ich auch war. Und manchmal, wenn er zornig auf mich war, zeigte er mir auch sein wahres Gesicht: eine Fratze, die mir den Schlaf raubte.“ Ihre letzten Worte waren nur noch ein Wispern. Sie sah sich furchtsam um.

„Er versucht, noch hier im Gefängnis an dich heranzukommen, nicht wahr?“, fragte Kramer ernst.

Agnes nickte voller Angst. „Ich wage nicht einzuschlafen. Er erscheint mir im Traum und droht mir alle Strafen der Hölle an, weil ich ihn ans Gericht verraten habe.“

„Du hast nichts zu befürchten, Agnes“, sagte Kramer

beruhigend. „Hier, nimm mein Kreuz." Er nahm das hölzerne Kreuz, das er an seinem Seilgürtel trug, ab und reichte es ihr, sorgfältig darauf bedacht, nicht zu nah an sie heranzugehen. „Bete, Agnes, und der Herr wird dich beschützen."

Agnes brach in Tränen aus und küsste dankbar das Kreuz. „Gott segne euch, Herr!", sagte sie und begann laut das Vaterunser zu beten.

Beno war heilfroh, das Gefängnis verlassen zu können, aber auch auf dem Gang hörte er das Beten der Gefangenen, bis die zufallende Tür jeden Laut abschnitt. Und dennoch schien es ihm, als wäre er noch immer in einem Albtraum, aus dem er nur zu gerne erwacht wäre. *Es ist also alles wahr. Ravensburg wird von Hexen heimgesucht. Und Agnes ist eine von ihnen.*

Auch diesmal erriet Kramer seine Gedanken. „Das ist schwer zu ertragen, ich weiß", sagte er. „Und sie tun einem trotz allem leid – sie sind im Grunde ja arme, irregeleitete Wesen. Aber man darf nie vergessen, dass sie Ketzer und Verbrecher sind."

Beno holte mühsam Luft. „Aber sie betet doch. Müsste man da nicht gnädiger sein und sie besser behandeln? Sie ist trotz allem immer noch ein Mensch. In diesem Kerker wird sie erfrieren."

„Vorsicht, Beno." Kramer hob mahnend die Hand. „Kein Mitleid! Sie sind noch Menschen, ja, aber gleichzeitig sind sie es auch wieder nicht. Sie leiden und sie weinen nicht wie wir. Du kannst ihnen nie trauen, sie sind Marionetten des Teufels. Wenn Hexen beten, kann das auch eine List sein. So wollen sie unser Herz erweichen. Und städtische Gefängnisse sind nun mal keine Festsäle mit goldenen Decken. So sieht das wahre Leben aus. Stroh auf dem Boden, Wasser, Brot und Ketten. Mehr haben überführte Verbrecher nicht zu erwarten."

Das Schlimme war, Kramer hatte Recht. Noch nie war Beno so bewusst gewesen wie jetzt, dass er in einer bunten, künstlichen Welt gelebt hatte. *Tänze, Wein und Pfauenfleisch, während andere hungern, und Samt und Seide statt Stroh*, dachte er.

„Und glaubst du, die Opfer von Agnes' Hagelzauber frieren nicht in ihren zerstörten Häusern?", setzte Kramer hinzu. „Kleine Waisenkinder, denen der Sturm die Eltern und das Heim genommen hat? Unschuldige Familien, die ins Elend gestürzt wurden?"

Beno senkte den Kopf. Etwas in ihm sträubte sich immer noch. Aber auch diesmal musste er Kramer Recht geben. Er kannte die Gesichter der Armen. Wie oft hatte er an die Menschen, die der Sturm zu Bettlern gemacht hatte, auf dem Kirchplatz Almosen verteilt.

„Und warum hat man Agnes die Haare abgeschnitten?", fragte er.

„Das ist eine Vorsichtsmaßnahme, um die Wächter und das Gericht zu schützen", erwiderte Kramer ernst. „Schneidet man Hexen das Haar ab, schwächt man damit ihre Kräfte."

Beno schwieg. Es gab keine Fragen mehr, nur noch bohrendes Unbehagen und das Gefühl, dass die Welt kein sicherer Ort mehr war. Kramer dagegen schien voll

Energie und hellwach. Er rieb sich die Hände und sagte mit funkelnden Augen: „Nun bist du bereit für das Verhör von Agnes' Komplizin. Magister Gremper und die Richter warten schon in der Folterkammer."

*

Beno zögerte, die Folterkammer im oberen Teil des Gefängnisturms zu betreten. *Reiß dich zusammen*, ermahnte er sich. Er machte den Schritt über die Schwelle und war überrascht, wie heiß es in dem rußgeschwärzten Raum war. In mehreren tiefen Kohlebecken loderten Feuer. Der Scharfrichter, ein knorriger Mann mit einem verhärmten Gesicht, fachte eines davon mit einem Blasebalg an.

Die Folterkammer hätte auch eine Schmiede sein können. Die Kohlen glosten; das rötliche Licht brachte die eisernen Werkzeuge zum Glänzen. Zangen und Haken lagen bereit, aber auch Handschellen und Eisengewichte. Ketten hingen von der Decke und im mittleren Teil des Raums erhob sich eine Art Galgen mit einem Flaschenzug. Links und rechts davon standen eine Streckbank und ein hölzerner Stuhl, an dessen Lehnen Eisenfesseln angebracht waren.

Neben der Tür waren einige Tische vor der Wand aufgereiht. Der Vorsitzende des Gerichts, Ammann Konrad Geldrich, wartete schon an seinem Platz, ihm zur Seite saßen Richter aus den Patrizierhäusern Ravensburgs, außerdem der städtische Medicus – Hermann Wolff, der auch Barbaras Arzt war – und natürlich Magister Gremper, der Beno sofort zu dem freien Platz neben sich winkte. „Ich hatte gehofft, dass Ihr Euch das nicht entgehen lasst“, flüsterte er ihm zu. Auch der Ammann und der Medicus begrüßten Beno mit einem freundlichen Willkommenslächeln.

Der Inquisitor nahm eine Bibel vom Tisch und legte sie vor Beno hin. „Der Protokollant wird auf die Heilige Schrift schwören.“

Beno legte seine Rechte auf das Leder des Buchumschlags. Aber während er sich verpflichtete, im Namen Gottes nach bestem Wissen und Gewissen alles niederzuschreiben und Schweigen über alles Gesehene und Gehörte zu bewahren, konnte er nur an Agnes' verletzte Hände denken.

„Wache!“, rief nun Ammann Geldrich. „Holt die Gefangene!“

Beno ordnete die Blätter vor sich und tunkte die Schreibfeder in die Tinte. Dann blickte er mit klopfendem Herzen zur Tür.

*

An der Tür war niemand und der Hof war nach wie vor verwaist. Aber als Madda Martin nach draußen folgte, stolperte sie über einen großen Stein. Und es war nicht der einzige. Überall lagen Brocken, und in der Tür waren Kerben und Absplitterungen, dort, wo Steine mit großer Wucht aufgekommen waren. *Wer bewirft unser Haus mit Steinen?*, dachte Madda fassungslos.

„Wenn ich euch erwische, ziehe ich euch das Fell über die Ohren, ihr Gören!", brüllte Martin am Hoftor. Er sprang einfach über das Gatter und rannte über die Straße. Kreischen und erschrecktes Geschrei erklangen. Ein paar Nachbarskinder sprangen aus ihrem Versteck hinter einem Holzstapel hervor und fegten blitzschnell ins Haus der Korbmacherfamilie. Die Tür donnerte zu und man hörte einen Riegel schnappen. Martin war schon an der Tür und hämmerte gegen das Holz. „He! Aufmachen! Was sollte das, ihr Rotzlöffel?"

„Madda, bleib hier!", hörte Madda Ellen rufen. Aber die folgte Martin bereits. Doch kaum war sie in der Mitte der Gasse angelangt, flog ein Fenster im Dachgeschoss auf und die Korbmacherin steckte den Kopf heraus.

„Runter von meinem Grundstück!" Ihre Stimme überschlug sich. „Oder ich rufe die Büttel und lasse euch alle abführen!"

Madda blieb der Mund offen stehen. Sie trat zu dem wackligen Gartenzaun. „Um Gottes willen, Hilde!", rief sie der Korbmacherin zu. „Was ist denn in dich gefahren …"

„Fass bloß meinen Zaun nicht an, du Weibsteufel!", kreischte die Nachbarin. „Und halte dich von meinen Kindern fern. Schert euch weg, alle zusammen!"

Sie holte mit etwas aus. Martin konnte gerade noch zurückspringen, bevor ihn die gelbe Brühe aus einem ausgeleerten Nachttopf treffen konnte. Schimpfend flüchtete er zu Madda zurück auf die Gasse. „Die ist wohl verrückt geworden", knurrte er.

Madda war sprachlos. Die Korbmacherin spuckte verächtlich aus, dann knallten die Fensterläden zu. Irgendwo dahinter begann ein Kind zu heulen.

„Schnell, kommt wieder rein!“ Ellen war ihnen gefolgt und wollte sie beide an den Ärmeln von der Straße ziehen. Aber Madda blieb stehen und sah sich um. Es war gespenstisch. Die ganze Straße hatte das Geschrei mitbekommen, manche Nachbarn standen immer noch an den Fenstern. Aber niemand sagte etwas, niemand kam aus dem Haus. Manche schlossen nur hastig die Türen und Fensterläden, sobald Madda sich ihnen zuwandte. Und als sie nach rechts schaute, zuckte sie zusammen. *Annas schwarzer Hahn!* Er lag reglos in Anna Mindelheims winzigem Hof, der Wind sträubte sein nasses Gefieder, aber er war genauso tot wie Annas Hühner. Offenbar war auch die Hühnerschar mit Steinen beworfen worden. Viele Brocken lagen im Garten verstreut. Annas Tür stand einen Spaltbreit offen. Mit heller Farbe hatte jemand ein Bannzeichen auf das Holz gemalt. Ein fünfzackiger Stern.

Ein Drudenfuß, dachte Madda. *Ein Abwehrzeichen gegen bösen Zauber?* Ein kalter Knoten der Angst zog sich jäh in ihrem Bauch zusammen. „Ellen, was ist hier los?“

„Die Korbmacherin ist verrückt geworden, das ist los“, rief ihre Schwester so laut, dass sicher alle lauschenden Nachbarn es hörten. Sie blickte wütend zum Fenster hoch, hinter dem die Korbmacherin wahrscheinlich noch stand und durch die Ritze zwischen den Fensterläden lugte. „Anna wurde gestern verhaftet“, fügte sie dann sehr viel leiser hinzu. „Hilde hat sie nämlich als Hexe angezeigt."

*

Die Büttel schleppten etwas in die Folterkammer, was auf den ersten Blick wie ein Lumpenbündel wirkte. Die Frau war klein und dürr, das härene Hemd war ihr viel zu groß. Der ausgefranste Saum reichte ihr bis zu den nackten Füßen und ihre Arme waren dünn wie Stecken. Es sah aus, als könnte allein das Gewicht der Ketten die Alte schon zu Boden drücken. Auch ihr hatte man den Kopf kahl geschoren. Und eine Nacht im Kerker hatte ausgereicht, ihre Haut mit einer Schicht aus Schmutz zu bedecken. Riesengroß wirkten die Augen und die vorspringende Raubvogelnase in dem kleinen Gesicht. Erst als die Büttel sie losließen und sie versuchte, sich aufzurichten, ahnte Beno, um wen es sich handelte. *Sie hat einen Buckel. Das muss die alte Frau sein, die in der Marktgasse mit einem Korb auf der Straße sitzt und Eier und Kräuterbündel verkauft.* Er sah die Alte immer auf dem Weg zum Kontor, hatte sie aber noch nie weiter beachtet. Sie ihn dagegen offenbar schon.

„Beno Humpis ist also auch hier", sagte sie mit einem so feindseligen, scharfen Blick, dass Beno zusammenzuckte.

„Schweig, Anna", rief der Ammann sie zur Ordnung. „Es gilt dasselbe wie gestern bei deiner ersten Anhörung im Rathaus: Du redest nur, wenn du gefragt wirst."

Sie schnaubte nur verächtlich. „Schon recht, Ammann.“ Sie hustete rasselnd und schwankte dabei unter dem Gewicht der Ketten.

„Bringt ihr einen Stuhl“, befahl Konrad Geldrich.

Anna nahm ächzend Platz auf dem Hocker, den der Wächter ihr hinstellte. Als ihr Blick zum Inquisitor schweifte, versteinerte ihre Miene und ihre Augen wurden schmal und kalt. Im flackernden Licht des Feuers bekam ihr Gesicht etwas Tückisches, was Beno an ihr noch nie gesehen hatte. Seine Feder kratzte über das Papier, als er sie beschrieb.

„Verhör von Anna Mindelheim“, begann Kramer. „Verlesung der Anklagepunkte. Gremper?“

Magister Gremper erhob sich und zückte das Protokoll. „Die Angeklagte hat zusammen mit ihrer Komplizin Agnes Bader den Hagelsturm herbeigerufen. Agnes Bader berichtet, dass sie und Anna demselben Dämon dienen. Fernerhin braut Anna Zaubertränke. Ein Zeuge berichtet, er werde von Teufeln heimgesucht, seit er einen vermeintlichen Heiltrank gegen Magenschmerzen bei der Mindelheimerin gekauft hat. Sie habe den Trank mit dem Fingerknochen eines Kindes umgerührt. Eine andere Zeugin hat im guten Glauben Anna einen Trank abgekauft, der gegen ihre Gelenkschmerzen helfen sollte. Eine Woche später hatte sie eine Fehlgeburt. Zeugen berichten außerdem, dass die Kühe in der Nachbarschaft von Anna Mindelheim seit dem Sommer kaum noch Milch geben. Man hat Anna beobachtet, wie sie eine Axt in die Stalltür ihres Nachbarn gehauen hat.

Dann floss Milch aus dem Stiel der Axt. Sie hielt einen Eimer darunter und stahl so die Milch der Kühe."

Kramer lehnte sich in seinem Lehnstuhl zurück und legte die Fingerspitzen aneinander. „Was sagst du zu den Anklagepunkten?"

Anna spuckte aus. „Dasselbe, was ich gestern schon gesagt habe. Die Agnes lügt, und die anderen Hohlköpfe, die ihr Zeugen nennt, auch." Sie hob mühsam die Hände mit den schweren Ketten. „Seh ich aus, als könnte ich mit einer Axt herumfuchteln und einen vollen Eimer Milch wegschleppen? Und dass die Korbmacher-Hilde, die mich wohl angezeigt hat, eine Fehlgeburt hatte, ist nicht meine Schuld. Ich koche nur Kräuter und Wurzeln, die den Menschen bei Schmerzen, Husten und Fieber helfen. Kinderknochen besitze ich nicht und mit Teufeln hab ich nichts zu schaffen. Mehr sag ich dazu nicht."

Der Amman beugte sich vor. „So einfach ist das aber nicht, Agnes. Alle Zeugen sind ehrbare Leute. Und Agnes hat dich in ihrem Geständnis schwer belastet."

„Dann ist es doch egal, was ich sage", spuckte die Alte ihm trotzig entgegen.

„Anna", wandte sich Heinrich Kramer geduldig an sie. „Die Nadelprobe hat gestern gezeigt, dass du unzählige Hexenmale am ganzen Körper hast. Wir haben Zaubergerätschaften in deiner Hütte gefunden. Ein Knochen war dabei, klein wie von einer Kinderhand. Dann Wolfskraut, schwarze Hahnenfedern, getrocknete Kröten und andere Zutaten, die Hexen für Tränke brauchen. Ich bin auch sicher, wir werden von dir weitere

Namen von Komplizinnen hören. Wo eine Hexe ist, da gibt es auch andere in derselben Familie, in der Nachbarschaft. Es ist wie eine Pest, die sich ausbreitet. Besser du redest freiwillig, dann müssen wir dich nicht dem Scharfrichter übergeben."

Er deutete auf den Henker, der neben einem Kohlebecken stand. Agnes sah sich furchtsam um und schluckte sichtlich. Offenbar fielen ihr erst jetzt die Werkzeuge und Ketten auf. Aber als sie sich wieder dem Gericht zuwandte, schien ihr Blick Funken zu sprühen. Beno erschrak, so viel Hass lag darin. Und er schauderte, als die Alte ein kaltes, zahnloses Grinsen zeigte und einen Richter nach dem anderen mit schmalen Augen musterte. Im zuckenden Licht der Flammen wirkte ihr rasierter Schädel wie ein Totenkopf.

„Vielleicht brauch ich ja gar keine Tränke, um Schaden anzurichten", sagte sie. „Vielleicht reicht ja ein Wort von mir und ihr werdet eures Lebens nicht mehr froh? Du, Olof Muntprat! Kannst du sicher sein, dass ich nachher in meiner Zelle nicht einen kleinen Zauberspruch aufsage und du morgen todkrank im Bett liegst?"

Aus dem Augenwinkel konnte Beno sehen, wie nicht nur Richter Muntprat zurückzuckte und blass wurde. Und als die Alte sich Beno zuwandte, wurde auch ihm unbehaglich zumute. „Oder ich sag ein anderes Zauberwort. Dann kannst du, Beno Humpis, das schöne Mädchen, für das dein Herz so sehr brennt, für immer vergessen. Du wirst ihm wie eine hässliche Kröte erscheinen, voller Ekel wird es vor dir zurückweichen. Und niemals,

niemals wird es mit dir zu den Ufern des alten Byzanz reisen."

Beno fiel fast die Feder aus der Hand. Alles Blut wich aus seinem Gesicht. *Wie kann sie wissen ...?* Er spürte die fragenden, besorgten Seitenblicke der Richter wie Nadelstiche. Und die Frau funkelte ihn mit ihrem zahnlosen Grinsen immer noch wissend an.

Heinrich Kramer lachte nur trocken auf. Er stand auf, ging mit gemessenen Schritten um den Tisch herum und stellte sich vor Beno und die Richter, als würde er sie vor bösen Mächten abschirmen. „Wen willst du einschüchtern, Anna?", sagte er kühl. „Hier hat der Teufel keine Macht. Und ohne ihn sind deine Worte und Flüche nutzlos. Gremper? Zeig ihr, was sie erwartet, wenn sie ihre Verbrechen nicht gesteht."

Magister Gremper stand auf und kam ebenfalls nach vorne. Auf seinen Wink hin trat der Henker zu Anna und zog sie auf die Beine. Ketten klirrten, als er sie grob herumzerrte, damit sie einen Blick auf Streckbank und Galgen werfen konnte.

„Der Henker wird dir die Hände auf dem Rücken zusammenbinden", erklärte Gremper. Und dann zieht er dich rücklings mit einem Seil an dem großen Galgen dort hoch und hängt dir bei Bedarf auch noch schwere Gewichte an die Füße. Das nennt man *Pfahlhängen.* Oft sind danach die Arme zu nichts mehr zu gebrauchen, die Schultergelenke ausgekugelt. Oder wir zwängen deine Daumen in diese Daumenschrauben dort. Mit jeder Umdrehung bohren sich die Schrauben tiefer in deine Finger, bis die Knochen brechen. Dasselbe können wir mit deinen Beinen machen ..." Anna war nun doch blass geworden. Aber je mehr Geräte sie zu sehen bekam, desto schmaler wurde ihr Mund und desto heftiger schüttelte sie den Kopf, als Heinrich Kramer sie immer wieder anherrschte, ob sie nicht lieber gestehen wolle. Schließlich verstummte er und auch der Scharfrichter legte das letzte Folterwerkzeug wieder an seinen Platz zurück.

Beno fiel erst jetzt auf, dass er seit Annas Ansprache kein Wort mehr geschrieben hatte. Die Feder schwebte über dem Papier, seine Hand zitterte ein wenig, zwei große Tropfen Tinte waren auf das makellose Papier getropft. Ihm war flau zumute und ein wenig schwindelig, und das lag nicht nur an Magister Grempers Erklärungen. *Woher weiß Anna Mindelheim von Byzanz? Dieses Geheimnis gehörte Elisabeth und mir ganz allein.*

Als hätte Anna seinen Gedanken erraten, starrte sie ihm nun direkt ins Gesicht. Noch nie hatte er sich so durchschaut und schutzlos gefühlt wie unter dem kalten Blick dieser vom Alter schon gelben Augen. Plötzlich hatte er Angst – um seine Familie und ganz besonders um Elisabeth.

„Du gibst also immer noch nichts zu?", hörte Beno den Inquisitor mit schneidender Stimme fragen.

Anna schüttelte den Kopf, ohne den Blick von Beno zu wenden.

Ammann Geldrich rieb sich über die Stirn und seufzte, dann nickte er dem Henker zu. Der entfernte die Ketten von Annas Handschellen und band ihr die

Arme hinter ihrem Rücken zusammen. Dann schleppte er sie zu dem Galgen. Geschickt führte er das Seil durch den Flaschenzug und spannte es. Anna klappte nach vorne, die Arme grotesk nach hinten ausgestreckt wie eine Krähe. Auf den Zehenspitzen versuchte sie, den Zug an den Schultern zu mildern.

„Zieh sie hoch!“, schnarrte Kramer.

Beno musste den Blick abwenden, als die Winde sich in Bewegung setzte und das Seil sich noch mehr straffte. Er starrte die Tintenflecken an, am ganzen Körper eine Gänsehaut. Angespannt wartete er auf Annas Schmerzensschrei, aber nur das leise Quietschen der Winde war zu hören. Dafür ging ein erschrockenes Raunen durch die Reihe der Richter.

„Das ist Teufelswerk“, murmelte Medicus Wolff dem Ammann zu.

Jetzt wagte Beno doch einen Blick und hielt unwillkürlich die Luft an. Anna Mindelheim pendelte an dem Galgen, seltsam seitlich verkrümmt durch ihren buckligen Rücken. Sie war rot im Gesicht, aber sie zeigte keine Regung von Schmerz und gab keinen Laut von sich.

„Gewichte an die Beine!“, befahl der Inquisitor.

Der Henker nickte und ließ Anna wieder herunter. Sie sank auf dem Boden zusammen, als hätte sie keine Knochen. Der Scharfrichter schleppte zwei eisenbeschlagene Steine heran und wollte die Gewichte an ihre Beinschellen einhaken. Aber Anna hob ruckartig den Kopf und sah den Richter an, zornig, mit völlig klarem Blick. „Bindet mich los“, sagte sie barsch. „Ich werde gestehen.“

Wassermädchen

Liebesraserei oder ungewöhnliche Liebe kann drei mögliche Ursachen haben: Unvorsichtigkeit der Augen, Versuchung seitens der Dämonen – oder Behexung.

HEINRICH KRAMER

Auch zu Maries Beerdigung war keiner der Nachbarn erschienen. „Ein paar kommen bestimmt noch“, sagte Ursel tapfer schon zum dritten Mal. „Es lassen sich bestimmt nicht alle von der Hilde Angst machen, nur weil Anna so oft bei uns war. Sicher warten sie nur das Ende des Regens ab.“ Aber Madda und Ellen warfen sich nur einen vielsagenden Blick zu.

In der Ferne grollte bereits Donner und der Regen war in der vergangenen Stunde zu einer Wand aus Silberfäden geworden. Nicht einmal die Lederflecken aus der Schmiede, die sich Maddas Familie als Regenschutz über die Köpfe hielt, halfen gegen die Nässe. Keine Kerze brannte mehr und ganze Bäche spülten lose Erde in das frisch ausgehobene kleine Grab. Der Pfarrer hatte sich in einen Wettermantel gewickelt und musste gegen das Rauschen des Regens seine Stimme erheben. Trotzdem hatte er keine weitere Stunde auf besseres Wetter warten wollen.

Obwohl es Nachmittag war, hatte der Himmel sich verdunkelt, als käme schon die Nacht. Marie, die auf ein Holzbrett gebettet lag, wirkte in diesem fahlen Dämmerlicht wie ein kleiner weißer Geist. Wie es Tradition war, hatte Madda sie vorhin in der Kirche in das weiße, mit Asche bestreute Büßertuch gehüllt und Stroh auf das Brett gestreut, auf dem die Kleine nun lag. Es war nicht üblich, den Toten Geschenke mit ins Grab zu geben, aber während der Kaplan den Weihrauch geschwenkt hatte und ihre Schwestern und ihr Vater beteten, hatte sie Marie trotzdem heimlich den Perlmuttkamm unter die Hände geschoben.

Martin und Vater versuchten, Marie vor dem fallenden Wasser zu schützen, aber trotzdem war ihr Haar nass. Und so, wie sie dalag, das zarte Gesicht dem Himmel zugewandt, wirkte sie seltsamerweise fast glücklich. *Es ist das Wasser*, dachte Madda. *Sie ist selbst ein Wassermädchen, sie war nur zu Besuch bei uns. Und jetzt kann sie vom Himmel aus endlich auf ihren geliebten Bodensee schauen.* Obwohl das Schluchzen sie wieder schüttelte, tröstete diese Vorstellung sie. Der Pfarrer sprach hastig den letzten Segen, dann nahm er den Totengräber kurz beiseite und flüsterte ihm etwas zu. Nach einem knappen Abschied eilte er sofort in die Kirche zurück. Ellen trat zu Marie und zog das Laken mit liebevoller Vorsicht über ihr Gesicht. Ursel fing wieder an zu weinen. Martin sprang vor und wollte dem Totengräber dabei helfen, das Brett mit Maries Körper sanft in das Grab zu betten. Doch der Mann scheuchte Martin und die Familie vom Grab weg und fuhr alleine mit seiner Arbeit fort. Schweigend sahen sie alle zu, wie Marie ihre letzte Ruhe fand. Martin legte Ursel fest den Arm um die Schultern und führte sie weg, kaum dass die letzte Schaufel Erde ihren Platz gefunden hatte.

„Lasst uns auch nach Hause gehen", murmelte Ellen.

„Aber vielleicht kommen noch Leute, die Abschied nehmen wollen", sagte Maddas Vater und wischte sich mit dem Ärmel über die Wangen.

„Bei dem Regen kommt keiner mehr", antwortete Ellen resolut und schob ihn einfach in Richtung Friedhofspforte. In diesem Moment wurde Madda bewusst, wie alt ihr Vater geworden war. Gebeugt wie unter einer Last stapfte er durch den Schlamm Martin und Ursel hinterher. Es schnitt ihr ins Herz, ihn so zu sehen. *Haltlos*, dachte sie. *Stück für Stück verliert er alles, was er liebt.*

Ellen hakte sich bei ihr ein. „Kommt es dir auch so vor, als wäre die ganze Stadt verrückt geworden? Die Leute wissen vor Angst und Misstrauen nicht mehr, wen sie noch verdächtigen sollen. Und andere – wie unser Vater –, stellen sich blind und taub und wollen nichts wahrhaben." Madda nickte nur, im Magen wieder diesen klebrigen, kalten Angstknoten. *Was hat die Korbmacherin den Nachbarn erzählt?*, dachte sie.

Ein Wetterleuchten blitzte in der Ferne auf, gefolgt

von Donnergrollen. Sie zuckten beide zusammen, aber Madda wusste, dass ihre ältere Schwester dasselbe dachte wie sie. „Ich glaube es nicht", murmelte Ellen. „Ich zweifle natürlich nicht an den Worten des Papstes, aber dieser Inquisitor irrt sich. Anna ist keine Hexe."

Madda sah sich um. Niemand war in der Nähe und konnte lauschen. Nur bei der kleinen Kaschemme am Straßeneck hatten ein paar Kerle Schutz vor dem Regen gesucht. Sie drückten sich an dem Unterstand vor der Tür herum und schüttelten das Wasser von ihren Mänteln. Einer drehte sich zur Straße um – und im Wetterleuchten blitzten Madda blaue Augen an. Ein vertrautes Gesicht, rotbraunes, lockiges Haar, das in nassen Bögen an der Stirn klebte. Es war wie ein Lichtblick. „Da ist Veit!" Sie machte sich von Ellen los und eilte zu dem Unterstand. Der Sohn des Zunftmeisters wollte gerade ins Gasthaus gehen.

„Warte!" Mit wenigen Sätzen war sie bei ihm und fasste ihn einfach am Ärmel. Veits Freunde grinsten, trollten sich aber gleich in die Wirtsstube.

Veit entwand ihr seinen Arm. „Was willst du, Madda?"

Madda stutzte. „Was ist denn mit dir los? Hast du deine Höflichkeit an der Schwelle abgegeben?"

Veit schluckte und wich ihrem Blick aus. *Wahrscheinlich liegen auch bei ihm die Nerven blank*, dachte Madda. Sie drängte nur mit Mühe die Tränen zurück. „Wir mussten gerade Marie beerdigen", sagte sie leise.

Veits Miene verfinsterte sich. Er verschränkte die Arme, sein Blick war ruhelos, als wüsste er nicht, was er darauf antworten sollte. „Mein Beileid“, murmelte er schließlich. Aber es klang alles andere als mitfühlend, eher so, als wäre es ihm unangenehm, mit ihr zu sprechen. Madda war enttäuscht. So ablehnend hatte sie ihn noch nie erlebt. Aber es war seltsam. Sie hätte verletzt sein müssen, stattdessen fragte sie sich plötzlich, was sie früher an ihm eigentlich so hübsch gefunden hatte.

Sie fasste sich ein Herz und fragte: „Dein Vater … er ist doch bei den Hexenprozessen Beisitzer im Gericht.“

„Ja. Warum?“ Veit hustete dumpf. Erst jetzt fiel ihr auf, dass er verschnupft wirkte. Seine Augen waren glasig und hatten einen fiebrigen Glanz.

„Unsere Nachbarin, die Anna, ist verhaftet worden“, sagte Madda vorsichtig. „Du kennst sie ja, deine Mutter mag sie und kauft ihr immer ein paar Eier ab. Weißt du, ob … ob sie wieder freikommt?“

„Hoffentlich nicht.“ Veit spuckte voller Verachtung aus und sagte mit einer Kälte, die sie frösteln ließ: „Wird seinen Grund haben, dass man sie verhaftet hat.“

Wer ist dieser Kerl?, dachte sie. *Jedenfalls nicht der freundliche Veit, den ich kenne.* Eine Weile musterten sie einander. Das Misstrauen in seiner Miene machte ihn jetzt hässlich. Er drehte sich um und wollte gehen.

„He!“, sagte Madda scharf. „Seit wann redest du so? Und warum rennst du neuerdings vor mir weg, jedes Mal wenn wir uns begegnen?“

„Warum rennst du mir nach?“, fuhr er sie an. „Lass mich in Ruhe, du aufdringliches Weibsstück. Begreif es endlich: Ich will nichts von dir wissen!“

Er spuckte noch einmal aus, direkt vor ihr und stürmte wütend ins Wirtshaus. Madda stand da wie vom Donner gerührt. Schamesröte schoss ihr in die Wangen, als sie die Gesichter sah, die sich von innen an die Scheiben drückten und sie feixend beobachteten.

„Lass den Dummschwätzer“, sagte Ellen laut und zog sie von der Schwelle fort.

*

Vor dem Totenmahl hatten sie gemeinsam für Marie gebetet und dann wenigstens ein paar Bissen heruntergewürgt zum Zeichen, dass das Leben weitergehen würde. Die Kerzen waren kaum heruntergebrannt, als Ellen anfing, alles wieder wegzuräumen und hinauszutragen. Madda machte sich daran, Maries Bett neu zu beziehen und es mit Ursel zusammen vom Ofen wegzuschieben – an den Platz, an den es eigentlich gehörte.

„Geh ruhig zu Vater“, sagte sie zu Ursel. „Tröste ihn und sprich noch ein paar Gebete mit ihm. Ich komme hier allein zurecht.“

Ursel schluckte zwar, aber sie schien froh zu sein, gehen zu dürfen. Kaum war Madda allein in dem Zimmer, sank sie aufs Bett. Plötzlich kam das Zittern, ohne dass sie etwas dagegen tun konnte. Alle Bilder dieses verrückten, schrecklichen Tages stürmten auf sie ein. Sie glaubte, die Hände dieses widerlichen Italieners wieder an ihrem Körper zu fühlen, ihr war schwindlig von dem schnellen Galopp, Angst, Hoffnung und Trauer überspülten sie wie kalte und heiße Wellen. Sie dachte an das verzerrte Gesicht der Korbmacherin und Veits verächtliche Worte.

Habe ich mich die ganze Zeit getäuscht?, dachte sie. *Vor einer Woche habe ich mir eingebildet, ein ganz gewöhnliches Leben zu führen. Aber jetzt ist alles verkehrt und verdreht. Menschen, die ich zu kennen glaubte, hassen mich.*

Doch sie musste auch an Beno Humpis denken – an sein aufrichtiges Mitgefühl und die Umarmung, die so gutgetan hatte. Und an Martin: seine Stärke, sein Lächeln und sein Duft nach Rauch und Haut. Ihr Zittern hörte auf. Der Gedanke an Martin war wie ein sicherer Ort voller Wärme und Zuneigung. *Niemand anderer hätte das alles für mich getan*, dachte sie.

Ellen kam mit frischen Laken zurück und legte das Bettzeug auf die Ofenbank. Dort lag noch Maddas nasse Reitkleidung, viel zu fein für dieses Haus und noch ganz schlammig von dem Ritt nach Ravensburg. Ellen schüttelte Stück für Stück aus und hängte alles zum Trocknen über die Leine, an der bisher Maries Bettvorhang gehangen hatte. „Wann musst du wieder zurück ins Humpis-Haus?“, fragte sie.

Ich müsste schon längst wieder dort sein, dachte Madda. Aber bei der Aussicht, Lucio wiederzusehen, krampfte sich alles in ihr zusammen.

„Morgen“, antwortete sie. „Bei dem Regen bleiben die Herrschaften vielleicht noch eine Nacht auf der Bettenreute.“

Ellen lächelte ihr aufmunternd zu. „Du grämst dich immer noch wegen Veit, oder? Vergiss ihn, er ist nur ein dummer Gockel. Ich habe ohnehin nie verstanden, was du an ihm gefunden hast. Du verdienst was Besseres …" Sie stutzte. Dann fuhr sie herum. „Was ist das?" Sie hielt das Hemdkleid hoch, das Madda unter Rock und Mieder getragen hatte. Der Ärmel war an einer Schulter halb ausgerissen, ein Fetzen Stoff hing lang herunter. Madda spürte, wie sie blass wurde. Und Ellen wäre nicht ihre Schwester gewesen, wenn sie nicht sofort eins und eins zusammengezählt hätte. „Hat einer der reichen Kerle auf dem Schloss versucht, sich an dir zu vergreifen? Wer war es? Dieser Beno Humpis?"

„Was? Nein!" Trotz allem war diese Vorstellung fast zum Lachen.

„Dann einer der alten reichen Pfeffersäcke?", schimpfte Ellen. „Herrgott, Madda, rede schon!"

„Es war der Gast aus Italien. Er wollte mich küssen, aber er ist nicht weit gekommen, ich habe mich gewehrt. Morgen muss ich mit Beno darüber sprechen. Wenn mir einer glaubt, dann er."

Ellen presste die Lippen zusammen und schleuderte das zerrissene Kleid wütend auf die Ofenbank. „Es soll sich nur einer trauen, dir nicht zu glauben!", fauchte sie mit funkelnden Augen. „Die feinen Herrschaften sollen bloß nicht meinen, dass wir Unterstädter keine Rechte haben und unsere Mädchen Freiwild sind." Dann wurde ihre Miene sanft und besorgt. „Geht es dir gut, Madda?"

„Ja. Mach dir keine Sorgen."

Von unten erklang das klingende Sirren des Schmiedehammers, der auf den Amboss traf. Ellen rollte mit den Augen und seufzte so schwer, als würde sich eine Last auf ihre Schultern senken. „Vater soll sich doch ausruhen“, murmelte sie und wandte sich zur Tür.

„Warte, ich gehe!“ Madda sprang auf und rannte zur Stiege. Denn es war nicht ihr Vater, der unten in der Schmiede arbeitete, das hörte sie an dem schnellen Schlag des Hammers.

Draußen prasselte immer noch der Regen. Und trotz des Feuers war es in der Schmiede kalt. An der Holzwand zuckte übergroß Martins Schatten. Das graue Pferd, das sie beide nach Ravensburg getragen hatte, äugte mit gespitzten Ohren zur Stiege und schnaubte Madda eine weiße Atemfahne entgegen. Sie trat lautlos zu ihm und vergrub die Hand in der dichten Mähne. Martin hatte dem Tier Decken über den Rücken gelegt, um es vor der Zugluft zu schützen. Noch hatte er Madda nicht entdeckt. Er schmiedete das erste Hufeisen, völlig in die Arbeit versunken, die Brauen zusammengezogen und das Gesicht bereits wieder leicht von Ruß geschwärzt. Den ganzen Tag lang hatte er sich beherrscht, aber hier unten, allein mit sich, hatte er geweint. Natürlich hätte er das nie zugegeben, aber die dünnen, hellen Streifen auf seinen geschwärzten Wangen verrieten ihn. Madda musste lächeln.

„Soll ich dir helfen?“, fragte sie zwischen zwei Hammerschlägen.

Martin erstarrte kurz, dann senkte er den Kopf und

arbeitete weiter. „Würde nicht schaden", sagte er in seiner trockenen, knappen Art. „Morgen Früh will der Kaufmann sein Pferd zurück."

Sie sprachen kein Wort und dennoch war es kein verlegenes Schweigen. Nur eine neue Vertrautheit, die Madda ruhig werden ließ und ihr das Gefühl gab, in Sicherheit zu sein. Glühendes Eisen erlosch zischend im Wasserbad. Der stinkende Qualm von verbranntem Hufhorn brachte Madda zum Husten, aber sie hielt der Reihe nach jedes Pferdebein fest, bis auch das letzte Hufeisen an seinem Platz saß und Martin die Nägel einschlug. Doch die ganze Zeit über beobachtete sie ihn verstohlen, im Herzen ein warmes Flattern, das sie noch nie zuvor in seiner Gegenwart gefühlt hatte. Und sie musste wieder lächeln, als sie sich daran erinnerte, wie schön es sich angefühlt hatte, ihn auf dem Pferd zu umarmen. *Wie blind war ich?*, dachte sie mit klopfendem Herzen.

„Fertig!" Martin gab dem Pferd einen freundlichen Klaps. Er ging zur Esse zurück und begann, das Werkzeug aufzuräumen. Madda stand nur da, auf dieser schwebenden Linie zwischen Ja und Nein. Aber ihr Herz wusste die Antwort längst, und sie ließ sich nur Zeit für diesen letzten Moment, der noch den alten Zeiten und ihrer Kindheit gehörte. Dem Jungen und dem Mädchen, die zusammen Streiche ausgeheckt, miteinander gelacht und sich geprügelt hatten.

Dann holte sie tief Luft und machte den Schritt in die Gegenwart. „Martin?"

Er straffte die Schultern und drehte sich so langsam zu ihr um, als hätte er schon darauf gewartet, dass sie ihn ansprach. Als sie näher trat, legte er das Werkzeug hin. Noch nie hatte sie ihn so ernst erlebt. Und seltsamerweise entdeckte sie in seinen Augen ein Flackern von Unsicherheit. „Was?“, fragte er etwas zu schroff.

Sie war selbst überrascht, wie viel Mut es sie kostete, ihm zu antworten. „Ich wollte nur sagen … Ich danke dir für alles, was du für mich getan hast.“

Er strich sich verlegen das Haar aus der Stirn und zuckte mit den Schultern. „Du hast dich doch schon bedankt“, murmelte er. „Und du weißt, du bist mir nichts schuldig, Madda.“

„Doch. Eine Antwort auf deine Frage.“ Madda holte tief Luft. „Sie lautet: Nein. Ich werde an diesem Martinifest nicht mit dir tanzen.“

Eine Ohrfeige hätte ihn wohl weniger hart getroffen. So fest er sich auch auf die Unterlippe biss, er konnte seine Enttäuschung nicht verbergen. „Dachte ich mir schon“, brachte er mit belegter Stimme heraus. „Als du heute zu Veit gelaufen bist …“

Mit zwei schnellen Schritten war sie bei ihm. Und bevor er zurückweichen konnte, schlang sie die Arme um seinen Hals. „Veit ist mir völlig gleichgültig, Martin! Ich werde nicht mit dir tanzen, weil keine von uns Schwestern in diesem Jahr auf das Martinifest gehen wird. Aber sobald unsere Trauerzeit für Marie vorbei ist, dann … tanze ich nur mit dir allein und sooft du willst – auf dem Frühlingsfest, beim Johannisfeuer im Sommer und beim Martinifest im nächsten Jahr. Wenn … du noch willst."

Er erwiderte ihre Umarmung nicht, er sah sie nur lange stumm an und sie fürchtete schon, dass er es sich anders überlegen würde. Aber dann, ganz langsam schien mit seinem Lächeln mitten in der verrauchten, düsteren Schmiede die Sonne aufzugehen.

„Madda!" Ihr Herz machte einen Satz, als er sie einfach an sich zog und so stürmisch küsste, dass sie jeden Halt verlor. Martins Mund war warm und sanft, aber er küsste sie wie ein Verdurstender, zärtlich und dennoch so wild, wie sie es ihm niemals zugetraut hätte. Veit wurde endgültig zu einer blassen, kleinen Papiergestalt, die im Regen davonwehte. Der Atem blieb ihr weg, ihre Knie knickten ein, aber Martin hielt sie. Viel zu schnell lösten sich seine Lippen von den ihren. Eine Weile sahen sie einander nur an.

Dann lächelte Martin schief und ein wenig diebisch. „Wenn du so tanzt, wie du küsst, habe ich ja einen guten Fang gemacht."

Madda lachte. Das, was hier geschah, gehörte sich nicht ohne Eheversprechen, vielleicht war es sogar Sünde. Dennoch zog sie Martin einfach zu sich herunter und küsste ihn wieder und wieder, bis sie sich atemlos auf einem Stapel mit Lederflecken wiederfanden, halb liegend, halb sitzend, aber eng umschlungen. *Und nie wieder lasse ich dich los*, dachte Madda.

„Deine Leute fragen sich sicher, wo du abgeblieben bist", flüsterte Martin.

„Ja, ganz bestimmt." Sie umfasste sein Gesicht mit den Händen, schloss die Augen und küsste ihn noch einmal, diesmal so zart, dass sie jeden Schauer ganz bewusst auskosten konnte. Im Kuss lächelte sie, während Martin ihr mit den Fingern sanft durchs Haar fuhr.

Irgendwo waren ein leises Poltern und ein erschrockener Laut zu hören. Sie fuhren auseinander und sahen Ursel auf der Stiege, mit offenem Mund und großen Augen. „Ellen!", rief sie und huschte wieselflink wieder nach oben. „Das glaubst du nicht! Madda und Martin küssen sich in der Schmiede!"

„Jetzt ist es zu spät für dich, es dir noch mal anders zu überlegen", sagte Martin. „Wenn Ursel es weiß, weiß es morgen die ganze Unterstadt."

Madda lachte und Martin fiel mit ein. *Tränenspuren und Lachen,* dachte sie verwundert. *Trauer und Glück. Wie kann es beides zur selben Zeit geben?* Aber noch überraschter war sie über das, was sie nun mit fester Stimme sagte: „Ich gehe nicht wieder zurück, Martin. Meine Zeit im Humpis-Haus ist vorbei."

Rabenschwarz

Die Frau verletzt und betört zugleich. Daher wird auch ihre Stimme mit dem Gesang der Sirenen verglichen, welche durch ihre süße Melodie die Vorübersegelnden anlocken – und dann töten.

Heinrich Kramer zu Beno

Das Humpis-Haus war noch verwaist, Benos Familie hatte die Heimreise wegen des schlechten Wetters offenbar auf morgen verschoben. Beno war darüber unendlich erleichtert. Er hatte keine Kraft für einen weiteren Streit mit Onofrius. Im Augenblick hatte er das Gefühl, nicht einmal mehr genug Luft zum Atmen zu haben, so aufgewühlt war er. Seine Gedanken sprangen im Kreis, seit Kramer ihn bei Anbruch der Dämmerung aus dem Rathaus nach Hause geschickt hatte.

„Ich weiß, du würdest mit mir auch die ganze Nacht an den Akten arbeiten, Beno." Das hatte der Inquisitor zu ihm gesagt. „Aber für heute muss ich dich bitten zu gehen. Ich erwarte im Schutz der Dunkelheit noch einen wichtigen Zeugen, dem ich allerstrengste Anonymität zugesichert habe. Geh nach Hause, arbeite die Protokolle durch und lies dir alle Zeugenaussagen in Ruhe durch. Aber versuche trotz allem auch zu schlafen. Du wirst morgen deine Kräfte brauchen."

Schlafen?, dachte Beno. Das klang wie Hohn. Mit weichen Knien trat er ins Kaminzimmer. Auf dem Schreibtisch am Fenster war noch alles so, wie er es zurückgelassen hatte. Geschäftsunterlagen türmten sich dort. Sogar Lucios klägliche Versuche, eine Bilanz aufzustellen, lagen hier und warteten darauf, dass Beno sie korrigierte. *Lucio, der Sänger und Tänzer*, dachte er. Aber selbst der Gedanke an diesen geckenhaften, eitlen Kerl machte ihn nicht mehr wütend, so belanglos erschien ihm plötzlich alles, was er bisher für wichtig gehalten hatte.

Er sah sich in dem prächtigen Raum um. Die Diener, die zu Hause geblieben waren, hatten alles schon für die Rückkehr der Gäste vorbereitet. Die Kerzen waren zwar inzwischen wieder gelöscht worden, aber die Reste des Feuers flackerten noch im Kamin und auf dem Tisch standen Gläser für den Willkommenstrunk. Das edle Geschirr funkelte und das Blattgold der Wandmalereien schien zu glühen. Beno kam dieser Prunk vor wie eine dünne Schicht Lack, die nur Fäulnis und Dunkelheit verbarg. Dahinter brodelten rabenschwarze Abgründe und dämonische Kräfte. *Ich habe auf einer Theaterbühne gelebt, die ich für die Wirklichkeit hielt*, dachte er.

Mit einem dumpfen Laut kam die Aktenmappe auf dem Tisch auf und schlitterte ein Stück. Lose Blätter rutschten heraus, seine Aufzeichnungen und Beschreibungen. Ein Brief mit gebrochenem, goldgelbem Siegel fiel über den Tischrand und flatterte neben einen Stuhl, aber Beno hob ihn nicht auf. Es war nur das Schreiben des Handelszugführers an Lucio, das der Kurier aus dem Kontor ins Schloss gebracht hatte. Benos Blick fiel auf einen einfachen Kupferbecher zwischen den kostbaren Gläsern. Er war ein Geschenk seiner Großmutter Clara gewesen, und normalerweise trank er daraus, wenn er am Schreibtisch am Fenster saß. Vorsorglich hatte ihn jemand mit Wein gefüllt und den Krug danebengestellt, vermutlich Grets neue Küchenhilfe. Das Mädchen hatte Beno den Mantel abgenommen und war gleich nach oben gehuscht. Dankbar nahm er den Becher und trank, um zumindest seinen brennenden Durst zu lindern. Dann ging er zum Kamin und ließ sich einfach auf dem Boden nieder, rückte nah ans Feuer heran und starrte in die Glut.

Er musste die Protokolle nicht lesen. Jedes Wort von Anna Mindelheim hatte sich in sein Gedächtnis gebrannt. Mit kalter, schnarrender Stimme hatte sie alles zugegeben, seltsam gefühllos. Dabei hatte sie Beno unentwegt angestarrt. Namen von Komplizinnen hatte sie nicht genannt, sondern darauf beharrt, dass Agnes Bader und sie die einzigen Hexen in Ravensburg seien. Und wie Scherbenstücke derselben Vase passten ihre Beschreibungen und Aussagen exakt zu denen von Agnes. Alles war ein Beweis. Auch die Tatsache, dass Anna am Galgen keine Schmerzen verspürt hatte und freiwillig gestanden hatte.

„Jede Nacht besucht mich der Teufel“, hörte er Anna sagen. *„Manchmal fliegt er in Gestalt meines schwarzen Hahns oder eines Raben zum Fenster herein und verwandelt sich dann erst in einen Mann. Aber manchmal ist er auch nur eisiger Hauch. Unsichtbar flüstert er mir ins Ohr.“*

„Die Dämonen belauern uns. Aber meistens sind sie unsichtbar.“ Auch das hatte Kramer schon bei seinem ersten Besuch hier im Haus gesagt.

Wusste Anna deshalb von Elisabeth und mir?, dachte Beno. *Vielleicht war Annas dunkler Besucher auch im Schloss. Hat er Elisabeth und mich beim Tanz belauscht? Beobachtet er mich jetzt?* Fröstelnd griff er zu dem kleinen Silberkreuz, das er um den Hals trug, und sah sich um. Auf dem Sessel lag Elisabeths Stickarbeit, das Altartuch für den Krankensaal des Spitals, an dem sie schon seit Wochen arbeitete. Die bunten Garnfäden waren verwirrt, wahrscheinlich hatte sie die Stickerei aus einer Laune heraus achtlos zur Seite geworfen. Die Goldfäden, die nur zur Darstellung von Heiligenscheinen verwendet wurden, schimmerten wie Elisabeths Haar. In all der Finsternis war das wie ein wärmender Sonnenstrahl. Beno nahm die Stickerei, presste sie an seinen Mund, schloss die Augen und sog gierig den Duft von Zitrusöl und Rosenwasser ein, mit dem sie gerne Hände und Gesicht benetzte. Sehnsucht zog ihm die Brust zusammen, ein ziehender, haarfeiner Schmerz. Er bildete sich ein, ihr Lachen zu hören, und sogar der Raum schien sich leicht zu bewegen, als würde er mit ihr tanzen. Kramers Worte kamen ihm in den Sinn. *„Die Stimme der Frauen ist wie der Gesang der Sirenen, die Vorübersegelnde anlocken und töten."*

Nein, dachte er. *So ist sie nicht. Trotz allem, was gestern geschehen ist.*

Aber als er das Tuch zurücklegen wollte, stutzte er. Die Figur der Maria wirkte durch den Faltenwurf des Tuchs verzerrt und schien sich verführerisch zu winden wie eine Gauklerin beim Tanz. Beno strich das Tuch glatt – und glaubte ein zweites Mal an diesem Tag den Boden unter den Füßen zu verlieren: Elisabeth hatte die biblischen Symbole der Jungfrau Maria verändert. Da waren noch Einhorn, Phönix und Zypresse, aber ansonsten wucherte überall das Chaos. Elisabeth hatte mit fahrigen Stichen Zitronenbäume hinzugefügt, seltsame Wesen, die wie Chimären wirkten, und zwergenhafte Gestalten mit struppigem Haar. Sie flogen durch die Luft und lachten, manche wanden sich, als würden sie einen dämonischen Tanz aufführen. Maria stand mitten in diesem Chaos, ihr Haar war offen und ihr Mantel floss einfach weiter und weiter, wurde breiter und zu einem blauen Fluss, der in einen Ozean mündete. Ihr Lächeln wirkte tückisch und wissend.

Sirene, durchfuhr es Beno. *Aber das kann nicht sein …* Doch der Zweifel grub sich längst wie ein scharfer Nagel in sein Herz. Sein Gesicht glühte und ihm war schwindelig und übel. *Hör auf und denk logisch*, befahl er sich. Aber das machte es nur schlimmer. Unbarmherzig echote die Stimme von Kramer in seinem Kopf.

„Dämonen scheinen sich vor allem an Frauen und Mädchen zu heften, die schönes Haar haben."

„Diejenigen, die feuerfarbenes Haar haben, sind besonders verdächtig."

„Sie treffen sich nachts mit ihren Komplizinnen zu sündigen Festen außerhalb der Städte."

Das Fest erstand vor ihm in einem grellen, neuen Licht. Die Mädchen und Frauen, der schamlose, anzügliche Tanz. Johanna, die sich aufgeführt hatte wie eine Dirne, und Barbara, eitel und intrigant, in roten Samt gekleidet. Die Männer, die prassten und sich sinnlos betranken. Elisabeths Veränderung, dieser fremde, kalte Glanz in ihren Augen und ihr verführerisches Lachen. Wieder hörte er ihre Worte: *„Dafür kennst du mich zu wenig, Beno. Wir haben nichts mehr miteinander zu schaffen. Unsere Wege führen schon lange in ganz verschiedene Richtungen."*

Bitte nicht, lieber Gott, flehte er. *Das darf nicht sein. Nicht sie!*

Alle Härchen in seinem Nacken sträubten sich, als würde kalter Atem darüberstreichen. Papier raschelte. Er sprang auf und fuhr herum. Im ersten Moment war er einfach nur erleichtert. Es war nur Lucio. Er stand hinter dem Tisch, gekleidet in seinen Mantel und seine gelben Handschuhe. Als er den Kopf hob, fielen Beno drei parallele Kratzer auf seiner Wange auf, fein und schmal wie von Katzenkrallen.

„Habe ich dich erschreckt?", fragte Lucio. „Entschuldige, ich habe gar nicht gesehen, dass du am Kamin sitzt. Ich hatte dich vorhin hereinkommen hören, ich musste nur noch etwas erledigen. Ich sehe, du hast den Wein gefunden, den ich dir habe hinstellen lassen." Er grinste und tippte auf den Tisch. „Du bist also wirklich unter die Hexenjäger gegangen?"

Jetzt erst wurde Beno klar, was eben geraschelt hatte.

Lucio griff nach einem Papier, aber Beno stürzte zum Tisch, schob alle Blätter zusammen und nahm die Mappe an sich. „Das geht dich nichts an, Lucio."

Der Italiener hob amüsiert die Brauen und pfiff durch die Zähne. „Muss ja ein spannendes Verhör gewesen sein. Du bist ja jetzt noch völlig verstört und so bleich, als hättest du den Teufel persönlich gesehen. Oder sind die Hexen so hässlich?"

Beno musste sich beherrschen, um diesen Hohlkopf nicht anzuschreien.

„Hör auf", sagte er nur mit aller Schärfe. „Deine Scherze sind hier völlig fehl am Platz."

Lucio hörte schlagartig auf zu grinsen. „Schon gut", lenkte er gekränkt ein. „*Dio mio*, welche Laus ist dir denn über die Leber gelaufen?"

„Was machst du überhaupt hier?", fragte Beno. „Seid ihr noch so spät zurückgereist?"

Ist Elisabeth hier? Sein Herz machte einen schmerzhaften Satz.

„Ach, wegen des Mantels?", erwiderte Lucio. „Nein, ich bin schon seit gestern da. Onofrius hatte zum Glück Verständnis dafür, dass ich mich um den Handelszug kümmern muss. Demnächst werde ich meinen Leuten mit einigen Handwerkern und bewaffneten Wächtern entgegenreiten. Ich muss zusehen, dass wir den kaputten Wagen reparieren und die Waren endlich nach Ravensburg schaffen. Aber heute bin ich auf dem Weg ins Gasthaus." Er lächelte schief. „Ist verdammt langweilig und einsam hier!"

Natürlich, dachte Beno grimmig. *Ohne Musik und oberflächliche Vergnügungen ist dein Leben sinnlos, du eitler Affe.* Er schluckte, ihm war schwindlig und der Boden schien leicht zu schwanken, als stünde er auf einem Schiff.

„Deine Familie kommt morgen gegen Abend zurück, falls das Wetter es zulässt", plauderte Lucio unbekümmert weiter. „Vielleicht auch erst übermorgen." Und dann hellte sich seine Miene plötzlich auf, als wäre ihm ein großartiger Einfall gekommen. „Bis dahin haben wir das Haus ja ganz für uns! Weißt du was? Ich treibe nachher in der Kaschemme ein bisschen Gesellschaft für uns auf und wir veranstalten hier ein Fest, damit du auf andere Gedanken kommst." Er zwinkerte Beno zu. „Mit Frauen, die nicht ganz so züchtig sind …"

„Halt endlich dein Schandmaul!"

Lucio hielt ihn nicht auf, als er an ihm vorbei aus dem Kaminzimmer stürmte. Jetzt war ihm noch viel übler. Die Treppe zum Dachgeschoss schien unter ihm zu bocken wie ein widerspenstiges Pferd. Und ehe er wusste, wie ihm geschah, rutschte er an einer Stufe ab, stürzte und schlug mit dem Jochbein hart gegen das Geländer. Er hatte sich nicht abgefangen, weil er die Akte umklammerte. Aber immerhin brachte ihn der Schmerz wieder zu sich.

„Alles in Ordnung?", rief Lucio von unten. „He, ich weiß ja, du kannst mich nicht leiden, aber sei vernünftig und lass dir wenigstens die Treppe hochhelfen ..."

„Lass mich in Ruhe." Beno rappelte sich auf und eilte nach oben. Lucio folgte ihm nicht, aber er blieb unten an der Treppe stehen und sah ihm besorgt nach, bis er die Tür hinter sich zuschlug. Beno atmete auf, lehnte sich mit dem Rücken gegen das Holz und rutschte herunter. Er kauerte sich zusammen, die Akte fest an sich gepresst. Rabenschwarze Dunkelheit umgab ihn. Auch hier glaubte er, die Gegenwart des Bösen zu spüren: Schatten in den Schatten und eisiger, hämischer Atem. Er holte sich trotzdem kein Licht, sondern blieb, wo er war. Er war müde und benommen, als würde er im Einschlafen schon Traumbilder sehen. Alles bekam Farbe und Duft. Er saß wieder auf dem Pferd und sah Elisabeth davonpreschen. Er hörte Onofrius „Halt!" rufen und gab seinem Pferd die Sporen, um Elisabeth zurückzuholen, aber sie ritt viel besser als er und hatte das schnellere Pferd. Bald hatte sie ihre Freundinnen abgehängt. Doch bevor auch Beno sein Pferd zügelte und aufgab, erhaschte er noch einen letzten Blick auf sie. Jenseits der Kuppe preschte sie ganz allein übers Feld, ihr wunderschönes Haar flog wie das einer Windsbraut – und neben ihr segelte ein Rabe.

„Manchmal verwandelte sich der Dämon in einen Raben", raunte Agnes Bader ihm ins Ohr. *„Er begleitete mich, wo ich auch war."*

Mit Haut und Haar

Zu eurer eigenen Sicherheit müsst ihr dafür sorgen, dass Hexen bei der Verhaftung und auf dem Weg zum Gericht nicht den Boden berühren. Solange sie nicht auf den Boden treten, haben sie keine Macht und können euch nicht verhexen.

Heinrich Kramers Anweisung an die Stadtwächter

Madda war noch halb im Traum, als ein dumpfes Klopfen sie aus dem Schlaf holte. Immer noch leuchteten die Bilder eines schönen Traums. Ihre kleine Schwester folgte flink wie ein Fisch den Wasserfrauen in die Tiefen des Sees. *Wie glücklich sie aussieht!* Madda lächelte, ohne die Augen zu öffnen. Unter ihrer Wange raschelte der Strohsack ihrer Bettstadt. *Zu Hause*, dachte sie mit einem wohligen Gefühl von Geborgenheit. Sie rollte sich im Bett herum und wollte Marie wecken, um ihr von ihrem Traum zu erzählen, doch ihre Hand griff ins Leere. Schlagartig erinnerte sie sich. Der Kummer kehrte zurück. Tränen brannten unter ihren geschlossenen Lidern, aber gleichzeitig war da auch Martin. Sein Kuss, seine Umarmung, der geflüsterte Abschied. Und dieses flirrende, warme Glück, das sie auch jetzt wieder durchströmte. *Trauer und Freude*, dachte sie. *Vielleicht sind sie gar keine Gegensätze, sondern Geschwister, die sich Haut an Haut eng umschlungen halten, damit sie immer den Herzschlag des anderen spüren können.*

Schwere Stiefel trampelten auf der Stiege.

„Um Himmels willen", hörte sie ihren Vater rufen. „Lasst sie mich wenigstens wecken, damit sie sich anziehen kann …"

„Damit du sie entwischen lassen kannst oder ihr hilfst, ihre Hexentiegel zu verstecken?"

Jetzt war sie hellwach. Sie schoss hoch und zog die Decke bis zum Kinn. Keinen Moment zu früh. Schon wurde die Tür aufgestoßen und bewaffnete Männer traten in den Raum. Hellebarden kratzten an der niedrigen Decke. Es waren ein Hauptmann der Wache und drei Büttel. Sie machten einem schmächtigen Ratsdiener Platz. Aber noch bevor dieser ein amtliches Papier zückte und laut zu lesen begann, wurde Madda klar, dass sie es insgeheim schon lange geahnt hatte. Vielleicht schon seit dem Moment, in dem der Inquisitor sie vor der Predigt ins Visier genommen hatte. Sie hätte Angst haben müssen, aber seltsamerweise fühlte sie sich so betäubt, als wäre das alles nur ein Fiebertraum.

An der Tür erschien ihr Vater, aschgrau im Gesicht – und hinter ihm Ursel und Ellen mit schreckgeweiteten Augen.

„Jungfer Magdalene Weißhaar", las der Ratsknecht

laut vor. „Ich, Konrad Geldrich, Ammann der freien Reichsstadt Ravensburg, befehle Euch Kraft des mir verliehenen Amtes zu einer Anhörung unverzüglich ins Rathaus. Gegen Euch wurde Klage erhoben wegen des Verdachts auf Wetter- und Schadenszauber …"

„Was?", rief Ursel. „Meine Schwester ist doch keine Hexe!" Ihre Stimme überschlug sich. Ellen musste sie festhalten, damit sie nicht zu Madda stürzte.

„Vorsicht, Göre", wies der Ratsdiener sie zurecht. „Was sie ist oder nicht ist, werden die Richter entscheiden. Und jetzt geht, sonst seid ihr die Nächste, die einen Haftbefehl bekommt – wegen Behinderung der Inquisition!"

Jetzt erst brach Madda der Schweiß aus – aus Angst um ihre Familie.

„Bitte geht!", sagte sie. „Tut, was er sagt!"

Aber ihr Vater dachte nicht daran. „In Gottes Namen, habt ihr denn keinen Anstand im Leib?", wetterte er los. „Meine Tochter ist halb nackt! Lasst sie allein, damit sie sich anziehen kann!"

„Raus jetzt!", donnerte der Hauptmann. Madda suchte Ellens Blick und schüttelte flehend den Kopf. *Macht keine Schwierigkeiten!* Und ihre stets vernünftige große Schwester verstand. „Kommt mit!" Resolut zerrte sie Vater und Ursel in den Flur. Draußen hörte man sie aufgeregt sprechen, aber dann knarrten die Stiegen.

Der Hauptmann hangelte Maddas Kleider mit der Spitze seiner Hellebarde von der Ofenbank und warf sie ihr so angewidert zu, als wären es Pestlumpen. „Beeil dich. Und ihr zwei durchsucht jeden Winkel des Hauses."

Seine Leute gehorchten und Madda nutzte die Momente, in denen auch der Ratsdiener sich abwandte, um sich rasch die Kleidung überzuziehen und nach ihren Schuhen zu angeln. Aber ein donnerndes „Zurück!" ließ sie innehalten. Voll Entsetzen starrte sie auf die glänzende Klingenspitze der Hellebarde, die auf ihre Kehle gerichtet war. „Hat dir jemand erlaubt, aus dem Bett zu steigen?", herrschte der Hauptmann sie an.

„W...was?", stotterte Madda.

Der dritte Büttel kehrte zurück ins Zimmer – mit einem riesigen geflochtenen Korb, in den ein Schaf gepasst hätte. Doch erst als Madda sah, wie er ein Bündel Seile aus dem Korb zog, wurde ihr klar, was sie vorhatten.

„Nein! Ihr fesselt mich nicht! Ihr ..."

Sie wollte vom Bett springen, aber der Hauptmann war schneller. Ein wüster Stoß warf sie zurück, sie keuchte auf, so schmerzhaft fest drückte er ihr den Hellebardenstock gegen die Kehle, nagelte sie auf dem Lager fest. Da hatte der andere Wächter sie schon gepackt und ihr die Arme auf den Rücken gedreht. Sie schrie und trat und wehrte sich aus Leibeskräften.

„Halt sie richtig fest, verdammt!", brüllte der Hauptmann.

Raues Seil riss ihr über die Handgelenke, aber wie durch ein Wunder bekam sie die Hand frei. Ihre Faust klatschte gegen eine Wange. Sie hörte den wüsten Fluch noch, als ein Schlag gegen die Schläfe sie herumwarf. Dann erlosch auch der Schmerz.

*

Das Nächste, was sie wahrnahm, war raues Korbgeflecht, das an ihrem Ohr schabte. Ihr Kopf dröhnte und im Mund hatte sie den Geschmack von Blut. Die Zunge tat ihr höllisch weh, als hätte sie daraufgebissen. *Das muss ein böser Traum sein*, dachte sie benommen. Aber leider war es Wirklichkeit. So gefesselt, dass sie kaum Luft bekam, lag sie in dem schwankenden Korb. Mühsam schob sie sich in eine sitzende Position. Die Büttel trugen sie gerade aus dem Hof der Schmiede. Ihre Familie stand auf der lehmigen Straße, Nachbarn waren aus ihren Häusern herbeigeeilt, manche noch mit offenem Haar und nur einem Mantel über dem Nachthemd. Madda hielt Ausschau nach Martin, aber dann fiel ihr ein, dass er ja das Pferd zurückbrachte. „Ellen!", rief sie über die Schulter. „Sag Beno Humpis Bescheid!"

„Maul halten!", schnauzte der Hauptmann sie an.

Der Lärm lockte weitere Schaulustige aus den Häusern. Die Korbflechterin Hilde stand in der Tür, ihre fünf Kinder um sich geschart. Und ihr schadenfrohes Grinsen sagte alles. *Miststück!*, dachte Madda.

Aber viel schlimmer als die scheuernden Fesseln und die Enttäuschung war die Demütigung, ungewaschen und mit offenem, zerzaustem Haar durch die ganze Stadt geschleppt zu werden. Manche Schaulustigen bekreuzigten sich ängstlich, aber ein paar Leute grinsten auch oder spuckten aus, als sie vorbeigetragen wurde. Madda biss die Zähne so fest zusammen, dass es schmerzte. *Nicht heulen, Madda. Diese Genugtuung sollen sie nicht haben.*

Das war alles, was ihr blieb: aufrecht zu sitzen, nicht den Kopf zu senken wie eine Büßerin. Sie versuchte jedem in die Augen zu sehen. Manche blickten beschämt weg. Aber die meisten starrten sie hasserfüllt oder misstrauisch an. „Endlich mal eine Hübsche, die für uns im Feuer tanzen wird", hörte sie einen Mann sagen. Jetzt brach ihr der kalte Schweiß aus.

Ich habe ja nichts getan, beruhigte sie sich. *Konrad Geldrich kennt mich. Und die Familie Humpis würde das nie zulassen.* Aber als sie im Rathaus vor einer Eichentür aus dem Korb gezerrt wurde, war sie sich da längst nicht mehr so sicher. Ihr zitterten die Knie, als die Beinfesseln gelöst wurden. Mit gebundenen Armen und Handgelenken wurde sie in den Ratssaal geführt. Er war rundum holzgetäfelt und düster. Die gewölbte Bohlenbalkendecke hing bedrohlich dunkel über ihr. Zwar gab es bleiverglaste Fenster zur Straßenseite hin, aber dennoch war es, als würde man aus dem Licht in den Schatten treten. An hufeisenförmig aufgestellten Eichentischen wartete schon das Gericht, elf Mitglieder des Stadtrates und natürlich der Ammann. Alle Männer waren amtlich schwarz gekleidet. Flackernde Talglichter, die auf dem Tisch aufgereiht waren, vertieften die Schatten und Falten in ihren Gesichtern und ließen sie wie Gestalten aus einem Albtraum wirken. Sogar Ammann Geldrich erschien ihr fremd und Furcht einflößend, so streng musterte er sie. Auch zwei Zunftleute waren als Beisitzer im Gericht. *Veits Vater*, dachte Madda. Jetzt war ihr noch viel mehr zum Heulen zumute. *Wusste Veit schon gestern, dass ich verhaftet werden würde?*

Das einzig Gute war, dass sie zumindest jeden hier persönlich kannte. Die Patrizier hatte sie oft in Onofrius' Haus bedient. Ingrid Muntprats Onkel war auch hier, ein beleibter Mann mit fahlblondem, schütterem Haar. *„Mein Onkel sagt, wer unschuldig ist, wird ohne Wenn und Aber freigelassen"*, erinnerte sie sich an die Worte seiner Nichte Ingrid im Schloss. Dennoch schlug ihr das Herz bis zum Hals.

Kramer, der zurückgelehnt neben dem Ammann gewartet hatte, beugte sich vor. Alle Blicke richteten sich auf ihn. Magister Gremper, der am rechten Ende des Tisches saß, zückte eilfertig seine Feder. Neben ihm war ein leerer Platz, auf dem frisches Papier bereitlag.

„Gerichtsdiener!" Kramers Stimme schien im Raum zu klirren. „Sieh nach, wo der zweite Protokollant bleibt."

Hinter Madda entfernten sich eilige Schritte. Doch gleich darauf öffnete und schloss sich die Tür wieder und jemand eilte an ihr vorbei, ohne sie anzusehen.

Beno! Beinahe hätte Madda es laut gerufen. Jetzt hatte sie wieder weiche Knie, diesmal vor Erleichterung. *Ellen war also schon bei ihm. Beno wird für mich bürgen.*

Aber zu ihrer maßlosen Überraschung steuerte Beno

auf den Platz neben Gremper zu. „Verzeiht, ich … hatte eine schlimme Nacht und … bin viel zu spät aufgewacht“, sagte er tonlos.

„Und offenbar mit Kopfschmerzen“, sagte der Inquisitor tadelnd. Jetzt sah Madda es auch: Benos Wange war auf der rechten Seite geschwollen, ein riesiger Bluterguss prangte darauf, so als hätte er einen Fausthieb einstecken müssen. Und er wirkte erschreckend verändert: fahrig und bleich. Außerdem hatte er eindeutig in seinen Kleidern geschlafen.

„Eine schlimme Nacht ist noch lange keine Entschuldigung dafür, zu spät zu kommen“, bemerkte Kramer. „Das nächste Mal schließe ich Euch vom Verfahren aus, Beno Humpis. Setzt Euch.“

Beno nickte beschämt und nahm neben Gremper Platz. Hastig tunkte er die Feder in die Tinte. Madda hatte das Gefühl, keine Luft mehr zu bekommen. *Beno … gehört zum Gericht?*

Im selben Moment hob er den Blick – und hätte fast die Tinte verschüttet.

„Madda?“, entfuhr es ihm.

„Ruhe!“, wies ihn der Ammann zurecht. Beno sah irritiert zu Kramer. Aber der Inquisitor würdigte ihn keines Blickes.

„Anhörung von Magdalene Weißhaar“, diktierte Konrad Geldrich Magister Gremper in die Feder. „Die Eckdaten samt Datum, Zeit und Grund der Anhörung haben wir bereits aufgenommen. Ebenso die Namen der Eltern und der Geschwister. Jungfer Weißhaar ist

Kammermagd im Hause von Onofrius Humpis, unterstellt Barbara Steinert aus Augsburg, Gemahlin des Kaufmanns Onofrius Humpis."

„Ist das korrekt?", wandte sich nun der Inquisitor an sie.

Madda schluckte und sah zu Beno. Er war schneeweiß geworden und setzte zögernd die Feder an. Aber vorher deutete er ein kleines Nicken an. Sie verstand. *Antworte und tu, was sie sagen.* Insgeheim atmete sie auf. *Er ist also auf meiner Seite.*

Sie leckte sich über die Lippen. „Ja."

„Wie lange arbeitest du dort schon?"

„Seit dem Sommer."

„Genauer!"

„Seit … dem Fest zu Mariä Himmelfahrt."

„August also. War da die Schwangerschaft deiner Herrin bereits bekannt?"

„Ja … natürlich."

„Was heißt *natürlich?*"

Madda schluckte wieder. Ihr Mund war so trocken, als wäre er voller Sägespäne. „Die Schwangerschaft war der Grund, warum sie überhaupt eine Kammermagd suchte. Sie wollte sich schonen."

„Du gibst also zu, dass du bei deiner Einstellung wusstest, dass sie guter Hoffnung war?"

Madda runzelte verwirrt die Stirn und nickte.

„Eine Kammermagd hat doch die Aufgabe, stets in der Nähe der Herrin zu sein, ihr das Haar zu kämmen, ihr beim Ankleiden zu helfen, Botendienste zu erledigen, das Feuer zu schüren, ihr Bett zu machen und ihr Speisen und Getränke zu reichen. Ist das richtig?"

Längst hatte Madda das Gefühl, auf wackligem Boden zu stehen. Sie wusste nicht, worauf er hinauswollte. Also nickte sie zaghaft.

„Auch einen Trunk zur guten Nacht?" Kramer hob ein Blatt. „Meine Nachforschungen haben ergeben, dass deine Herrin bis vor Kurzem jeden Abend Milch mit Honig und Gewürzen trank. Ist das richtig?"

„Ja. Der Medicus hatte es ihr empfohlen, für das Kind ..."

„... das tot zur Welt kam", schnitt Kramer ihr scharf das Wort ab.

Gremper begann wissend zu lächeln und schrieb eifrig. Aber viel beunruhigender war, dass Benos Hand einfror.

„Und du hast deiner Herrin jeden Abend den Trunk gebracht", stellte Kramer fest. „Auch an dem Abend, bevor sie die Fehlgeburt erlitt?"

Darauf will er also hinaus!

„Ich habe nichts Unrechtes getan. Es war nur ein Becher Milch."

„Mit Gewürzen."

„Vom Medicus verordnet, ja."

Kramer lächelte sichelscharf und gab dem Gerichtsdiener einen Wink. „Auch das ‚Gewürz' aus den Trieben des Sadebaums?" Der Diener brachte einen kleinen Tontiegel, der Maddas Mutter gehört hatte. Darin lagen normalerweise getrocknete Kamillenblüten für Fiebertee, aber als Kramer den Tiegel auf dem Tisch auskippte, fielen vertrocknete Spitzen eines Nadelbaums auf den Tisch. „Der Sadebaum wird auch ‚Giftwacholder' genannt", rief er mit lauter Stimme. „Schon der Gelehrte Plinius beschrieb, wie Weiber den Sadebaum dazu benutzten, Kinder im Mutterleib zu töten und abzutreiben." Kramer wandte sich an Geldrich und die anderen. „Es wäre ein Leichtes für sie gewesen, die abendliche Milch auf dem Weg von der Küche zum Schlafgemach mit diesem Kraut zu vergiften. Einiges spricht dafür, denn diesen Tiegel haben wir bei der Durchsuchung in ihrem Vaterhaus gefunden …"

„Aber darin waren nur Kamillenblüten!" Maddas Stimme gellte durch den Saal.

„Antworte nur auf die Fragen, Jungfer Weißhaar", wies Konrad Geldrich sie zurecht. „Fahrt fort, Doktor Institoris."

Der Ratssaal verschwamm vor ihren Augen, sie musste sich zusammennehmen, um nicht zu schwanken. Beno gab ihr ein kleines Zeichen mit der flachen Hand. *Bleib ruhig!*

Madda machte den Mund wieder zu.

Kramer seufzte und rieb sich die Nasenwurzel, als hätte er Kopfschmerzen. „Immer dasselbe", murmelte er. „Hör zu, Jungfer. Du hast die Wahl, jetzt zu gestehen und dein Gewissen zu erleichtern", fuhr er dann beinahe freundlich fort: „Das erspart uns und dir weitere Mühe. Gib zu, dass du das Kind im Leib seiner Mutter getötet hast, um das Frühgeborene dann dem Teufel zu weihen, seine Leiche nachts aus dem Grab zu stehlen und sein Fleisch für die Zubereitung einer Hexensalbe zu verwenden. Damit wolltest du neue Stürme herbeirufen …"

„Das ist nicht wahr", sagte Madda mühsam beherrscht. „Nichts davon habe ich getan."

„Aber du glaubst schon, dass es Hexen gibt?", fragte Kramer plötzlich.

Die Frage verunsicherte sie. „Das … weiß ich nicht", sagte sie zögernd. „Ich weiß nur, dass ich keine bin."

Gremper begann zu lächeln und nickte, als hätte er diesen Satz aus ihrem Mund erwartet. Und auch Kramer wirkte äußerst zufrieden.

Beno schluckte und räusperte sich, dann hob er den Kopf.

„Doktor Institoris, Hohes Gericht", wandte er sich sehr gefasst an Kramer und den Ammann. „Ich bitte um die Erlaubnis, sprechen zu dürfen. Ich kenne die Verdächtige gut und kann bestätigen, dass sie in unserem Haus niemals …"

„Abgelehnt", sagte der Ammann. „Wir alle kennen die Verdächtige, und keiner von uns hätte ihr etwas Böses zugetraut oder unterstellt. Aber dasselbe galt auch für die Baderin und die Mindelheimerin."

Madda schrak zusammen. *Heißt das etwa, sie haben auch Anna verurteilt?*

„Und hier geht es nicht um Treu und Glauben", belehrte Konrad Geldrich Beno weiter. „Wir prüfen hier Indizien und Zeugenaussagen. Und Ihr seid nicht als Zeuge hier, Beno, sondern als Schreiber."

„Mir geht es um Fakten", widersprach Beno kühl, aber energisch. „Das Verfahren sieht vor, dass Bürgschaften möglich sind und dass die Angeklagten auch einen Advokaten zurate ziehen dürfen. Ich bin bereit, einen Anwalt für unsere Magd zu stellen und …"

„Im Moment ist sie noch keine Angeklagte, nur eine Verdächtige", ermahnte ihn der Ammann. „Sie soll zu den Anschuldigungen erst einmal selbst Stellung nehmen. Und wenn Ihr diese Anhörung weiterhin behindert, Schreiber, sehe ich mich gezwungen, Euch des Saals zu verweisen."

Bitte bleib!, flehte Madda im Stillen. *Lass mich nicht allein.* Beno machte tatsächlich den Mund wieder zu und nahm widerwillig die Feder zur Hand.

Kramer war aufgestanden und schritt um den Tisch herum. Im Vorbeigehen warf er einen Stapel Blätter auf den Tisch vor Magister Gremper.

„Kommen wir zu den Aussagen der Zeugen. Selbst wenn du dich nicht im Hause Humpis eingenistet hast, um das Kind zu töten, gibt es ja noch andere Anschuldigungen gegen dich. Lest vor, Magister Gremper."

Madda hörte alles wie aus weiter Ferne. Vor ihren Augen erstand der stürmische Tag, an dem sie mit den Äpfeln und dem Räucheraal zu Marie unterwegs gewesen war und Lucios Pferd sie zu Fall gebracht hatte. Aber in Grempers Darstellung war sie eine Fremde. Eine Dirne, die auf der Straße lachend im Wind die Röcke hob, um die Männer zu verführen. Einer der Umstehenden wollte gesehen haben, wie sie das Pferd des Italieners behext und wild gemacht hatte, sodass es seinen Reiter fast abgeworfen hätte. Und als das Schwein zur Sprache kam, das ihr die Äpfel weggefressen hatte, stockte ihr endgültig der Atem.

„*… und dann deutete sie auf meine Sau und befahl ihr, den verhexten Apfel zu fressen*“, las Gremper. „*Ich wollte mein gutes Mastschwein wegtreiben, aber ich war wie gelähmt. Ihr stechender Blick nagelte mich fest. Ihr Haar wand sich wie ein Schlangennest um ihren Kopf. Ich hatte eine Heidenangst. Und dann sagte sie: ‚An diesem Apfel soll dein Schwein verrecken!‘ Und so geschah es. Drei Tage später ist mir die Sau im Stall krepiert – einfach so!*“

Maddas Gesicht glühte und sie bekam kaum noch Luft, als das Gericht sie finster ansah. „Der Zeuge lügt, so war es nicht!“

„Wie dann?“, fragte Kramer.

„Ihr wart doch auch dort und habt es selbst gesehen“, antwortete sie mühsam beherrscht. „Ich war hingefallen, weil das Pferd mich umgerannt hat. Und der Kerl hat sein Schwein meine Äpfel fressen lassen, obwohl ich ihn angeschrien habe, dass er sein Vieh weghalten soll. Und ich habe nie gesagt, dass sein Schwein *verrecken* soll. Ich sagte: ‚Dein diebisches Vieh soll sich den Magen daran *verrenken*.‘ Manche Wirte sagen Schlimmeres zu einem Zechpreller und sind deswegen noch lange keine Hexer.“

„Warum sollte der Zeuge lügen? Sein Schwein ist tot, das haben wir nachgeprüft.“

„Das ist aber nicht meine Schuld! Vielleicht war sein Schwein krank und er will sich eine Entschädigung erschleichen, indem er mir die Schuld gibt."

Die Räte murmelten. Auch der Ammann hob die Brauen, als fände er Maddas Einwand logisch. „Eine Schadensersatzforderung hat der Zeuge tatsächlich gestellt", bemerkte nun auch Ingrids Onkel mit einem Blick auf ein Papier.

„Weiter", forderte Kramer Magister Gremper auf.

„In derselben Nacht wurde die Verdächtige auf der Straße in der Unterstadt gesehen, zusammen mit einem schwarzgesichtigen Dämon. Daraufhin brach das Unwetter los und dauerte die ganze Nacht. Am nächsten Tag sah man die Verdächtige mit einem schwarzen Hahn im Arm zu Anna Mindelheim gehen." Gremper senkte das Blatt und sah ernst in die Runde. „Das deckt sich übrigens frappierend genau mit Annas Beschreibung ihres dämonischen Herrn. Es würde dafür sprechen, dass sich Magdalene Weißhaar nachts heimlich mit demselben *incubus* trifft wie Agnes und Anna."

Madda traute ihren Ohren kaum. Das sollte Anna gestanden haben?

„In dieser Nacht war der Dämon in Gestalt eines Mannes bei Magdalene und schlief mit ihr. Am Morgen verwandelte er sich in den Hahn, den sie zu ihrer Komplizin Anna Mindelheim gebracht hat. Sie treiben also beide mit teuflischen Wesen Unzucht …"

Madda rang nach Luft. „Das ist nicht wahr!"

„Ruhe!", befahl der Ammann. „Du nimmst erst Stellung zu den Aussagen, wenn das Gericht dich dazu auffordert."

Beno legte demonstrativ die Feder hin und verschränkte die Arme.

„Nur zu, Jungfer", sagte Kramer mit lauernder Ruhe. „Sprich."

„Das … das ist alles völlig verdreht dargestellt! Ich war nicht mitten in der Nacht auf der Straße, sondern noch vor Torschluss. Der angebliche schwarzgesichtige Dämon war unser Schmiedegeselle, Martin Faber. Er hatte Rußflecken im Gesicht. Ich bin auf dem Weg nach Hause ins Gewitter geraten. Da ist er ist mir entgegengelaufen und hat dafür gesorgt, dass ich trocken ins Haus komme."

„Dann muss er entweder sehr mutig oder sehr dumm sein. Kein Mensch bringt sich in Todesgefahr und läuft bei Blitz und Donner auf die Straße. Er hat sich sogar für dich vor der Kirche geprügelt. Ganz abgesehen davon, dass er dir wie ein treuer Hund vor das Stadttor folgte und dein Pferd hielt. Denn es hatte solche Angst vor dir, dass es dich abwerfen wollte. Und hat er dich nicht gestern sogar beim Schloss abgeholt und nach Ravensburg zurückgebracht? Hast du ihn verhext und zu deinem Diener gemacht?"

Alle Männer des Gerichts starrten sie an. Beno war noch blasser geworden. Seine Augen funkelten vor Empörung.

„Nein", sagte Madda sehr deutlich. „Martin hat einen Kerl verprügelt, der mich beleidigt hatte. Das hätte jeder anständige Bursche getan. Und das Pferd hatte keine

Angst vor mir, nur vor den vielen Leuten. Martin hat mich bis vor das Stadttor begleitet, weil er ein freundlicher Mensch ist. Und aus demselben Grund hat er mich nach Hause geholt, damit ich meine Schwester vor ihrem Tod noch einmal sehen kann. Ist das ein Verbrechen?" Man hörte nur noch das Kratzen von Grempers Feder auf dem Papier. Alle warteten. „Mit Dämonen habe ich nichts zu tun", fuhr sie mit bebender Stimme fort. „Der Hahn war nur ein entlaufener Hahn, den ich unserer Nachbarin zurückgebracht habe. Ich hatte über Nacht meine Familie und meine kranke Schwester besucht. Meine Herrschaft kann es bezeugen, sie hat mir dafür freigegeben."

„Das kann ich bestätigen. Ich habe sie selbst gehen lassen", meldete sich Beno zu Wort. Ammann Geldrich verwarnte ihn diesmal nicht, er seufzte nur und rieb sich ratlos über die Stirn. *Er zweifelt!*, dachte Madda.

„Ich habe mich mit niemandem getroffen, sondern war die ganze Nacht bei Marie", fuhr sie hastig fort. „Meine Familie kann es bezeugen."

„Und willst du auch behaupten, dass du noch nie einem Mann beigewohnt hast?", fragte Kramer. Alle schreckten bei der unverschämten Direktheit der Frage auf.

Madda wurde rot. Seltsamerweise schämte sie sich dafür, dass ihr nun vor aller Augen die Tränen in die Augen stiegen. Die Männer runzelten zwar die Stirn, aber niemand rief den Inquisitor zurück. Nur Beno schüttelte zornig den Kopf.

Madda hob das Kinn und sah dem Inquisitor direkt ins Gesicht. „Ich schwöre vor Gott und auf jede Bibel. Der einzige Mann, mit dem ich jemals mein Bett teilen werde, wird in meiner Hochzeitsnacht mein Ehemann sein. Und zwar mit Gottes Segen und einem Ehering an meinem Finger und ohne irgendwelchen faulen Zauber mit schwarzen Hahnenfedern und Giftsalben …"

Sie hätte noch mehr gesagt, aber Beno bedeutete ihr mit einem Kopfschütteln ein deutliches *Hör auf, das reicht!*

„Wartet, Doktor Institoris!", sagte der Ammann verärgert. „Der Protokollant versucht schon wieder, der Verdächtigen Hinweise und Zeichen zu geben. Dieses Fehlverhalten darf das Gericht nicht dulden. Beno Humpis, ich verweise Euch des Saals."

Beno biss sich ertappt auf die Unterlippe und wurde rot, aber es blieb ihm nichts anderes übrig, als aufzustehen. Mit versteinerter Miene verbeugte er sich vor dem Gericht und ging hinaus. Kramer wartete geduldig, bis die Tür ins Schloss gefallen war, dann wandte er sich an das Gericht.

„Das war eine kluge Entscheidung. Ich hätte meinen jungen Assistenten längst hinausschicken sollen, aber es war wichtig, Euch etwas zu demonstrieren. Hier habt Ihr nämlich ein Beispiel, wie Hexen die Männer blenden und täuschen können. Ihr kennt Beno Humpis als vernünftigen Mann. Aber plötzlich scheint er nicht mehr er selbst zu sein. Er ist aufgeregt und völlig außer sich. Man erkennt ihn kaum wieder."

„Allerdings", murmelte Konrad Geldrich.

Kramer trat in das Hufeisenrund und sprach mit dem Rücken zu Madda. „Er vergisst zu schreiben, so als würde eine unsichtbare Macht seine Hand lähmen. Er würde sogar vor Gericht für Magdalene Weißhaar bürgen und ihren Anwalt bezahlen. Typisch! Hexen machen Männer zu ihren Dienern, bezaubern sie und spielen ihnen vor, hilfsbedürftig zu sein. Der Schmiedegeselle ist ihr offenbar schon lange hörig. Und Beno Humpis würde es natürlich abstreiten, aber auch er ist ein Opfer und steht unter ihrem Bann. So wie übrigens auch Euer Sohn." Er wandte sich zu Veits Vater um, dem die Schweißtropfen auf der Stirn standen. „Ich habe Veit bei meiner Predigt in der Liebfrauenkirche genau beobachtet. Als ich fragte, ob jemand von wollüstigen Träumen gequält wird, blickte er sofort zu ihr, als stünde er unter ihrem Bann."

„Das … das stimmt doch nicht!", fauchte Madda.

„… Zeugen haben außerdem beobachtet, wie sie ihm mehrfach auf offener Straße nachstellte, so auch gestern. Euer Junge hat ihr tapfer widerstanden. Aber er zahlt bereits den Preis für seine Standhaftigkeit und seinen christlich reinen Willen. Ich hörte, er hat seit heute Nacht Fieber?"

Der Zunftmeister bekam einen harten Mund und starrte Madda finster an. Dann nickte er. „Mein Sohn ist krank, ja."

„Das habe ich erwartet", rief Kramer triumphierend. „Fragt Euren Jungen, wer ihm das Fieber angehext hat und wovon er träumt. Fragt ihn, wer ihn im Schlafen und Wachen heimsucht und mit wollüstigen Fantasien quält …"

„Veit hatte schon Husten und Fieber, als ich gestern mit ihm gesprochen habe!" Madda spürte ihre Finger kaum noch, so fest ballte sie die Fäuste hinter dem Rücken. „Ammann Geldrich, Ihr kennt mich doch!", rief sie. „Ich laufe keinen Kerlen nach. Weder Beno noch Martin sind mir hörig und ich habe niemandem Fieber geschickt. Ich schwöre es bei der Heiligen Jungfrau Maria."

Die Stille, die ihren Worten folgte, war ohrenbetäubend. Der Ammann dachte angestrengt nach und wiegte zweifelnd den Kopf.

Bitte glaub mir!, flehte Madda.

„Bist du vielleicht mit Martin verlobt?", fragte er dann. „Das könnte zumindest bei ihm erklären, warum er sich sogar prügelt, um deine Ehre zu verteidigen."

Madda schluckte. Es war wie auf Eis zu stehen, das längst unter ihren Füßen knackte. „Wir … haben noch nicht über eine Verlobung gesprochen", antwortete sie wahrheitsgemäß.

„Dann ist Martins Verhalten nur mit einem Hexenbann zu erklären", ereiferte sich Veits Vater. Er war blass und wischte sich mit einem Taschentuch Nacken und Stirn ab. *Er hat tatsächlich Angst bekommen!*, dachte Madda fassungslos.

„Betrachten wir noch ein paar Fakten", sagte Kramer mit schneidender Stimme. „Jungfer Magdalene hat also ihre kranke Schwester besucht. Diese litt an einem rätselhaften Fieber und an Lähmungen, die wie aus heiterem Himmel einsetzten." Kramer zog etwas aus den Falten seiner Kutte hervor: ein Stück Wurzel an einem Band.

Madda wurde siedend heiß. „Das ist nur Angelikawurzel, sie hilft gegen Zauberei. Anna hat sie Marie als Schutzamulett um den Hals gehängt."

„Hm", machte Kramer nur. Er ging zu Veits Vater und hielt ihm die Wurzel hin. „Fällt Euch etwas auf?"

Die Männer beugten sich zu dem Zunftmeister, spähten mit gerunzelten Stirnen. „Ein Zeichen", sagte einer.

„*Teufels*zeichen", korrigierte Kramer. „Eine Kralle, eingeritzt mit dem Sporn eines schwarzen, dämonischen Hahns." Er hob den Zeigefinger. „Ein solches Zeichen hat die Macht, einem Menschen das Höllenfeuer in die Adern zu jagen: Lähmungen und tödliches Fieber."

Veits Vater zuckte entsetzt japsend zurück.

„Anna Mindelheim hat nichts von einem Teufelszeichen erwähnt", sagte Kramer. „Also muss Magdalene es in jener Nacht in die Wurzel geritzt haben – um Marie Weißhaar zu töten."

Madda hatte das Gefühl, der Boden würde unter ihr schwanken. „Schämt Ihr Euch nicht für solche Behauptungen?", brachte sie mit erstickter Stimme hervor. „Marie war meine Schwester! Ich habe sie geliebt. Niemals hätte ich ihr Schaden zugefügt."

Kramer lachte hässlich auf. „Lasst Euch nicht von falschen Tränen täuschen. Hexen setzen sie gezielt ein, um Euer Herz zu erweichen. Aber sie selbst haben kein Herz mehr, sie töten ihre eigenen Familien, um dem Teufel zu dienen. Noch ein Beweis!"

Die Richter schraken zusammen, als er einen Gegenstand auf den Tisch warf, der klappernd ein Stück weiterrutschte. Jetzt sackten Madda tatsächlich die Knie weg. Ein Büttel sprang herbei und packte sie am Arm, damit sie nicht fiel.

„Ein zerbrochener Perlmuttkamm!", rief Kramer. „Sogar ein paar Haare hängen noch darin. Hexen begraben solche Zaubermittel mit ihren Opfern, damit der Pfarrer die arme Seele nicht vor dem Teufel retten kann. Diesen Kamm hatte Magdalene ihrer toten Schwester zugesteckt. Aber der Pfarrer beobachtete sie und war geistesgegenwärtig genug, dem Totengräber zu befehlen, diesen Zauberkamm zu entfernen."

„Bitte glaubt das nicht!", rief Madda. „Der Kamm war nur ein Abschiedsgeschenk für Marie. Weil er aus Perlmutt bestand und Marie den See liebte. Hohes Gericht … Ammann Geldrich?"

Aber es war, als hätte der Wind gedreht und trüge jedes ihrer Worte davon.

Kramer ließ sich von dem Amtsdiener einen in Stoff eingeschlagenen Gegenstand reichen. „Unser wichtigster Zeuge hat sie zudem erst gestern beim Sturmmachen erwischt. Auf dem Schloss der Familie Humpis hat sie das hier in den Schlossgraben geworfen." Er riss an dem

Zipfel der Stoffhülle und Maries Kranz schlitterte über den Tisch und blieb vor Veits Vater liegen. Er zuckte zurück und wurde noch blasser. Madda hätte schreien und protestieren sollen, aber sie war zu betäubt. *Der wichtigste Zeuge. Lucio.*

Kramer fuhr zu ihr herum. „Der Zeuge hörte, wie du mit diesem Kranz aus Hexenkraut den Regen beschworen hast. Die Zauberformel steht in seiner Aussage. Als er dich daran hindern wollte, hast du ihn in Gestalt einer schwarzen Katze angegriffen und ihm fauchend das Gesicht zerkratzt. Daraufhin bist du aus dem Fenster gesprungen und als schwarze Krähe davongeflogen. Wenig später brach ein Unwetter los."

„Nein!", schrie Madda verzweifelt. „Lucio lügt!"

„Du lügst!", donnerte Kramer. „Du hast dich mit Haut und Haaren dem Teufel verschrieben. Du hast mehrere Kinder ermordet, auch deine Schwester. Du hast Hagelzauber und Sturm verursacht, Männer behext und mit Dämonen Unzucht getrieben."

Ihr „Nein!" war nur noch ein Schluchzen.

Kramer wirbelte zum Tisch herum. „Magister Gremper, lasst Medicus Fellner aus Konstanz kommen. Er wird bestätigen, dass sie keine Jungfrau mehr ist. Die anderen Proben nehmen wir selbst vor."

„Genügt nicht der hiesige Medicus?", warf Veits Vater ein. „Er kann die Untersuchung sofort machen."

„Nein", sagte der Inquisitor. „Es gibt Täuschungszauber, die sogar Männer der Wissenschaft in die Irre führen. Medicus Fellner ist Experte in Sachen Hexen und hat uns schon bei vielen Prozessen gute Dienste geleistet. Magister Gremper. Die Nadelprobe!“

Madda blickte entsetzt zu Gremper. Er ließ sich eine kleine Kiste bringen und holte etwas heraus, was im ersten Moment wie ein kleiner Stab aussah. Nur dass aus diesem Schaft eine lange silberne Nadel ragte. „Zieht die Jungfer nackt aus!“, befahl er den Bütteln.

Es war Amman Geldrich, der Madda diesmal vor dem Schlimmsten bewahrte.

„Nur die Arme und Schultern“, befahl er. Gremper verzog missmutig das Gesicht, dann sah er mit funkelnden Augen zu, wie ein Büttel Madda mit einem groben Ruck halb entblößte. Alle Männer starrten sie an. Noch nie in ihrem Leben hatte sie sich so nackt und beschämt gefühlt. „Da!“ Kramer deutete auf das kleine Muttermal, das genau am Ansatz ihrer rechten Brust saß. Gremper zückte die Nadel. Madda wollte zurückweichen, aber der Büttel hielt sie fest. Sie musste ertragen, dass Gremper ihr so nahe kam, dass sie seinen sauren Atem am Hals spürte. Er setzte die Spitze der Nadel direkt auf das Muttermal. Im Ratssaal war es so still wie in einer Gruft. Madda presste die Lider zusammen in Erwartung des Stiches. Aber zu ihrer Überraschung fühlte sie gar nichts. Als sie hinschaute, zog Gremper die Nadel gerade wieder aus der Haut – ohne Schmerz, aus einem unversehrten Muttermal. *Wie kann das sein?*, dachte sie völlig verwirrt. *Es müsste wehtun und bluten …*

„Ein Teufelsmal!“, schmetterte Gremper triumphierend in die Runde. „Hexen bluten nicht aus diesen Malen."

Bewegung kam in die Räte, Stühle scharrten, entsetztes Murmeln wallte auf.

„Ich bin weit weniger überrascht als Ihr", wandte sich Kramer an das Gericht. „Ich hatte sie vom ersten Moment an in Verdacht und ich irre mich selten."

„Er lügt!", brachte sie mit heiserer Stimme hervor. Aber es war, als müsste sie in einem brüllenden Sturm sprechen, bei dem sie nicht einmal mehr ihre eigene Stimme hörte.

„Warum habt Ihr nicht sofort Anzeige erstattet, Doktor Institoris?", erboste sich Veits Vater. „Warum habt Ihr zugelassen, dass sie meinen Sohn verhext?"

„Und Ihr habt tatenlos zugeschaut, wie sie mit auf das Wasserschloss vom Humpis geritten ist", rief Ingrids Onkel mit überschnappender Stimme. „Meine Nichte war auch dort und hätte ihrem Schadenszauber zum Opfer fallen können!"

Kramer nickte nur beschwichtigend. „Ich verstehe Eure Sorgen. Aber ich hatte keine andere Wahl, als abzuwarten, denn ein Inquisitor muss streng nach den Richtlinien des Papstes vorgehen und darf sich nur auf Zeugenaussagen berufen."

Ammann Geldrich seufzte tief und sorgenvoll. „Oh Madda!", sagte er mit aufrichtigem Bedauern. „Warum hast du das nur getan?"

„Ich bin unschuldig", flüsterte sie.

Kramer lächelte fein. Das Gericht erhob sich. „Magdalene Weißhaar“, sagte der Ammann feierlich. „Das Gericht zu Ravensburg klagt dich folgender ketzerischer Verbrechen an: Wetter- und Schadenszauber, mehrfacher Kindermord mittels Zauberei und Teufelsbuhlschaft. Bringt die Angeklagte in den Gefängnisturm und legt sie in Ketten.“

Beweise

So ist die Frau als solche schon mangelhaft, nur ein unvollkommenes Tier, das jedoch hervorragend lügen und täuschen kann.

Heinrich Kramer

Madda wehrte sich aus Leibeskräften, als sie aus dem Gerichtssaal gebracht wurde, aber gegen die Büttel hatte sie keine Chance. Beno erschrak, als er sah, wie die zwei Wächter sie behandelten. Einer packte sie so grob am Haar, dass sie aufkeuchte. Bloße Haut leuchtete auf.

Sie ist ja halb nackt! Beno riss sich den Mantel herunter und wollte zu ihr stürzen, um ihre Schultern damit zu bedecken, aber der Hauptmann trat ihm in den Weg und stieß ihn so heftig gegen die Brust, dass er zurücktaumelte und hinfiel. „Weg von der Hexe!", schnauzte der Mann. Das Letzte, was Beno von Madda sah, war ihr um Hilfe flehender Blick, dann wurde sie die Treppe hinuntergebracht.

Ein schwarzer Mantel streifte Benos Bein. Konrad

Geldrich trat vor ihn und hielt ihm die Hand hin. Er ergriff sie und kam mit zitternden Knien auf die Beine.

„Madda ist unschuldig“, sagte er. „Es muss ein Irrtum sein, Geldrich!“

„Ich fürchte nicht“, erwiderte der Ammann. „Alle Beweise sprechen gegen sie.“

Beno schüttelte den Kopf. *Jede andere, aber doch nicht Madda!*

„Aber noch ist doch gar nichts bewiesen!“, beharrte er. „Lasst mich einen Advokaten bestellen. Er soll die Zeugen noch einmal genau überprüfen und …“

„Du wirst nichts dergleichen tun, Beno Humpis!“, wies Konrad Geldrich ihn scharf zurecht. Plötzlich war er ganz Ratsherr und Richter, distanziert und streng. „Ich werde niemanden, den du bezahlst, vor Gericht zulassen. Auch eine Bürgschaft genehmige ich in diesem schweren Fall nicht. Von Magdalenes Verfahren bist du ab jetzt ausgeschlossen. Und bei Widerspruch werde ich dich für die Zeit aller Prozesse aus dem Rathaus verweisen.“

Beno schluckte. Aber er kannte Geldrich gut genug, um nicht zu widersprechen. Der alte Kaufmann legte ihm die Hand auf die Schulter. „Es tut mir leid für deine Familie – besonders für Barbara. Sie hat durch Hexerei schreckliches Leid erfahren müssen. Ich komme heute Abend bei euch vorbei und spreche mit ihr und Noffre.“ Er seufzte unter der ganzen Last seines Amtes. „Sieh mich nicht so vorwurfsvoll an, Beno. Ich trage die Verantwortung für eine ganze Stadt und muss zum Besten aller entscheiden. Und in schlimmen Zeiten wie diesen muss man auch unangenehme Entscheidungen treffen. Aber ein guter Richter muss der Wahrheit folgen – und jedes Mittel dafür nutzen, sie ans Licht zu bringen. Natürlich hätte ich Madda so etwas nicht zugetraut. Aber als Richter müsste ich auch meinen besten Freund in den Kerker werfen lassen, wenn die Beweise so eindeutig sind."

„Werdet Ihr sie auch foltern lassen?"

„Sie muss ins Verhör. Aber es liegt an ihr, ob sie die Folter auf sich nimmt – oder gleich die Wahrheit sagt." Geldrich lächelte Beno müde an. „Sieh es als Lektion, Beno. Die Zeugenaussagen und Beweisstücke haben Madda doch längst überführt. Das Herz kann uns täuschen, Beweise nie."

„Belehrt Ihr meinen Protokollanten, Ammann?" Heinrich Kramer trat zu ihnen, in seiner weißen Kutte eine Lichtgestalt in dem düsteren Vorraum.

„Im Fall Magdalene Weißhaar ist er nicht mehr Euer Protokollant", erwiderte Geldrich nüchtern.

Kramer nickte. „Komm mit, Beno", sagte er freundlich.

Er führte Beno zurück in den kleinen Ratssaal. Die letzten Mitglieder des Gerichts verließen gerade den Raum und auch Magister Gremper ging auf Kramers bittenden Wink nach draußen und schloss die Tür hinter sich. Der Inquisitor trat zu Grempers Stuhl und holte aus dessen Ledertasche eine kleine Flasche hervor. Ein Kupferbecher steckte auf dem Flaschenhals. Kramer goss einen Schluck hinein. „Hier, trink das auf den Schreck."

Beno schüttelte den Kopf. „Nein, danke."

Kramer zuckte mit den Schultern und leerte den Becher in einem Zug. „Guter Pflaumenbrand aus dem Kloster Reichenau", sagte er anerkennend.

„Wie könnt ihr in aller Seelenruhe trinken?", brach es aus Beno heraus.

„Du sträubst dich immer noch gegen das Offensichtliche?", fragte Kramer. „Sei vorsichtig. Die Entscheidung des Gerichts zu kritisieren könnte man auch als Ketzerei verstehen." Er stellte den Becher ab und setzte sich halb auf den Tisch, ein Bein aufgestützt – so als wäre er ein Lehrer, der mit seinem Schüler sehr vertraut ist. „Weißt du, warum ich gerade bei Magdalene so sicher bin? Nicht wegen der Zeugenaussagen, oh nein!" Er beugte sich leicht vor. „Ich habe sie mit eigenen Augen hexen sehen."

„Was?"

Kramer nickte gewichtig. „Ich bin nicht als Zeuge hier, deshalb habe ich es vor Gericht nicht zur Sprache gebracht. Aber in einem Punkt hat Magdalene die Wahrheit gesagt: Ich war auf der Straße, als die Sache mit dem Reiter und dem Schwein passierte. Sogar in meine Richtung ließ sie einen Apfel rollen. Hätte ich ihn berührt, dann hätte ihr Bann an mir geklebt wie giftiger Honig. Und ich habe mit eigenen Ohren gehört, wie sie das Schwein des Mannes verwünscht hat. Wort für Wort und genau so, wie es der Zeuge beschrieben hat."

Lügt er?, war das Erste, was Beno sofort durch den Kopf schoss. Aber es war undenkbar, dass der Inquisitor ein Lügner war. Er war ein Kirchenmann, der Papst persönlich schenkte ihm sein Vertrauen und ließ ihm völlig freie Hand. *Aber das würde bedeuten …*

Plötzlich erinnerte er sich an jenen Tag vor nicht einmal zwei Wochen, als Madda Lucio zum Haus geführt hatte. Und an Heinrich Kramer, der mit seinem Eselskarren und seiner Truhe am Humpis-Haus vorbeigegangen war.

„Was sagst du dazu?“, fragte Kramer.

Beno schluckte. *Kramer war wirklich dort und ist Madda begegnet.*

„Ich weiß es nicht, Heinrich“, antwortete er leise. „Ich weiß überhaupt nicht mehr, was ich denken oder … glauben soll.“

Streng genommen war das jetzt wirklich eine ketzerische Aussage, aber Kramer lächelte verständnisvoll. „Genau diese Ehrlichkeit schätze ich an dir. Gott prüft dich, Beno. Jesus irrte vierzig Tage durch die Wüste und zweifelte, aber er widerstand der Versuchung des Satans. Und Magdalene Weißhaar ist die Feuerprobe für deinen Glauben.“ Er wurde ernst. „Hat sie dich verführt?“

„Nein!“, rief Beno.

Kramer schien verwundert zu sein. „Dann war es vielleicht eine ihrer Schwestern? Wo eine Hexe ist, ist meistens auch ihr Umfeld infiziert vom Teufel.“

„Ich kenne ihre Schwestern nicht!“

„Und was ist mit den Leuten, mit denen sie in eurem Haus zu tun hatte? Hat sich jemand unter ihnen verdächtig benommen? Die Köchin? Oder hat Magdalene auf dem Fest mit einer der Kaufmannstöchter auffällig getuschelt? Magd oder Patrizierin, der Teufel macht keinen Unterschied."

Benos senkte den Blick. „Ist das ein Verhör?", fragte er vorsichtig.

„Nur Sorge um dein Seelenheil", erwiderte Kramer ernst. „Wenn ich dich als Zeuge hören will, werde ich dich offiziell vorladen. Aber ich frage dich jetzt als Freund: Kennst du eine Verdächtige? Dann musst du mir den Namen nennen, sonst machst du dich der Komplizenschaft und Ketzerei schuldig. Sieh mich an!"

Beno hob zögernd den Kopf.

„Vielleicht ein Mädchen, das dir nahesteht?", bohrte Kramer weiter. „Eine der Kaufmannstöchter?"

Benos Brust zog sich jäh zusammen. Als würde sein Herz versuchen, nicht mehr zu schlagen und nichts zu spüren. Aber er fühlte: den nagenden Zweifel, der ihn gestern Abend zur Verzweiflung gebracht hatte. Den Schwindel, die Übelkeit und diesen jähen, seltsam bewegten Schlaf nach seinem Sturz auf der Treppe. Der Schlaf war tief gewesen, aber stürmisch wie schwarzes Wasser, auf dem Albträume von Dämonenfratzen und Elisabeths Tanz trieben und über ihm zusammenschlugen.

Aber noch nie hatte er sich so zerrissen gefühlt wie jetzt. Denn gleichzeitig fühlte er auch alles andere. Seine ganze Zärtlichkeit und Sehnsucht. Elisabeths Nähe und ihre Wärme und Fröhlichkeit. So hörte er sich mit fester Stimme sagen: „Nein. Ich kenne keine einzige Verdächtige!"

Er hielt dem prüfenden Blick des Inquisitors nun mühelos stand, denn eines wusste er plötzlich mit absoluter Gewissheit: Ganz egal, was Elisabeth getan oder nicht getan hatte – er liebte sie. Und niemals im Leben würde er zulassen, dass sie Maddas Schicksal teilte. *Selbst wenn ich dafür zum Ketzer werde und meine Seele verliere.*

Kramer wirkte zwar ein wenig enttäuscht, aber er glaubte ihm offenbar. „Dann wenden wir uns wieder unserer Arbeit zu“, sagte er und stand auf. „Bis zur Urteilsverkündung am Abend haben wir noch viel zu tun.“

*

Als Agnes Bader vor das Gericht gebracht wurde, sah man, wie schlimm sie von der Folter verletzt war. Sie konnte kaum gehen. Beno führte mechanisch seine Feder über das Papier. Heute konnte er Agnes nicht mit kühler Nüchternheit betrachten. Die Zeugenaussagen, die er in den letzten Stunden durchgearbeitet hatte, schwirrten durch seinen Kopf. *Kann diese arme misshandelte Frau das Böse sein?* Sein Herz sagte etwas ganz anderes. *Aber was ist dann überhaupt wahr?*

Das Gericht erhob sich zur Urteilsverkündung. Beno tunkte die Feder in die Tinte und schrieb den Urteilsspruch mit.

„... wirst du in allen genannten Punkten schuldig gesprochen, Agnes Bader“, hallte Konrad Geldrichs Stimme durch den Raum. „Das Stadtgericht der freien Reichsstadt Ravensburg verurteilt dich für deine Verbrechen zum Tod durch das Feuer. Die Hinrichtung wird am Samstag stattfinden."

„Was?" Ein empörter Schrei gellte durch den Ratssaal. Agnes schwankte, aber von der verängstigten, gedemütigten Frau war mit einem Mal nichts mehr zu sehen. Ihr Gesicht lief rot an.

„Du hast bei der Lesung des Urteils zu schweigen, Agnes", wies Olof Muntprat sie zurecht.

Aber für die Magd gab es kein Halten mehr. „Du hast gelogen!", brüllte sie aus voller Kehle Heinrich Kramer an. „Du hast mir versprochen, dass ich nicht sterben muss! Ammann Geldrich! Er hat mir Gnade versprochen, wenn ich den ganzen Unsinn gestehe. Er kam in meine Zelle und hat gesagt, ich sterbe sonst in jedem Fall – entweder unter der Folter oder auf dem Scheiterhaufen. Aber er würde mich nicht zum Tod verurteilen, wenn ich einfach zugebe, was die Leute über mich gesagt haben." Mit flehend erhobenen Händen machte sie einen schleppenden Schritt auf Geldrich zu. „Ich habe das alles doch nur gesagt, weil ich nicht sterben will."

Kramer trat mit verschränkten Armen vor den Richtertisch. „Ich habe dich nicht belogen, Agnes, das wäre ja auch eine Sünde. Denn ich habe dich ja nicht zum Tode verurteilt, das kann ich gar nicht, das obliegt dem weltlichen Gericht. Das Urteil hat der Ammann gesprochen."

Beno klappte der Mund auf. Er schaute zu Konrad Geldrich, der jedoch gewichtig nickte.

„Es ist so, wie Doktor Institoris sagt", bestätigte er. „Unter diesen Umständen ist sein Versprechen ungültig."

Magister Grempers Feder kratzte immer noch eifrig über das Papier, aber Beno war wie erstarrt. Auch Agnes schnappte nach Luft und blickte fassungslos von einem Ratsmitglied zum anderen. Und dann brüllte sie plötzlich los. „Dafür dreh ich dir den Hals um, du elender, verlogener Pfaffe!" Sie warf sich mit klirrenden Ketten nach vorne, die Finger zu Klauen gekrümmt. Kramer rettete sich im letzten Moment mit einem Satz aus ihrer Reichweite und rumpelte so heftig gegen den Richtertisch, dass das silberne Kreuz darauf schwankte. Dann waren schon die Büttel da und hielten Agnes zurück.

„Bringt sie in Ihre Zelle", befahl Konrad Geldrich ruhig.

Agnes wimmerte, als die Wächter sie grob packten und hinausschleppten. Als die Tür zufiel, atmeten die Richter auf. Olof Muntprat tupfte sich mit einem Seidentuch den Schweiß von der Stirn.

„Die Verbrennung findet am Samstag statt", gab Geldrich zu Protokoll. „Zeitgleich mit der Hinrichtung von Anna Mindelheim. Der Scharfrichter soll genug Holz bestellen. Für die Kosten wird der Besitz der Angeklagten eingezogen, die fehlende Differenz trägt die Stadt."

Beno fühlte sich, als wäre er aus einem Albtraum erwacht – nur um festzustellen, dass die Wirklichkeit noch schlimmer war. Er betrachtete die Ratsleute, wie sie nickten und aufstanden, sich die Hände schüttelten und mit Schulterklopfen verabschiedeten, so erleichtert und zufrieden, als hätten sie ein großartiges Werk vollbracht. Wie ein Schlafwandler räumte er seine Papiere zusammen und folgte Magister Gremper und Kramer in das kleine Schreibzimmer im Untergeschoss.

„Das war ja mal ein Hexentanz, was?", sagte Magister Gremper, kaum, dass die Tür sich hinter ihnen geschlossen hatte. Seine Augen blitzten und er grinste breit. „Für einen Moment dachte ich, sie hätte dich gleich bei der Gurgel, Heinrich."

„Dachte ich auch." Kramer lachte. „Hast du gesehen, wie die Maske aus Demut und falscher Frömmigkeit von ihr abgefallen ist und ihr wahres Gesicht zum Vorschein kam, Beno? Die wird uns auf dem Scheiterhaufen noch viel Freude machen!"

„So wie die Hahnerin aus Konstanz, die hat ein gutes Schauspiel geboten." Magister Gremper rieb sich gut gelaunt die Hände, nahm eine Mappe vom Tisch und stopfte sie sich unter den Mantel. Beno sah, dass es die Unterlagen über Madda waren. *Er will nicht, dass ich sie heimlich lese*, dachte er.

„So blass, Beno?", sagte Kramer in väterlichem Ton. Beno jagte es kalte Schauer über den Rücken. „Ja, es ist erschreckend, wenn man zum ersten Mal die Wahrheit sieht", fuhr Kramer fort. „Vor allem, wenn sie eine so hässliche Fratze hat."

Gremper und er lachten. Das war tatsächlich eine Lektion für Beno. Er sah zwei hässliche Fratzen der Wahrheit. Und es waren nicht die Gesichter von Agnes Bader und Anna Mindelheim.

„Und? Zweifelst du jetzt immer noch?", fragte Kramer selbstgefällig.

„Nein“, erwiderte Beno ruhig. „Jetzt sehe ich völlig klar.“

Magister Gremper schlug ihm voller Enthusiasmus auf die Schulter. „Habe ich es dir nicht gesagt, Bruder Heinrich?“, rief er gut gelaunt. „Mein bester Schüler ist ein echter Gewinn für uns. Vielleicht begleitet er uns ja nach Rom? Bruder Heinrich will nämlich bald beim Papst vorsprechen.“

Lass dir nichts anmerken, ermahnte Beno sich. *Spiel mit! Sonst kannst du Madda nicht helfen.* Also zwang er sich zu einem Lächeln, das sich anfühlte, als gehörte es jemand anderem.

„Vielleicht“, sagte er. „Und eine Frage habe ich bereits: Ist es wirklich rechtens, einem Angeklagten Begnadigung zu versprechen und ihn dann trotzdem hinzurichten?“

Kramer wiegte den Kopf. „Es gibt mehrere Meinungen dazu. Ich glaube, man muss Hexen mit ihren eigenen Waffen schlagen, und die Richter sind meiner Meinung. Der Teufel ist ein Gaukler, er arbeitet mit Täuschungen und Lügen. Also gibt uns Gott die Erlaubnis, ebenfalls Täuschungen und Listen zu verwenden, um den Hexen die Wahrheit zu entlocken. Zumal wenn die Beweise so eindeutig sind wie in diesem Fall.“

„Komm noch mit auf einen Wein, Beno“, sagte Gremper munter. „Wir gehen zum Lammwirt. Du siehst aus, als könntest du eine Stärkung gebrauchen.“

„Ich … kann leider nicht. Meine Familie kehrt heute zurück.“

„Wie du willst.“ Kramer legte seinen schwarzen Mantel um. „Aber denk an deine Schweigepflicht. Und nimm dir meine Entwürfe vom dritten Teil des *Hexenhammers* zum Lesen mit. Darin steht alles Wichtige zu diesem Thema."

Beno suchte die Blätter zusammen und hoffte, dass seine Hände nicht zitterten.

Gremper und Kramer warteten an der Tür auf ihn und unterhielten sich, plauderten über frühere Hinrichtungen wie zwei Jäger, die mit ihren Trophäen prahlten.

Beno riss seinen Mantel zu heftig vom Stuhl und warf aus Versehen Grempers Ledertasche um, die darauf abgestellt war. Ein kleiner Stab aus Metall fiel heraus und rollte über die Stuhlkante. Beno schnappte ihn geistesgegenwärtig im Fallen. Zu spät erkannte er, dass es die Nadel für die Hexenprobe war. Die Spitze bohrte sich in seinen Handballen und verschwand bis zum Nadelschaft in seiner Haut. Ihm wurde schlagartig übel. Aber seltsamerweise spürte er keinen Schmerz. Er sah genauer hin – und erstarrte.

*

Beno hatte nicht gewusst, dass es eine Kälte gab, die wie schwarze Glut tief in der Seele brennen konnte. Sein Herz schlug ruhig und sein Blut war kalt, als er sich auf der Straße von den beiden Männern verabschiedete.

Heuchler!, dachte. *Wie konnte ich euch jemals glauben und vertrauen?*

Er ging nicht nach Hause, sondern rannte, bis er

schwer atmend am halb versteckten Seiteneingang im Innenhof des Handelskontors stand. Das Letzte, was er jetzt ertragen konnte, waren Konrad Geldrich und Barbara, die ihn mit Fragen bestürmen würde.

Meister Ferber war die Wächterseele des Kontors und ein Grund dafür, dass Onofrius am anderen Ende des Stadtviertels nachts ruhig schlafen konnte. Aber so spät am Abend würde Ferber sicher niemanden mehr im Lager erwarten. Also klopfte Beno, statt einfach aufzuschließen und hineinzugehen. Kurz darauf erschien das Gesicht des alten Meisters im Sichtfenster der Tür.

„Beno!" Riegel schnappten auf, dann öffnete sich die Tür. Beno trat in den kleinen Vorraum, der im Lauf der Zeit zu Ferbers Wohnzelle geworden war. Hier schlief der Kontormeister schon seit Jahren nachts auf einer Pritsche, bereit, beim kleinsten Geräusch hochzufahren und Alarm zu geben.

„Es ist schon nach Torschluss", sagte Ferber verwundert. „Was gibt es hier so spät noch zu tun?"

„Ich muss in Ruhe Akten prüfen, Meister Ferber. Deshalb werde ich ein paar Tage hier wohnen."

Ferber arbeitete schon viel zu lange für die Familie Humpis, um sich über solche Arbeitswut zu wundern. „Dann viel Erfolg", sagte er nur, schloss wieder zu und schlurfte zu seiner Pritsche zurück.

Beno atmete auf, als er endlich vor der schmalen Tür unter dem Dach stand. Er war lange nicht mehr hier gewesen. In dieser Kammer lagerten die „Waisenstoffe", wie Elisabeth sie als Kind getauft hatte. Tote Ware – ausgemustertes Handelsgut, das keiner mehr kaufen würde, weil es beschädigt war. Hauptsächlich waren es Stoffe, die durch ungeschicktes Färben verdorben worden waren. In der Dunkelheit ertastete Beno den Schlüssel an seinem Bund – und wunderte sich ein wenig, warum zwei kleine Schlüssel für die Schubladen zu Hause an anderer Stelle als sonst hingen. Er musste sie wohl irgendwann gedankenlos umgesteckt haben.

Durch das kleine Fenster fiel Mondlicht. Spinnweben wehten Beno entgegen. Kalter Staub stieg ihm in die Nase, als er sich auf ein Lager aus Stoffballen fallen ließ. Er stöhnte auf und vergrub das Gesicht in den Händen. Trotzdem sah er alles in einem unbarmherzig grellen Licht. *Wie konnte ich mich so blenden lassen?* In der Stille klangen ihm nun auch Ammann Geldrichs Worte wie Hohn in den Ohren: „*Ein guter Richter muss der Wahrheit folgen – und jedes Mittel dafür nutzen, sie ans Licht zu bringen.*“

Nein, Beweise lügen wirklich nicht, dachte Beno. *Menschen sind es, die lügen.*

Seine rechte Hand schien an der Stelle, wo die Nadel sie hätte verletzen müssen, zu brennen. Nur dass diese Nadel gar nicht zustechen konnte: Ein Federmechanismus ließ bei Druck die Spitze in den Schaft zurückweichen und wieder hervorkommen, wenn man den Schaft zurückzog. *Keine Spur von Blut. So findet man also Hexenmale!*

Jordanwasser

Manche Jungfrauen geben sich Männern für ein Eheversprechen hin. Und werden sie dann von ihren Liebhabern betrogen und verlassen, haben sie Angst vor Schande und Schmach. Deshalb suchen sie beim Teufel Schutz. Und so unendlich groß wie die Zahl solcher gefallener Jungfrauen, ist dementsprechend auch die Zahl der Hexen, zu denen sie werden.

Aus Kramers Notizen

Es war das erste Mal, dass Barbara vor aller Augen völlig die Fassung verloren hatte. Ihr Schluchzen war bis in Elisabeths Kammer zu hören gewesen. Und als Elisabeth nun, in einen langen Hausmantel gehüllt, barfuß zum Kaminzimmer schlich, gellte ihr die Stimme ihrer Tante entgegen. „Um Gottes willen! In unserem Haus! Wie kann es sein, dass wir nichts bemerkt haben?"

„Ich weiß, Barbara, ich weiß." Konrad Geldrich war wie immer der Fels in der Brandung. „Und ich darf euch im Moment nicht mehr darüber sagen. Aber ich muss euch bitten, mir den Gesinderaum zu zeigen, wo Madda geschlafen und ihre Sachen untergebracht hat."

„Natürlich, Konrad“, sagte Barbara leise.

Elisabeth lehnte sich an die Wand. Die Rückreise hatte sie erschöpft, aber das war es nicht, was ihre Knie weich werden ließ. Madda sollte Barbaras Kind ermordet und sich mit dem Teufel eingelassen haben? *Egal, was mit Beno und Madda vorgefallen ist – das glaube ich nicht!*, dachte sie. Aber unter ihrem Hausmantel fühlte sie das zusammengefaltete Stück Papier, als würde es glühen. Sie hatte es im Schloss bei den Sachen gefunden, die Beno zurückgelassen hatte.

Sie schluckte und griff nach der kleinen Phiole mit geweihtem Jordanwasser, die an einer Goldkette um ihren Hals hing. Dieses Amulett hatte Barbara ihr geschenkt, als sie den ganzen Tag nach dem Fest fiebrig und krank im Bett gelegen hatte.

„Und warum ist Beno nicht hier und sagt es uns selbst?“ Es war zu hören, dass ihr Onkel ebenfalls völlig außer sich war. „Stiehlt sich mitten in der Nacht aus dem Schloss davon und sitzt jetzt klammheimlich im Gericht, obwohl ich es ihm verboten habe!“, donnerte er. „Ich sag dir eins, Konrad, ich komme morgen ins Rathaus und prügle ihn persönlich heim. Ich lasse doch nicht zu, dass mein Enkel sich in Gefahr bringt, indem er mit Hexen im selben Raum sitzt. Herrgott, warum hast du den Bengel nicht sofort rausgeworfen und heimgeschickt?“

„Weil er schon lange kein Bengel mehr ist und selbst für sich entscheiden kann“, sagte Geldrich mit freundlicher Strenge. „Und keiner von uns ist vor dem Bösen sicher, nicht einmal in seinen eigenen vier Wänden.

Außerdem: Wie oft habe ich dir schon gesagt, dass du Beno nicht halten kannst? Er hat den gleichen sturen Stierschädel wie du, also lass ihn rennen. Wird ohnehin Zeit, dass er endlich mal aus seinen Büchern herauskriecht und das echte Leben kennenlernt. Eines Tages wird er schließlich zu den Stadtherren gehören und in den Rat gewählt werden. Sicher wird er auch für ein paar Jahre zum Ammann berufen. Dann ist es gut, wenn er diese Lektionen schon gelernt hat."

Ein Schritt klang sehr nah. Elisabeth drückte sich sofort tiefer in den Türschatten. Genau an der Stelle hatte sie sich am Tag von Lucios Ankunft versteckt, voll Vorfreude und Neugier auf den fremden Gast. Der Gedanke an ihn war wie ein Dolchstich. In ihr war nichts als Enttäuschung und Zorn. Doch viel schlimmer war die brennende Scham, die ihr auch jetzt wieder den Atem nahm.

Als gerade niemand hinsah, huschte sie lautlos auf bloßen Füßen an der offenen Tür vorbei und stahl sich die Laterne, die an einem Eisenhaken im Flur hing. Die Tür zu Benos Dachkammer war nur angelehnt. Beinahe wäre Elisabeth wieder umgekehrt, so jäh verließ sie der Mut. Aber als sie zurückwich, trat sie in etwas Klebriges, Warmes und machte einen Satz auf die Schwelle. Ein goldgelber Fleck war auf dem Boden. Siegelwachstropfen, ganz frisch. Jetzt raste ihr Herz. *Er ist heimlich nach Hause gekommen!*

Sie nahm ihren ganzen Mut zusammen und stieß vorsichtig die Tür auf. „Beno?", flüsterte sie.

Aber seine Kammer war leer. Das Bett war zerwühlt, ein paar Kleidungsstücke waren einfach neben das Bett geworfen worden. Elisabeth war sehr lange nicht mehr hier gewesen. Barbara sah es nicht gerne und achtete seit ihrer Hochzeit mit Onofrius streng darauf, dass Beno und sie nicht allein miteinander waren.

Auf dem Tisch entdeckte sie ein Schälchen mit einem Stück gelbem Siegelwachs, das an der Spitze noch flüssig schimmerte. Beno musste also eben erst wieder aufgebrochen sein. Vielleicht wollte er im Kontor übernachten, um Onofrius aus dem Weg zu gehen.

Elisabeth ließ sich auf sein Bett sinken und vergrub das Gesicht in den Händen.

Was mache ich hier?, dachte sie verzweifelt. *Ich kann es ihm doch ohnehin nicht sagen. Wenn ich mich ihm anvertraue, wird er mich für immer verachten.*

Und als wollte das Schicksal sie verhöhnen, ertönte von unten nun auch Lucios Stimme.

„Ich habe es eben auf der Straße gehört, Barbara. Es tut mir so leid, was für ein Unglück!"

„Lucio!", rief Barbara so erleichtert, dass es Elisabeth einen Stich versetzte.

„Gut, dass du hier bist", sagte Onofrius. „Wenigstens einer, auf den man sich verlassen kann."

Elisabeth krümmte sich auf dem Bett zusammen. Diese innige Vertrautheit zwischen Lucio und ihrer Familie war kaum zu ertragen. Alles war wieder so nah, dass ihr fast übel wurde. Lucios Mund, die geflüsterten Worte voll falscher Zärtlichkeit.

Würde Barbara mir glauben?

Sie holte die Notiz hervor, die Beno im Schloss hatte liegen lassen. Es war nicht Benos vertraute klare Schrift, sondern die Handschrift des Inquisitors. *Hammer der Schadenzauberinnen,* stand oben am Rand. *Verfasser: Henricus Institoris.* Mit bangem Herzen las sie die Worte über die Verführbarkeit von Frauen sicher zum hundertsten Mal: *Frauen und Mädchen, die feuerfarbenes Haar haben, sind besonders verdächtig. Sie legen es ganz bewusst darauf an, die Männer zu entflammen …*

Habe ich es darauf angelegt, Lucio zu entflammen?, dachte sie. Ihr sank der Mut, denn sie wusste genau, was Johanna und Ingrid auf diese Frage antworten würden.

Unten verließen alle das Kaminzimmer. Elisabeth blies das Licht aus und lauschte. „Ich muss auch alle Gewürztiegel in der Küche überprüfen", hörte sie Geldrich sagen. Sobald Schritte und Stimmen verklungen waren, huschte sie nach unten.

Auf dem Tisch im Kaminzimmer standen Gläser, aber niemand hatte den Weißwein darin angerührt. Auf dem Sessel am Kamin lag immer noch ihre Stickerei. Elisabeth trat zum Feuer und betrachtete die unfertigen Motive mit einer schmerzlichen Zärtlichkeit.

Es war wie eine Erinnerung an glückliche Zeiten, als sie und Beno zusammen das Motiv ausgesucht hatten. Ganz von selbst waren in den letzten Wochen neue Elemente dazugekommen: Fabeltiere aus Lucios Liedern und Erzählungen hatten sich eingeschlichen, das blaue Meer von Genua, Zitronenbäume – und Engel, die bisher nur mit wenigen Stichen grob angedeutet waren. Sie hatten noch ziemlich groteske Gesichter. Außerdem fehlten ihnen die goldenen Gewänder und die silbernen Flügel. Im Augenblick wirkten sie eher wie fliegende Zwerge. *Oder kleine Dämonen.*

Sie zerknüllte Heinrich Kramers Notiz und warf sie ins Feuer. Dann eilte sie zu Benos Schreibtisch am Fenster. Aber das kleine Fach, in dem Beno ihr manchmal Nachrichten hinterlegt hatte, war leer. Auf dem Tisch türmten sich Geschäftspapiere: Bilanzen und Anweisungen an die Kontorsleute, von Lucio verfasst und von Beno korrigiert. Und daneben lag ein italienischer Brief. Er war an Lucio gerichtet, das Schreiben seines Handelszugs, das der Kurier zur Bettenreute gebracht hatte. Elisabeth kniff die Augen zusammen. Irgendetwas kam ihr an dem Schreiben bekannt vor, aber sie kam nicht darauf, was es war.

„Freut mich, dass du dich von deiner rätselhaften Krankheit erholt hast", ertönte eine sanfte Stimme hinter ihr.

Schlagartig war ihr eiskalt und heiß zugleich. Ihr Herz raste und sie zog den Mantel enger um ihre Schultern. Dann hob sie das Kinn und drehte sich langsam um. Es war wie in einem Albtraum. Lucio lehnte in der Tür, ein halb geleertes Glas Wein in der Hand. *Wie lange ist er schon hier?*, schoss es ihr durch den Kopf.

„Vielleicht solltest du in Zukunft die Finger vom Wein lassen, *dona de fuera.*" Er prostete ihr mit einem süffisanten Lächeln zu und trank einen Schluck.

Das war wie ein Schlag in Gesicht. Elisabeth merkte, dass sie bis jetzt immer noch gehofft hatte, dass es vielleicht doch eine Erklärung gab. *Eine andere.*

„Du weißt genau, dass es nicht der Wein war“, sagte sie, „sondern das betäubende Mittel, das du in das Zitronenwasser geschüttet hast. Es war schon in dem Krug, als wir in den Keller kamen, nicht wahr?“

Lucio hob die Brauen, und ihr fiel auf, dass er an einer Wange drei schmale Kratzer hatte. „*Wenn* ich so etwas Schändliches vorgehabt hätte, dann hätte ich das Mittel in jeden Krug geschüttet – mit Ausnahme der kleinen Flasche mit dem Theriak. Aus der habe nämlich nur ich getrunken.“

Elisabeths Fingernägel gruben sich schmerzhaft tief in ihre Handflächen. Es war gut zu spüren, dass sie trotz aller Verwirrung und Schwäche so wütend sein konnte.

„Warum?“, schleuderte sie ihm entgegen.

Lucio schien ernsthaft nachzudenken, aber dann zuckte er mit den Schultern und trat mit federnden Schritten zum Tisch. Dort stellte er sein Glas ab und verschränkte die Arme. „Vielleicht, weil es so einfach war. Weil du so schön bist. Weil ich dich begehrt habe, aber genau weiß, dass Mädchen wie du nie bis zum Äußersten gehen.“

„Du hast mir Gewalt angetan, du Verbrecher! Und mir meine Unschuld gestohlen.“

„Bleib bei der Wahrheit, *bella Betta*“, sagte er spöttisch. „Stehlen musste ich sie gar nicht, du hast sie mir aufgedrängt. Schließlich bist du freiwillig mitgegangen …“

„Weil ich dir und deinem Wort vertraut habe!"

„Du vertraust einem Mann, den du kaum kennst? Nur weil ich der Sohn eines Geschäftspartners bin?"

Als er nun auch noch mitleidig die Brauen hob, war er ein völlig Fremder. Sein schönes Gesicht war auf einmal eine hämische Maske.

„Und außerdem hast du mich geküsst, nicht umgekehrt!", setzte er hinzu. „Beziehungsweise hast du irgendjemanden geküsst. Ich kann es ja nicht gewesen sein. Erstens bin ich ein Mann von Ehre. Jeder weiß, wie sehr ich an meiner Verlobten hänge und mich auf unsere Hochzeit freue. Zweitens war ich nie mit dir allein – und in der fraglichen Nacht habe ich sturzbetrunken Karten gespielt. Der Hauptmann wird jeden Eid darauf schwören."

Elisabeth straffte die Schultern und legte so viel Verachtung in ihre Stimme, wie sie konnte. „Damit kommst du nicht durch! Ich werde es Barbara sagen und dich vor Gericht anzeigen."

„Und du denkst im Ernst, deine Tante wird dir glauben? Immerhin hat sie gesehen, wie du an jenem Abend getanzt hast, du Verführerin."

„Sie wird mir glauben!", fauchte Elisabeth. Aber in ihrem Inneren zitterte sie. Denn die Wahrheit war: Sie war sich ganz und gar nicht sicher.

„Wohl kaum", sagte Lucio leichthin. „Und das weißt du genau. Sonst hättest du es ihr ja schon längst gesagt. Auch vor Gericht ist es nicht so einfach, als geschändete Unschuld durchzugehen. Dafür hättest du sofort Anzeige erstatten müssen. Und der Medicus würde an deinem Körper weder blaue Flecken noch sonstige Zeichen finden, die beweisen, dass du dich gewehrt hast." Er zog in gespieltem Bedauern den Mundwinkel hoch. „In jedem Fall wärst du ein gefallenes Mädchen und wertloses Gut für die Familie Möttelin. Gegenstand des allgemeinen Spottes. Wenn du unser Geheimnis bewahrst, kannst du zumindest hoffen, dass Simon in der Hochzeitsnacht zu betrunken sein wird, um zu merken, dass du gebrauchte Ware bist."

„Du … Widerling!", presste Elisabeth zwischen den Zähnen hervor.

Lucio trat einen Schritt zum Feuer und wärmte sich die Hände. Der Feuerschein zeichnete sein Profil mit einer feinen Linie aus Licht nach und ließ Goldreflexe auf seinem Haar tanzen.

„Tu, was du nicht lassen kannst", sagte er, ohne sie anzusehen. „Aber an deiner Stelle wäre ich sehr vorsichtig damit, in Zeiten wie diesen öffentlich zu sagen, dass du keine Jungfrau mehr bist. Am Ende heißt es noch, dass du schon seit Jahren mit dem Teufel schläfst – wie deine schöne Magd, die Hexe *Maddalina*."

Elisabeth schreckte zurück, als er sich ihr zuwandte. Sein Lächeln wirkte seltsam starr, aber das Feuer irrlichterte in seinen Augen. Auf einmal erschienen sie ihr nicht mehr bernsteinbraun, sondern gelb wie die Augen eines Raubtiers. Er sah sie lange an und Elisabeth hatte mit einem Mal das Gefühl zu ersticken.

Dreh nicht durch, ermahnte sie sich. *Das kann nicht*

sein. Aber die Worte der alten Kammermagd Trud hallten ihr wie ein drohendes Orakel in den Ohren. *Dämonen können jede Gestalt annehmen.*

„Wer bist du?", flüsterte sie.

„Vielleicht einfach nur das, was du hören oder sehen willst", sagte Lucio leise. „Deine Hoffnung auf Freiheit, dein Hunger nach Musik und Leichtigkeit." Er grinste und wandte sich von ihr ab und ganz dem Feuer zu. „Oder ich bin einfach nur ein reicher Reeder, der schöne Frauen schätzt und sich in eurem spießbürgerlichen, grauen Ravensburg nicht zu Tode langweilen wollte."

Elisabeth glitt lautlos zum Tisch, während er sprach. Ohne Lucio aus den Augen zu lassen, nahm sie die Phiole mit geweihtem Jordanwasser ab. *Weihwasser verbrennt sie und zwingt sie, ihre wahre Gestalt zu zeigen.* Auch das hatte Trud gesagt. Sie brach mit dem Daumennagel das Wachssiegel auf und kippte blitzschnell das Wasser in Lucios Weinglas. Dann huschte sie ein Stück zur Seite.

Lucio wandte sich um und griff sich das Glas vom Tisch. „Auf unser Geheimnis, *Betta*", sagte er spöttisch und prostete ihr zu. Sie presste nur die Lippen zusammen.

Trink!, dachte sie grimmig.

Er schwenkte den Wein, ohne den Blick von ihr zu lassen, aber dann – endlich – hob er das Glas an den Mund. Elisabeth wagte nicht mehr zu atmen. Aber dann verharrte Lucio und lauschte, das Glas an den Lippen. Barbaras Stimme klang noch leise und entfernt, aber zweifellos würden Onofrius und sie gleich zurückkommen.

Trink endlich! Elisabeth hätte es fast herausgeschrien.

Aber Lucio lächelte listig und senkte das Glas. „Vielleicht bin ich aber auch ein Puppenspieler", sagte er. „Ich ziehe am linken Faden, und ein Zeuge wird sogar vor Gericht schwören, du hättest ihn in der Nacht auf der Bettenreute besucht, betrunken und nackt. Er wird sagen, du hast dich zu ihm ins Bett gelegt und ihn verführt. Und er habe nachgegeben, weil er dich im Dunkeln für ein Küchenmädchen gehalten habe. Erst später im Licht erkannte er dich. Und zwar so deutlich, dass er sogar die genaue Lage deiner drei Muttermale aufzeichnen kann. Ein hübsches Dreigestirn übrigens." Er zwinkerte ihr zu. „Oder ich ziehe am rechten Faden und tue das hier …" Er holte aus und schmetterte das Glas mit voller Wucht in den Kamin. Es zerbarst in tausend Splitter. Elisabeth riss die Arme vors Gesicht. Wein zischte auf glimmendem Holz und Lucio rief erschrocken und sehr laut: „So beruhige dich doch!"

Im Bruchteil einer Sekunde hatte sie seinen Plan durchschaut. Wut schäumte in ihr auf, heiß und bitter. *Oh nein*, dachte sie. *Ich bin nicht deine Marionette!*

Sie rannte los, umrundete den Tisch, im Kopf nur einen Gedanken: *Barbara und Onofrius dürfen mich hier nicht finden.* Aber als sie schon fast bei der Tür war, regneten hinter ihr Gläser vom Tisch, Stühle fielen polternd um. Lucio war über den Tisch geschlittert und landete mit einem blitzschnellen Satz auf ihrer Seite des

Tisches. Mit einem Sprung erreichte er sie und riss sie zu Boden. Keuchend wehrte sie sich, trat nach ihm und traf mit der Faust seine Nase so hart, dass es knackte. Blut schoss hervor, aber er ließ sie nicht los. Sein Mund war vor Schmerz hässlich verzerrt, aber er rief: „Sie ist völlig von Sinnen, helft mir doch!"

Schritte stampften und dröhnten, dann stürzten schon Onofrius und Geldrich in den Raum. Sie wurde vom Boden hochgerissen, Onofrius' umklammerte sie so fest, dass sie kaum Luft bekam. Und vor ihr rappelte sich Lucio auf die Beine und wischte sich fassungslos das Blut aus dem Gesicht. Seine Miene spiegelte Schrecken wider und seine Hand zitterte.

Barbara stürzte sofort zu ihm. „Was ist passiert?", rief sie voll Entsetzen. „Und … Lies! Um Gottes willen!"

„Es tut mir leid", stammelte Lucio. „Ich … wollte ihr nicht wehtun. Ich habe nur versucht, sie festzuhalten. Sie stürmte ins Zimmer, redete wirr und stieß fürchterliche Beschuldigungen hervor. Und als ich sie beruhigen wollte, schlug sie mir das Glas aus der Hand und ging auf mich los …"

„Er lügt!", schrie Elisabeth. „Er hat das Glas selbst zerbrochen …"

„Beruhige dich!", herrschte Onofrius sie an.

„Sie ist besessen!", rief Lucio Konrad Geldrich zu.

Der Ammann sah sie finster und prüfend an und Onofrius verstärkte die Umklammerung, bis sie kaum mehr Luft bekam. Ihr wurde schwindelig, aber sie wehrte sich. „Lass mich los!", presste sie hervor.

„Das Jordanwasser." Wie eine Schlafwandlerin hob Barbara das Amulett vom Boden auf. „Die Phiole ist leer", hauchte sie und wurde blass.

„*Madonna mia!*" Lucio schlug das Kreuz. „Jetzt verstehe ich. *Maddalina!* Sie schickt eurer armen Nichte Dämonen, die ihr den Verstand rauben und sie quälen. Vielleicht war schon *Elisabettas* Fieber im Schloss das Werk dieser Hexe!"

„Lucio ist der Dämon!", schrie Elisabeth. „Glaubt ihm kein Wort!"

Aber als sie Geldrichs kritisches Stirnrunzeln und die vor Angst weit aufgerissenen Augen ihrer Tante sah, war ihr klar, dass sie selbst es war, der niemand glauben würde.

Schweigezauber

Sie haben bisweilen für den Schweigezauber bei der Folter Amulette bei sich versteckt, sei es in den Kleidern, sei es in ihren Haaren. Man findet bei ihnen aber auch verhexte Nadeln oder Gift.

MAGISTER GREMPERS WARNUNG AN DIE BÜTTEL

Madda konnte nicht länger kniend beten und die Jungfrau Maria um Hilfe anflehen. So gut es ging, hatte sie die Einstreu in der Zelle zu einem Lager zusammengeschoben und sich schließlich darauf zusammengerollt. Wenigstens war das Stroh frisch aufgeschüttet worden. Trotz des schweißigen Gestanks der feuchten Mauern konnte sie den Duft wahrnehmen, der sie an ihr Bett zu Hause erinnerte. Sie wusste nicht mehr, ob es draußen Nacht oder Tag war, in der fensterlosen Zelle war es eisig und stockfinster, dennoch war sie vor Erschöpfung einige Male weggedämmert. Als sie hergebracht worden war, hatte sie eine Ratte aus der Zellentür huschen sehen, aber sie hatte wohl Glück und hier drin war keine mehr.

Glück, dachte sie bitter. Sie horchte auf, denn draußen war ein dumpfes Geräusch zu hören. Die Kette klirrte, als sie hochfuhr. Die Handschellen bestanden aus flachen Bandeisen, wie Madda sie auch aus der Schmiedewerkstatt kannte. Die Eisenbänder waren zu Halbkreisen gebogen, die ihre Handgelenke umschlossen. An den Seiten hatten die Büttel die Eisen verschraubt und zur Sicherheit auch noch durch eine Kette gesichert, die durch ein Loch am aufgebogenen Ende der Eisen gefädelt war. Die Kette führte durch einen Eisenring in der Wand und war an den Enden mit einem Vorhängeschloss verbunden. *Als könnte ich sonst davonfliegen.*

Sie starrte in die Schwärze und horchte. Obwohl es völlig abwegig war, hoffte sie mit jeder Faser ihres Herzens, dass ein Wunder geschehen und Beno sie aus dem Kerker holen würde. Doch als die Tür aufflog und sie geblendet in das Licht von Fackeln und Öllaternen blinzelte, erkannte sie schon am Leuchten der weißen Mönchskutte, wer in die Zelle trat.

Der Inquisitor und Magister Gremper wirkten ausgeruht, fast heiter, und sahen sich zufrieden um. *Elende Mistkerle!*, dachte Madda. Sie stand auf. Zumindest das konnte sie tun: ihnen Aug in Aug gegenübertreten.

Offenbar war es schon Morgen. Die Büttel hatten in der Schicht gewechselt. Der jüngere der beiden Wächter schien eher ein Gehilfe zu sein. Er war kaum älter als sie, hatte rötliches Haar und Sommersprossen. Auf den Armen trug er ein Bündel von härenem, sehr grobem

Stoff und darauf eine Schüssel, in der ein Tuch und eine Schere lagen.

„Ich hoffe, du hast die Nacht genutzt, um über deine Sünden nachzudenken", sagte Kramer.

Madda leckte sich über die Lippen. Sie waren von der Kälte trocken und taub. „Nicht die Sünden, von denen Ihr sprecht", erwiderte sie mit fester Stimme. „Die habe ich nämlich nicht begangen."

„Mal sehen, ob du heute Abend noch derselben Meinung bist." Mit einem Fingerwink schickte Kramer die zwei Büttel zu ihr. Aber offensichtlich war ihnen nicht wohl bei der Sache. Sie zögerten. Der Ältere glotzte Madda an, als könnte sie ihm jeden Moment ins Gesicht springen. Der Jüngere dagegen senkte den Blick.

„Was ist los?", wollte Gremper wissen.

„Es hieß doch, das soll auch diesmal eine Frau machen", knurrte der Ältere. „Bei den anderen zwei kam die alte Marthe Gruber aus dem Pfarrhaus und hat die Gefangenen für das Verhör vorbereitet."

Verhör. Maddas Herz begann sofort zu rasen.

„Was seid ihr, Memmen?", spottete Magister Gremper. „Es ist viel zu früh, um die Gruberin aus dem Bett zu werfen. Macht schon! Die Hexe wird euch wahrscheinlich nichts tun. Vorausgesetzt natürlich, ihr seid gottesfürchtig genug und habt seit Sonntag nicht gesündigt."

Die Büttel schienen sich da wohl nicht ganz sicher zu sein. Erst als Kramer barsch „Na los!" rief, gehorchten sie widerwillig.

Madda wich zurück, bis sie mit dem Rücken gegen die Wand stieß. In den Kniekehlen spürte sie durch den Rock hindurch den eiskalten Eisenring in der Wand. „Fasst mich nicht an!“, schnappte sie.

Die Büttel blieben tatsächlich stehen. Kramer schnaubte genervt und rollte die Augen. „Gib schon her!“ Er kam nach vorne und riss dem Jüngeren das Bündel aus der Hand. Die Schere klapperte in der Schüssel. „Hilf mir, Gremper.“

Die Art, wie der Magister grinste, zeigte Madda, dass hier ein Spiel gespielt wurde, das die beiden schon oft gespielt hatten. Der Inquisitor und Gremper waren blitzschnell bei ihr. Als sie abwehrend die Hände hochreißen wollte, musste sie erkennen, dass Gremper bereits die Kette gestrafft hatte und sie ihre Arme nicht mehr heben konnte. Im nächsten Moment glänzte Metall gefährlich nah an ihrem Hals. Dreimal biss die Schere in den Stoff, dann riss Kramer mit einem Ruck ihren zerschnittenen Ärmel ab.

„Ihr Schweine!“, fauchte sie.

„Hört ihr? Der Dämon spricht noch immer aus ihr“, sagte Kramer zu den Bütteln. Mehrmals blitzte die Schere, Kleid und Unterkleid fielen von ihr ab. Jetzt war sie völlig entblößt. Ihre Hände waren zu Fäusten geballt. Aber sie musste es ertragen, dass Kramer und Gremper sie nun von Kopf bis Fuß begutachteten.

„Drei Muttermale am rechten Oberschenkel“, schnarrte Kramer. „Könnten Hexenmale sein, was meinst du, Gremper?“ Der Magister hatte vor Aufregung rote Flecken auf den Wangen bekommen und nickte eifrig. „Eines auf der Hüfte", fuhr Kramer fort. „Ein weiteres am Rippenbogen …" Er sprach sachlich, aber Madda kannte dieses Leuchten in seinen Augen genau. Vor Ekel und Zorn bekam sie eine Gänsehaut. Sie stellte sich vor, wie sie Gremper mit den Handschellen das Grinsen aus dem Gesicht schlug. *Und Martin würde euch allen jeden einzelnen Knochen brechen.*

Der ältere Büttel glotzte sie an wie ein Ochse, wenn es donnerte. Aber zu ihrer Überraschung wurde der jüngere Büttel rot vor Scham und schaute nur auf den Boden. Auch seine Fäuste waren geballt, und als Kramer sich abwandte und sie endlich die Arme über der Brust kreuzen konnte, warf der junge Wächter dem Inquisitor einen Blick zu, der alles sagte.

Wenigstens einer hier hat Anstand im Leib, dachte Madda. Auf eine Art war das wie ein winziges Licht von Trost und Hoffnung in der Dunkelheit. Plötzlich zitterte sie nicht mehr vor Scham und Empörung, sondern vor Angst. Und in diesem Moment entdeckte sie etwas Erstaunliches: Auf eine Art war sie immer noch unversehrt. Denn sie stand hier zwar nackt, die Handschellen drückten kalt gegen ihre Beine. Aber trotz allem gab es in ihr einen leuchtenden, unverletzlichen Kern, den auch die Blicke ihrer Peiniger nicht berühren und entblößen konnten. Darin war alles geborgen, was sie liebte und was ihr niemand entreißen konnte: Martin und ihre Familie. Jeder schöne Moment mit Marie. Ihr Lachen, ihre Hoffnungen, ihr Glück und sogar ihr Zorn.

Vor allem aber die Gewissheit, dass nicht sie es war, die gesündigt hatte und sich schämen sollte.

„Denn Rest schafft ihr hoffentlich allein“, sagte Kramer zu den Bütteln. „Zieht ihr für das Verhör das härene Hemd an. Und dann runter mit ihrem Haar!“

*

In dieser Nacht hatte es wieder geschneit, obwohl es erst Mitte Oktober war. Die Fensterläden waren noch geschlossen, Ravensburg schlief friedlich unter einer dünnen weißen Seidendecke. Aber heute sah Beno die Schönheit seiner Stadt nicht. Mit gesenktem Kopf und hochgezogenen Schultern eilte er zum Rathaus, die Unterlagen an seine Brust gepresst, im Kopf nur einen Gedanken: *Ich muss Madda aus dem Kerker holen!* Doch die Pläne, die in der Nacht logisch und machbar erschienen waren, entpuppten sich im ersten Tageslicht als lächerliche Wunschträume. Kramer und Geldrich würden ihn nicht mehr in Maddas Nähe lassen. Und er stand allein gegen alle. *Allein gegen eine ganze Stadt,* dachte er niedergeschlagen.

Jetzt erst merkte er, dass er, ohne nachzudenken, ein ganzes Stück die Marktstraße hochgelaufen war. Er blieb stehen. Von hier aus konnte er straßaufwärts sein Zuhause sehen und das Fenster von Elisabeths Zimmer. *Ich muss zu ihr. Heute Abend werde ich mit ihr sprechen, ganz egal was Barbara dazu sagt.*

Aber jetzt zwang er sich widerwillig dazu, kehrtzumachen. Kramer saß sicher längst in seinem Schreibzimmer im Rathaus. Vielleicht hatte er eine Chance, wenigstens herauszufinden, wann der Medicus aus Konstanz Madda untersuchen würde.

Immerhin eine Chance, dachte er. Die Anklage stand und fiel mit dem Nachweis des Umgangs mit Dämonen. Sobald bewiesen werden konnte, dass Madda unberührt war, konnte man ihr keine Teufelsbuhlschaft mehr unterstellen. Dann hatte Geldrich keine andere Wahl, als das Verfahren noch einmal neu aufzurollen. *Fragt sich nur, ob Kramer mit dem ersten Verhör bis nach dieser Untersuchung wartet.*

Ein schneidender Windstoß nahm ihm den Atem und brannte in seinen Augen, bis sie tränten. Schneeregen biss ihm in Stirn und Wangen. Im Laufen wollte er die Papiere unter seinen Mantel schieben, als ihn ein Ruck von den Füßen riss. Jemand hatte ihn gepackt.

Jos Humpis!, schoss es ihm durch den Kopf. *Eine Entführung. Oder ein Mord.* „Hilfe!", brüllte er, aber im selben Augenblick drückte sich ein Unterarm gegen seine Kehle und würgte jedes weitere Wort ab. Eine Hand presste sich auf seinen Mund. Er schlug um sich und wand sich, tastete verzweifelt nach seinem Dolch. Die Papiere flatterten im Wind davon und der Kerl zerrte ihn hinterrücks von der Straße. Ehe er wusste, was geschah, wurde er losgelassen und gegen eine Wand geworfen. Der Angreifer hatte ihn in die Brotlaube gezerrt, einen Durchgang mit steinernen Torbögen, in dem Bäcker am Tag ihre Waren verkauften.

„Du kannst es ja kaum erwarten, ins Gericht zu kommen", zischte der Unbekannte.

Beno sah im Dunkel nur den Umriss einer großen hageren Gestalt. Ehe er wieder richtig Luft bekam, packte ihn der Kerl wieder. Er war zwar nicht größer als Beno, aber er hatte Hände wie Stahlzangen. Es nützte nichts, dass Beno seine Handgelenke packte und mit aller Kraft daran zog. Die Fäuste an seinem Kragen nagelten ihn an der Wand fest. Panik schäumte in Beno hoch.

„Was habt ihr mit Madda gemacht?", fuhr der Fremde ihn an.

Jetzt verstand Beno gar nichts mehr. Aber immerhin dämmerte ihm, dass der Mann kein von Jos Humpis angeheuerter Mörder sein konnte.

„Ich hab dich gefragt, was ihr mit meinem Mädchen gemacht habt!"

„Martin … Faber?", brachte Beno krächzend hervor. Die Eisenfäuste lockerten sich zumindest ein wenig. „Lass … mich … los … oder ich sage gar nichts!"

Der Schmiedegeselle schleuderte einen wüsten Fluch hervor und stieß Beno zur Seite. Mit einem Poltern landete er zwischen ein paar Holzböcken, auf denen tagsüber Tischbretter lagen.

„Bist du wahnsinnig?" Beno hustete und rieb sich den Hals.

Das war offenbar die falsche Frage. Mit einem Satz war Martin wieder bei ihm. Aber diesmal zog er ihn nur auf die Beine und funkelte ihn zornig an. Jetzt erkannte

Beno im Halbdunkel auch das hagere Gesicht wieder. Schneenasses, glattes Haar klebte an Martins Schläfen. Schneekrusten hingen an seinem Mantel und zeigten, dass er schon eine ganze Weile draußen auf der Straße gewartet hatte.

„Dasselbe könnte ich dich fragen, feines Kaufmannssöhnchen!“, fuhr Martin ihn an. „Hast Du dafür gesorgt, dass sie verhaftet wird? Sie hat nichts getan, ebenso wenig wie Anna. Ich warne dich! Krümmt Madda nur ein Haar, dann …“

„Scht!“, zischte Beno. „Willst du die ganze Straße aufwecken? Ich habe mit ihrer Verhaftung nichts zu tun.“ Er hob schützend die Hände vors Gesicht, denn Martin sah aus, als würde er ihm gleich wieder an die Gurgel springen.

„Lügner!“, schrie er Beno an. „Du gehörst doch zum Gericht und willst sie auf dem Scheiterhaufen sehen!“

In der Nähe flog ein Fenster auf. „Maul halten da unten!“, zeterte eine Frau. „Schlagt euch eure Saufköpfe gefälligst woanders ein!“

Jetzt war es Beno, der Martin am Kragen packte und ihn noch tiefer in den Schatten des Gewölbes zog. „Ich will sie aus dem Gefängnis holen, du Idiot“, zischte er. „Ich weiß, dass sie unschuldig ist, genau wie Anna und Agnes. Und jetzt hör endlich auf, hier herumzubrüllen wie ein angestochener Ochse.“

Sogar in dieser düsteren Ecke konnte Beno erkennen, dass dem Gesellen der Mund aufklappte. Ein paar Momente sahen sie einander in die Augen. „Schwörst du, dass das die Wahrheit ist?", fragte Martin mit rauer Stimme.

„Bei Jesus Christus und allen Heiligen", antwortete Beno. „Bei meiner seligen Großmutter Clara – und sogar bei meiner eigenen Seele. Reicht das?"

Martins Schultern sackten nach unten, alle Kraft schien aus ihm herauszuströmen. Plötzlich wirkte er nur noch müde und verzweifelt.

Wärme durchströmte Beno, eine überwältigende Sympathie für den Burschen, der ihm eben noch eine Heidenangst eingejagt hatte. *Er liebt Madda*, dachte er. *So sehr, dass er alles für sie tun würde. Sogar einem Humpis den Hals umdrehen.*

„Du sorgst dafür, dass sie freikommt?", fragte Martin.

„Das kann ich nicht. Zumindest nicht auf legalem Weg. Es sieht nämlich nicht gut für sie aus."

Martin schnaubte und schüttelte verzweifelt den Kopf. „Was zur Hölle kann man dann machen?"

Genau das ist die Frage. Beno sank der Mut. „Ich … weiß es noch nicht. Aber uns beide darf man auf keinen Fall zusammen sehen. Und halte dich vom Gefängnisturm und vom Rathaus fern."

„Ich kann sie doch nicht im Stich lassen!"

„Du hilfst ihr aber nicht, wenn du am Turm auftauchst und dort womöglich einen Tumult anzettelst, Hitzkopf. Du bist ohnehin schon verdächtig, unter ihrem Hexenbann zu stehen."

„Was?" Martin sah ihn an, als hätte Beno verkündet, dass ihm gerade Goldstücke aus den Ohren fielen.

In der Nähe klapperten Hufe, ein Fuhrwerk rumpelte heran. Auf der Straße konnte Beno seine Papiere im Schnee liegen sehen. Manche hatte der Wind bis zur anderen Straßenseite getragen.

„Ich kann es dir hier nicht erklären, Martin", sagte er hastig. „Weißt du, wo unser Außenkontor ist?"

Ein schattiges Nicken.

„Warte heute Nacht zur neunten Stunde an der Ecke beim Brunnen. Pass auf, dass dich keiner sieht. Versteck dich am besten im Durchgang zum Hinterhof. Ich hole dich ab und wir reden in Ruhe. Aber du musst schweigen wie ein Grab, zu keinem ein Wort, auch nicht zu ihrer Familie. Ach ja – und sorge dafür, dass heute keiner von Maddas Leuten im Rathaus oder beim Gefängnis auftaucht und Beschwerde einlegen will. Sonst sind ihre Schwestern auch in Gefahr."

Was rede ich hier?, dachte er. *Ich höre mich an, als hätte ich tatsächlich einen Plan.*

„Mach ich", murmelte Martin.

„Gut." Beno wollte gehen, als Martin ihn noch einmal am Arm zurückhielt. „Hand drauf?", fragte er ernst.

Beno zögerte. Konnte er dieses Versprechen geben?

„Wir holen meine Madda da raus?", setzte Martin mit banger Stimme nach.

Das Wir berührte etwas in Beno und schnürte ihm die Kehle zu. Mit einem Mal fühlte er sich nicht mehr allein und verlassen in dieser Welt, die seit gestern so brüchig und düster geworden war.

„Hand drauf", sagte er und schlug ein.

Aber Martin ließ nicht los. „Und du tust das nicht, weil du … was von ihr willst, Humpis?"

Beno hob überrascht die Brauen. Aber Martin war es offenbar bitterernst, sein Griff war fest wie ein Schraubstock. Und immer noch vergaß er die höfliche Anrede.

„Mein Wort darauf, Faber", sagte Beno mit Nachdruck. „Ich habe selbst ein Mädchen. Und schwarzhaarig ist es nicht."

Seine Worte wurden nun fast schon von Hufklappern und Rädergerumpel übertönt. Pferde mit Schneeflocken in den Mähnen kamen ins Sichtfeld des Torbogens. Martin ließ Benos Hand los und tauchte in den Schatten der Laube ab. Beno stürzte auf die Straße. Gerade noch rechtzeitig, um ein paar Blätter vor den Pferdehufen zu retten. Auf der anderen Straßenseite klaubte er die restlichen Notizblätter zusammen. Fast hätte er eines übersehen, das bis zu einer Hauswand geweht worden war. Kramers Schrift schien ihn hämisch anzugrinsen.

Der Richter kann einer Angeklagten getrost die Erhaltung des Lebens zusichern, vorausgesetzt, er fällt dann nicht selbst das Urteil, sondern ein anderer an seiner Stelle.

Direkt über ihm klappten im ersten Stock die Läden auf. Jemand hielt einen Nachttopf aus dem Fenster und leerte ihn aus. Beno brachte sich mit einem Sprung zur Seite in Sicherheit und konnte nur noch zusehen, wie das Blatt begraben wurde. Aus irgendeinem Grund konnte er nicht anders, als zu grinsen. *Passt ja*, dachte er. Dann machte er sich mit neuem Mut auf den Weg.

Theodosianische Mauern

„Die Osmanen haben Byzanz vor dreißig Jahren erobert. Jetzt heißt die Stadt Konstantinopel. Angeblich kann kein Heer der Welt sie erstürmen. Sie hat gewaltige Festungsmauern, die Theodosianische Mauern *heißen. Der Hafen kann mit einer Kette ganz abgesperrt werden."*
„Wie kommen wir dann mit unserem Schiff in den Hafen, Beno?"
„Wir springen im Schutz der Nacht ins Meer und schwimmen unter der Kette hindurch. Und dann gehen wir im Hafen heimlich an Land, stehlen Kleider und schmuggeln uns als osmanische Händler verkleidet in die Stadt."

BENO UND ELISABETH AN EINEM SOMMERTAG DES JAHRES 1478

Anna Mindelheim begann bei ihrer Urteilsverkündung zu weinen. Das Einzige, was sie zu den Mitgliedern des Gerichts sagte, waren die bitteren Worte: „Der Herr möge Euch gnädig sein, wenn Ihr für Eure Sünden vor dem Jüngsten Gericht geradestehen müsst. Betet, dass er Euch nicht in die Hölle schickt, sondern gerechter und gnadenvoller über Euch richtet als Ihr über mich."

Auch Beno warf sie einen enttäuschten Blick zu, bevor sie wieder hinausgeführt wurde. Magister Gremper klappte nur laut die Akte zu und das Gericht erhob sich diesmal schweigend.

Ein Stapel mit Papieren erwartete Beno schon im Schreibzimmer. „Wir brauchen bis zum Nachmittag diese Abschriften aus der rechten Mappe", wies Gremper ihn an. „Und wenn du willst, kannst du die neuesten Zeugenaussagen durchlesen und mit den Geständnissen vergleichen. Markiere die Passagen, in denen dir Ähnlichkeiten auffallen. Vielleicht finden wir noch eine neue Spur."

„Gerne", sagte Beno. „Ist der Medicus, der die Jungfer Weißhaar untersuchen soll, schon benachrichtigt worden oder soll ich den Brief noch auf den Weg bringen?"

Magister Gremper winkte ab. „Thomas Fellner habe ich schon gestern die Nachricht schicken lassen. Hoffen wir, dass das Wetter ihn nicht zu lange aufhält und er spätestens nach der Hinrichtung hier ist. Wie steht's mit Mittagessen? Kommst du heute mit ins Wirtshaus?"

Beno verneinte und vergrub sich in den Akten. Doch sobald Grempers Schritte verklungen waren, machte er sich auf den Weg und wartete auf Konrad Geldrich vor seinem Amtszimmer.

Der Ammann winkte sofort ab. „Keine Zeit, Beno. Und wenn du hoffst, etwas über Madda zu erfahren, muss ich dir dasselbe sagen wie gestern deiner Familie:

keine Informationen über laufende Prozesse. Du bist von dem Fall ausgeschlossen."

„Ich weiß. Aber um Magdalene geht es gar nicht. Mir ist in den neuen Zeugenaussagen einiges unklar. Habe ich die Erlaubnis, Anna Mindelheim heute genauer zu ihren Beschreibungen des Dämons zu befragen?"

Geldrich hob die Brauen. „Du hast dich ja in das Thema verbissen!"

„Ich habe nur meine Lektionen gelernt", erwiderte Beno lakonisch. „Es würde nicht lange dauern. Und natürlich lege ich das Protokoll dem Gericht vor."

Der Ammann lächelte fein, mit echter Wärme. „Komm rein", sagte er dann und schloss sein Amtszimmer wieder auf. „Ich stelle dir einen Passierschein für den Gefängnisturm aus. Aber gehe nicht vor der dritten Stunde hin – und stelle sicher, dass ein Büttel mit dir zusammen in der Zelle bleibt. Falls der Beichtvater gerade bei Anna ist, wartest du, bis die beiden fertig sind."

*

Der Schnee hatte sich in Matsch und Wasser verwandelt, als Beno endlich zum Gefängnisturm eilen konnte. Er sah schon das grüne Dach und wollte die letzten Schritte rennen, als hinter ihm eine Frau herrisch „Beno!" rief. Er drehte sich um.

Auf der anderen Seite des Platzes stand Els, die Frau von Hans Frowendienst. Sie strahlte ihn an und bedeutete ihm hektisch, auf sie zu warten, aber Beno schüttelte den Kopf. Es war keine gute Idee, auf offener Straße mit einer ehemaligen Verdächtigen zu sprechen.

„Keine Zeit, Els! Aber grüß Hans!", rief er zurück und eilte so schnell weiter, dass die alte Handwerkerfrau ihn nicht einholen würde.

Im Gefängnis hatte ein Mann Wachdienst, den Beno noch nie zuvor gesehen hatte. Lange studierte er das Siegel auf dem Passierschein, doch schließlich nickte er. Mit jedem Schritt treppab wurde es kälter. *Irgendwo dort unten ist Madda*, dachte Beno voll Beklemmung.

„In welcher Zelle ist die Verdächtige Weißhaar untergebracht?", fragte er beiläufig, als sie unten angekommen waren.

„Weiß nicht, bin nicht für sie zuständig", knurrte der Wächter.

„Kannst du nicht nachschauen?"

„Nä", sagte der Kerl verächtlich und spuckte aus. „Ich bewache nur die Alte mit dem Buckel. Fragt den Hauptmann, wenn er wiederkommt."

Mürrisch und schlecht gelaunt entriegelte er eine Tür. Beno bekam Herzklopfen, aber es blieb ihm nichts anderes übrig, als in die Zelle zu gehen. Er hatte gedacht, dass Anna weinen oder wütend sein würde, aber sie blickte ihnen kühl und völlig gefasst entgegen, blinzelnd im Licht der Fackel.

„Wie mein Beichtvater siehst du aber nicht aus", bemerkte sie trocken.

Beno wandte sich zu dem Wächter um. „Ich muss

allein mit ihr sprechen. Gerichtsgeheimnis und Schweigepflicht."

Der Büttel schluckte die Anweisung ohne Misstrauen, er schien sogar froh zu sein, gehen zu dürfen. „Klopft an der Tür, wenn Ihr fertig seid", sagte er nur und steckte die Fackel in eine rostige Halterung an der Wand. Die Tür fiel zu, dann war es gespenstisch still.

Beno drückte voll Unbehagen seine Papiere an sich. Es war ein seltsames Gefühl, mit Anna Mindelheim allein zu sein. Eine Weile schwiegen beide, Anna starrte ihn feindselig und fragend an. Schließlich fasste sich Beno ein Herz, legte das Papier an der Tür ab und trat zu ihr. Er ging vor ihr in die Hocke, sodass sie einander in die Augen sehen konnten.

„Ich habe nicht viel Zeit, Anna", begann er leise. „Und ich weiß, du hast keinen Grund, mir zu vertrauen. Aber ich schwöre dir bei der Heiligen Jungfrau Maria: Ich bin nicht hier, um dich auszuhorchen. Ich glaube nicht daran, dass es Hexen gibt, wie Kramer sie beschreibt. Doch ich muss ein paar Dinge von dir wissen – nur für mich, nicht für das Gericht."

Das wird sie sicher für eine List halten, dachte er im selben Moment. Er machte sich schon auf Beschimpfungen und Vorwürfe gefasst. Aber zu seiner Überraschung lächelte ihm Anna nur traurig zu. „Ich wusste: Wenn überhaupt einer zur Vernunft kommt, dann seid Ihr es", murmelte sie. „Und jetzt wollt Ihr wissen, warum ich gestanden habe? Weil mein Schicksal schon besiegelt war, bevor ich auch nur ein einziges Wort gesagt hatte."

„Aber warum hast du sie dann mit der Folter überhaupt beginnen lassen?“

Sie seufzte. „Ach, Humpis-Junge. Ich war zu stolz, um mich gleich geschlagen zu geben. Und siehst du meinen Rücken? Das Schultergelenk ist mit den Jahren so verknöchert, dass ich da gar nichts mehr spüre, selbst wenn du mich an dem Arm rücklings aufhängst. Viel wiege ich ja nicht. Ich dachte, wenn ich unter der Folter nichts zugebe, müssen sie mir vielleicht doch glauben. Aber die Gewichte an den Füßen hätten mir die Schulter gebrochen, das habe ich gemerkt, als ich da hing. Und unter Schmerzen hätte ich schließlich alles gesagt, was sie hören wollten. Denn egal, was die Gesetze sagen: Schmerz bringt keine Wahrheit hervor. Indem ich ohne Folter gestand, brauchte ich wenigstens nicht die Namen zu nennen, die Kramer mir in den Mund legen wollte.“ Sie schnaubte. „Dieser Hundsfott weiß schon, wie er zu seinen Aussagen kommt. Er tauchte mit diesem bleichen Grottenolm Gremper nachts allein in meiner Zelle auf und hat mir das Geständnis von der Agnes vorgelesen – um mich umzustimmen, wie er sagte. Agnes hat beschrieben, was ich angeblich mit ihr zusammen bei der Buche an der Kuppelnau getrieben habe: das Wasser, der Dämon, der ganze Unsinn. So wusste ich genau, was ich zu gestehen hatte. Und wahrscheinlich hat dieser Hexenbrenner es mit Agnes genauso gemacht – ihr vorgelesen, was er hören wollte. Und die arme Seele hat es bei der Folter nachgeplappert, damit die Qual aufhört. Dieser Bluthund will seine Hexen haben und das Gericht macht im Namen des Papstes mit, damit endlich Ruhe in der Stadt einkehrt. Die reichen Frauen werden verschont, aber arme Leute wie ich und die Agnes müssen es ausbaden." Die Kette klirrte, als sie sich mit dem schmutzigen Arm über die Augen wischte. Beno schämte sich abgrundtief. *Wie habe ich nur jemals denken können, dass sie eine Hexe sein könnte?*

„Der Herr steh mir bei!" Ihr ganzes Gesicht zuckte, so sehr versuchte sie, nicht mehr zu weinen. Beno kniete sich neben sie auf den Boden und nahm sie in die Arme. Ihr zerbrechlicher, dünner Rücken bebte unter seinen Händen.

„Es tut mir so leid", murmelte er. „Anna, ich war so dumm, das alles tatsächlich zu glauben!"

Sie schniefte wieder. „Der Pfarrer glaubt es ja auch, die Räte, der Papst persönlich. Jeder weiß, dass es den Teufel gibt. Aber keiner ahnt, dass er an der falschen Stelle nach ihm sucht."

Sie rückte von ihm ab, damit sie ihm ins Gesicht sehen konnte. „Aber du weißt es jetzt, Beno! Das ist ein Anfang. Ich habe immer meine ganze Hoffnung auf die Kinder gesetzt. Und ich tue es immer noch, selbst hier. Wir Alten gehen unter, jeder auf seine Art, aber ihr Jungen – ihr könnt etwas ändern!"

Kann ich das?, dachte Beno niedergeschlagen.

Draußen trampelten schwere Stiefel vorbei und entfernten sich wieder. Beno und Anna atmeten gleichzeitig auf.

„Geh noch nicht", bat Anna leise. „Solange du hier bist, lassen sie mich in Ruhe und ich kann an etwas anderes denken. Und außerdem bist du doch hergekommen, weil du etwas ganz Bestimmtes wissen willst." Sie beugte sich näher zu ihm. „*Byzanz*, nicht wahr? Hat dich ganz schön beschäftigt, hm?"

Benos Herz machte einen Satz. „Allerdings. Woher wusstest du davon?"

Sie zuckte mit ihrer heilen Schulter. „Ich weiß mehr als andere. Ich war ein Gauklerkind. Ein Bastard dazu, heimatlos, bitterarm. Mit den Spielleuten bin ich lange Zeit von Stadt zu Stadt gezogen. Immer waren wir die Außenseiter und an allem schuld. Wenn was gestohlen wurde, wenn jemand starb – immer mussten wir schauen, dass wir schnell wieder abhauten. Ich habe alles Schlechte erlebt, was man erleben kann. So lernt man, wachsam zu sein. Besser hinzuhören, genauer hinzusehen und in den Gesichtern zu lesen. Ich weiß, was die Leute denken, noch bevor sie ihre eigenen Gedanken hören." Sie seufzte. „Ich habe auch gespürt, dass sich in der Stadt etwas anbahnt. Ich hätte gehen müssen, als noch Zeit war. Aber ich wollte die kleine Marie nicht allein lassen. Und wo sollte ich hin? Zu den Wölfen im Wald?" Sie schüttelte den Kopf. „Dich und die Elisabeth kenne ich gut", fuhr sie dann fort. „Seit Jahren habe ich ein Auge auf euch. Von meinem Platz auf dem Markt aus, in der Nähe vom Humpis-Haus, habe ich so einiges gesehen und gehört. Ich war dort, als die Kleine auf dem Karren aus Augsburg ankam, verwaist und todunglücklich. Und ich bekam mit, wie sie aufblühte, weil du für sie da warst. Ich hab gesehen, wie du um Eure Großmutter geweint hast und wie Elisabeth dich getröstet hat. Manchmal habe ich eurer Köchin ein paar Eier verkauft und stand dann am Hinterhaus und hörte, wie ihr hinter der Hofmauer beim Brunnen gespielt habt. Ihr habt oft gelacht und geredet, von Byzanz – und dass ihr unter einer Hafenkette durchschwimmen wolltet. Dann seid ihr älter geworden und habt euch dieses Geheimnis nur noch zugeflüstert, manchmal auf dem Weg zur Kirche. Und schließlich habt ihr kaum noch allein miteinander gesprochen. Aber Elisabeths Herz gehört immer noch dir – und deines ihr."

Benos Mund war mit einem Mal ganz trocken und seine Kehle ganz rau. Er musste sich räuspern. „Du glaubst, sie … liebt mich?"

„Ich glaube es nicht, ich weiß es", sagte Anna so bestimmt, dass er erschauerte. „Und du liebst sie auch. Erzähl mir bloß nichts anderes."

Beno biss sich auf die Unterlippe. Totenstille umgab sie, so lange, bis die Pause unbehaglich wurde, dann fragte Anna: „Ist doch so?"

„Ja", flüsterte er.

„Dann musst du sie heiraten", sagte Anna. „Warum zögerst du so lange?"

„Barbara … erlaubt es nicht." Das war eine sehr kurze Version des verhängnisvollen Streits im Sommer.

„Warum nicht?", bohrte Anna weiter.

Dazu hätte Beno viel sagen können. Sehr viel. Aber

es war so schon irrsinnig genug. Er saß in einer Zelle und belästigte diese arme Frau mit seinen Angelegenheiten.

„Barbara sagt, Elisabeth betrachtet mich nur als ihren Bruder“, sagte er nur.

Agnes spuckte ins Stroh. „Glaub ihr kein Wort.“ Sie tippte sich mit dem Zeigefinger erst unters Auge und dann aufs Herz. „Trau nur deinen Augen. Und hör auf dein Herz. Es lügt nie. Wenn Barbara sie dir nicht geben will, pack Elisabeth aufs Pferd und lauf mit ihr weg. Sie wird mitkommen.“

Beno wurde es ganz warm. Und hier im Licht der Pechfackel bekam er plötzlich eine Ahnung, wie Anna früher gewesen musste: ein blitzschnelles, mageres Gauklermädchen mit flinken Augen und diesem diebischen, warmen Lächeln, das sie ihm nun schenkte. Aber als draußen eine Tür zudonnerte, verwehte das Bild.

„Sag mir die Wahrheit“, flüsterte sie. „Haben sie Madda auch schon geholt?“

Beno nickte.

„Dann hat es nichts genützt.“ Anna seufzte. „Ich habe ihren Namen nicht gesagt, obwohl Kramer ihn von mir hören wollte. Armes Ding.“

„Vielleicht gibt es noch eine Möglichkeit, dass sie freikommt. Wenn der Arzt aus Konstanz sie untersucht hat …“

„Aus Konstanz?“ Anna kniff die Augen zusammen. „Und was soll der machen?“

„Prüfen, ob sie … noch unberührt ist. Alle Anklagepunkte in Bezug auf Hexerei bauen darauf auf, dass ein Dämon mit ihr …"

„Beno!", zischte Anna. „Was für ein dummes, blindes Hundeherz bist du denn?" Sie schlug die Hände vors Gesicht und schüttelte den Kopf. „Dieses Schwein von Inquisitor! Diese Dreckskerle sind es, die ein Netz von Komplizen haben, nicht die Frauen, die sie als Hexen verleumden!"

„Was meinst du?"

„Dass ich dir genau sagen kann, was passieren wird. Dieser von Kramer bestellte Quacksalber wird hier auftauchen, zusammen mit irgendeinem Halunken. Man braucht immer zwei Zeugen, das weiß sogar jemand wie ich. Aber keiner wird bezeugen, was die zwei Schweinehunde allein mit Madda in der Zelle machen. Doch der Arzt kann nachher vor Gericht mit gutem Gewissen auf die Bibel schwören, dass Madda keine Jungfrau mehr ist."

Benos Magen krampfte sich zu einer eiskalten Faust zusammen. Männerstimmen drangen durch die Holztür herein.

„Ist er etwa allein darein gegangen?", hörte Beno Magister Gremper ausrufen. „Beno!" Es hämmerte gegen die Tür. Der Riegel schabte. Beno sprang auf, aber Anna packte ihn am Handgelenk und hielt ihn noch einmal zurück. „Rette sie, Beno!", wisperte sie ihm zu. „Um deiner eigenen Seele willen!"

*

„Bist du verrückt, alleine darein zu gehen?", rief Gremper, als Beno wie betäubt auf den Gang trat. „Hast du vergessen, dass man nur zu zweit zu einer Hexe darf?"

„Ich … dachte, sie sei keine Gefahr mehr."

„Was wolltest du überhaupt da drin? Und wer hat dich hierher …"

Magister Gremper verstummte, als Beno ihm den Passierschein des Ammanns hinhielt. „Ich brauchte noch Einzelheiten zu ihrer Aussage, um sie mit neuen Zeugenaussagen abzugleichen." Er war selbst erstaunt, wie ruhig und besonnen er antwortete, während in seinem Inneren ein Sturm tobte. *Du weißt es! Und der Medicus ist euer Komplize.*

Grempers Stoßseufzer war eine eisige Atemwolke. „Sei das nächste Mal vorsichtiger." Er deutete auf den Blätterstapel, den Beno an sich drückte. „Ich hoffe, du hattest mehr Erfolg als wir. Hast du noch weitere Namen aus ihr herausbekommen?"

Beno schüttelte nur stumm den Kopf.

„Schade." Gremper wandte sich zum Gehen. „Kramer ist oben, wir wollten ohnehin ins Rathaus zurück."

Beno folgte ihm zögernd. Jetzt war jede Gelegenheit vertan, Maddas Zelle zu finden. Aber zumindest hatte er sich eingeprägt, welche Art von Vorhängeschlössern hier verwendet wurden. Ob Hans Frowendienst sie für das Gefängnis geschmiedet hatte?

Irgendwo im Halbdunkel klirrten Ketten, und als er Gremper um eine Biegung folgte, sah er Lichtschein auf dem Gang. Eine Kerkertür stand offen. Und ein junger

Wächter kam ihnen entgegen. Im Licht der Fackel glänzte sein Haar kupferrot.

„Sie ist immer noch bewusstlos", sagte der Büttel. „Soll ... nicht doch Medicus Wolff herkommen?"

Gremper trat zur Tür und warf einen kurzen Blick hinein. „Nicht nötig", sagte er barsch und winkte Beno, ihm zu folgen. Beno spähte im Vorbeigehen ins Halbdunkel. Für einen Moment lang schien die Zeit stillzustehen. Kein Atemzug, kein Herzschlag, nur dieses Bild, wie eingefroren und schrecklich klar. Der Hauptmann, der das Schloss in der Hand hatte und die Kette wieder am Ring schloss. Und zu seinen Füßen, wie eine Puppe aus Pergament, eine Gefangene. Sie lag mit dem Rücken zur Tür, so wie sie bewusstlos auf den Boden gelegt worden war, den geschorenen Kopf nur zufällig auf den ausgestreckten Arm gebettet. Viel zu groß wirkten die Handschellen an ihren dünnen Handgelenken. Trotz des spärlichen Lichts sah Beno genau die Spuren der Daumenschrauben an der linken Hand.

„Wo bleibst du?" Gremper wartete ungeduldig am Fuß der Treppe.

„Magdalene wurde schon verhört?", brachte Beno tonlos hervor. *Deshalb sollte ich erst nach der dritten Stunde ins Gefängnis kommen.*

Gremper nickte. „Ja, aber leider hilft der Teufel ihr immer noch. Sie hat geleugnet. Und Konrad Geldrich hat ein zu weiches Herz. Er hat das Verhör viel zu früh unterbrochen." Er seufzte in aufrichtigem Bedauern und schnaufte die Treppe hoch.

„Und die medizinische Untersuchung?“, rief Beno Gremper hinterher. „Warum wurde nicht gewartet?“

Gremper winkte ab, ohne sich umzudrehen. „Die Untersuchung ist bei dieser Beweislage doch nur noch eine Formalität!“

„Wann wird das Verhör fortgesetzt?“ Es gelang ihm tatsächlich, diese Frage zu stellen, ohne zu schreien.

„So schnell wie möglich. Vielleicht schon nach der Hinrichtung der anderen beiden“, gab Gremper ungerührt zurück. „Die Zeit drängt. Kramer muss in ein paar Tagen nach Rom aufbrechen. Papst Innozenz erwartet seinen Bericht. Und Kramer will von ihm eine Generalvollmacht als Inquisitor erwirken.“

Beno blieb auf der Treppe stehen und starrte Grempers Nacken an, im Herzen so viel kalten Hass, dass er vor sich selbst erschrak. Und er stellte sich für einen Moment vor, wie er dem Mann, den er als Theologen und Juristen so sehr geschätzt hatte, die Hände wie Eisenklammern um den Hals legte und zudrückte.

*

Elisabeth wusste, dass Medicus Wolff ihr eine Medizin für sehr tiefen Schlaf in den Wein gemischt hatte. Durch ihr Spähloch in der Tür hatte sie belauscht, was der Arzt und Barbara flüsternd besprochen hatten. Und als Barbara nun an ihr Bett trat und ihr den Wein reichte, setzte sie den Becher nur an die Lippen und tat so, als würde sie einen Schluck trinken.

„Den ganzen Becher, Lies", mahnte ihre Tante sanft.

Elisabeth verzog das Gesicht. „Der Wein schmeckt seltsam, so bitter. Darf ich mir ein wenig Honig dafür holen?"

„Du bleibst hier! Gret soll dir ein Schälchen bringen."

Natürlich, dachte Lies. *Im Kerker holt man sich Brot und Wasser auch nicht selbst.* Wie mochte es der armen Madda im Gefängnis gehen? Mühsam rang sie sich ein dankbares Lächeln ab.

„Danke, Tante. Und ... ist Beno nach Hause gekommen?"

Wie neuerdings immer, wenn sein Name im Haus erwähnt wurde, verfinsterte sich Barbaras Miene. „Nein. Er zieht es vor, seiner Familie fernzubleiben. Denk nicht an ihn, meine Kleine. Er denkt auch nicht an dich, sonst würde er sich Sorgen machen und wäre hier. Aber Lucio lässt dich herzlich grüßen und wünscht dir alles Gute."

Elisabeth schloss die Hände so fest um den Becher, dass ihre Finger pochten.

„Er ist untröstlich, dass du ihn nicht sehen willst", setzte Barbara mit leichtem Vorwurf hinzu. „Heute hat er sich direkt nach dem Abendessen zurückgezogen, um für dich zu beten."

Draußen rief der Nachtwächter direkt unter dem Fenster die siebte Stunde aus und bewahrte Elisabeth davor, eine unbedachte Antwort zu geben.

Barbara rückte die Schälchen mit dem Weihwasser und dem immer noch rauchenden Weihrauch näher ans Bett. Viele Stunden war der Pfarrer heute bei Elisabeth gewesen, um mit Gebeten das Böse zu vertreiben.

Elisabeth wartete ab, bis die Tür sich hinter Barbara schloss, dann hechtete sie aus dem Bett. Im Schlafzimmer von Barbara und Onofrius standen auf einem Kupfertablett die zwei zierlichen Kelche und eine kleine Karaffe mit dem Abendtrunk der Eheleute. So schnell es mit den fahrigen Händen ging, goss sie den Wein aus der Karaffe in die Kelche und leerte ihren Becher dafür in die leere Karaffe. Dann füllte sie einen vollen Kelch in ihren Becher um und den zweiten zurück in die Karaffe. Es dauerte ewig, aber sie durfte nichts verschütten. *Hoffentlich reicht das für einen tiefen Schlaf.* Gerade noch rechtzeitig schaffte sie es zurück ins Bett, bevor Gret mit Barbara hereinkam. Die Köchin hatte gleich den ganzen Honigtopf mitgebracht.

„Hat sie wieder Fieber?", fragte sie besorgt. „Sie ist ja ganz rot im Gesicht."

Das war auch neu. Dass Menschen plötzlich über sie sprachen, als wäre sie selbst nicht im Raum. „Mir geht es gut", sagte Elisabeth und hielt Gret den Weinbecher hin.

*

Die Dunkelheit schmeckte immer noch nach Wein und Honig und die Luft roch nach erkaltetem Weihrauch. Erst spät waren Onofrius und Barbara endlich zu Bett gegangen. Und viel zu lange dauerte es, bis endlich auch der letzte Laut erstarb und sich Totenstille über das Haus senkte. Elisabeth stand auf und stopfte ihren Hausmantel so unter die Decke, als würde sie dort noch liegen. Im Dunkeln holte sie außerdem noch ihre runde Zierschale aus Kupfer und vergrub sie mit der Wölbung nach oben halb in den Kissen. Falls Barbara doch erwachte und von der Schwelle aus zu ihrem Bett spähte, bestand immerhin die Möglichkeit, dass sie im Halbschlaf den Kupferglanz im Kissen und den Umriss eines liegenden Körpers für Lies hielt.

Sie brauchte kein Licht, denn sie kannte den Weg besser als eine Schlafwandlerin. Ihr wurde ganz flau, als sie zum Kaminzimmer kam, doch auch das war dunkel und verwaist. Elisabeth holte die Kerze hervor und stocherte in der Asche im Kamin, bis sie noch ein wenig Glut fand, um den Docht daran zu entzünden. Die Insel von Licht hüllte sie ein, als sie zum Schreibtisch am Fenster trat. Auch heute hatte Beno ihr keine Nachricht hinterlassen. *Sei nicht so enttäuscht. Das heißt doch nur, dass er wirklich nicht zu Hause war.* Dann besann sie sich auf ihren Plan und holte den kleinen Behälter mit Weihwasser und den Beutel mit geweihtem Salz hervor. Sie streute das Salz auf die Schwelle und zeichnete eine Linie aus Weihwasser. Ein Dämon würde das Kaminzimmer nun nicht mehr betreten können.

Aber stimmt das? Man sagte schließlich auch, dass Dämonen den Namen Gottes nicht aussprechen und kein Kreuz berühren konnten. Lucio trug ein Kreuz und hatte ihr das Amulett aus Bernstein geschenkt. Er war mit Barbara mehrfach in die Kirche gegangen und er betete. Elisabeth hielt inne.

Gestern war sie noch völlig überzeugt davon gewesen, dass Lucio ein Dämon war. Doch jetzt zweifelte sie. Schließlich glaubte sie auch nicht, was Madda vorgeworfen wurde. Sie machte sich Vorwürfe, weil sie ihrer Kammermagd nicht geglaubt hatte, dass Lucio sie im Kontor bedrängt hatte. *Madda hat ihn sofort durchschaut,* dachte Elisabeth. *Dennoch hat sie Lucio nur für einen aufdringlichen Kerl mit schlechtem Charakter gehalten, nicht für einen Dämon.*

Sie legte Salz und Wasserschale beiseite und stand auf. Prüfend sah sie sich um. Irgendetwas ließ ihr seit Lucios Angriff keine Ruhe mehr – wie ein Wort, das einem auf der Zunge liegt und nicht einfallen will, obwohl man sich das Hirn zermartert. Aber auch heute kam sie nicht darauf.

Auf Zehenspitzen schlich sie zum Kamin, wiederholte Schritt für Schritt ihren Weg von gestern. Sie zuckte zurück, als sie mit dem bloßen Fuß in etwas Spitzes trat. Es war ein winziger Splitter von einem Weinglas. Sie zog ihn aus der Sohle und wischte den kleinen Blutstropfen ab. Ein Tropfen Wachs fiel ihr dabei auf den Fuß, eine jähe Wärme, die sie innehalten ließ.

Siegelwachs! Gestern war sie an Benos Schwelle in einen Tropfen von gelbem Wachs getreten. Sie zog die Brauen zusammen. Dann hob sie ruckartig den Kopf und spähte zu Benos Schreibtisch. Dort lag immer noch das aufgeschlagene Rechnungsbuch mit Lucios Notizen und Benos Korrekturen. Und am Rand des Tisches das italienische Schreiben vom Führer des Handelszugs. *Er benutzt auch gelbes Siegelwachs?* Sie stürzte zum Tisch und entfaltete das Schreiben. Kerzenwachs tropfte auf geschwungene Buchstaben, so nah hielt sie die Flamme an das Papier. Ihr Blick flog zwischen Buch und Brief hin und her – und dann verstand sie.

Schlüssel

Dreizehn Türen hat das Himmelreich. Zwölf davon darfst du aufschließen, Marienkind, und die Herrlichkeiten des Himmels darin betrachten. Aber die dreizehnte Tür, zu der dieser kleine Schlüssel gehört, die ist dir verboten!

Aus Ursels Lieblingsmärchen

Die Zeit drängt. Grempers Satz war ein schriller Hohngesang in Benos Kopf. Papier lag überall im Kontorzimmer verstreut, viele Blätter waren zerknüllt. *Bestechung?*, war auf einem Blatt notiert. *Der rothaarige Wächter?* Dieser hatte offenbar Mitleid mit Madda, aber würde er für Geld so viel riskieren? *Und was dann? Sollte er sie vor den Augen der anderen Wachen hinaustragen?* Wie er es auch drehte und wendete, es war unmöglich, jemanden aus dem Kerker zu schmuggeln.

Und zu allem Überfluss rief der Nachtwächter schon die neunte Stunde aus. *Was soll ich Martin nur sagen?*, dachte Beno verzagt.

Meister Ferber schlief längst im Licht einer Talglampe auf seiner Pritsche, doch als Beno an ihm vorbeieilte, setzte er sich sofort hellwach auf.

„Lass die Tür kurz auf, Ferber", sagte Beno. „Ich hole jemanden ab und bin gleich zurück. Aber bitte sag niemandem etwas von dem Besuch."

Ferber runzelte die Stirn. „Heimliches Glücksspiel im Kontor?"

Beno sah ihn wohl sehr verdutzt an, denn der Alte lachte rasselnd und hustete. „Nur ein Scherz. Wer Euch kennt, weiß, dass Ihr nichts von Vergnügungen haltet. Hat der Gast etwas mit den Prozessen zu tun?"

Beno schluckte. Sein neues Amt hatte sich natürlich herumgesprochen. „Nein", log er.

Natürlich durchschaute ihn Ferber, aber der alte Kontormeister nickte dennoch. „Wisst Ihr, ich schlafe hier ja tief und fest und träume auch jetzt nur. Aber haltet mir gefälligst Ärger mit Onofrius vom Leib."

Beno lächelte. „Keine Sorge. Danke, Ferber!"

Als er wenig später mit Martin zurückkam, lag Ferber demonstrativ mit dem Rücken zu ihnen auf der Pritsche und schien tief und fest zu schlafen. Doch als Beno „Gute Nacht!" sagte, winkte er unwillig über die Schulter, als würde er eine Fliege verscheuchen.

*

Elisabeth hatte die Kerze gelöscht, so konnte sie schon auf dem Weg zu Benos Dachkammer das Haar zu einem festen Zopf flechten, der sich gut unter einem Mantel verstecken ließ. *Dafür wirst du bezahlen, Lucio*, dachte sie. Noch nie hatte sie sich so wach gefühlt, so zornig und dabei so klar.

Alle Türen waren abgeschlossen, also musste sie den alten Schleichweg aus Kindertagen nehmen – in der Hoffnung, dass sie sich noch durch das schmale Fenster im Hinterhaus bei der Küche zwängen konnte. Der Wachhund im Brunnenhof kannte sie und würde nicht anschlagen. Dann musste sie noch über die Mauer klettern. Aber erst einmal brauchte sie einen Schlüssel und Kleidung.

In Benos Dachkammer war es gespenstisch still. Elisabeths Fingernägel schabten überlaut am Holz, als sie in der Finsternis nach dem Geheimversteck des Ersatzschlüssels für Meister Ferbers Tür suchte. Den Schlüssel fand sie, aber sie stutzte, als ihre Finger über offene Schubladen strichen. Sie waren alle leer. Auch das passte ins Bild. *Lucio hat sich in seiner Kammer eingeschlossen, um zu beten? Dass ich nicht lache!*

Hastig stemmte sie Benos Kleidertruhe auf, zog den alten Mantel heraus, der ihm längst zu kurz geworden war, dazu ein Hemd, Handschuhe, Männerstrümpfe. Als sie das Wäschehemd an sich nahm, hielt sie kurz inne und drückte den Stoff an ihr Gesicht. Sie bildete sich ein, Beno wahrzunehmen, seine Wärme, den trockenen Duft von Papierstaub und Tinte. Und im Dunkeln hörte sie das Wispern von zwei Gespenstern aus der Vergangenheit.

„Im Hafen gehen wir heimlich an Land", raunte ein viel jüngerer Beno ihr zu. *„Wir stehlen Kleider und schmuggeln uns als osmanische Händler verkleidet in die Stadt."*

*

Beno hatte mit einigem gerechnet, sogar damit, für diese Neuigkeiten wieder Martins Eisenfäuste zu spüren, aber zu seiner Überraschung sackte der Geselle nur auf einen Stoffballen und vergrub den Kopf in den Händen. Ein erstickter Laut erklang.

Weint er etwa?, dachte Beno. Seltsamerweise traf ihn das mehr, als Martins Zorn es vermocht hätte. Zögernd trat er zu ihm und legte ihm die Hand auf die Schulter. „Es tut mir leid, Faber."

„Im Namen aller Heiligen. Warum lässt Gott so etwas zu?", brachte Martin verzweifelt hervor.

„Die Zulassung Gottes für das Wirken des Teufels findet statt, um uns zu prüfen", hallte Kramers Argumentation in Benos Kopf wider.

„Ich weiß nicht, warum Gott es zulässt", antwortete Beno leise.

Martin wischte sich mit dem Ärmel übers Gesicht. „Dann müssen wir die Sache wohl allein in die Hand nehmen", sagte er mit rauer Stimme. „Habt Ihr einen Plan?"

Beno blickte verzagt auf seine Papiere. Er hatte das Schloss aufgemalt und sogar den Schlüssel, den der

Wächter in Maddas Zelle benutzt hatte. Es schien für alle Zellen derselbe zu sein, denn die Schlösser in Annas und Maddas Zelle waren baugleich.

„Wir müssen mit Hans Frowendienst sprechen. Vielleicht hat er die Schlösser für das Gefängnis geschmiedet – oder er kann anhand meiner Zeichnung sagen, wie das Schloss funktioniert."

Die plötzlich aufkeimende Hoffnung in Martins Augen machte Beno das Herz schwer.

Martin sprang auf. „Dann hole ich Hans!"

Beno biss sich auf die Unterlippe. Würde Frowendienst aus reiner Dankbarkeit ein solches Risiko eingehen? *Und kann ich das für einen Rubinring wirklich von ihm verlangen?* „Freu dich nicht zu früh, Faber", sagte er. „Das ist noch kein Plan. Aber ich erkläre dir genau, was du Hans von mir ausrichten sollst. Wir dürfen ihn nicht Gefahr bringen. Und seine Familie darf nichts davon wissen."

*

Benos Ärmel waren Elisabeth zu lang. Ohne die Röcke fühlten sich ihre Beine nackt an. Allerdings konnte sie sich in Männerkleidung erstaunlich leicht fortbewegen. Ohne das Mieder und die schweren Stoffe konnte sie die Mauer mühelos überwinden und der schnelle Lauf durch die Gassen war fast wie Fliegen. Mit rasendem Herzen kam sie beim Kontor am Rand der Oberstadt an. Das Handelslager wirkte wie ein schlafender Drache, sein Maul aus Gittern versperrte den Zugang zum Innenhof. Aus dem Mietstall neben dem Kontor hörte Elisabeth das Schnarchen eines Stallknechts und das leise Schnauben von Pferden. Ein paar Nachtschwärmer torkelten vorbei und Elisabeth besann sich darauf, wie ein Mann zu laufen – aufrecht und mit langsamen, raumgreifenden Schritten, so als hätte sie nichts zu befürchten. Aber an der Ecke begann sie wieder zu rennen und umrundete das Kontor, bis sie von der anderen Seite in den Hinterhof und zu Ferbers Tür schlüpfen konnte. Sie hoffte, dass Ferber zu dieser Zeit fest schlief. Vielleicht konnte sie unbemerkt an ihm vorbeischleichen.

So leise es ging, schob sie den Schlüssel ins Schloss. Zu ihrer Verblüffung gab die Tür einfach nach. Träumte sie? Noch nie war diese Tür nachts offen gewesen. Irritiert spähte sie durch den Spalt. Das Talglicht am Bett war am Verlöschen, kaum noch heller als ein glimmender Kienspan. Der alte Kontormeister lag nicht auf seiner Pritsche. Nur der Knüppelstock, der immer griffbereit an der Wand lehnte, war da. Und auch die große Handglocke, mit der er Alarm schlagen konnte, dass man es noch vorne beim Frauentor hörte, stand auf dem Boden.

„Meister Ferber?", fragte sie leise. „Ich bin's – Elisabeth!" Es kam keine Antwort. Sie schlüpfte in den Raum und schloss sofort hinter sich ab. Dann stieß sie mit dem Fuß gegen etwas, was auf dem Boden lag. Sogar in dem spärlichen Licht erkannte sie die auf der Seite liegende Gestalt.

„Meister Ferber!“ Sie fiel neben ihm auf die Knie, fasste ihn an der Schulter und schüttelte ihn. Er kippte auf den Rücken, leblos rutschte ein Arm zur Seite, die Hand schlug dumpf auf den Boden. Jetzt sah sie den dunklen Glanz einer Stichwunde in seinem Hals. *Mörder!* Sie erstickte ihren Schrei in den Händen und wagte nicht zu atmen. Denn jetzt hörte sie Schritte und ein Rumpeln. Es entfernte sich ins Innere des Kontors.

Er ist noch hier, war ihr erster Gedanke. Und der zweite: *Beno ist oben im Kontor.* Sie spürte nicht, wie sie auf die Beine schnellte. Ohne nachzudenken, nahm sie den Stock und glitt zu der Verbindungstür, die zu den Lagern führte.

Durch den Türspalt fiel Licht, das schwächer wurde, als würde jemand eine Lampe davontragen. Mit zitternden Knien schob sie sich lautlos hindurch und verbarg sich sofort in der Nische zwischen Lagerkisten, die hier neben der Treppe, die nach oben führte, aufeinandergestapelt waren. Der Schein einer Lampe leuchtete auf. *Bitte geh nicht nach oben,* flehte Elisabeth.

Sie spähte zwischen den Kisten hervor – und musste sich festhalten, sonst wäre sie einfach auf den Boden gesackt. Der Mann eilte am Fuß der Treppe vorbei zu den Lagern im Erdgeschoss, dort, wo sich die Ballen mit oberschwäbischer Leinwand bis zu den Decken türmten. Und selbst wenn der Lampenschein nicht den Glanz blonder Locken eingefangen hätte, die schlanke Gestalt und die geschmeidigen, anmutigen Bewegungen, selbst dann hätte Elisabeth ihn sofort erkannt.

Lucio verschwand hinter der Biegung und Elisabeth hetzte los. Als Kind hatte sie aus Langeweile die Schritte und die Stufen gezählt. So fand sie jetzt in der Dunkelheit das Treppengeländer und sprang zwei Stufen auf einmal nehmend hinauf bis ins Dachgeschoss. Ein Lichtschein blendete sie, als sie gerade über die letzte Stufe sprang und weiterrannte – dann prallte sie mit jemandem zusammen, der ihr entgegenstürzte. Ihr Holzstock traf etwas Hartes, vermutlich eine Stirn, der Mann keuchte auf. Dann ging alles so schnell, dass sie nicht mehr wusste, wo oben und wo unten war. Ein harter Griff hebelte sie von den Beinen. Der Aufprall schlug ihr alle Luft aus der Lunge, Sterne tanzten vor ihren Augen, dann bekam sie keine Luft mehr. Ein Knie drückte gegen ihr Brustbein und der Mann presste ihr den Stock quer gegen die Kehle und nagelte sie damit auf dem Boden fest. Licht blendete sie, Schritte polterten.

„Was war das?", hörte sie Benos Stimme.

„Der Kerl hat mir aufgelauert und wollte mich niederschlagen", sagte ein anderer Mann. Der Stock drückte noch fester.

„Beno!", krächzte sie.

Sein Gesicht erschien vor ihr. Mit diesem Ausdruck fragender Konzentration, den sie so gut kannte, beugte er sich über sie und spähte unter die Kapuze, die ihr Haar verbarg. Dann klappte sein Mund auf. „Lass los! Das ist Elisabeth!"

Der Stock verschwand, Beno kniete sich zu ihr hin

und zog sie vorsichtig in eine sitzende Position. Jetzt erkannte sie auch den Mann, der sie überwältigt hatte. Es war Maddas Schmiedegeselle.

„Was machst du hier?“ Benos Stimme bebte vor Sorge. „Ist dir etwas passiert?“

Am liebsten hätte sie sich in seine Arme geflüchtet. *Ja*, wollte sie schreien. *Mir ist etwas Schreckliches passiert.* Aber sie riss sich mühsam zusammen.

„Lucio hat Meister Ferber ermordet“, flüsterte sie.

„Was?“ Beno wurde schlagartig weiß im Gesicht.

„Es ist wahr!“, sprudelte sie hervor. „Lucio ist nicht Lorenzos Sohn aus Genua, sondern ein Mörder und Betrüger.“

„Was?“

„Ich glaube, Jos Humpis hat ihn angeheuert. Der Handelszug aus Italien wird nie ankommen. Jos hat ihn bestimmt überfallen.“

Beno begriff sofort. „Ein Spion also!“

Elisabeth nickte heftig. „Wahrscheinlich wurde der echte Lucio entführt und sitzt jetzt im Ratzenrieder Schloss. Der Kerl, den Jos angeheuert hat, soll uns ausspionieren und unserer Familie auf jede nur erdenkliche Art schaden …“ Sie schluckte die aufsteigenden Tränen herunter.

„Jos hätte sich ins Fäustchen gelacht, wenn wir dich mit dem Makel, keine Jungfrau mehr zu sein, in die Ehe hätten geben müssen!“ Noch schlimmer als die Erinnerung an Barbaras Worte schmerzte die Scham. „… und jetzt ist er unten im Stofflager“, brachte sie mühsam hervor.

Martin und Beno wechselten einen schnellen Blick.

„Zwei gegen einen", sagte Martin trocken. „Den machen wir fertig."

Doch dann stutzte auch Martin. Es war nur eine Ahnung in einem Luftzug, der von unten kam, aber jeder von ihnen wusste sofort, was er bedeutete.

„Feuer!", sagte Beno und sprang auf.

*

Die Ahnung von Rauch wurde stärker, je weiter sie nach unten kamen. Während sie noch auf der Treppe waren, entdeckte Elisabeth die erste Flamme. Sie wanderte wie von Geisterhand geführt über den Boden. Alle Geschichten über Dämonen fielen ihr wieder ein. Doch dann hörte sie ein Knistern und entdeckte die Schnur, von der die Flamme verzehrt wurde. Die Flamme fraß sich an einem Holzeimer hoch, der direkt unter einem Stapel von Leinwandballen platziert war, und verschwand darin. Im nächsten Moment fauchte ein Feuerball aus dem Eimer und leckte über die Leinwände. Ölflecken glänzten auf dem Stoff, schon fing der erste Ballen Feuer.

Mit einem Satz sprang Martin über das Treppengeländer und kam hart unten auf. Er riss den brennenden Ballen heraus und schleuderte ihn auf den Boden. Dann war Beno schon bei ihm, zerrte Schaffelle und Lederdecken aus Lagertruhen herbei und begann, damit das Feuer zu ersticken.

„Ich läute Alarm!“, rief Elisabeth Beno zu. Sie machte kehrt und rannte zum Vorraum, die Hand schon am Schlüssel. Sie versuchte nicht daran zu denken, dass sie gleich den Toten sehen würde. Mit einem Satz war sie im Zimmer. Der arme Meister Ferber lag immer noch so da, wie sie ihn verlassen hatte – und an der Tür stand eine Gestalt mit einem Reisebeutel über der Schulter und rüttelte wütend an der Klinke. Das Haar war jetzt von einer Kapuze verhüllt, aber Elisabeth hörte einen wüsten italienischen Fluch. Sie wollte zurückspringen, als sich ihr Fuß in etwas verhedderte. Stoffe lagen auf dem Boden, besprengt mit Lampenöl. Ein kleines Ölfass lag umgeworfen im Zimmer, das Öl floss auf Stoff und Dielen und vermischte sich mit Ferbers Blut. Elisabeth taumelte zurück und fing sich, aber Lucio fuhr schon herum. Ein Tuch lag über Nase und Mund, seine Augen weiteten sich vor Überraschung und wurden dann schmal und hasserfüllt. *„Strega!“*, zischte er.

Es war wie in einem Traum. Sie hätte Angst haben und davonlaufen müssen, hoffend, dass sie schneller war als er. Aber irgendetwas geschah mit ihr. Die Zeit schien sich zu dehnen. Sie sah den Dolch in Lucios Hand, als er sich auf sie stürzte. Und im Bruchteil eines Wimpernschlags ein anderes Bild, das alles überlagerte: Sie selbst, benebelt von einem Trank, der ihr vorgaukelte, der Keller sei ein Schiff auf dem Meer vor Sizilien. Irgendjemand schrie auf, ein rauer, wütender Schrei. Fast verwundert stellte sie fest, dass sie selbst geschrien hatte, und jetzt packte sie Ferbers Glocke am Holzstiel und riss sie hoch.

Lucio hatte wohl mit allem gerechnet, aber nicht damit, dass sie ihn angriff. Er stutzte, nur die Ahnung eines Augenblicks – aber dieser Irritationsmoment genügte. Die Metallglocke traf mit voller Wucht – ein hässlicher, dumpfer Schlag und ein metallischer Misston. Ihre Hand schmerzte, so fest hatte sie zugeschlagen. Lucio stürzte, der Dolch schlitterte über den öligen Boden.

„Elisabeth?“ Das war Benos Stimme.

„Er ist hier!“, schrie sie und schnappte sich den Dolch vom Boden.

Lucio rappelte sich mit schmerzverzerrtem Gesicht auf, an der Schläfe eine Platzwunde. Schritte polterten auf die Tür zu, Beno rannte in den Raum, einen Dolch in der Hand – und fiel über das Fass, das ihm entgegengeschleudert wurde. Lucio fegte an Beno vorbei aus dem Raum. Als sie ihn nach draußen verfolgten, wären sie beinahe Martin in die Quere gekommen. Lucio hatte bereits die Treppe erreicht und rannte mit riesigen Sprüngen zum ersten Stock hoch, seinen mit Öl beschmierten Reisebeutel unter dem Arm.

Martin zögerte keinen Moment. Mit einem Satz war er bei den Lagerkisten, hangelte sich daran hoch, warf seinen Stock voraus auf die Treppe und überwand die Kluft zum Treppengeländer mit einem geschmeidigen Sprung. Einen Moment später rannte er Lucio hinterher, der oben gerade um die Ecke in der Dunkelheit verschwand.

„Hol eine Lampe, Elisabeth!", rief Beno und setzte Martin nach.

Rauchdunst lag noch in der Luft, als Elisabeth oben ankam. Sie hörte ein Fluchen und ein Türenklappen, dann kam Martin ihr entgegen, ein Schatten, der in den Lichtschein der provisorischen Fackel sprang. In aller Eile hatte sie Streifen ölgetränkter Leinwand zu einem Bündel geknüllt und in die Glocke geschoben. Die trug sie nun am langen Holzgriff.

Beno kam atemlos zu ihnen gelaufen. „Er ist wie vom Erdboden verschluckt. Gib mir das Licht!"

Das Feuer fauchte auf, Funken stoben. Elisabeth spürte einen kalten Zug im Nacken und drehte sich um. Eine Tür am Ende des Gangs wurde vom Wind zugeschlagen. Wenige Augenblicke später standen sie in einem Schreibzimmer, in dem das Fenster offen stand. Nachtwind wehte ihnen entgegen und ließ das brennende Leinen glühen und knistern, als Beno die Fackel aus dem Fenster hielt.

„Er ist gesprungen", sagte er fassungslos.

Die Straße lag dunkel unter ihnen, gegenüber gähnte das Tor des Mietstalls. Beno drehte die Glocke um und schlug gegen das Mauerwerk. Fetzen brennender Leinwand fielen heraus und segelten auf die Straße. Im Flammenregen erkannte man eine huschende Gestalt. Beno begann Alarm zu läuten. „Mörder!", brüllte er. „Feuer! Brandstiftung im Humpis-Kontor! Holt die Wache!"

Lucio tauchte in den Schatten der Mietställe ab. Erste

Fenster gingen auf – und schwere Schritte kamen eilig näher.

„Dahinten!", rief Beno, als zwei Büttel auftauchten.

Ein Stallknecht stürzte mit einer Mistgabel in den Händen aus dem Mietstall und lief den Wächtern genau in den Weg.

Fast im selben Moment ertönte Getrappel, dann brach ein Pferd aus dem Tor hervor. Lucio saß auf seinem Rücken. Er riss am Strick herum und trieb es zum Galopp an. Die Büttel fluchten so laut, dass man es bis oben hörte, und stürzten Lucio hinterher. Martin schwang seine Beine über das Fensterbrett und stieß sich ab. Elisabeth schnappte erschrocken nach Luft. Martin fiel und riss Lucio vom Pferderücken, als das Pferd unter dem Fenster vorbeipreschte. Im verlöschenden Schein der letzten Fackelreste sah Elisabeth nur noch ein Knäuel aus Fäusten und Gliedmaßen. Und weitere Pferde, die aus dem Stall auf die Straße stürmten, sich aufbäumend, als der Stallknecht vergeblich versuchte, sie mit quer gehaltener Mistgabel aufzuhalten. Ein Pferd riss ihn einfach um, dann erlosch der letzte Fetzen. Feuerschein näherte sich. Zwei weitere Wächter rannten herbei, Menschen beugten sich weit aus den Fenstern. Und Elisabeth sah voll Schrecken, wie Martin unter einem Fausthieb taumelte. Aber er ließ Lucio nicht los.

„Er ist ein Mörder und Brandstifter!", schrie Beno den Bütteln von oben zu. „Haltet ihn!" Und dann geschah alles so schnell, dass Elisabeth es im Halbdunkel kaum verfolgen konnte. Der Stallknecht war als Erster bei Lucio, warf sich mit einem Hechtsprung ins Handgemenge und brachte Martin zu Fall. Plötzlich war Lucio frei. Er griff in die Mähne eines vorbeitrabenden Pferdes und zog sich flink wie ein Akrobat auf dessen Rücken. In diesem Augenblick kamen weitere Wächter aus der Seitenstraße angerannt. „Da reitet er!", schrien die Leute und deuteten aus den Häusern auf Lucio.

Beno griff Elisabeths Hand und gemeinsam liefen sie nach unten, so schnell sie in der Dunkelheit konnten. Doch als sie auf der Straße ankamen, waren nur noch ferner Hufschlag und die kehligen Rufe der Wächter zu hören. Leute in Nachtkleidung halfen Martin und dem Stallknecht auf die Beine. Einige Männer holten ihre Mäntel, um beim Einfangen der Pferde zu helfen. Elisabeth zog sich die Kapuze tief ins Gesicht und trat in den Schatten der Gasse zurück.

„Braucht ihr Hilfe im Kontor?", rief ein Mann über die Straße. „Brennt es noch?"

„Nein, hab Dank", sagte Beno und packte den humpelnden Martin am Arm.

*

„Ich hätte ihn erwischt, wenn dieser Trottel von Stallknecht mir nicht in die Quere gekommen wäre", schimpfte Martin. Sein Hemd war verdreckt und am Ärmel zerrissen, aber er umklammerte immer noch den Lederbeutel, den er Lucio entrissen hatte.

„Er wird nicht weit kommen“, erwiderte Beno. „Die Stadttore sind geschlossen. Und die Büttel kreisen ihn schon ein. Und wenn ich nachher Meldung gebe, hat er keine Chance, unerkannt aus der Stadt zu kommen.“

Elisabeth zitterte immer noch. Wieder glitt ihr Blick zur Pritsche. Beno und Martin hatten den armen Meister Ferber darauf gebettet und die Decke über ihn gebreitet. Elisabeth hatte aus einer Lagerkiste einen Rosenkranz aus spanischen Korallen geholt und um Ferbers gefaltete Hände gewunden. Im Geist sprach sie ein Gebet für ihn. Sie hätte Trauer und Schrecken empfinden müssen, aber sie war immer noch wie erstarrt. Brandgeruch lag in der Luft, obwohl alle Feuer erstickt worden waren.

„Du musst zur Wachstation am Tor“, sagte Martin heiser.

Beno nickte niedergeschlagen.

„Außerdem muss ich den Pfarrer für Meister Ferber rufen – und dann nach Hause, meinem Großvater Bescheid sagen.“

„Onofrius schläft tief und fest“, sagte Elisabeth leise. „Er hat den Wein mit dem Schlafmittel getrunken, den der Medicus für mich zubereitet hat.“

Die zwei sahen sie verdutzt an und sie senkte den Blick.

Beno griff nach Lucios Lederbeutel und holte eine Handvoll Papiere und ein schmales Rechnungsbuch heraus. „Aufstellungen unserer Besitztümer. Und Listen aus meinen Schubladen!“

„Die Schubladen waren leer“, sagte Elisabeth. „Und ich bin sicher, er hat auch Unterlagen aus Onofrius’ Geheimfächern gestohlen.“

Beno wühlte im Beutel, zog Buch für Buch heraus und dazu Bündel von Briefen und Verträgen, die Siegelstempel trugen. Und auch ein kleines, in rotes Leder gebundenes Buch, das mit einem in Gold geprägten Kreuz auf dem Einband als Psalmbuch getarnt war. „Das sollte er also Jos überbringen“, sagte Beno mit vor Zorn bebender Stimme. „Der ganze Besitzstand unserer Familie ist hier verzeichnet: alle Häuser, alle Anlagen in allen Ländern mit dem Vermerk, wo das Geld angelegt und verwaltet wird. Die Besitzurkunden hat er ebenfalls gestohlen. Und wir Narren haben ihm Zugang zu Kontor und Rechnungsbüchern gewährt!“

Elisabeth nickte nur. Der Kloß saß immer noch in ihrer Kehle. Beno packte den Beutel und schüttelte den restlichen Inhalt auf den Boden – dort, wo kein Öl sich ausgebreitet hatte. Schmuck klirrte auf den Dielen, Goldringe und Juwelen, die Barbara gehörten.

Martin pfiff leise durch die Zähne.

„Wie hast du es herausgefunden, Elisabeth?“, fragte Beno.

Elisabeth deutete auf einen noch versiegelten Brief, der auf dem Boden zwischen den anderen Dokumenten lag.

„Gelbes Siegelwachs. Wir verwenden rotbraunes oder rotes Wachs. Aber gestern fand ich in deiner Kammer gelbes. Ich dachte, du hättest es benutzt. Aber heute fiel mir auf, dass der Brief des Handelszugführers an Lucio ebenfalls gelb versiegelt war."

Sie zog den zerknitterten Brief hervor, den sie zu Hause eingesteckt hatte. Und dazu die herausgerissene Seite des Rechnungsbuchs. „Der Brief lag auf dem Schreibtisch im Wohnzimmer. Und als ich ihn entfaltete und mit Lucios Schrift aus dem Rechnungsbuch verglich, war klar, dass Lucio den Brief selbst geschrieben haben musste. Er versuchte zwar seine Schrift zu verstellen, aber einige Buchstaben sind dennoch identisch."

Beno war sprachlos. Sie wurde rot, als er sie mit offenem Mund ansah. Aber dann breitete sich ein Lächeln über sein Gesicht und ihr wurde ganz warm. *Wir beide*, dachte sie. Und für einen Moment gab es nichts mehr, was sie trennte.

Ein Hämmern an der Tür zerstörte den magischen Augenblick. Sie fuhren alle drei herum.

„Beno Humpis?", rief draußen ein Mann. „Stadtwache! Macht auf!"

„Einen Moment, ich muss den Schlüssel holen!", rief er laut. Er steckte den versiegelten Brief ein und wollte aufspringen, aber Martin fasste ihn am Arm.

„Was ist mit Madda?", fragte er mit harter Stimme. „Euer Wächter ist tot, für den könnt Ihr nichts mehr tun. Sind die Geschäfte Eurer Familie jetzt wichtiger als Maddas Leben?"

„Rede keinen Unsinn, Faber!", erwiderte Beno verärgert. „Hier, der Schlüssel zum Haupttor. Elisabeth weiß, wie ihr dorthin kommt. Bring sie zu euch in die Schmiede, ich komme nach."

Täuschungen

Wenn man aber fragt, ob dämonische Täuschungen gute wie schlechte Menschen ohne Unterschied treffen können, so lautet die Antwort: Nein. Folglich haben alle, die so getäuscht werden, irgendwelche Todsünden begangen.

AUS KRAMERS NOTIZEN FÜR DEN HEXENHAMMER

Noch nie war Elisabeth so weit in die Unterstadt gegangen. Sogar in dieser eisigen Nacht trieb der Gestank des Gerberbachs herüber. Längst hatte sie Seitenstechen vom ungewohnt langen Laufen, aber sie durfte Martin in der Dunkelheit nicht verlieren. Bei jedem Geräusch zuckte sie zusammen in dem Glauben, nun der Wache in die Arme zu laufen – oder noch schlimmer: Lucio zu begegnen.

Martin sagte auf dem ganzen Weg kein Wort. Elisabeth fragte sich, wie er sich fühlen musste bei dem Gedanken, dass sein Mädchen am anderen Ende der Stadt in einem Kerker eingesperrt war. Gerne hätte sie etwas Tröstendes gesagt, aber er eilte ihr so schnell voraus, als würde er vor ihr fliehen. Und noch ein Gedanke nagte an ihr: *Ob er weiß, dass Beno Madda geküsst hat?* Immer noch versetzte ihr diese Erinnerung einen Stich. *Haben sich die beiden Männer wegen Madda geprügelt? Hat Beno dabei einen Fausthieb eingesteckt?* Der Bluterguss an seinem Jochbein sah jedenfalls aus, als hätte ihn dort ein Schlag getroffen.

Endlich wurde Martin langsamer und bog in einen Hof ein. Schemenhaft erkannte sie den Umriss eines kleinen Handwerkerhauses.

„Wartet hier und rührt Euch nicht", sagte Martin. Er schob sie in einen Unterstand und verschwand im Haus.

Trotz der Dunkelheit erahnte sie den Glanz von Eisen. Mit der Hand ertastete sie eine kalte Metallfläche – der Amboss aus der Schmiede. Über sich hörte sie ein leises Klopfen und Schritte, dann aufgeregtes Flüstern. Eine Stiege knarrte, dann glitt Martins Schatten heran. Sie ließ sich führen, bis ihr Fuß gegen Holz stieß. „Das ist die Stiege. Raufgehen müsst Ihr selbst. Ellen, Maddas älteste Schwester, wartet oben."

„Danke", flüsterte Elisabeth.

Aber der Geselle war schon davongehuscht.

„Jungfer Elisabeth?", hörte sie von oben eine leise Stimme.

Sie tastete nach dem Holzgeländer und schlich hinauf. Es war seltsam, die Hand einer Fremden zu ergreifen. Aber die Frau umschloss ihre Rechte ganz fest und führte sie durch die Dunkelheit zu einer halb offenen

Tür und in eine beleuchtete Küche, so winzig, wie Elisabeth sie noch nie gesehen hatte.

„Setzt Euch“, sagte Ellen sehr höflich. Sie deutete auf eine Bank am Feuer. Nähzeug lag noch dort. Ellen stocherte in der Glut der Feuerstelle und legte Holz nach. Elisabeth konnte den Blick nicht von Ellen wenden. Die Schwestern Weißhaar ähnelten einander so sehr, dass Elisabeth glaubte, eine etwas ältere Madda vor sich zu haben. Ellen musterte sie ebenso erstaunt – ihre Männerkleidung schien sie zu irritieren.

Schritte schleiften übers Holz und in der Tür erschien ein hagerer Mann mit schlohweißem Haar und sorgenzerfurchtem Gesicht. „Wer ist das?“, knurrte er. „Beno Humpis? Der soll sich zum Teufel scheren!“

„Nein, Vater“, gab Ellen wispernd zurück. „Und sei bitte leise und weck Ursel nicht auf.“

„Gott zum Gruß, Meister Weißhaar“, flüsterte Elisabeth und schob die Kapuze in den Nacken. „Ich bin Barbaras Nichte aus Augsburg. Elisabeth Gebert.“

*

Die Wache war ausgeschwärmt, aber immer noch standen die Nachbarn auf der Straße vor dem Kontor und ließen sich nur widerwillig zurück in ihre Häuser schicken. Beno hatte eine Beschreibung Lucios für einen Haftbrief abgegeben und mit dem Hauptmann der Stadtwache und einem der Kontorverwalter, der in der Nachbarschaft wohnte, das Lager abgeschritten. Notdürftig hatten Beno und der Verwalter Ferbers Kammer aufgeräumt. Ein junger Mönch, der in aller Eile aus dem Heilig-Geist-Spital geholt worden war, würde bis zum Morgen neben der Pritsche bei dem Toten wachen und für seine Seele beten.

„Wenn Ihr wollt, begleiten wir Euch nach Hause", sagte der Hauptmann zu Beno.

Beno schüttelte den Kopf. „Danke, aber ich muss warten, bis unser Verwalter alle Schäden geprüft hat."

Der Wächter nickte und ging zu seinen Männern. Der junge Mönch gähnte herzhaft, dann begann er mit müder Stimme das erste Gebet von vielen herunterzuleiern. Beno nahm Lucios Lederbeutel und zog sich zurück in die Lagerräume.

Im Schein einer Öllampe holte er den Brief hervor. Das gelbe Siegel war noch unversehrt.

An Doktor Henricus Institoris,
Päpstlicher Inquisitor zu Ravensburg.
Streng vertraulich!

Wollte Lucio den Brief im Rathaus hinterlegen? Kramer hatte einen Ratsknecht abgestellt, der nachts wachte – für den Fall, dass ein anonymer Zeuge im Schutz der Dunkelheit schriftliche Hinweise abgeben wollte.

Benos Hände zitterten, als er das Siegel brach. Der Brief bestand aus drei eng beschriebenen Seiten. Und während er las, raste sein Herz von Zeile zu Zeile mehr. Raschelnd fiel die erste Seite zu Boden, dann die zweite.

Das war also der Plan!, dachte Beno voll Entsetzen. Und als er auf der dritten Seite schließlich auch noch Elisabeths Namen fand, hatte er längst das Gefühl, ins Bodenlose zu stürzen.

*

„Wo ist Martin hin?", fragte Ellen leise.

„Ich weiß es nicht", erwiderte Elisabeth. „Vielleicht will er zurück zum Kontor. Aber Beno hat versprochen herzukommen."

Ellen seufzte und rieb sich müde die Augen. Sie wirkte, als hätte sie seit Tagen nicht geschlafen. „Kann er Madda helfen?", fragte sie zaghaft.

„Ich bin sicher, er wird alles versuchen."

Ellen nickte, stand auf und ging aus der Küche. Draußen hörte Elisabeth sie leise mit ihrem Vater sprechen, der wohl immer noch erbost war. „… will ich nichts mit denen zu tun haben!", hörte sie ihn schimpfen. Dann klappte eine Tür zu und wenig später kam Ellen zurück in die Küche, über dem Arm dunkle Kleidung, die Elisabeth sofort wiedererkannte. Es war ihr altes Reitkleid, das Madda auf dem Ritt zum Schloss tragen durfte.

„Vielleicht wollt Ihr Euch umkleiden?", fragte Ellen. „Oder wenigstens die Röcke überziehen?"

Elisabeth verstand sehr wohl, dass es keine Frage, sondern eine Aufforderung war. Hier mitten in der Nacht aufzutauchen war eine Sache. Aber als Mädchen in Männerkleidern in Meister Weißhaars Küche zu sitzen gehörte sich noch viel weniger. „Natürlich, danke", beeilte sie sich daher zu sagen.

Ellen bemühte sich gar nicht erst, ihre Erleichterung zu verbergen. Sie schüttelte die schweren Stoffe aus und reichte Elisabeth die Röcke und das Wäschehemd. „Ihr könnt Euch draußen in der Stube umziehen, da ist mehr Platz."

Elisabeth stutzte. „Was ist das?" Vorsichtig berührte sie die losen Fäden und den zerrissenen Stoff an einer Schulter. *Wie von einem Angriff.*

„Oh, der Riss", sagte Ellen. „Ich kam noch nicht dazu, ihn zu nähen."

„Was ist passiert?", fragte Elisabeth atemlos. Plötzlich bekam sie kaum Luft. Ihr Herz schlug bis zum Hals und sie wusste nicht, warum.

Ellen schien eine Weile unschlüssig zu sein, ob sie ihr antworten sollte, aber dann machte sie die Küchentür zu und beugte sich zu Elisabeth. „Wonach sieht es denn aus?", sagte sie mit deutlichem Vorwurf. „Euer Gast hat versucht, sich an Madda zu vergreifen. Sie sagte, außer Beno würde ihr niemand glauben. Die Ehre einer Magd ist im Haus Humpis wohl nicht viel wert!"

Das war wie ein Schlag, der ihr endgültig die Luft nahm. *Lucio.* Sie begann zu zittern, ohne dass sie etwas dagegen tun konnte.

Ellen runzelte die Stirn. „Jungfer Elisabeth? Geht es Euch gut?"

Elisabeth konnte nur stumm den Kopf schütteln.

Jetzt klapperten ihr auch noch die Zähne. Das Kleid entglitt ihr, sie schlang die Arme um sich und rang nach Luft. Sie sah Meister Ferber vor sich. Das viele Blut – und Lucios sanftes Lächeln.

„Elisabeth, was ist denn?" Vielleicht war es die Sorge in Ellens Stimme. Oder die Berührung, als Maddas Schwester ihr eine lose Locke aus der Stirn strich und ihr die Hand an die Wange legte. Aber Elisabeth packte Ellens Hand und hielt sie so fest, als würde sie ertrinken. „Ich habe Madda auch nicht geglaubt, dass er ein Lügner ist!", brach es aus ihr heraus. „Aber dann … hat er sich auch an mir vergriffen."

Ellen starrte sie erschrocken an.

Ein rauer Stein schien in Elisabeths Kehle zu sitzen, doch sie sprach weiter, atemlos und kaum hörbar. „Er hat mich belogen und mich mit einem Trank betäubt. Und ich war so dumm, auf ihn hereinzufallen. Auf einen Mörder! Er … er hat Meister Ferber erstochen!"

Jetzt war ihr schwindelig und so kalt, als müsste sie erfrieren.

„Oh, Liebes", murmelte Ellen. Sie setzte sich einfach neben Elisabeth auf die Küchenbank und nahm sie fest in die Arme. Und plötzlich löste sich der Knoten in ihrer Kehle und Elisabeth begann zu schluchzen. Sie verkroch sich in die Umarmung und weinte zum ersten Mal – um Meister Ferber, um Madda und um sich selbst. Ellen fragte behutsam nach und wartete geduldig, bis Elisabeth antworten konnte. Stockend erzählte sie nach und nach die ganze Geschichte und Ellen streichelte ihr die ganze Zeit tröstend über den Rücken. Danach schwiegen sie lange, während das Feuer vor sich hin knisterte. Zum ersten Mal seit diesem furchtbaren Morgen im Schloss hatte Elisabeth das Gefühl, wieder atmen zu können. Zumindest ein wenig.

Ellen wischte ihr mit den Fingerknöcheln sanft die Tränen von den Wangen. „Hört mir gut zu, Elisabeth. Dieser Verbrecher wird für seine Untaten bezahlen. Der Pfarrer würde Euch sicher etwas anderes dazu sagen, aber glaubt mir: Sich täuschen zu lassen ist schlimm, aber keine Sünde. Ihr wart leichtgläubig, ja. Ihr habt dem Gast vertraut, weil Eure Familie es tat. Und selbst wenn Ihr in ihn verliebt wart und ihm freiwillig gefolgt seid: Ihr seid nicht schuld an dem, was er Euch angetan hat."

Elisabeth senkte den Blick. *Barbara würde das vollkommen anders sehen.*

„Hört Ihr mir zu?"

„So einfach ist es bei uns nicht", erwiderte Elisabeth.

„Bei Euch reichen Patriziern, meint Ihr?" Ellen klang leicht verärgert. „Ihr glaubt, für uns einfache Leute gelten andere Regeln?"

„Das ... habe ich nicht gesagt."

„Aber Ihr denkt es! Doch da täuscht Euch mal nicht. Auch wenn wir in Euren Augen nur Unterstädter und arme Leute sind, wissen wir sehr genau, was Ehre und Anstand bedeuten!" Sie stand auf und klopfte sich unwillig den Rock glatt. „Und wir wissen zwischen Recht und Unrecht ebenso zu unterscheiden wie Ihr. Der Kerl ist ein Mörder und ein Mädchenschänder – egal ob er sich an einer Magd vergreift oder an einer Patrizierin. Und es ist eine Schande, dass Maddas Wort und Ehre weniger zählen als die einer Patriziertochter."

Elisabeth wollte widersprechen, aber draußen ertönte ein leises Klopfen.

Ellen schien erleichtert zu sein, die Küche verlassen zu können. „Das wird Martin sein", murmelte sie und eilte hinaus. Elisabeth wischte sich hastig mit den Ärmeln über die Wangen und stand ebenfalls auf.

„Bist du Ellen?", hörte sie draußen eine vertraute Stimme sagen.

Ihr Herz machte einen schmerzhaften Satz. *Beno!* Sie sprang auf.

„Scht, leise!", flüsterte Ellen draußen. Sie und Beno sprachen leise miteinander und kamen schließlich in die Küche. Beno war kreidebleich und so ernst, dass er Elisabeth wie ein Fremder erschien. Elisabeth schluckte. „Ist Lucio gefasst worden?"

„Noch nicht", sagte Beno. „Kann ich … mit Elisabeth allein sprechen?"

Ellen verschränkte die Arme und sah ihn prüfend an. Und auf seltsame Art machte sie das Barbara ein wenig ähnlich. „Fragt sie doch selbst. Frauen können sprechen und entscheiden."

Beno war über diese Antwort sichtlich irritiert. Und fast hätte Elisabeth nun gelächelt, denn Ellen war wohl trotz allem besorgt um sie. „Ja, ich will mit Beno sprechen."

Ellen zögerte, aber dann zuckte sie mit den Schultern und ging hinaus.

Beno wartete, bis die Tür sich geschlossen hatte, dann trat er zur Bank und legte Lucios Lederbeutel darauf. Seine Hände zitterten, als er zwei Blätter hervorholte und sie Elisabeth reichte. „Hier, das hat Lucio an Kramer geschrieben."

„Ist das der Brief mit dem gelben …"

„Ja. Lucio war der anonyme Zeuge, der Madda bei Kramer angezeigt hat. Aber die Anzeige sollte erst der Anfang sein."

Elisabeth holte tief Luft und begann zu lesen. Schon nach wenigen Zeilen musste sie sich setzen. Und als sie am Ende der zweiten Seite war, verschwammen die Buchstaben vor ihren Augen und ihr war so übel, dass sie kaum atmen konnte.

Beno sah sie nur schweigend und seltsam angespannt an.

„Das war also sein Plan – von Anfang an!", brachte sie mühsam heraus.

Beno nickte. „Er … hat auch etwas über dich geschrieben."

Damit reichte er ihr ein drittes Blatt.

Sie war froh, dass sie schon saß, sonst hätten ihre Beine sie sicher nicht mehr getragen.

Lucio hat viele Talente, dachte sie. *Singen und Lügen, Tanz und Täuschung. Und zeichnen kann er offenbar auch.* Ihre Wangen glühten, als sie ein Zerrbild von sich selbst betrachtete, eine wollüstige Fremde mit ihren

Zügen. Das Haar wand sich wie die Schlangenkrone der Medusa in der Luft und gab den Blick frei auf den entblößten Körper. Und genau an den richtigen Stellen saßen ihre drei Muttermale. *Ein hübsches Dreigestirn*, hörte sie Lucio hämisch sagen.

Aber auch nach meiner Flucht aus dem Schloss Bettenreute fühlte ich mich nicht mehr sicher vor dem Bösen.

Das hatte Lucio über die Zeichnung geschrieben.

Heute, mitten in der Nacht, stand Elisabeth schon wieder an meinem Bett im Humpis-Haus. Wieder war sie nackt, ihr Haar strahlte auf magische Weise Licht aus und züngelte wie Flammen. So konnte ich die drei Hexenmale auf ihrem Bauch deutlich sehen. Eine Zeichnung füge ich für Euch zum Beweis unten an. So könnt Ihr bei der Hexenprobe feststellen, dass ich die Wahrheit sage. Sie drohte, mir eine Krankheit anzuhexen, weil ich sie auf Schloss Bettenreute verschmäht hatte. Als ich Gott anrief und das geweihte Salz nach ihr warf, das Ihr mir bei unserem letzten Gespräch mitgegeben habt, da fuhr sie fauchend wie eine Katze zurück. Das gab mir Zeit, aus dem Bett zu stürzen und zu fliehen.

„Er wollte auch dich in den Kerker bringen“, sagte Beno tonlos. „Wenn Kramer den Brief morgen lesen würde, würde er beim Verhör alles daransetzen, Madda dazu zu bringen, dich als Komplizin zu nennen. Nicht einmal Konrad Geldrich könnte dich dann noch vor einem Schuldspruch bewahren. Und … falls es stimmt, dass deine Male an den bezeichneten Stellen sitzen …“

Er verstummte und biss sich auf die Unterlippe. Elisabeth hatte keine Tränen mehr, sie konnte nicht einmal mehr zornig sein. Und Beno sah sie immer noch an, ohne seine Frage zu vollenden. Sie wusste, was sie nun erzählen müsste: dass sie keine Ahnung hatte, woher Lucio von den Muttermalen wusste. Dass er es vielleicht über Madda oder eine andere Bedienstete ausspioniert hatte. Dass er womöglich sogar die Frau des Apothekers bestochen hatte, die sie als Kind mit einer Salbe behandelt hatte, als sie einen Ausschlag hatte. Es war erstaunlich, wie viele Lügen ihr einfielen. Und in Benos Miene spiegelte sich die Bereitschaft, ihr alles zu glauben. *Weil er mir immer noch vertraut.* Sie senkte den Kopf. *Wenn ich die Wahrheit sage, verliere ich ihn. Aber wenn ich ihn jetzt anlüge, verrate ich alles, was wir waren. Und alles, was wir vielleicht sein könnten.*

Es kostete sie mehr Mut als alles, was sie bisher im Leben gewagt hatte. Doch sie hob den Kopf, sah Beno in die Augen und sagte: „Lucio hat die Male gesehen."

Dann erzählte sie, so sachlich sie es vermochte, von dem Festabend, der Täuschung und dem Trank. Sie wünschte, sie hätte Beno dabei nicht angesehen. Noch nie hatte sie ihn so fassungslos erlebt – und auch so enttäuscht.

„Du … bist mit ihm mitgegangen?", brachte er mühsam beherrscht hervor.

„Ja. Und ich werde nicht lügen und dir erzählen, dass ich ihm nicht freiwillig aus der Kammer, in die Barbara mich gesperrt hat, gefolgt bin. Ich gebe auch zu, dass ich in eine Weile lang glaubte, ich hätte mich in ihn verliebt.

Aber in jener Nacht erkannte ich, dass ich nur einem Trugbild hinterherlief, das mir alles vorgaukelte, was ich mir wünschte. Nach unserem Streit im Festsaal war ich so unglücklich und einsam, Beno. Doch als ich dann mit Lucio allein war, erkannte ich, dass ich gar nicht ihn meinte. Ich wollte jemand anderen umarmen, mit jemand anderem tanzen, reisen und lachen. Mit dir! Nur ... habe ich es bis zu jenem Abend nicht gewusst."

Beno sah immer noch aus, als hätte sie ihn geschlagen. Er fuhr sich durchs Haar und trat zur Tür zurück. „Wir streiten uns einmal und du läufst sofort zu einem anderen?"

Sie wurde rot. „Nein! Und es war nicht nur ein einziger Streit. Es ist, als hättest du vor Monaten die Tür zwischen uns zugeschlagen. Du wolltest mich ja nicht einmal mehr ansehen!"

„Bin ich jetzt also der Grund dafür, dass du mit ihm gegangen bist?"

Elisabeth konnte es nicht fassen. Die Kränkung stand ihm ins Gesicht geschrieben, vergeblich versuchte er die Fassade von kühler Beherrschung aufrechtzuerhalten. Jetzt hatte sie endgültig genug. „Weißt du, was du bist, Beno? Ein Heuchler! Du wagst es, mir einen Vorwurf zu machen? Ja, ich habe einen Fehler gemacht. Aber ich bin nicht die Einzige. Du hättest dich mal sehen sollen, wie du am Festabend die Mädchen angestarrt hast. Mit der Gauklerin hast du gelacht – und Madda umarmt und geküsst. Ja ich stand oben an der Treppe und habe alles gesehen. Nur deshalb war ich beim Tanz so wütend auf dich! Und ich hoffe, Martin hat es auch herausgefunden und dir dafür den Fausthieb verpasst!"

„Madda?" Beno blinzelte irritiert. Draußen waren Schritte und gedämpfte Stimmen zu hören. Doch Beno schien sie gar nicht wahrzunehmen. „Elisabeth, du glaubst doch nicht …? Du verstehst nicht …"

„Irrtum. Du verstehst nichts", gab sie hitzig zurück. „Ich erzähle dir, was mir angetan wurde und was ich für dich empfinde. Ich entblöße mich hier bis auf den Grund meiner Seele. Und du hast nichts Besseres zu tun, als den gekränkten, eifersüchtigen Betrogenen zu spielen? Mit welchem Recht? Du bist enttäuscht von mir. Na schön – ich bin es auch von dir, Beno. Aber offenbar habe ich ja ein Talent dafür, mich in Menschen zu täuschen …"

„Moment mal!", unterbrach er sie voll Empörung. „Du beschuldigst mich, dass ich nichts für dich empfinde und mich an Madda heranmache? Das ist nicht wahr! Weißt du, warum ich mich von dir ferngehalten habe? Weil Barbara mir verboten hat, um dich zu werben. Sie hat gesagt, dass sie einer Verbindung zwischen uns niemals zustimmen würde."

Elisabeth sprang auf. „Und du hast ihr gehorcht? Dann bist du nicht nur ein Heuchler, sondern auch ein Feigling!"

Sie wollte schon an ihm vorbei aus der Küche stürzen, aber in diesem Moment hämmerte es gegen die Tür. „Beno?"

Beno konnte gerade noch die Zeichnung von der

Bank reißen und zusammenfalten, als schon die Tür aufging und eine ältere Frau in die Küche stürmte.

„Els?“ Beno war völlig überrumpelt. Jetzt erkannte auch Elisabeth die Frau des Schlossers Frowendienst. Und draußen drängten sich Els’ Mann Hans, außerdem ein großer, grauhaariger Mann, den sie noch nie gesehen hatte, und Martin.

Els packte mit beiden Händen Benos Rechte. Sie strahlte über das ganze erhitzte Gesicht. „Jetzt könnt Ihr mir nicht mehr auf offener Straße davonlaufen! Ich wollte Euch …“

„Raus aus der Küche!“, befahl Ellen leise, aber sehr scharf. „Bist du von Sinnen, hier so laut herumzuschreien, Els? Willst du das ganze Viertel aufwecken?“

Els machte ertappt den Mund wieder zu.

„Gehen wir in die Stube“, setzte Ellen barsch hinzu. Beno blickte zu Elisabeth, aber sie wandte sich brüsk von ihm ab und hob die Röcke ihres Reitkleides vom Boden auf. Erst als alle Schritte verklungen waren, schaute sie wieder auf. Ellen stand mit verschränkten Armen an der Tür und betrachtete sie wissend. „Auch hier gilt das, was ich Euch vorhin gesagt habe“, bemerkte sie. „So viele Unterschiede gibt es nicht. Ob Handwerker oder Patrizier: Männer sind eifersüchtige Esel. Sie haben eine seltsame Art von Stolz – und der wohnt nicht im selben Haus wie die Vernunft.“

Waisenware

Vier gute Dinge gibt es auf der Welt:
altes Holz, um Feuer zu machen;
alten Wein, um ihn am Feuer zu trinken;
alte Bücher, um darin zu lesen;
und alte Freunde, um ihnen zu vertrauen.

ALFONS X., „DER WEISE", KÖNIG VON KASTILIEN

In der Stube stand ein großer Tisch mit einer hölzernen Sitzbank und einfachen Stühlen. Eine Krücke wie für ein Kind lehnte an der Bank. Ellen stellte zwei Maulaffen auf die Tischplatte – Tongefäße mit Menschengesichtern. In den Mundöffnungen steckten brennende Kienspäne und verbreiteten nur schwaches Licht, das durch die Ritzen der Fensterläden draußen nicht zu sehen sein würde.

Beno sank auf die Bank. Sein Blick schweifte zur Tür, aber Elisabeth folgte ihm nicht in die Kammer. Dafür trat ein Mann, der wohl Maddas Vater war, in die Stube. Bei Benos Anblick verfinsterte sich seine Miene. „So, da ist also der feine Herr. Und jetzt schleppt Ihr mir noch die halbe Stadt ins Haus? Als hätten wir noch nicht genug Schwierigkeiten wegen Euch!“

„Beruhige dich, Gabriel.“ Martin war aufgestanden und legte dem alten Schmied die Hand auf die Schulter. „Er ist hier, weil er Madda helfen will.“

„Helfen?“, stieß Gabriel hervor. „Ich glaube diesem Humpis kein Wort. Nie hätte ich mein Mädchen in Euer verfluchtes Haus lassen dürfen. Ihr habt das Unglück erst über sie gebracht!“

Beno senkte den Kopf. *Wenn er wüsste, wie Recht er hat*, dachte er.

„Jetzt sitzt sie im Kerker und wird gefoltert ...“, fuhr Gabriel bitter fort.

„Gefoltert?“, rief Els entsetzt. „Davon hat Martin nichts erzählt.“

Plötzlich redeten alle durcheinander, bis Ellen auf den Tisch schlug und „Ruhe!“ fauchte. „Das gilt für euch alle!“, setzte sie mit blitzenden Augen hinzu. „Seit Madda abgeholt wurde, schläft Ursel oben auf dem Dachboden. Sie hat Angst, dass die Büttel wiederkommen. Wenn ihr sie aufweckt, dann seid ihr auch laut genug für die Nachbarn. Und wenn die Verdacht schöpfen, wird alles nur noch schlimmer. Also, um Maddas willen, reißt euch zusammen. Auch du, Vater!“

Dieser Befehlston aus dem Mund einer Frau war eine Ungeheuerlichkeit, aber sogar Gabriel gehorchte und schwieg. Alle Blicke schweiften voller Erwartung zu Beno.

Als wüsste ich, was zu tun ist, dachte er niedergeschlagen. Er zwang sich dazu, sich zu konzentrieren, obwohl er immer noch völlig durcheinander war. Sein Blick blieb an dem Mann hängen, der zwischen Els und Hans saß.

„Das ist mein Bruder Leif", beeilte sich Els zu sagen. „Er kommt aus Konstanz. Als ich verhaftet wurde, war er gerade auf einer Reise, sonst wäre er schon längst hergekommen. Und dem Inquisitor, der mich vor Gericht gezerrt hat, hätte er persönlich seine verlogenen Zeugenpapiere in den Rachen gestopft."

Der Mann lächelte schief. „Nichts würde ich lieber tun. Aber so einfach ist es leider nicht." Obwohl er sich bemühte, leise zu sprechen, hörte man doch, wie kraftvoll und tief seine Stimme war. „Ich danke Euch, dass Ihr geholfen habt, die Bürgschaft für meine Schwester zu zahlen ..."

„Das wollte ich Herrn Beno auch schon lange sagen, aber er läuft mir ständig davon", mischte sich nun Els wieder ein. „Ohne Euch säße ich jetzt auch im Grünen Turm. Ihr habt ein gutes Herz – wie Eure Großmutter. Und den kostbaren Ring bekommt Ihr zurück."

„Er hat euch einen Ring gegeben?", fragte eine leise Stimme.

Alle fuhren zur Tür herum. Elisabeth trat ein in ihrem dunklen Reitkleid, ein Schultertuch eng um den Körper gezogen und die Arme verschränkt. Sie war blass und sehr ernst und mied Benos Blick, als sie neben Ellen am Ende der Bank Platz nahm. Es war verrückt: Noch nie war sie Beno so schön erschienen. Aber noch nie hatte diese Schönheit so geschmerzt. *Lucio und sie.*

„Ja, ein Ring mit einem runden Rubin war es“, erklärte Hans Frowendienst.

Elisabeth lächelte schmal. „Claras Karfunkelstein. Und ich hatte mich schon gewundert, warum Beno ihn nicht mehr trägt.“

Sogar Gabriel sah Beno nun mit einem erstaunten Respekt an.

„Du ... solltest doch niemandem etwas von dem Pfand sagen, Hans“, murmelte Beno.

„Soll das ein Scherz sein?“, sagte Els trocken. „Ich kann schließlich rechnen und weiß genau, wie viel Geld wir von wem leihen können. Und Hans ist mein Mann. Nach dreißig Jahren kenne ich ihn besser als er sich selbst. Wenn er Geheimnisse vor mir hätte, bekäme er den Ärger seines Lebens.“

Frowendienst seufzte nur vielsagend und grinste schief. „Außerdem sind wir eine Familie“, setzte er hinzu. „Ob du mir ein Geheimnis anvertraust oder uns dreien – das bleibt sich gleich. Keiner von uns wird ein Wort über das, was wir hier sprechen, verlieren.“

Els und Leif nickten ernst. „Ihr bekommt Euer Erbstück zurück“, erklärte Leif. „Mein Ehrenwort darauf. Mein Schwager und meine Schwester werden das Geld zwar nicht aufbringen können, aber ich bin auch eine ... Art Händler. Ich finde schon eine Möglichkeit, die Summe zu beschaffen, um den Ring wieder auszulösen.“

„Damit kannst du dich beschäftigen, wenn wir Madda aus dem Kerker befreit haben“, meldete sich Martin ungeduldig zu Wort.

Beno schluckte. *Wunderbar, jetzt weiß es schon die halbe Unterstadt.*

Gabriels buschige Augenbrauen zuckten nach oben. „Das habt ihr wirklich vor?“

„Wie wollt ihr das anstellen?“, fragte Els atemlos.

„Wissen wir noch nicht“, erwiderte Martin. „Aber Beno kann Madda nicht vor Gericht freikriegen. Also werden wir einen anderen Weg finden. Doch dafür müssen wir die Handschellen aufbekommen. Hans?“

Der Schlosser schnappte nach Luft. „Das wollt ihr also von mir? Ich soll gegen meine Schlosserehre verstoßen und euch zu einem Schlüssel verhelfen?“ Er schüttelte empört den Kopf. „Egal was ich Beno Humpis schulde – das kann ich nicht! Auf keinen Fall. Meine Kunden vertrauen darauf, dass ich das Wissen über ihre Schlösser besser als mein eigenes Leben hüte.“

Beno sank der Mut, aber im Grunde hatte er nichts anderes erwartet. „Das verstehe ich, Hans. Und niemand kann von dir verlangen, dass du dich in Gefahr bringst.“

„Die Schlösser für das Gefängnis hast du doch gar nicht geschmiedet“, wandte Els ein.

„Bist du von Sinnen, Frau?“, wetterte Hans los. „Was macht das für einen Unterschied? Das wäre der schlimmste Verrat, den ich an meiner Zunft begehen könnte.“

„Dann geh nach Hause“, brauste Martin auf. „Du redest hier über Ehre, während mein Mädchen gequält und mit gebrochenen Knochen auf den Scheiterhaufen geschleppt wird. Erstick doch an deiner Ehre!“

Els packte ihren Mann, der vor Zorn schon wutrot anlief, am Arm. Und Ellen versuchte Martin zu beruhigen. Aber es war Leif, der aufstand und ein Machtwort sprach. „Hört auf! Wenn ihr euch hier die Köpfe einschlagt, ist Madda auch nicht geholfen.“ Er wandte sich an Beno. „Ich bin kein Schlosser und habe keine Ehre zu verlieren. Wie sehen die Schlösser im Gefängnis denn aus?“

Beno suchte aus dem Lederbeutel seine eigenen Aufzeichnungen heraus und schob die Skizzen von Schlössern und Handschellen über den Tisch. Ellen stiegen bei dem Anblick die Tränen in die Augen. Leif beugte sich tief über die Zeichnung und kniff die Augen zusammen.

„Wie geht es ihr?“, fragte Elisabeth plötzlich leise in die Stille. Das war wie ein Paukenschlag. Gabriel und Ellen zuckten zusammen. Jetzt hätte man eine Nadel fallen hören können. „Hast du sie im Gefängnis gesehen, Beno?“, setzte Elisabeth hinzu.

Beno schluckte. „Ich … darf darüber nicht sprechen.“

Elisabeth lehnte sich mit verschränkten Armen zurück. Zum ersten Mal sah sie ihn wieder direkt an, klar und kritisch wie jemand, der eine Bilanz prüft.

„Was soll das heißen?“, erboste sich Els. „Traust du uns etwa nicht?“ Vor Empörung vergaß sie die höfliche Anrede. „Mein Bruder hat es doch schon gesagt: Kein

Wort, das hier gesprochen wird, verlässt das Haus. Also rede schon."

Elisabeth hob vielsagend die Brauen. Wie früher hatte er das Gefühl, als könnte er ihre Gedanken hören. *Feigling.* Und plötzlich wurde ihm klar, wie Recht sie hatte. *Sie hat es gewagt, mir die Wahrheit zu sagen. Hätte ich es an ihrer Stelle getan?* Beschämt senkte er den Blick. „Dann also die Wahrheit", sagte er. „Von Anfang an."

*

Madda wusste nicht mehr, ob sie träumte oder wachte. Das Licht tat ihr in den Augen weh, aber auch ohne sie zu öffnen, sah sie sich selbst auf der Straße stehen. Überall lagen Äpfel, verführerisch frisch und golden. *„Sei una Eva"*, hörte sie den Italiener sagen. *„Du bist eine Eva."* Der Wind klang wie das Rascheln von Stroh. Nun hörte sie auch die schmeichelnde Stimme der Schlange. Sie klang freundlich und tief. Und als Madda mühsam blinzelte, erkannte sie, dass die Schlange Heinrich Kramers Gesicht hatte. „Das Gericht hat die Folter nur unterbrochen, nicht beendet", flüsterte es neben ihrem Ohr. „Wir werden so lange weitermachen, bis du die Wahrheit gestehst. Besser, du gibst es gleich zu, Magdalene."

Sie schloss die Augen und flüsterte „Nein". Dieses Wort war ihr einziger Halt, ein Stückchen Wirklichkeit, an dem sie sich festklammerte wie an einem Seil, das sie vor dem Sturz in den Abgrund bewahrte. Aber lange würde sie es nicht mehr festhalten können, in ihren Händen stach und brannte bereits der Schmerz.

„Mach es dir leicht", raunte die Schlange. „Wir kennen die Wahrheit ohnehin, du bist schon überführt. Deine beiden Komplizinnen haben dich verraten. Selbst auf die Hilfe des Teufels kannst du hier im Kerker nicht mehr hoffen."

Ihre Kehle war so trocken, dass das Schlucken schmerzte. Also deutete sie ein Kopfschütteln an.

„Ich mache dir ein Angebot", säuselte die Schlange weiter. „Wenn du jetzt freiwillig gestehst und weitere Komplizinnen nennst, werde ich dich nicht zum Tod verurteilen. Du darfst weiterleben, Magdalene. Anders als die beiden Hexen, die morgen im Feuer sterben."

Anna muss also auf den Scheiterhaufen! Der Gedanke war wie ein Echo ihres körperlichen Schmerzes. *„Feuerrot steht dir, Maddalina"*, raunte der Italiener in ihrem Kopf. *„Es bringt dich zum Strahlen. Du siehst aus wie in Glut gekleidet, die jedes Herz entflammt."* Die Angst brachte sie zum Zittern, so sehr, dass ihre Zähne klapperten.

„Gestehst du also?"

„Nein", wisperte sie.

Die Schlange seufzte bedauernd. Eine Hand strich ihr väterlich sanft über den Kopf. „Armes, verirrtes Kind Gottes. Ich meine es doch nur gut mit dir und will dich vor Qualen bewahren. Ein einziges Ja und du bist gerettet."

Madda zögerte und schwieg. *Es ist hoffnungslos*, redete

die Angst ihr ein. *Ein zweites Mal wirst du bei der Folter nicht durchhalten. Dann wirst du ihnen ohnehin sagen, was sie hören wollen. Erspar dir wenigstens das. Ein Ja und du musst wenigstens keine Schmerzen mehr ertragen.*

„Der Scharfrichter wird kein Erbarmen haben", zischte die Schlange. „Er wird dir auch noch die rechte Hand brechen. Danach kommst du auf die Streckbank. Und diesmal wird Ammann Geldrich dich nicht aus Mitleid in die Zelle zurückschicken, bevor du ausgesagt hast, dass du dich mit Anna und dem Dämon getroffen hast ..."

Das Zischen und Raunen wollte einfach nicht enden. Es beschwor Bilder vor ihren Augen herauf, die sie kaum ertrug: Ein schwarzer Hahn flog über die Kuppelnau und verwandelte sich in einen Mann, der auf der großen Buche saß. Anna rührte Zaubertränke mit einem Kinderknochen um und Madda stand daneben und hielt ein winziges lebloses Bündel, an dem noch Friedhofserde hing, in den Armen. Aber das eigentlich Erschreckende war, wie verführerisch leicht es wäre, den Versprechen der Schlange zu glauben. Einfach Ja zu sagen zu allem, was die Stimme ihr vorbetete.

„War es nicht Eva, die an Gottes Gebot zweifelte, im Paradies niemals von den Früchten des verbotenen Baumes zu essen? Was tat sie, als die Schlange ihr ins Ohr zischelte? Sie pflückte den Apfel der Verdammnis und verführte Adam, von der verbotenen Frucht zu essen."

Madda erinnerte sich an diese Worte aus einer Predigt in der Liebfrauenkirche. Und seltsamerweise gaben sie ihr nun Kraft. *Ich bin keine Eva!*

Die Verzweiflung war immer noch ein Feuer in ihrer Brust, aber auch zum hundertsten Mal seit ihrer Verhaftung sagte sie „Nein“, als gäbe es kein anderes Wort mehr auf der Welt.

„Ist der Schmiedegeselle dein Komplize?“, bohrte die Schlange ungerührt weiter.

„Nein.“

„Oder vielleicht geht es ja auch im Hause Humpis nicht mit rechten Dingen zu? Deine Herrin hat ein Kind verloren und feiert Feste, statt zu trauern, gekleidet in sündiges Rot. Ist das nicht seltsam?“

Barbara?, dachte sie benommen. *Will er etwa auch ihr etwas anhängen?*

„Nein“, hauchte sie und presste die Lider so fest zusammen, bis nur noch Lichtblitze im Dunkeln tanzten. „Nein, nein, nein …“ Und irgendwann merkte sie, dass sie das Wort wieder und wieder flüsterte wie ein Gebet, obwohl sie längst wieder allein in der Zelle war.

*

Gabriel sah aus, als hätte er einen Stich mitten ins Herz bekommen, er fasste sich an die Brust und rang nach Luft. Dann wurde er wutrot im Gesicht. „Wusste ich’s doch! Es geht gar nicht um Madda. Dieser Humpis ist in Wirklichkeit nur hier, weil er seine eigene räudige Familie retten will!“

„Vater!“, flüsterte Ellen entsetzt. Leif und Martin sprangen auf und hielten Gabriel an den Armen fest, sonst hätte er sich auf Beno gestürzt. Und Beno lernte in diesem Moment, dass der Schmerz seltsame Dinge mit Menschen anstellen konnte. Offenbar war es für Gabriel leichter, Beno zu hassen, als zu ertragen, dass seiner geliebten Tochter etwas so Schreckliches angetan worden war.

„Ja, ich würde alles tun, um meine Familie zu retten, Gabriel", sagte Beno. „Und ich fürchte besonders um Elisabeth. Aber deine Familie ist ebenso in Gefahr. Kramer wird Madda dazu zwingen, Ellen und Ursel zu belasten – und vielleicht sogar dich. Und er schreckt vor keiner noch so infamen Lüge zurück."

„Warum geht Ihr mit dem Brief von diesem Italiener nicht zum Ammann und erklärt ihm, was der Betrüger vorhatte?", warf Leif ein. „Dann muss das Verfahren neu aufgerollt werden."

Beno schüttelte den Kopf. „Selbst wenn Lucios Aussage als nichtig angesehen wird, nützt sie uns nichts. Kramer selbst wird bestätigen, dass er Madda hat hexen sehen. Seine Aussage ist über jeden Zweifel erhaben. Und bis der Ammann den Prozess aussetzt, ist es vielleicht schon zu spät. Vor Gericht zählen nur Beweise. Also wird Kramer dafür sorgen, dass sein Medicus feststellt, dass Madda nicht mehr unberührt ist. Dann muss er sie nur noch unter der Folter dazu bringen, ein einziges falsches Wort zu sagen."

Gabriel ballte die Hände zu Fäusten und murmelte etwas, was Konrad Geldrich besser nicht hören sollte.

„Dann müsst Ihr die Wächter bestechen und das

Mädchen aus dem Gefängnis schleusen“, stellte Leif nüchtern fest. „Sie muss für immer aus der Stadt verschwinden.“

„Glaubst du, darauf sind wir noch nicht gekommen?“, brauste Martin auf. „Aber selbst wenn die Wächter uns zu ihr lassen, was sollen wir tun? Die Ketten durchnagen? Hans will uns ja nicht helfen.“

Wieder drohte das Gespräch zu einem Tumult zu werden. Diesmal war es Els, die zischend und flüsternd für Ruhe sorgte.

„Selbst ein Schlüssel würde nichts nützen“, wandte Beno ein. „Die Büttel haben Angst vor den Hexen. Und sie wissen nur zu gut, dass sie als Komplizen auf dem Scheiterhaufen landen, wenn sie sich bestechen lassen. Und abgesehen davon: Ich bin vom Prozess ausgeschlossen. Geldrich wird mich niemals zu Madda lassen.“

Gabriel sank in sich zusammen, die Fäuste auf dem Tisch geballt. Ellens Augen füllten sich mit Tränen, sie schlug die Hand vor den Mund und schluchzte auf. Beno war froh, dass Elisabeth ihr den Arm um die Schultern legte und sie an sich zog. Erst als er ein Rascheln hörte, merkte er, dass er unter dem Tisch das dritte Blatt des Briefes mehrfach gefaltet hatte, um seine zitternden Hände zu beschäftigen.

„Ihr dürft also nicht zu ihr in die Zelle“, sagte Leif nachdenklich. „Wer darf dann zu ihr?“

„Magister Gremper. Der Inquisitor. Und der Medicus, den Kramer von außerhalb angefordert hat.“

Elisabeth hob ruckartig den Kopf. Ihre Augen wurden

schmal. „Manchmal muss man unter der Kette hindurchschwimmen, um heimlich in eine Stadt zu gelangen“, sagte sie. Und als sie einander ansahen, hörte Beno auch, was sie nicht laut sagte: *Und dann gehen wir im Hafen heimlich an Land, stehlen Kleider und schmuggeln uns als osmanische Händler verkleidet in die Stadt Byzanz.* Plötzlich sah Beno sie wieder in Männerkleidung vor sich, so wie sie unbehelligt bis zum Kontor gekommen war. Und irgendwo inmitten der Ausweglosigkeit begann sich tatsächlich die Ahnung einer Möglichkeit abzuzeichnen.

„Ein falscher Medicus?“, fragte er leise.

Elisabeth nickte mit leuchtenden Augen.

„Man müsste nur dafür sorgen, dass die Wachen ihn zu ihr lassen“, spann er den Faden weiter. „Man bräuchte einen Passierschein aus dem Rathaus …“

„Ich geh zu ihr!“, rief Martin. „Schwarze Kleidung kann ich besorgen.“

„Und wer soll dir das glauben, du Grünschnabel?“ Els schnaubte spöttisch. „Ein Medicus, der so jung ist wie du! Jeder wird dich anstarren und darüber nachgrübeln. Und was, wenn du dann den Wächtern vielleicht bekannt vorkommst?“

„Aber mich kennt keiner“, sagte Leif, ohne zu zögern. Hans klappte der Mund auf. Els dagegen war weit weniger überrascht. Beno fiel auf, wie die Geschwister ein verschwörerisches Lächeln tauschten.

„Schau nicht so entsetzt, Hans.“ Leif lächelte schmal. „Els und ich haben uns den Mutterleib geteilt und kamen in derselben Stunde zur Welt. Unser ganzes Leben lang sind wir zwei Teile eines Ganzen. Was ihr geschieht, geschieht auch mir. Als unsere Eltern starben, habe ich geschworen, dass ich sie immer beschützen werde. Ich konnte ihr nicht helfen, als sie im Gefängnis saß. Aber jetzt kann ich es."

„Hier geht es aber nicht um Els", wandte Hans ein.

„Wirklich nicht? Überleg doch mal: Wenn der Inquisitor Madda auf die Streckbank spannt und zwingt, auch Els wieder anzuschwärzen, dann nützt die Bürgschaft gar nichts mehr. Dann ist unsere Els schneller wieder im Kerker, als eine Nonne Amen sagen kann."

Hans wurde schlagartig aschfahl im Gesicht und schluckte. Und auch Beno musste zugeben, dass er so weit noch gar nicht gedacht hatte.

„Wenn es funktionieren soll, brauchen wir aber zwei Männer", sagte er. „Den Medicus und einen Gehilfen."

„Martin kann der Gehilfe sein", bestimmte Els. „Keiner achtet auf einen Handlanger. Wenn wir ihm die Haare unter die Kappe schieben und er sich im Schatten hinter dem Medicus hält …"

„Und dann?", fragte Hans.

„Trage ich sie raus", erwiderte Martin. „Notfalls in meinen Mantel gewickelt und als Gepäck getarnt."

Beno schluckte und schüttelte den Kopf. „Die Wächter kontrollieren die Zelle, bevor sie die Tür wieder schließen. Wenn Madda nicht mehr drin ist …"

Er vollendete den Satz nicht. Ellen schniefte und auch die anderen starrten betreten auf den Tisch. Plötzlich war alle Begeisterung wieder verflogen.

Es muss doch gehen, dachte Beno. Aber wie er es auch drehte und wendete, er fand keine Lösung. *Abgesehen davon, dass schon der bisherige Plan Wahnsinn ist.*

„Der … Wächter muss Madda also nur von der Tür aus sehen?", fragte Elisabeth nachdenklich in die Stille. „Beziehungsweise etwas, was er für Madda hält."

„Und was soll das sein?", fragte Els.

Wieder schaute Elisabeth nur Beno an. „Augen kann man täuschen. Besonders, wenn es ziemlich dunkel ist. Ich … habe heute mein Bett so zurechtgemacht, dass Barbara denken wird, ich liege noch dort. Zumindest, wenn sie im Dämmerlicht von der Tür aus zum Bett schaut."

Sie wurde rot, als alle sie anstarrten, aber sie sprach weiter. Sogar Gabriel riss die Augen auf, als Elisabeth beschrieb, wie sie die Kupferschale in den Kissen vergraben hatte. Beno konnte sich ein Lächeln nicht verkneifen. *Das ist mein Mädchen*, dachte er.

„Madda liegt aber nicht in einem Bett unter Decken und Kissen", wandte Els ein. „Sondern halb nackt auf Stroh. Wie soll das also gehen?"

„Vielleicht … mit Stoff", erwiderte Elisabeth. „Erinnerst du dich, Beno? Im Lager mit den Waisenwaren liegt noch die verfärbte Seide. Sie sollte goldbraun sein, aber sie ist so blass und verwaschen ausgefallen, dass Barbara sagte, sie kann sie unmöglich für ein Mieder verwenden. Damit würde sie aussehen, als wäre sie nackt. Vielleicht genügt es schon, wenn der Wächter glaubt, eine Hand und einen Arm zu sehen. Handschuhe können schließlich auch echt aussehen …“

„Ich kann nähen“, setzte Ellen sofort hinzu.

„Und was ist mit den Ketten?“, wandte Martin wieder ein.

Hans schluckte und rang immer noch mit sich, aber dann nahm er Elses Hand. „Geheimnisse kann ich euch nicht verraten“, sagte er mit rauer Stimme. „Und auch keinen Schlüssel besorgen. Aber ich kann meinem Schwager zeigen, wie man ein Schloss auch ohne Schlüssel öffnen kann. Damit verrate ich kein Geheimnis. Ich mache das oft genug, wenn einer meiner Kunden den Schlüssel zu einer Truhe verliert und die Zeit zu knapp ist, um einen neuen Schlüssel zu schmieden.“

Leif schlug ihm auf die Schulter. „Eine kluge Entscheidung, Schwager. Auch für die Zukunft. Denn wenn die Humpis-Familie vors Gericht gezerrt würde, könntest du auf die nächsten Aufträge pfeifen. Ich bin sicher, der junge Humpis wird sich für unsere Hilfe erkenntlich zeigen, wenn der ganze Zauber vorbei ist.“

Beno musste lächeln. „Du bist ja wirklich ein Händler, Leif.“

Els’ Bruder grinste. „Ich tu nur, was nötig ist. Ihr seid nicht der Einzige, dem die Familie am Herzen liegt.“

Martin sprang auf. „Worauf warten wir? Wir müssen den Stoff aus dem Kontor holen.“

„Und helles Garn …“, setzte Elisabeth hinzu.

Mit einem Mal redeten alle durcheinander.

„… müssen versuchen …“

„… zu wenig Zeit …“

„… Unsinn, wir haben noch mindestens fünf Stunden …“

„… aber was, wenn …“

Alles in Beno wollte zustimmen, aber er konnte nicht. *Was, wenn …*, hallte es in seinem Kopf. Und leider fielen ihm hundert Möglichkeiten des Scheiterns ein. Vor allem eine, die den Plan schon jetzt zunichtemachte: *Kramer wird sofort nach den Hinrichtungen in den Kerker gehen. Spätestens dann fliegt die Täuschung auf. Und dann ist in der Stadt wirklich der Teufel los – und Maddas Leute werden als Erste verdächtigt.*

Beno vergrub die Hände in seinem Haar und starrte mit brennenden, müden Augen in die Glut des Kienspans. Es gab nur eine einzige Möglichkeit: Maddas Familie musste die Stadt verlassen. Noch heute und für immer. *Aber damit wäre für Kramer klar, dass sie die Schuldigen sind*, dachte er niedergeschlagen. *Er wird alles tun, um sie mit einem Haftbefehl zu finden. Auch Elisabeth wäre nie wieder sicher …*

„Beno? Was ist?“

Leif riss ihn aus seinen Gedanken. Alle am Tisch waren verstummt und musterten ihn beunruhigt. *Wie sage ich ihnen nur, dass dieser Plan nichts taugt?* Die Stille wurde schwer und dicht, man hörte nur das harzige Knistern des Kienspans. Etwas war wohl in die Glut an der Spitze des Spans geraten, vielleicht eine Staubflocke. Eine winzige Flamme zerbarst in einer Funkenkrone, die sofort wieder in sich zusammenfiel. Beno erstarrte.

Erst jetzt merkte er, dass er noch immer den kleinen Zettel in den Händen drehte. Er war nun zu einem winzigen Päckchen aus Papier gefaltet. *Funken*, dachte er. *Feuerball.*

Dämonische Wesen arbeiten mit Trugbildern, hörte er Heinrich Kramer sagen. *Selbst wenn diese nur in unserer Vorstellung existieren. So ist es am leichtesten, Menschen zu manipulieren.*

Beno lachte auf, obwohl ihn die anderen ansahen, als hätte er den Verstand verloren. „Der Inquisitor hat Recht!“, sagte er in die Runde. „Das Böse spielt mit unfairen Methoden, also muss man es mit seinen eigenen Waffen schlagen. Kramer will eine echte Hexe haben? Schön. Dann geben wir ihm eine!“

*

Elisabeths Hände waren zerstochen von den Nadeln, so fahrig war sie beim Nähen in dem schlechten Licht gewesen. Bis zur Morgendämmerung würde es noch dauern, aber die Zeit wurde dennoch knapp. Els war schon vor einiger Zeit mit Hans aufgebrochen, um alles Nötige von zu Hause zu holen. Martin und Beno waren wieder zurückgekehrt. Leise war alles Mögliche herangeschafft worden: Papier und Tinte aus dem Kontor, Stoffe und Lampenöl, mehrere Tiegel und die langen Zündschnüre, die Lucio zurückgelassen hatte.

Aus dem Augenwinkel hatte Elisabeth Beno beobachtet, wie er am Ende des Tisches tief über ein Blatt gebeugt einen Brief schrieb – neben sich eine Notiz von Kramer, um dessen Schrift besser kopieren zu können. Sie spürte, wie er sie ab und zu verstohlen musterte. Aber sobald sie sich nach ihm umsah, senkte er hastig den Blick. Als sie jetzt den Faden abbiss und die Nadel beiseitelegte, war Benos Platz am Ende des Tisches leer. Aus dem Flur drang wieder das Geflüster der Verschwörer.

„Beno geht jetzt", hörte sie Martin sagen. „Und du und ich, Leif, wir treffen uns dann an der Ecke hinter dem Rathaus …"

Elisabeth wartete, bis die Schritte verklungen waren, dann ging sie auf Zehenspitzen den Flur entlang. Sie war erleichtert, dass Beno noch in der Küche war. Schon in seinen Mantel gehüllt stand er dem Feuer zugewandt, aber an seiner gebeugten Haltung erkannte man, wie müde und besorgt er war. „Du willst hoffentlich nicht gehen, ohne dich von mir zu verabschieden", sagte Elisabeth.

Beno richtete sich auf. „Ist das wahr, was du vorhin gesagt hast?", fragte er leise, ohne sich umzudrehen. „Dass du dir gewünscht hast, ich wäre es?"

Elisabeth schluckte. „Ich lüge nicht, Beno."

Er senkte den Kopf und ihr wurde klar, dass er Lucios Briefseite in den Händen hielt und das Bild betrachtete, das nichts mit der wirklichen Elisabeth zu tun hatte.

„Ich habe mich auch täuschen lassen", hörte sie Beno sagen. „Ich habe Kramer geglaubt – wie du Lucio vertraut hast. Und mein Glaube ging so weit, dass ich genau dieses Bild sah, als du getanzt hast. Lucio habe ich nur zu gerne für einen eitlen, dummen Tölpel gehalten, harmlos, aber verhasst, weil er dich zum Lächeln brachte. Doch genau wie dir, hat er mir auch ein Schlafmittel in den Wein gemischt, an dem Abend, als ihr noch im Schloss wart. So kam er an meinen Schlüssel und konnte in meinen Schubladen nach geheimen Dokumenten suchen. Ich habe mich später gewundert, dass der kleine Schlüssel an einer anderen Stelle am Ring hing." Er holte tief Luft. „Deshalb habe ich so ein geschundenes Gesicht. Ich bin auf der Treppe gestürzt, schon ganz benommen von dem Betäubungstrank. Die Prellung stammt also nicht von Martins Faust. Er hätte auch keinen Grund, sich mit mir zu prügeln. Denn ich habe Madda nicht geküsst. Ich habe sie nur in die Arme genommen, um sie zu trösten. Am selben Abend hat Martin ihr nämlich die Nachricht vom Tod ihrer kleinen Schwester überbracht. Aber ja, du hast Recht: Ich habe die Frauen und Mädchen auf dem Fest angestarrt. Mit Kramers Blick habe ich sie betrachtet und nur Sünde gesehen."

„Auch bei mir."

„Ja", gab er kaum hörbar zu. „Ich habe sogar an dir gezweifelt und war bereit, Kramers Trugbilder für Wirklichkeit zu halten. Was für ein selbstgerechter Heuchler ich bin! Ich verlange von dir, das zu sein, was ich selbst nicht bin."

„Ich bin immer noch dieselbe, Beno." Elisabeth trat ein Stück näher, gerade so weit, dass sie das von Feuerschein überflackerte Blatt sehen konnte.

„Sind wir das wirklich noch?", sagte er mit rauer Stimme. „Dieselben wie früher? Beno und Lies, die am Brunnen tanzten?"

Sie musste lächeln. „Ja … und nein." Es war seltsam, dass sich beides völlig richtig anhörte.

Beno legte die Zeichnung ins Feuer und trat zurück, bis sie genau nebeneinanderstanden. Ihre Arme berührten sich. Und während sie zusahen, wie Elisabeths Zerrbild und Lucios Worte verbrannten, fanden sich ihre Hände, erst zaghaft, wie zufällig, dann verflochten sich ihre Finger. Schließlich hielten sie einander fest, bis die letzte Lüge zu Asche zerfallen war.

„Stimmt es auch, was du vorhin gesagt hast?", fragte Elisabeth. „Dass du bei Barbara vorgesprochen hast? Wegen mir?"

„Ja. Und auch, was das betrifft, hattest du Recht. Ich bin ein Feigling. Denn ich habe mir von Barbara vorschreiben lassen, was ich zu tun habe."

Er ließ ihre Hand los und wandte sich ihr zu. Ihr Herz machte einen Satz, als er ihr Gesicht mit den Händen umschloss. Es kam ihr vor, als würden sie einander zum ersten Mal seit unendlich langer Zeit wirklich ansehen. In seinen graublauen Augen tanzte Feuerschein und endlich entdeckte sie darin wieder den Abglanz seines alten Lächelns. „Ich muss gehen", sagte er leise. „Wünsch mir Glück, Mädchen aus Byzanz!" Und dann küsste er sie einfach.

Rot und Schwarz

Zauberinnen sollst du nicht leben lassen.
AUS DEM BUCH MOSE

Obwohl die Stadttore noch nicht geöffnet waren, begegneten Beno schon Leute auf der Straße. Karren rumpelten über das Pflaster. Die Nachricht von der Hinrichtung beflügelte ein ganzes Heer von Geschäftemachern, die als Erste am Richtplatz sein wollten, um Buden und Marktkarren aufzustellen. Sie würden den Schaulustigen während der Hinrichtung Getränke und Gebäck verkaufen.

Beno musste sich zwingen, langsam und ruhig zu gehen. In der Nacht hatte der Plan logisch geklungen. Aber jetzt, im Morgengrauen, wirkte er wie ein zerlöchertes Netz mit viel zu vielen losen Knoten. Bei jedem Schritt, den er dem Rathaus näher kam, fiel ihm etwas Neues ein, was schiefgehen konnte.

Auch dort standen bereits einige Gaffer. Die Büttel an

der Tür ließen Beno ohne Umstände passieren. Oben an der Treppe sah er Konrad Geldrich vorbeigehen, zusammen mit Magister Gremper. *Sie sind auch schon hier?*, dachte Beno beunruhigt. *Und was, wenn der echte Arzt längst angekommen ist oder zur selben Zeit wie Leif durch das Stadttor reitet?*

Mit klopfendem Herzen wartete er, bis die beiden Männer weitergegangen waren, dann huschte er ins Schreibzimmer. Zum Glück war niemand hier. Er hatte befürchtet, dass Kramer vielleicht die Nacht hier verbracht hatte. In fieberhafter Eile holte er den kleinen Metallstift mit der gebogenen Spitze hervor und machte sich am Schloss der kleinen Kiste auf dem Tisch zu schaffen. Genau so, wie Leif es ihm erklärt hatte, suchte er nach dem winzigen Widerstand, der bei der Drehung ein wenig nachgab. Es funktionierte tatsächlich, das Schloss öffnete sich. In der Kiste fand er ein Siegel der Reichsstadt Ravensburg und Siegelwachs. Mit zitternden Händen holte er den Brief hervor und wärmte das Wachs an der Flamme einer Öllampe an. Hastig versiegelte er den Brief. Er schaffte es gerade noch, Wachs und Siegel wieder zu verstauen, als er Schritte hörte. Im letzten Moment riss er den Brief vom Tisch und versteckte ihn hinter seinem Rücken. Unter seinen Fingern war das Siegel noch warm und weich.

Kramer stürmte in den Raum, gut gelaunt, mit roten Wangen von der kalten Luft und voller Tatendrang. „Mein Assistent ist auch schon da! Gut, gut. Das wird ein Triumphtag für uns. Gleich zwei auf einmal!“ Er legte einige Akten auf dem Tisch ab und rieb sich fröstelnd die Hände warm. „Dann auf zum Hexenturm. Gremper wartet schon unten am Tor. Zerren wir das Ungeziefer ans Licht!"

„Ich … komme nicht mit zum Grünen Turm, Heinrich."

„Was?" Alles Freundliche in Kramers Miene versteinerte zu Tadel. „Was soll das heißen?"

„In unserem Kontor wurde heute Nacht eingebrochen. Beinahe wäre das Lager abgebrannt. Die Stadtwache hat den Dieb und Brandstifter hoffentlich schon gefasst. Ich muss sofort zum Hauptmann der Wache und danach meinem Großvater Bericht erstatten. Aber ich komme zum Richtplatz nach, sobald ich kann."

Kramer schnaubte. „Sind ein paar Luxusgüter wichtiger als das Seelenheil einer ganzen Stadt? Ich hätte mehr von dir erwartet, Beno. Viel mehr!"

Beno bemühte sich um einen möglichst schuldbewussten Gesichtsausdruck.

„Es tut mir leid. Aber ich … kann meine Familie nicht vor den Kopf stoßen."

„Dein Wort in Gottes Ohr", sagte Kramer verächtlich. „Aber wie du meinst. Dann sieh wenigstens zu, dass du rechtzeitig bei den Scheiterhaufen bist."

„Ich werde pünktlich sein."

Kramer schüttelte noch einmal verständnislos den Kopf, dann rauschte er wieder hinaus.

Beno atmete auf und steckte den Brief ein. Wieder wartete er, bis die Vorhalle leer war, dann stahl er sich aus dem Rathaus und ging zur Brotlaube. Er schlüpfte durch den Tordurchgang, wo auch heute die Bäcker schon für den Samstagsmarkt Körbe mit noch warmen Brotlaiben aufstellten. Es duftete nach frischem Roggenbrot. Beno huschte zur Herrengasse. Beinahe wäre er an Els vorbeigelaufen, die im Sichtschutz eines Durchgangs wartete.

„Hast du das Siegel bekommen?", flüsterte sie.

Beno nickte und zog den Brief hervor. Bevor er ihn Els überreichte, brach er das Siegel. Els steckte das Schreiben ein und huschte davon.

Viele Menschen kamen Beno entgegen, als er so langsam wie möglich zum Frauentor schlenderte. Das Stadttor war inzwischen geöffnet und nun strömten auch Schaulustige von außerhalb in die Stadt.

Beno wich in die Liebfrauenkirche aus und ging zum Seitenschiff, dorthin, wo die Schutzmantelmadonna stand. Die geschnitzte Figur der Muttergottes hatte ein sanftes Gesicht und hellbraunes Haar. Ihr mit Blattgold überzogenes Gewand leuchtete im Kerzenlicht. Ihren blauen Mantel breitete sie über zehn betende Menschen. *Zehn sind wir auch.* Beno schluckte und kniete sich vor die Statue. *Bitte, Heilige Jungfrau Maria,* flehte er. *Steh uns bei und beschütze uns bei diesem Vorhaben. Lass nicht zu, dass Madda etwas geschieht. Und halte deine Hand über Elisabeth.*

Der Gedanke an sie war wie ein warmer Hauch. Er betete so langsam wie möglich mehrmals das Vaterunser und zehnmal das Ave-Maria, um Martin und Leif genug Zeit zu geben. Dann machte er sich wieder auf den Weg und kämpfte sich gegen den Strom der Schaulustigen zum Stadttor durch. Der Hauptmann entdeckte ihn sofort und winkte ihn in den Tordurchgang. Beno wurde nervös, als er nach draußen schaute. Leif war noch nicht da! Er hätte die Stadt längst durch das Untertor verlassen und Ravensburg umrundet haben müssen, um durch das Frauentor als Gast von außerhalb wieder in die Stadt zu kommen. *Hat Martin vielleicht doch keine Pferde bekommen?* Der Schweiß brach ihm aus.

„Wie sieht es aus?", wandte er sich an den Wächter. „Wurde unser Brandstifter gefasst?"

Er sah dem Mann schon an der finsteren Miene an, wie die Antwort lauten würde, aber jetzt hieß es, Zeit zu gewinnen.

„Nein, es war wie verhext", knurrte der Hauptmann und spuckte aus. „Wir haben bis zum Morgengrauen gesucht und die Wachen an der Mauer verstärkt. Aber wir haben nur das Pferd gefunden. Es lief herrenlos im Judenviertel herum."

„Das wird meinen Großvater nicht freuen. Was soll ich ihm jetzt nur sagen? Er wird wütend sein. Habt ihr wenigstens Hinweise gefunden? Der Mann konnte doch nicht aus der Stadt hinaus. Vielleicht versteckt er sich noch und nutzt den Trubel, um Ravensburg jetzt zu verlassen?"

Der Hauptmann kratzte sich am Kopf. „Schon möglich. Und Ravensburg kann ein Rattenloch sein", erwiderte er mürrisch. „Aber ich glaube, der Kerl ist längst weg. Wenn er ein geschickter Dieb war, dann hält ihn auch kein Stadttor auf. An der Stadtmauer hinter dem Kirchviertel hat einer meiner Leute Seile und Eisenhaken gefunden. Ich sage Euch, der ist über die Mauer abgehauen. Vielleicht hat er sich aufs Pferd gestellt, um zu den untersten Scharten im Mauerwerk hochgreifen zu können."

Das klingt ganz nach Lucio, dachte Beno grimmig. „Und was werdet ihr jetzt tun?"

Der Hauptmann gab so etwas wie ein missmutiges Grunzen von sich. „Die Augen offen halten. Wenn meine Leute jemanden in der Stadt sehen, auf den die Beschreibung passt, nehmen wir ihn natürlich fest. Und Ihr erstattet am besten Anzeige beim Ammann. Ihr arbeitet doch gerade ohnehin im Rathaus, nicht? Und dann schickt dem Halunken ein paar Söldner mit einem Steckbrief und einem Haftbefehl hinterher …"

Er redete weiter und Beno schielte vorsichtig wieder zum Weg vor der Stadt. Ihm fiel ein Stein vom Herzen, als er Leif entdeckte. Martin war es tatsächlich gelungen, Pferde zu bekommen. Leif hatte sein Reittier wohl im gestreckten Galopp um die ganze Stadt gehetzt. Es keuchte und schwitzte. Leif war von Kopf bis Fuß ein Medicus, in Schwarz gekleidet und mit einem großen Reisesack über dem Sattel.

„Gott zum Gruß", rief Leif. Er sprang vom Pferd und kam auf das Tor zu. Eine tiefe Zornesfalte teilte seine Stirn. Die Leute machten ihm ehrfürchtig Platz. Beno wurde heiß, als er sah, dass Leif es deutlich übertrieben hatte: Seine buschigen Brauen waren nach oben gezwirbelt, was ihm tatsächlich etwas Teuflisches verlieh. „Ich muss sofort zum Rathaus“, rief er herrisch einem der Büttel zu.

„Da wollen heute alle hin“, gab der Wächter ungerührt zurück. „Stell dich hinten an.“

Leif spielte seine Rolle gut. Er lief tatsächlich vor Zorn rot an und zückte mit großer Geste den Brief, den Els ihm vorhin überbracht hatte. „Hat man euch etwa nicht unterrichtet? Ich bin Medicus Thomas Fellner aus Konstanz. Der Inquisitor und der Stadtrat haben mich persönlich nach Ravensburg bestellt. Und du willst mich aufhalten, während das Inquisitionsgericht auf mich wartet? Wer ist dein Hauptmann?“

„Das bin ich!“ Der Hauptmann trat vor und nahm den Brief, studierte das Siegel.

„Medicus Fellner!“, rief Beno erfreut und drängte sich zu ihm durch. „Wie schön, dass Ihr so schnell hier sein konntet. Im Rathaus erwartet man Euch bereits. Ich bringe Euch hin, es ist nicht weit. Ach ja … Ich bin Beno Humpis, der Assistent von Doktor Institoris.“

Die Teufelsbrauen zuckten nach oben. „Ach, Ihr seid der junge Hexenjäger! Doktor Institoris hat mir von Euch geschrieben. Er findet nur lobende Worte.“ Er streckte die Hand beiläufig zum Hauptmann aus. Auch Beno sah den Wächter auffordernd an. Der Hauptmann warf seiner Ehre halber noch einen letzten, betont kritischen Blick auf das Siegel, dann gab er Leif den Brief zurück. „Tretet ein", knurrte er und winkte ihn mit herrischer Geste durch das Tor.

*

Wie verabredet, hatte sich Martin mit dem zweiten Pferd und einem Reisesack ganz am Rand des Rathausplatzes postiert. Hier stand er halb im Schatten, dennoch konnte man ihn vom Norderker des Rathauses aus gut sehen.

Els hatte ganze Arbeit geleistet. Nicht einmal Beno hätte den Schmiedegesellen so auf der Straße erkannt. Martin trug die Kleidung eines Gehilfen und hatte sich eine Filzkappe tief in die Stirn geschoben. Eine Haarsträhne, die darunter hervorragte, war wohl mit Ruß geschwärzt worden. Er hatte sogar einen dunklen Bartschatten im Gesicht. Eine Kapuze und ein grobes Tuch, das er sich bis übers Kinn hochgezogen hatte, ließen ihn noch mehr zu einem Fremden werden. Niemand beachtete ihn, die Leute verrenkten sich schon die Hälse nach der Prozession, die auf dem Weg vom Gefängnisturm zum Rathaus war.

„Viel Glück!", raunte Leif Beno zu und drückte ihm den Brief in die Hand.

Beno schob sich durch die Menge zum Eingang des Rathauses. Gerade noch rechtzeitig, bevor die Prozession um die Ecke bog, winkte er dem Ratsknecht zu und schlüpfte durch die Tür. Er hetzte die Treppe hoch –

und wäre beinahe in die Gruppe von Räten gerannt, die sich gerade zum Norderker aufmachte.

„Verzeiht, Ammann Geldrich“, sagte Beno.

„Beno“, rief Geldrich verwundert. „Was machst du denn noch hier? Doktor Institoris sagte mir, im Kontor habe es gebrannt und du seist gerade bei der Wache?“

„Da war ich bis eben noch. Und zufällig habe ich am Stadttor den Medicus aus Konstanz getroffen.“

„Ach ja?“, sagte Geldrich verwundert. „Dann hat er sich sehr beeilt.“ Er blickte über Benos Schulter zur Treppe. „Wo ist er?“

„Er wartet draußen. Er und sein Gehilfe sind zu Pferd unterwegs und in dem Gedränge kommen sie nicht zum Rathaus durch. Aber er hat mir das hier mitgegeben.“

Er reichte Konrad Geldrich den gefälschten Brief und betete insgeheim, dass der Ammann sich Kramers Schrift nicht allzu genau eingeprägt hatte. Draußen wurde der Lärm noch lauter. Trommeln und Schmährufe dröhnten durch die geschlossenen Fenster.

„Die Leute warten schon!“, drängte Olof Muntprat.

Geldrich gab Beno das Schreiben zurück und trat zu einem der Fenster, die ebenfalls zur Nordseite hinausgingen.

„So ein Volksfest hatten wir bei einer Hinrichtung noch nie“, bemerkte einer der anderen Ratsleute.

„Es wurden auch noch nie zwei Frauen hingerichtet“, erwiderte Muntprat. „Und das auch noch am selben Tag.“

Der Platz unter dem Gerichtserker kochte. Die Büttel hatten alle Hände voll zu tun, um die Schaulustigen zurückzudrängen und eine Schneise für den Zug in die Menge zu schlagen. Ihr raues Gebrüll war sogar durch die geschlossenen Fenster betäubend laut. Beno trat zu Geldrich und deutete über die Menge hinweg.

„Da drüben, die zwei Männer mit den Pferden, das sind der Medicus und sein Begleiter." Leif und Martin boten eine perfekte Vorstellung. Leif starrte grimmig zu den Fenstern hoch, ein Bild von Ungeduld und Autorität. Martin wirkte wie ein Reitknecht mit schlechter Haltung, müde von einem langen Ritt. Als Beno winkte, hob Leif würdevoll die Hand und nickte Ammann Geldrich zum Gruß ehrerbietig zu.

„Der Medicus lässt fragen, ob er jetzt gleich in den Gefängnisturm darf", erklärte Beno. „Er hat Doktor Institoris auf dem Weg verpasst und bittet jetzt um Geleit und den Passierschein für die Wachen im Turm."

„Kann das nicht bis zum Mittag warten?", murmelte Geldrich unwillig.

„Er will die Hinrichtung nicht verpassen. Und … ähm … er sagte, der frühe Zeitpunkt ist wichtig für die Untersuchung, weil die Hexenkraft jetzt am schwächsten ist." *Was rede ich hier?*

Aber Vertrauen war wohl wirklich die beste Währung für ein falsches Spiel. Konrad Geldrich runzelte nicht einmal die Stirn, sondern winkte den Ratsknecht heran. „Bring den Medicus zum Grünen Turm", befahl er. „Jetzt sofort. Olof Muntpret soll dir eine Notiz für die Wächter mitgeben. Und sag dem Medicus, er soll auch die Wunden der Gefangenen versorgen."

Beno wurde für einen Moment ganz flau. *Haben sie Madda noch einmal verhört?* Aber das konnte nicht sein. Sicher hatte man sie nicht mitten in der Nacht in die Folterkammer geschleppt.

„Danke", sagte Beno. „Dann ... gehe ich jetzt zu Onofrius und komme später zum Richtplatz nach."

„Grüß ihn von mir", erwiderte der Ammann schon im Gehen. „Schlimme Sache für euch, ich hoffe, der Schaden am Kontor hält sich in Grenzen."

*

Noch draußen vor der Rathaustür zitterten Beno die Knie. Aber er schaffte es, dem Ratsknecht zum Abschied zuzunicken und sich in Richtung Marktstraße zu wenden. Nur dass es hier kein Durchkommen mehr gab. Im selben Moment, als der Ratsknecht bei Leif und Martin ankam, erreichte die Prozession aus dem Gefängnis den Platz. Die Leute stolperten zurück und rempelten Beno an. Ihm blieb nichts anderes übrig, als eingekeilt zwischen den Schaulustigen zu warten. Über deren Köpfe hinweg sah er, wie Martin sich die Kapuze über den Kopf zog und mit gesenktem Kopf die beiden Pferde führte, während Leif sich im Gehen mit dem Ratsknecht unterhielt. Ein paar Leute blickten ihnen nach.

Jetzt erst bekam Beno Angst. *Das wird nicht gut gehen,* dachte er. *Irgendjemand wird Martin doch noch erkennen. Und dann fliegt alles auf.*

Aber dann rief jemand: „Die Hexen!", und alle Köpfe

drehten sich. Man hatte Agnes und Anna auf einen Karren gestellt, sodass jeder in der Menge sie sehen konnte. Wie einen Triumphzug führten Magister Gremper und Heinrich Kramer die Prozession an. Der Scharfrichter folgte dem Karren. Im grauen Tageslicht sahen die beiden Frauen aus wie Schreckgespenster mit Schmutz und Blutkrusten an den härenen Hemden.

Agnes weinte und hielt, so gut es mit ihren geschundenen Händen ging, ein hölzernes Kreuz. Laut betend versuchte sie die hämischen Rufe aus der Menge zu übertönen. Der Pfarrer ging neben dem Karren her und redete ihr tröstend zu. Anna dagegen wirkte wie eine Statue. Ihr Gesicht war eine Maske aus Härte und Zorn, aber Beno bemerkte sogar von hier aus das angstvolle, gehetzte Flackern in ihren Augen.

Auf dem Platz unter dem Gerichtserker kam der Karren zum Stehen und zwei Büttel holten die Frauen vom Wagen. Agnes stöhnte auf, als die Ketten an ihren Armen zerrten, und fiel hin, was mit Gelächter aus der Menge quittiert wurde. Im selben Moment erschien Ammann Geldrich hoch über ihren Köpfen im Gerichtserker des Rathauses, und die Menge kam fast schlagartig zur Ruhe. Nur das Klirren der Ketten war zu hören, als Agnes wieder auf die Beine kam.

„Agnes Bader, tritt vor!" Geldrichs Stimme hallte über den ganzen Platz.

Agnes begann zu schluchzen und drückte ihr Holzkreuz an die Brust, aber sie gehorchte und schlurfte nach vorne. Die Menge lauschte, während Konrad

Geldrich das Urteil noch einmal in der Öffentlichkeit verlas und Agnes zum Tod verurteilte. Feierlich hob er einen schwarzen Stab und zerbrach ihn zum Zeichen, dass ihr Leben verwirkt war, über ihrem Kopf. Dann nahm er einen zweiten Stab und befahl Anna, unter den Erker zu treten. Anna nahm ihren Platz ein, aber sie schien kaum zuzuhören. Ihr Blick schweifte über die Menge und Beno bildete sich ein, dass er kurz bei ihm verweilte. Er versuchte sich vergebens an einem tröstenden Lächeln und sie hob wie benommen den Kopf und blinzelte zum Gerichtserker hoch.

Verstohlen wischte Beno sich über die Augen. *Bitte, Heilige Jungfrau Maria, steh ihnen bei. Sei gnädig mit Anna und Agnes und lass sie nicht leiden.*

Die Menge geriet wieder außer Rand und Band, als die beiden Frauen auf den Karren zurückgeführt wurden. Der Zug, der bis zum Richtplatz jenseits der Stadtmauern führen würde, setzte sich wieder in Bewegung. Amman Geldrich und die Mitglieder des Blutgerichts traten aus dem Rathaus und folgten dem Scharfrichter. Beno dagegen schob sich seitwärts an der Rathauswand entlang – und sah voll Erleichterung, wie der Gerichtsdiener zurückkehrte. *Sie haben es geschafft, sie sind im Kerker!* Er widerstand der Versuchung, zum Grünen Turm zu laufen, sondern ging so, wie er es später auch als Zeuge beschwören würde, direkt zum Humpis-Haus.

*

Das Fieber schüttelte Madda, als würde ein Wind ihr Eisschauer über die Haut jagen, aber innerlich brannte sie und ihre Hände waren heiß und pochten. Jede Bewegung weckte Zacken von grellem Schmerz. Also lag sie nur reglos da und versuchte so wenig wie möglich zu atmen, bis die nächste Hitzewelle sie wieder mit sich nahm und die Fieberträume wenigstens den Schmerz auslöschten. Dafür suchte sie der Glanz von Eisen heim, die Hände des Henkers, der seine Arbeit tat, ohne sie anzusehen, ohne Mitleid und Gnade. Noch im Schlaf presste sie die Lippen aufeinander, damit kein Wort entfloh, kein Name, aber Kramers Flüstern fand sie sogar hier: *Du wirst schon noch die Wahrheit sagen, Hexe.*

Aber fast noch schlimmer war die Erinnerung an Konrad Geldrich und die Ratsleute. Ehrwürdige Patrizier, denen sie früher an der Tafel den Wein eingeschenkt hatte. Jetzt schauten sie tatenlos zu, wie der Henker ihr die Hand brach, und taten so, als wäre das kein Verbrechen. Stück für Stück war ihre Welt zerbrochen, alles, woran sie fest geglaubt hatte. Und das Erschreckende war, dass auch ihr innerster Kern, ihr wahres Selbst zu bersten drohte. Denn jetzt fand sie Maries Gesicht nicht mehr. Und Martins Kuss war wie ein Traum, der beim Aufwachen zu einer Ahnung verblasste und erlosch, als hätte es ihn nie gegeben.

Sie rang nach Luft, obwohl es in ihren Rippen und Schultern stach, und riss die Augen auf. Doch die Schwärze war ein Schlund, der sie längst verschluckt hatte. *Vielleicht bin ich ja schon tot*, dachte sie. Aber dann wurde ihr bewusst, was sie aus dem Dämmerschlaf geweckt hatte: *Schritte und Stimmen. Sie holen mich wieder.* Die Tür wurde entriegelt. Sie krümmte sich zusammen, als könnte sie zwischen den Ketten verschwinden. Licht traf sie wie ein Hieb.

„Das ist sie also“, sagte ein fremder Mann. Seine Stimme war sehr laut und klangvoll. Sie füllte die Zelle, die sonst alle Geräusche verschluckte. „Na, das sehe ich doch auf den ersten Blick, dass sie eine Hexe ist, stimmt's, Johann?“

Die Angst überwältigte sie, sodass sie trotz allem versuchte, zur Wand zu kriechen, weg von den Männern, die mit festen Schritten auf sie zukamen.

„Lass uns mit ihr allein“, befahl der laute Mann. „Und keine Störung, bis wir mit der Untersuchung fertig sind. Johann, leg die Instrumente bei der Tür ab und hol die Bibel, die Leintücher und das vom Papst geweihte Wasser aus dem Gepäck.“

Wie aus weiter Ferne nahm Madda wahr, wie der zweite Mann einen großen Reisesack neben der Tür abstellte. Die Tür fiel ins Schloss.

Und dann geschah etwas Seltsames: Die beiden Männer erstarrten mitten in der Bewegung und lauschten angespannt. Dann fuhren sie zu ihr herum. Den Älteren kannte sie nicht. Er hatte graues Haar und trug einen schwarzen Gewandrock wie ein Medicus. Der Gehilfe schien jünger zu sein, aber sein Haar war unter einer regenfeuchten Kappe verborgen, und er hatte sich unter dem Mantel ein Tuch über Mund und Kinn gezogen, als käme er geradewegs aus der Kälte. Plötzlich stürzte er zu ihr und fiel neben ihr auf die Knie.

„Madda!“, flüsterte er. „Um Gottes willen!“

Das ist Martins Stimme!, dachte sie noch benommen. Da zog der Mann Kappe und Tuch herunter und sie blickte tatsächlich in Martins Gesicht. Allerdings hatte er schwarzes Haar und einen sehr dunklen Bartschatten, was ihn fremd und roh wirken ließ.

Das ist nur ein Traum, sagte sie sich. *Lass dich nicht täuschen.*

Aber als er sie anlächelte, wusste sie, dass er es war.

„Martin!“, brachte sie mit erstickter Stimme hervor.

„Alles wird gut, Wildfang!“

„Quatsch nicht, halte die Handschellen fest“, fuhr der andere Mann ihn an und ließ sich ächzend neben ihr nieder. Ein kleiner, gebogener Hakenstab glänzte auf, dann ruckte und zog es an ihren Handgelenken, dass sie aufkeuchte.

„Tut mir leid“, flüsterte Martin.

„Was … macht ihr da?“

„Schauen, ob du noch Jungfrau bist“, erwiderte der Grauhaarige trocken. „Ich bin Medicus im Dienst der Inquisition. Heinrich Kramer persönlich hat mich hergeschickt.“

Er zwinkerte ihr zu und machte sich weiter an dem Schloss zu schaffen.

„Wir holen dich raus“, raunte Martin ihr zu. Er schluckte, seine Augen glänzten verdächtig, als er ihre Hände betrachtete. Und als würde sein Blick das Eisen zum Zerspringen bringen, geschah ein Wunder und die Handschellen gingen auf. Die Kette glitt klirrend durch das Verbindungsstück der Bandeisen, dann waren ihre Hände frei. Martin half ihr, sich aufzurichten.

„Madda, das wird dir jetzt wehtun, verzeih mir. Aber es geht nicht anders. Du musst dich ganz klein zusammenkauern. Schaffst du das?"

Sie nickte. Ohne die Ketten und Handschellen fühlte sie sich so leicht wie der bloße Schatten von Madda.

„Und ... wir brauchen dein Hemd. Ich schneide es auf, dann musst du deine Arme nicht heben, um es auszuziehen."

Wieder nickte sie. Der falsche Medicus wandte sich rücksichtsvoll ab, während Martin sich neben sie kniete. Sie fühlte Eisen auf Haut und hörte das Schneiden einer scharfen Schere. Doch Martin sorgte dafür, dass sie nicht nackt war und sich entblößt fühlte. Er legte ihr sacht einen weichen Stoff über die Schultern. Erst dann zog er behutsam an dem härenen Hemd, das nun von ihr abfiel wie eine vor Dreck starrende Schale, die nicht mehr zu ihr gehörte. Sie konnte ihre Hände nicht gebrauchen, um ihre Blöße zu verbergen, aber schon war Martin aufgesprungen und warf dem Medicus das Hemd zu. Er kniete sich vor sie, hüllte sie behutsam in den warmen, weichen Stoff. Erst jetzt erkannte sie, dass es Samt war. *Feuerrot,* dachte sie. *Rosso fuoco.* Plötzlich fror sie wieder und das Entsetzen kehrte zurück, schüttelte sie durch, ohne dass sie sich bewegen konnte. „Martin?", krächzte sie. „Ich träume doch nicht?"

Martin hielt inne und sah ihr direkt in die Augen. „Ich verspreche es dir, Madda."

Ketten klirrten, also musste es wahr sein, denn sie selbst hatte sich nicht bewegt.

„Aber bald wird das alles hier nur noch ein böser Traum sein", fuhr Martin leise fort. „Und ich werde da sein und dich jede Nacht wach küssen, sollte er dich noch einmal heimsuchen. Für den Rest unseres Lebens, das verspreche ich dir auch." Und dann küsste er sie, vorsichtig und mit aller Zärtlichkeit. Und etwas in ihr hörte auf zu zittern. Seine Lippen waren warm und weckten etwas in ihr, was sie längst verloren glaubte. Sie konnte Martin nicht umarmen, zu schwach waren ihre gezerrten Schultern, aber sie bettete den Kopf an die seinen und schloss für einen schwebenden Moment die Augen.

„Herrgott, mach schon!", brummte der falsche Medicus. „Für Liebesschwüre hast du noch genug Zeit. Wir müssen raus hier."

„Wir werden uns eine Weile trennen müssen", sagte Martin ihr ins Ohr. „Aber ich komme zu dir, sobald ich kann. Und jetzt beiß die Zähne zusammen und halte still, was auch geschieht, versprichst du mir das?"

„Ja!" Nach dem hundertfachen Nein der letzten Tage fühlte es sich seltsam an, fast wie ein neues Wort, das sie noch nie ausgesprochen hatte.

„Gut, mein Mädchen. Dann zieh die Beine jetzt an den Körper, so eng es geht. Versuche die Hände an der Brust so zu bergen, dass es möglichst wenig wehtut. Schnell!"

Madda verzog das Gesicht, aber es gelang ihr, sich klein zu machen. Martin wickelte sie in den roten Samt, Elle um Elle, bis sie darin verschwand wie ein Schmetterling, der in seinen Kokon zurückkroch. Vorsichtig hob Martin sie hoch und trug sie zur Tür, dorthin, wo der große Reisesack schon bereitlag. Jetzt war er leer – und als sie zurückblickte zu dem Platz, an dem sie in Ketten gelegen hatte, erschrak sie. Sie sah eine Hand, leblos auf Stroh gebettet, ein Handgelenk, um das sich die Handschelle schloss. Die Gestalt war in das härene Hemd gekleidet und lag zusammengekrümmt mit dem Rücken zur Tür, den Kopf so sehr zur Brust gesenkt, dass man von der Tür aus nur die Ahnung des geschorenen Hinterkopfs sehen konnte.

Vielleicht bin ich ja doch tot und meine Seele hat den Körper schon verlassen, schoss es Madda durch den Kopf.

„Keine Angst, das ist nur eine List", sagte Martin. „Die Wächter müssen glauben, dass du noch in der Zelle bist, sonst kommen wir nicht weit. Und wenn wir mit der Fackel schon halb aus der Tür sind, sieht es im Dämmerlicht täuschend echt aus."

Der falsche Medicus rückte die Puppe zurecht. Jetzt, da das Licht direkt darauffiel, war sie nur noch Stoff, ein genähter Arm und eine perfekte Hand. Ein mit Pech und Asche geschwärzter Stoffball diente als Hinterkopf. Eine Art Zündschnur führte von der Puppe in Richtung der Tür. Der Medicus verbarg sie gerade geschickt unter Stroh und ließ dann aus einem Säckchen ein helles

Pulver auf seine Hand rieseln. Die Art, wie es staubte, kannte sie. *Bärlappsporen.*

„Sie wird verbrennen, wenn wir aus der Zelle gehen?", wisperte Madda.

„Ich hoffe, erst dann, wenn wir den Turm verlassen haben", sagte Martin und lächelte wie ein Dieb. „Lampenöl und Pech brennen gut." Er küsste sie auf die Stirn und zog ihr vorsichtig den Samt auch über den Kopf. Der Reisesack wurde über ihr zugezurrt. Panik drohte in der Dunkelheit nach ihr zu greifen, sie bekam kaum Luft in dem vielen Stoff. Aber dann hob Martin sie hoch und nahm sie auf den Rücken, so mühelos, als wären in dem Sack wirklich nur Reisegepäck und ein paar Instrumente. Ein Klopfen an die Tür drang gedämpft durch ihre Hülle aus Samt. Sie hörte zwei Männer sprechen, aber nur die dröhnende Stimme des falschen Medicus konnte sie verstehen.

„Wir mussten sie betäuben", sagte er. „Hat sich gewehrt wie eine Katze und wollte uns verhexen."

Der Wächter antwortete etwas, was besorgt klang.

„Was für eine dumme Frage! Ja, der Dämon ist immer noch bei ihr", sagte der Medicus streng. „Merkst du das nicht am Gestank von Pech und Schwefel und an der plötzlichen Kälte? Wir haben das ganze geweihte Wasser in der Zelle verschüttet, aber wer weiß, wie gut das helfen wird. Also schließ gut ab. Wir streuen geweihtes Salz auf die Schwelle. Fass den Riegel nicht an und bete den Engelsgruß, bis der Inquisitor wieder da ist. Lass niemanden außer ihm in die Zelle, was du auch hörst und was auch immer da drin geschieht, verstanden? Lass dich vor allem nicht von ihrem Geschrei und Gejammer erweichen, wenn sie aufwacht. Hexen können nicht weinen – und wenn sie es doch tun, dann ist das nur eine Täuschung des Teufels."

Geschwister

Ich kann nicht mehr zurückkehren, Doktor Institoris. Diese Zeilen schreibe ich im Kontor, in das ich mich geflüchtet habe. Sobald ich den Brief im Rathaus übergeben habe, verlasse ich die Stadt für immer. Ich hoffe, Ihr verzeiht mir, dass ich Euch nicht mehr persönlich als Zeuge Rede und Antwort stehe, wie wir es bei unserem letzten Treffen vereinbart hatten. Aber ich muss sofort fliehen, denn als ich die Hexe Elisabeth zurückstieß, drohte sie damit, mich noch heute mit Feuer zu töten.

Aus Lucios Brief an Heinrich Kramer

Das Armesünderglöcklein am Turm des Obertors läutete so schneidend hell, dass es durch den Lärm der Menge zu hören war, die zum Richtplatz unterwegs war. Wie versprochen, wartete Elisabeth am Fenster ihrer Kammer und hielt schon Ausschau nach Beno. Ihre helle Gestalt hinter den Butzenscheiben war wie ein Sonnenstrahl im bedrückenden Grau des Tages. Das Fenster öffnete sich einen Spalt und Beno fing den Schlüssel auf, den Elisabeth in ein Stück Stoff eingebunden hatte. Es war sein Hausschlüssel, den er Elisabeth gegeben hatte, damit sie noch vor Morgengrauen heimlich zurückkehren konnte. Er staunte, wie viel Mut er brauchte, um sein Zuhause zu betreten. Schon unten an der Treppe konnte er hören, dass oben eine hitzige Diskussion mit dem Verwalter des Kontors im Gange war. Doch als Beno ins Kaminzimmer trat, verstummten alle. Barbara stand totenblass neben dem Kamin und sah Beno an wie ein Gespenst. Aber Onofrius verschränkte die Arme und zog die Stirn zu einer Gewittermiene zusammen. „Sieh an, mein Enkel verirrt sich auch wieder einmal nach Hause. Lasst mich allein mit ihm."

Der Verwalter verließ fast fluchtartig den Raum. Aber als Barbara gehen wollte, trat Beno ihr in den Weg.

„Warte bitte, Barbara. Ich muss mit euch beiden sprechen. Es geht um unsere Familie – und um die Handelsgesellschaft …"

„Das kannst du laut sagen!", brüllte Onofrius los. „Dass du überhaupt noch die Stirn hast, hier aufzutauchen! Aus dem Haus werfen und enterben sollte ich dich, Beno. Nicht nur, dass du uns vor den Gästen auf der Bettenreute vor den Kopf gestoßen hast und deine Zeit ohne meine Erlaubnis bei Gericht verschwendest. Nein, du siehst auch noch tatenlos zu, wie ein Mörder aus dem Kontor flieht! Du warst heute Nacht dort, als Meister Ferber ermordet wurde. Das hat mir der Verwalter gerade verraten. Warum muss ich das von ihm erfahren? Und wie kann es sein, dass du nicht verhindern konntest …"

„Ich habe verhindert, dass unsere ganze Familie in den Abgrund gerissen wird, Großvater! Also hör mir gefälligst zu, bevor du ein Urteil fällst!"

Noch nie hatte Beno seinen Großvater angeschrien, aber plötzlich war er so zornig, dass er sich selbst nicht mehr kannte. Wahrscheinlich verstummte Onofrius einfach aus Überraschung. „Ihr kennt den Mörder", fuhr Beno fort. „Ihr selbst habt ihn in unser Haus gelassen und ihm im Kontor jede Tür geöffnet. Und hört euch an, wie Lucio vorhatte, sich bei unserer Familie für dieses Vertrauen zu bedanken."

Er holte die beiden Briefseiten und begann vorzulesen. Onofrius' wutrotes Gesicht wurde von Satz zu Satz fahler und Barbaras Augen wurden immer größer. Als Beno zur zweiten Seite kam, schlug sie entsetzt die Hände vor den Mund und sank auf einen Stuhl.

„*Inzwischen will Barbara mich ständig in ihrer Nähe haben*", las Beno. „*Sind wir allein, verhält sie sich schamlos wie eine Dirne und versucht mich für sich zu gewinnen. Sie stellt sich gern als fromme Frau dar, dabei trägt sie den Rosenkranz aus spanischen Korallen nur, um mit ihrem Reichtum zu protzen. Beten habe ich sie niemals gesehen. Und niemals weinte sie um ihr totes Kind. Ich wage einen Verdacht zu äußern, den Ihr sicher überprüfen werdet, Doktor Institoris: Man sagte mir, Onofrius' erste Frau, Clara, sei gestorben, während Barbara sie pflegte. Ich glaube, das ist kein Zufall. Einmal schenkte Barbara mir Wein ein, der gewürzt war. Schon nach dem ersten Schluck fiel ich in einen toten-*

ähnlichen Schlaf und träumte von einem Hexenfest. Barbara war dort und braute Tränke, zusammen mit Magdalene Weißhaar und Elisabeth. Und am nächsten Morgen sah ich Flecken von der Farbe des Trankes an ihren Rocksäumen."

Barbara schnappte nach Luft. „Das ist … das sind doch alles Lügen!"

„Heinrich Kramer würde das anders sehen", sagte Beno trocken. „*Vielleicht ist Onofrius Humpis Barbaras höriger Diener und billigte sogar den Mord an Clara*", fuhr er fort. „*Das würde erklären, warum er sogar mitten in der Zeit der größten Not für Ravensburg auf Barbaras Befehl hin das Fest auf dem Schloss ausgerichtet hat. Und was für ein verdorbenes, sündiges Fest das war! Ich musste fliehen, als mir klar wurde, dass Barbara das Zentrum eines Hexenzirkels ist, der …*"

„Genug!" Barbara sprang auf. „Ich will nichts mehr hören!"

Onofrius hatte sich auf dem Tisch aufgestützt. Ein wenig tat er Beno leid, er sah aus wie das Opfer eines Gauklers. *Was ja im Grunde stimmt.*

„Lucio war …", stieß er heiser hervor.

„… ganz sicher nicht Lorenzo Malaspanis Sohn", ergänzte Beno, „sondern ein bezahlter Mörder, den vermutlich Jos bei uns eingeschleust hat, um unsere Familie zu zerschlagen und in Verruf zu bringen. Das Kontor heute Nacht niederzubrennen, war Teil des Plans. Lest selbst, wenn ihr es immer noch nicht glaubt." Er legte die Briefseiten auf den Tisch. „Ganz unten auf Seite zwei des Briefs behauptet der falsche Lucio, Barbara hätte euer Kind dem Teufel geopfert."

Das war wohl das Schlimmste, was man Barbara unterstellen konnte. Noch nie hatte Beno die stolze Frau weinen sehen, aber jetzt füllten sich ihre Augen mit Tränen und ihr Gesicht zuckte. Onofrius trat zu ihr und legte ihr den Arm um die Schultern.

„So werden Hexen gemacht", sagte Beno leise. „Und Madda ist ebenso unschuldig wie ihr."

„Das wäre vor Gericht niemals durchgegangen!", brauste Onofrius auf. „Niemand hätte einen Humpis angeklagt! Das hätte der Stadtrat niemals zugelassen."

„Mag sein. Aber Kramer wäre bis zum Papst persönlich gegangen. Und selbst wenn ihr freigekommen wärt, wäre der gute Name Humpis für immer beschmutzt. Und du hast es mir doch selbst beigebracht, Großvater: Unser Kapital ist nicht das Geld. Es ist unser guter Name."

Onofrius stöhnte auf. „Dieser Dreckskerl Jos", stieß er zwischen zusammengebissenen Zähnen hervor. „Dafür wird er bezahlen! Und diesen italienischen Hochstapler werden wir finden."

„Du liebe Güte – Lies hat etwas geahnt und ich habe ihr nicht geglaubt!", hauchte Barbara. „Aber sie ... sie nannte Lucio einen Dämon, und ich war davon überzeugt, dass sie im Fieber fantasiert oder vielleicht tatsächlich besessen ist, wie Lucio sagte."

„Wir haben uns alle eingebildet, Dämonen zu sehen, seit Kramer in der Stadt ist", erwiderte Beno. „Und auch so manche Hexe."

Sein Blick fiel auf Elisabeths Stickerei. Heute sah er nur unfertige Engelsfiguren, keine dämonischen Wesen. Hinter sich hörte er ein leises Schleifen, und als er sich umsah, entdeckte er Elisabeths Schatten. Sie stand im Flur neben der Tür.

„Dieser Kerl war also der Zeuge, auf dessen Aussage sich die Anklage gegen Madda stützte“, sagte Barbara. „Und deshalb sitzt das Mädchen jetzt im Kerker.“

Beno lächelte schmal. „Da würde sie noch sein“, sagte er. „Wenn … der Teufel sie nicht aus der Zelle hätte verschwinden lassen.“

Jetzt sahen ihn beide an, als würden ihm Flammen aus der Nase schlagen. Beinahe hätte er gelacht. Er kostete den Moment der Fassungslosigkeit aus, dann begann er zu erzählen.

*

„Wohin geht es denn?“, hörte Madda einen Mann fragen. Dem herrischen Ton nach zu urteilen, war es ein Büttel von einem der Stadttore. Madda wagte kaum zu atmen.

„Zurück nach Hause gehe ich“, erwiderte der Mann mit der lauten, tiefen Stimme.

„Und wo bist du daheim?“

„Konstanz.“

Madda durchfuhr ein Schreckschauer. *So weit fort?*

„Ihr habt es ja ganz schön eilig“, knurrte der Wächter. „Warum seid ihr nicht bei den Hinrichtungen?“

„Das eigentliche Schauspiel ist doch schon vorbei", erwiderte eine Frau.

Madda horchte auf. Die Stimme kannte sie. „Und wir haben anderes zu tun, als zuzuschauen, wie das restliche Holz noch runterbrennt", fuhr die Frau nicht besonders freundlich fort. „Wir haben einen weiten Weg und wollen es heute wenigstens noch zu einem Gasthaus in der Nähe des Sees schaffen."

Das ist doch Els!, schoss es Madda durch den Kopf.

„Dich kenn ich doch, Weib", sagte der Büttel. „Du bist keine aus Konstanz."

„Das will ich hoffen, dass du mich kennst", gab Els in ihrer harschen Art zurück. „Ich bin die Frau vom Schlosser Hans Frowendienst. Die besten Schlösser gibt es bei uns. Merk dir das, vielleicht brauchst du ja mal ein gutes Türschloss."

„Und was willst du am See?"

„Meine Nichte heiratet dort und wir zahlen ihr einen Teil der Aussteuer, weil sie selber nichts hat." Es gab ein dumpfes Geräusch neben Madda, als würde Els auf einen Leinensack klopfen. „Hier, schau, gutes oberschwäbisches Leinen und sogar weicher Barchent für Wäsche und Hemden", sagte sie stolz. „Kostet so einiges, aber das ist mir meine Familie wert. So was Feines haben die da am See nicht. Da laufen die Weiber in viel zu dünnen Flachskleidern herum, als wäre der See ein Badehaus, wo die Mägde nichts zu verbergen haben."

Der Büttel lachte rau. „Dann tut's mir ja fast leid, dass ich hierbleiben muss."

Die zwei auf dem Wagen lachten mit und das Gefährt ruckelte und setzte sich in Bewegung. Madda biss die Zähne zusammen, als ein Rad über einen Stein rumpelte. Der Schweiß brach ihr aus, aber sie erstickte ihr Keuchen in dem Samt.

Sie wusste nicht, wie lange sie schon unterwegs waren. Seit sie den Kerker verlassen hatten, schien sie ihr Zeitgefühl verloren zu haben. Nach einer gefühlten Ewigkeit kam der Wagen zum Stehen. Jemand zupfte und zurrte an dem Sack. Dann schlug ihr plötzlich eisige Luft entgegen und schnitt ihr in die Lunge.

„Els!“, krächzte sie. „Du bist es ja wirklich.“

„Willkommen zurück in der Welt der Lebenden, Jungfer Madda“, brummte der Mann. Niemand hätte den Medicus wiedererkannt. Er trug nun einen Filzhut und die staubbraune Kleidung eines einfachen Mannes.

„Das ist mein Bruder Leif“, erklärte Els. „Du wirst in Konstanz eine Weile bei ihm wohnen.“ Sie kramte ein Tuch hervor und band Madda daraus eine Haube, die ihren kahl geschorenen Kopf verbarg. „Ich habe auch Kleider für dich eingepackt. Aber die ziehst du erst an, wenn wir noch weiter von Ravensburg weg sind.“ Madda setzte sich auf und sah sich um. Nach den Tagen im fensterlosen Kerker stach und blendete das Vormittagslicht, aber nach und nach setzte sich das grelle Weiß zu einer Umgebung zusammen. Überrascht stellte sie fest, dass sie noch gar nicht so weit gekommen waren, wie sie vermutet hatte. Ravensburg lag kaum eine Meile hinter ihnen, die Türme der Stadt ragten über die Stadtmauer.

Und über den Dächern stiegen zwei Säulen aus Rauch in den Himmel und verwehten zu Fetzen. Das Herz tat ihr weh. „Anna", flüsterte sie.

Els bekreuzigte sich. „Die armen Seelen. Der Herr möge sie in den Himmel holen." Sie zog sich ihr Wolltuch von den Schultern und legte es Madda um.

Leif schnalzte mit der Zunge und trieb den Ochsen mit der Peitsche an. Während der Wagen weiterrumpelte, schauten Madda und Els eine Weile schweigend zurück zum Rauch über der Stadt, dann sagte Els leise: „Die Frauen da drüben auf den Scheiterhaufen – das hätten auch wir beide sein können."

Madda nickte. Sie erinnerte sich an Annas zahnloses Lachen, ihr großes Herz und ihre barsche Art, die Kinder zu vertreiben, die sie doch so sehr liebte. *Auch Martin und mich hat sie geliebt. Und meine kleine Marie.*

„Na, na, das Leben geht weiter, Mädchen", murmelte Els und strich ihr mit ihrer schwieligen Hand die Tränen von der Wange. „Aber schau ruhig noch eine Weile auf deine Stadt. Du wirst sie nicht wiedersehen."

*

„Ihr müsst mir schwören, dass ihr alles, was mit Madda zu tun hat, für euch behaltet", sagte Beno. „Auch kein Wort zu Geldrich. Zeigt ihm den Brief, aber verratet keinen von den Helfern. Vergesst nicht: Sie haben alle ihr Leben riskiert – auch für unsere Familie."

Onofrius war schon vor einer Weile fassungslos auf seinen Stuhl gesunken. Er war so bleich, wie Beno ihn noch nie gesehen hatte. In der Stille schluckte er mehrmals und rang nach Luft. Aber schließlich sagte er: „Wir … wir müssen dir für diesen Wahnsinn wohl auch noch danken.“

Beno lächelte sichelfein. „Dank nimmt ein kluger Kaufmann nur in Form von Geld und Schuldscheinen an.“

Onofrius’ Augen wurden schmal. „Was willst du?“

„Der Schlosser Frowendienst soll sein Leben lang die Schlösser aller unserer Reisetruhen und Häuser fertigen. Außerdem erlässt du ihm alle Kredite. Dann brauche ich genug Geld für die Ausstattung von zwei neuen Schmiedewerkstätten, eine in Ravensburg für Gabriel Weißhaar, eine in Konstanz für einen Jungschmied. Ich brauche deine Verbindungen zu den Patriziern in Konstanz, einige Empfehlungsschreiben und eine Spende für das Pfarrhaus.“

Sogar Barbara schluckte, als Beno mit der Liste fortfuhr. Onofrius lief wutrot an. „Bist du von Sinnen?“, schrie er. „Willst du mich ruinieren? Stammst du etwa in Wirklichkeit von Jos, dem Blutsauger und Räuber, ab? Und dann soll ich auch noch irgendeiner Kirche und einem Pfaffen was spenden …“

„Onofrius“, sagte Barbara streng. „Das reicht. Jetzt ist nicht die Gelegenheit, um zu handeln.“

„Du bist eine kluge Frau, Barbara“, sagte Beno und lächelte. „Und damit komme ich zu dir. Ich hatte dir im

Sommer eine Frage gestellt. Und ich stelle sie noch einmal: Gibst du mir die Erlaubnis, deine Nichte Elisabeth um ihre Hand zu bitten und sie zu heiraten … wenn sie mich will?“

Barbara wurde blass und sah Hilfe suchend zu ihrem Mann. Aber Onofrius verschränkte nur die Arme. „Oh nein“, murrte er. „Diesen Preis verhandelst du selbst. Und so, wie ich diesen Räuber einschätze, kannst du froh sein, wenn er nicht auch noch eine teure Aussteuer für dieses Mädchen verlangt.“ Es klang verärgert, aber Beno entging nicht, dass in Onofrius’ Worten auch ein erstaunter Respekt mitschwang.

„Ich … habe damals alles gesagt, was es zu diesem Thema zu sagen gibt“, meinte Barbara.

„Wirklich?“ bemerkte Beno. „Du hast behauptet, dass Elisabeth in mir nur einen Bruder sehe. Du hast mich behandelt wie einen Wüstling, der vorhat, sich an der eigenen Schwester zu versündigen. Du sagtest auch, ich solle mich nicht lächerlich machen, und du würdest niemals zustimmen, denn unsere Verbindung wäre Blutschande …“

„Wenn Onofrius und ich ein Kind bekämen, dann wärt ihr wirklich verwandt!“, rief Barbara hitzig.

„Tinte auf einem Heiratsvertrag ist aber kein Blut. Und selbst wenn ihr ein Kind bekommt, was ich euch von Herzen wünsche, dann heißt das nicht, dass die Bande zu eng wären. Jeder Rechtsgelehrte wird dir das bestätigen. Sonst müsste man auch Herzöge und Könige der Blutschande anklagen – mit weitaus mehr Grund.

Könige heiraten oft genug ihre leiblichen Nichten oder die Töchter ihre Vetter. Elisabeth und ich sind nicht einmal entfernt blutsverwandt."

Barbara war wirklich gekränkt. Ihre Augen glänzten und ihre Hände spielten fahrig mit dem Rosenkranz. Sie tat Beno leid, aber heute gab er nicht nach. *Nie wieder.*

„Elisabeth war es, die Lucio auf die Schliche gekommen ist", fuhr Beno fort. „Ohne sie wärt ihr jetzt verloren. Du bist ihr etwas schuldig. Aber wenn sie sagt, dass ich für sie nur ein Bruder bin, dann ziehe ich meine Forderung zurück und füge mich deinem Willen. Aber ich will es aus ihrem Mund hören."

Barbara fuhr herum, als ein fester Schritt erklang. Elisabeth kam ins Kaminzimmer, stellte sich neben Beno und schob ihre Hand in seine.

„Für Beno bin ich keine Schwester, Tante Barbara. Genauso wenig, wie er ein Bruder für mich ist. Und ich will keinen anderen als ihn."

Barbaras Lippen waren ein schmaler, bleicher Strich. Langsam trat sie zur Tür. Erst als ihre Hand auf der Klinke lag, richtete sie wieder das Wort an die beiden.

„Unter zwei Bedingungen", sagte sie ernst. „Ihr heiratet nicht vor Elisabeths achtzehntem Geburtstag. Wenn eure Liebe so groß ist, wie ihr glaubt, werdet ihr diese Zeit der Prüfung bestehen. Und bis dahin haltet ihr eure Zuneigung und eure Pläne streng geheim. Wenn ihr danach immer noch so denkt wie jetzt, dann … soll es so sein."

Ein Kranz aus Apfelblüten

Immer ist die wichtigste Stunde die gegenwärtige;
immer ist der wichtigste Mensch derjenige, der dir gerade gegenübersteht;
immer ist die wichtigste Tat die Liebe.

DER DOMINIKANER MEISTER ECKHART (1260–1327),
DER ALS ANGEKLAGTER KETZER STARB

Die Hochzeit fand lange vor der Frühmesse statt. Madda wollte nicht, dass die ersten Kirchgänger sie ohne Kopftuch sahen. Beno und Elisabeth hatten diesen Ort am See als einfache Leute und unter anderem Namen betreten.

Beno trug seine schlichte, schwarze Studentenkleidung und Elisabeth hätte die Tochter eines Handwerkers sein können. Ihr Haar war ganz unter einem weißen Tuch verborgen. Nur ihre feinen, schwielenlosen Hände, die nichts von schwerer Arbeit wussten, hätten sie verraten können.

Und wie immer, wenn Elisabeth Beno – wie jetzt – verstohlen zulächelte, kam ihm alles noch viel unwirklicher vor. Hier am Bodensee blühten schon die Obstbäume. Die Mailuft war zwar noch etwas zu kühl, aber an der Stelle, an der die Gesellschaft im Windschatten der kleinen Kirche vor dem Pfarrer stand, spürte Beno bereits die Wärme des nahenden Sommers auf seinem Gesicht.

Madda zupfte schon wieder nervös an ihren Haaren, die seit dem Herbst immerhin schon einen Finger lang nachgewachsen waren. In den Brautkranz, den sie auf dem Kopf trug, hatte Ursel junge Zweige mit Apfelblüten geflochten. Madda hatte dazu noch ein Band aus rotem Samt darum gewunden. Beno fiel auf, dass Maddas Augen immer noch etwas Wachsames, Ruheloses hatten. Sogar jetzt noch schweifte ihr Blick kurz zu den drei Söldnern, die in einiger Entfernung warteten, als wären sie nur zufällig in der Nähe.

Die Hochzeitsgesellschaft versuchte die Männer nicht zu beachten, aber natürlich lag eine gewisse Unruhe in der Luft. *Der Kreis der Verschwörer fühlt sich nie sicher*, dachte Beno bei sich. Eine fröhliche Hochzeit war etwas anderes. Jeder hier war ein Mitwisser oder Helfer. Sogar der Pfarrer, der Maddas neues Leben nun auch offiziell besiegeln würde, war ein Mitglied aus Hans' großer Familie.

Elisabeth betrachtete ernst Maddas Hände, die den Hochzeitsstrauß aus Rosmarinzweigen hielten. Die Narben waren noch nicht verblasst und auch jetzt sah man, dass ein Daumen verkrümmt und völlig steif war. Gabriel, der zwischen Ursel und Ellen stand, hatte verweinte Augen und wirkte so traurig, als müsste er eine weitere Tochter zu Grabe tragen. *Was auf gewisse Weise ja auch stimmt*, dachte Beno.

„Und du, Margaretha Frowendienst?", fragte der Pfarrer nun.

Alle schauten Madda an, Elisabeth nickte ihr auffordernd zu. Madda errötete, als würde ihr siedend heiß bewusst, dass von nun an sie mit diesem Namen gemeint war. Sie blickte zum Pfarrer auf. „Ja", sagte sie leise.

„Sei nicht traurig, Vater", hörte Beno Ellen flüstern. „Es ist nur ein Name. Auch wenn sie jetzt eine Margaretha ist, können wir sie doch immer noch Madda rufen."

„Margaretha Frowendienst", wiederholte der Pfarrer. „Willst du Martin Faber aus Ravensburg zu deinem Mann nehmen?"

Beno konnte sich ein Lächeln nicht verkneifen. Der junge Schmied war blasser als seine zukünftige Frau. Nervös schluckte er, als glaubte er wirklich, Madda könnte es sich doch noch anders überlegen. Aber das strahlende Lächeln, das sie ihm nun schenkte, ließ auch in seinem Gesicht die Sonne aufgehen.

„Das will ich!", sagte sie so bestimmt, dass sogar Gabriels bittere Miene weich wurde. Beno trat vor und reichte Martin feierlich den Ring. Alle hielten den Atem an, als Martin so vorsichtig, als trüge Maddas Hand immer noch frische Wunden, den Ring auf ihren Finger schob. Der Pfarrer sprach den letzten Segen für die Eheleute.

Doch sein Amen war noch nicht verklungen, als Martin seine Frau einfach hochhob. Er wirbelte sie herum und küsste sie so stürmisch, dass ihr der Kranz in den Nacken rutschte und sie ihn lachend festhalten musste.

Und mit einem Mal war die bedrückte, feierliche Stimmung wie weggeblasen. Ursel stürzte als Erste zu den Neuvermählten, Glückwünsche und Lachen hallten in der Luft. Alle drängten sich um Madda. Beno trat zu Martin und streckte ihm die Hand hin. „Ich gratuliere euch von Herzen, Faber."

Martin schnaubte spöttisch. „Was soll das denn werden, Humpis? Sehe ich aus wie einer von euren mit Safran gepuderten Geschäftspartnern?" Im nächsten Moment ging Beno die Luft aus, so fest umarmte Martin ihn.

Und dann war Madda schon bei ihm, drückte ihren Hochzeitsstrauß Ellen in die Hand und hakte sich einfach bei ihm unter. „Bis zur Messe ist noch Zeit", rief sie den anderen zu. „Gehen wir zum See!"

Zielstrebig steuerte sie auf einen Steg zu, der unweit der Kirche in das seidige Blau des Wassers ragte. Im Gehen nahm sie den Brautkranz ab und reichte ihn Beno. Dann zog sie ein Kopftuch heraus und band es sich geschickt zu einer Haube.

„Du verlierst ja keine Zeit", bemerkte Beno.

Sie blitzte ihm ein schnelles Lächeln zu und schob sich die letzte Strähne unter das Tuch. „Magdalene hatte Zeit zu zögern", erwiderte sie leichthin. „Aber sie ist tot. Hat sich im Kerker erhängt, so habe ich es jedenfalls gehört. Ammann Geldrich hat nach der Abreise des Inquisitors verkünden lassen, dass sie unter der Folter standhaft geblieben sei, somit die Wahrheit sagte und unschuldig war. So ist sie zwar keine Hexe, aber ehrenhaft bestattet wurde sie als Selbstmörderin dennoch nicht. Deshalb gibt es kein Grab, an dem ihre Familie beten könnte."

Beno nickte. Und insgeheim verspürte er auch jetzt wieder diesen grimmigen, dunklen Triumph. Wie immer wenn er an Kramers fassungsloses Gesicht dachte, als die Kerkertür sich öffnete und er nur noch leere Handschellen und Rauch in der Zelle fand.

„Ich dagegen bin die Frau des Schmieds Martin Faber", fuhr Madda fort. „Und wenn mich jemand nach meinen Narben fragt, erzähle ich, dass ich einen Unfall hatte. Ein Fuhrwerk hätte mir fast beide Hände zerquetscht."

Beno fröstelte – trotz des Himmels und des Frühlings. Unter seinen Fingern spürte er die Samtbänder am Kranz. Er hätte Madda gerne gefragt, warum sie Feuerrot trug. Schließlich war es Zeit, auch die Farbe des Unglücks zurückzulassen. Aber Madda lächelte und betrachtete den See. Genießerisch zog sie die Luft ein, als würde sie die Sonne trinken.

„Wie geht es euch in Ravensburg?", fragte sie. „Könnt

ihr immer noch keinen Schritt ohne Wächter machen? Es heißt, Jos Humpis ist nicht überführt worden."

„Noch nicht."

„Und der Italiener ..."

„Ist noch auf der Flucht. Aber die Leiche des echten Lucio wurde gefunden, zusammen mit denen von einigen seiner Männer. Der Handelszug wurde auf offener Strecke überfallen, die Waren sind verschwunden, die Ermordeten wurden nur notdürftig unter Strauchwerk verscharrt. Und die wenigen Überlebenden sind zurück nach Hause geflohen. Der falsche Lucio hatte dafür gesorgt, dass alle Nachrichten an uns abgefangen wurden." Er lächelte schief. „Mit unserem blinden Vertrauen haben wir es ihm ja leicht genug gemacht. Seine Spur verliert sich an der Grenze."

„Also ist er nach Italien zurückgekehrt."

„Wir vermuten es. Aber das wird ihm auch kein Glück bringen. Lucios Familie wird nicht ruhen, bis sie den Mörder aufgespürt hat. Mein Großvater setzt ebenfalls alles daran. Und auch Jos Humpis muss sich in Acht nehmen."

„Ich möchte nicht in Jos' Haut stecken", sagte Madda.

Eine Weile betrachteten sie den See. Fischerboote durchschnitten die Wolken, die sich auf dem Wasser spiegelten. Die Rufe der Fischer schallten zu ihnen herüber.

„Träumst du auch davon, Beno?", fragte Madda plötzlich.

„Jede Nacht."

„Ich sehe den Henker", sagte sie leise. „Nachts steht er an meinem Bett. Und immer hat er Heinrich Kramers Gesicht." Sie schluckte. „Schreibt er weiter an seinem Brandbuch zur Hexenverfolgung?"

„Ich nehme es an."

„Was glaubst du? Werde ich darin vorkommen?"

„Nein. Diese Niederlage wird er verschweigen. Er hält sich ja für einen Auserwählten Gottes. Da wird er wohl kaum zugeben wollen, dass er dem Teufel nicht das Handwerk legen konnte. Und unser Stadtrat war sehr schnell bereit, die Sache zu vertuschen und sogar Kramers Aussage über dich aus den Gerichtsakten verschwinden zu lassen. Sonst wäre Ravensburg als die Stadt bekannt geworden, in welcher der Teufel gesiegt hat. Aber ich bin sicher, Kramer hat dem Papst den Fall vorgelegt, um noch einmal zu untermauern, wie wichtig die Inquisition ist."

Und vielleicht hat er nur deshalb die neue Vollmacht vom Papst bekommen, setzte Beno in Gedanken hinzu. Das war eine Niederlage: Papst Innozenz der Achte hatte Kramer tatsächlich eine Bulle ausgestellt, in der die Existenz von Hexen offiziell bestätigt wurde und mit der Kramer für die weitere Hexenverfolgung freie Hand bekam. Madda sah auf ihre Hände. „Dann bin ich jetzt also eine Geheimakte in Rom", sagte sie bitter. „Und meine Rettung ebnet Kramer den Weg."

Darauf wusste Beno nichts zu antworten. Es war die traurige Wahrheit. *Warum lässt Gott so etwas zu?* Das war die Frage, auf die er immer noch keine Antwort fand.

„So leicht wie bei uns in Ravensburg wird er es nicht mehr haben. Er hat bereits viele Gegner – auch in seinem eigenen Orden. Ich habe nachgeforscht und einiges über ihn herausgefunden, was vielleicht nicht einmal der Papst weiß. In Augsburg hat er einigen Frauen, die er vor Gericht bringen wollte, auf offener Straße nachgestellt, und er hat sie auch noch belästigt. Außerdem hat er Kirchengelder aus einem Ablasshandel unterschlagen und wurde für diesen Betrug zu einer Gefängnisstrafe verurteilt. Aus manchen Städten hat man ihn verjagt. Ich bin sicher, selbst den Papst hat er getäuscht. Er beherrscht es, Menschen für seine Zwecke einzuspannen, und dabei ist ihm jede Lüge recht. Aber bestimmt gibt es Wege, ihm durch einen Prozess das Handwerk zu legen."

„Und das willst du versuchen?"

„Ich werde alles daransetzen!" Und leiser fügte er hinzu: „Deine Albträume werden verblassen. Und ab heute wird Martin deinen Schlaf beschützen."

Maddas Lächeln war wie ein Sonnenstrahl, zaghaft noch, aber es erhellte jeden Winkel seines Herzens. *Allein dieses Lächeln war alle Gefahren wert*, dachte er.

„Und wer wird über deinen Schlaf wachen?"

Er konnte nicht verhindern, dass er knallrot wurde. „Das … ähm …wird sich zeigen."

Madda hob spöttisch die Braue. „Hör auf den Rat einer Ehefrau", sagte sie verschmitzt. „Falls du Elisabeth für dich gewinnen willst, lerne gefälligst tanzen. Und tanze gut!"

„Ich … werde mein Bestes tun."

Madda lachte, dann trat sie auf ihn zu und schlang die Arme um ihn.

*

Es war nur ein Moment, aber als Madda die Augen schloss, war die Welt ein guter, geborgener Ort. *Vielleicht genügt das ja*, dachte sie. *Vielleicht habe ich in einem Traum von Sicherheit und Beständigkeit gelebt und in Wirklichkeit ist das Leben eine Perlenkette von Momenten. Und nichts anderes zählt als dieser Moment.*

„He, Humpis!", hörte sie Martins Stimme. „Wie oft soll ich es dir noch sagen? Such dir gefälligst ein eigenes Mädchen!"

Beno ließ sie los, gab ihr mit einem verlegenen Lächeln den Brautkranz zurück und eilte mit großen Schritten voraus zu den anderen. Elisabeth war unmerklich langsamer geworden und wartete auf ihn. Madda sah genau, wie die Hände der beiden für einige Augenblicke verstohlen zueinander fanden, bevor sie wieder so taten, als seien sie kein Paar und ihre Nähe kein Versprechen.

„Wusste ich es doch!", bemerkte Martin. „Hast du ihn gefragt, ob Barbara ihnen die Erlaubnis gibt?"

„Ich glaube nicht, dass Beno noch einmal um Erlaubnis fragen wird. Und Elisabeth wird sich sicher nicht mehr in einen goldenen Käfig sperren lassen."

Martin lachte. „Gut, dass du mir nicht mehr davonfliegen kannst!“ Er legte ihr den Arm um die Taille und zog sie an sich. Und auch das war einer dieser kostbaren Momente, schimmernd wie Perlmutt. „Sie warten auf uns, Wildfang.“

„Einen Augenblick noch.“

Madda trat an den Rand des Stegs. Der Bodensee lag vor ihr mit einer silbernen Gänsehaut aus Morgenwind. *Maries Meer.* Ein letztes Mal strich sie den Samt an ihrem Brautkranz glatt. Immer noch erschauerte sie jedes Mal, wenn sie den weichen Stoff berührte. *Aber auch das Feuerrot gehört zu mir*, dachte sie. *So wie meine Narben.* Der Wind war stärker geworden und trug ihr den zarten Duft der Apfelblüten in die Nase. „Leb wohl, Marie“, flüsterte sie. „Umarme im Himmel Anna von mir.“

Der Kranz schlingerte im Wind und fiel auf das Wellensilber. Ein paarmal wippte er auf dem bewegten Wasser, dann schwappte eine Welle über ihn. Einige Fischer, die mit ihren Booten weit draußen waren, riefen sich etwas zu und begannen zum Ufer zurückzurudern.

„Ich hoffe, wir bekommen keinen Sturm“, murmelte Martin besorgt.

„Nicht heute“, sagte Madda leichthin. „Heute werden wir feiern und tanzen!“

Nachwort

Wie Beno im letzten Kapitel richtig vermutet, arbeitete Heinrich Kramer weiter an seinem Handbuch für die Hexenverfolgung. *Der Hexenhammer – Malleus Maleficarum* wurde im Jahr 1486 erstmals gedruckt und gilt heute als eines der verhängnisvollsten Bücher der Geschichte. Etwa dreißig Auflagen erlebte es zwischen 1486 und 1669.

Oft wird dieses Werk mit dem Beginn des Hexenwahns gleichgesetzt, der Zehntausende von Menschen – größtenteils Frauen – das Leben gekostet hat. Ganz korrekt ist es allerdings nicht, den *Hexenhammer* als Auslöser der Hexenverfolgung zu sehen, die gab es bereits vorher. Nun aber konnten die Befürworter der Hexenverfolgung erstmals auf ein umfangreiches Standardwerk zurückgreifen, das ihnen als Legitimation und Argumentationsbasis diente. Neu daran war auch, dass Kramer besonders die Frauen im Visier hatte, wie schon der Titel *Hammer der Schadenszauberinnen* sagt.

Frauen als Agentinnen des Teufels

Alles, was Kramer in *Feuerrot* zu Beno und anderen Personen sagt, findet sich im *Hexenhammer*, ich habe die Passagen lediglich an einigen Stellen nacherzählt und sprachlich etwas freier in den Ton des Romans eingepasst. Lediglich die Aussage über „feuerfarbenes Haar“ habe ich selbst eingefügt, um den Bezug zu Elisabeth zu verdeutlichen. Alle Aussagen über die vermeintliche Verführbarkeit, Bösartigkeit und Verlogenheit der Frauen sind keine Sätze, die ich Kramer in den Mund gelegt habe. Sie stehen im *Hexenhammer*. Dasselbe gilt für die Anweisungen, wie man Verdächtige behandeln soll. Jeder Schritt von der Verhaftung bis zum Verhör mit geschorenem Haar und den Foltermethoden wurde von Kramer genauestens festgelegt. Die Foltermethoden habe ich nur angedeutet. Wer wirklich gute Nerven hat, kann im Hexenhammer Genaueres selbst nachlesen. Authentisch sind in *Feuerrot* auch die Erklärungen zu Dämonenzauber und Teufelsbuhlschaft. Und obwohl viele Kritiker die Existenz solcher Hexen, wie sie Kramer beschrieb, als Aberglauben bezeichneten, darf man nicht vergessen, dass für die Menschen der damaligen Zeit die Bedrohung durch Teufel und Dämonen als ganz reale Gefahr erlebt wurde. Und auch magische Rituale oder die Zauberäpfel für einen Liebeszauber, die ich im Buch beschreibe, wurden damals als Alltagsmagie praktiziert.

Zwei Ravensburgerinnen …

Anna Mindelheim und Agnes Bader sind keine erfundenen Figuren. Diese beiden Frauen aus Ravensburg wurden im Jahr 1484 als Hexen auf dem Scheiterhaufen verbrannt. Agnes wurde tagelang gefoltert, bis sie einknickte und ihre vermeintlichen Untaten gestand. Anna Mindelheim gestand sofort, nachdem sie einmal am Galgen hochgezogen worden war. Man kann sich nur noch ausmalen, wie verzweifelt die beiden Frauen gewesen sein müssen. Heutzutage kann man sich kaum noch vorstellen, dass Folter als legitimes Mittel vor Gericht verwendet wurde und dass man tatsächlich glaubte, dadurch die Wahrheit ans Licht zu bringen. Ebenfalls nicht erfunden sind solche Finten, wie der Inquisitor sie auch in *Feuerrot* anwendet, um einer Verdächtigen ein freiwilliges Geständnis zu entlocken. Im Hexenhammer wird erklärt, unter welchen Umständen es rechtens sei, jemandem Gnade zu versprechen – und ihn dann trotzdem hinzurichten.

Anders als einige andere Ravensburgerinnen, die ebenfalls vor dem Inquisitionsgericht erscheinen mussten (darunter Els Frowendienst), hatten Agnes und Anna keine Chance auf einen Freispruch. Sie waren arm, hatten keinen hohen gesellschaftlichen Stand und keine Familien, die mithilfe von Advokaten und Bürgschaften ihre Freilassung hätten durchsetzen können.

… und andere Menschen

Ammann Konrad Geldrich, Magister Gremper und Onofrius Humpis haben zu jener Zeit in Ravensburg gelebt. Onofrius' Patrizierhaus befindet sich in der Marktstraße 21. Der echte Onofrius hatte einen Hang zu Prunk und schönen Festen. Er kaufte das Schloss an der Bettenreute und feierte dort Feste, die eines Adeligen würdig gewesen wären. Der riesige Fischzuber, in dem für Feste im Schloss lebende Fische auf Vorrat gehalten werden konnten, hat damals sicher ein Vermögen gekostet. Die versuchte Entführung durch Jos „Jodokus“ Humpis ist keine Erfindung, die Fehde mit dem Ratzenrieder Zweig der Humpis-Familie zog sich über Jahre hin. Für den Roman habe ich mir allerdings die Freiheit genommen, Onofrius' Geschichte, seinen Charakter und seine Familienverhältnisse der Geschichte anzupassen und somit neu zu erfinden. So habe ich ihm Clara als erste Frau und Barbara als zweite Gemahlin angedichtet, auch Beno und Elisabeth sind fiktive Figuren, ebenso wie Madda und ihre Familie. Zudem habe ich einige Feinheiten und Handlungselemente zugunsten von Handlung und Spannung etwas angepasst. So sitzt zum Beispiel Veits Vater nun als Beisitzer im städtischen Gericht, das Handelskontor von Onofrius Humpis liegt am anderen Ende der Oberstadt und Beno kann an den Prozessen teilnehmen und mit Kramer Streitgespräche unter vier Augen führen. Und natürlich hat es etwas von einem Märchen, dass Patrizier und gewöhnliche Handwerker sich zusammentun, um jemanden vor dem Scheiterhaufen zu bewahren. Aber bei all den Grausamkeiten, die man im *Hexenhammer* nachlesen kann, ist ein Sonnenstrahl Hoffnung sicher erlaubt. Auch wenn am Horizont schon das nächste Gewitter heraufzieht …

Ein Dankeschön

möchte ich an meine Lektorin (und nun auch Programmleiterin) Iris Praël aussprechen, die mir auch bei diesem Buch mit Rat und Tat sowie klugen Kürzungen zur Seite stand und diesem Projekt viel Zeit und Raum zum Wachsen gegeben hat. Danke auch an Dr. Jörg Ennen von der Württembergischen Landesbibliothek, der mich mit Fachliteratur versorgte. Wer weiterforschen möchte, kommt natürlich an den spannenden und sehr erhellenden Büchern von Dr. Andreas Schmauder nicht vorbei. Er ist Historiker und Archivar der Stadt Ravensburg und seit 2009 auch Direktor des Museums Humpisquartier. Seine wissenschaftlichen Publikationen *Frühe Hexenverfolgung in Ravensburg und am Bodensee* und *Die Zeit der Händler. 850 Jahre Markt in Ravensburg* vermitteln wohl am besten, was im Roman im Rahmen einer Abenteuergeschichte für Jugendliche etwas vereinfacht dargestellt wurde und an manchen Stellen nur gestreift werden konnte. Und auf jeden Fall sollte man unbedingt einmal selbst nach Ravensburg fahren, sich die Orte, Straßen und Türme ansehen und vor allem das Museum Humpisquartier in der Marktstraße besuchen. Dort finden sich die Schutzamulette aus Granatstein, die auch Onofrius im Roman trägt. Man kann die Handelsrouten der Kaufleute verfolgen und sich ein Bild machen, wie die Menschen in Maddas Stadt gelebt und gearbeitet haben. Wer sich noch etwas tiefer in das Thema „Hexenverfolgung“ einlesen will, dem empfehle ich den *Hexenhammer* in der kommentierten Neuausgabe zu lesen (erschienen im Deutschen Taschenbuch Verlag). Hier findet sich viel Literatur zur Entstehungs- und Wirkungsgeschichte. Weitere Bücher zum Thema sind unter anderem: *Als die Teufel fliegen lernten – Zur Genese des Hexenglaubens bis zur Frühen Neuzeit* von Tatjana Bink, *Hexen und Magie* von Johannes Dillinger sowie *Hexen und Hexenprozesse*, herausgegeben von Wolfgang Behringer. Einen spannenden Einblick in den Ravensburger Handel der damaligen Zeit gewährt das dreibändige Werk *Geschichte der Großen Ravensburger Handelsgesellschaft* von Aloys Schulte.

Weitere Informationen zu *Feuerrot* und zur Entstehung des Romans finden sich auf der Homepage *www.ninablazon.de.*

Nina Blazon

Glossar

Aderlass Ein medizinisches Heilverfahren, das auch zu Onofrius' Zeit sehr oft angewendet wurde. Dafür wurde dem Kranken meist in der Armbeuge die Ader geöffnet. Der Blutverlust sollte heilend wirken, „schlechtes Blut" abfließen lassen und das Gleichgewicht der Körpersäfte wiederherstellen. Tatsächlich hat diese Methode so manchen Kranken noch zusätzlich geschwächt oder ins Grab gebracht.

Ammann In heutiger Zeit oft als Bürgermeister der damaligen Zeit bezeichnet. Ihm unterstand unter anderem die Polizeigewalt und Rechtsaufsicht. Er war aber auch für den Markt, die Zölle und anderes zuständig. Im Jahr 1484 war Konrad Geldrich der Ammann von Ravensburg.

Badehaus Öffentliches Bad, das von einem Bader betrieben wurde. Der Bader sorgte nicht nur für Zuber, Dampfräume, heißes und kaltes Wasser, sondern führte auch kleine chirurgische Eingriffe durch. Er zog zum Beispiel Zähne, machte Schröpfkuren und Aderlässe. Außerdem rasierte er die Gäste und schnitt ihnen die Haare. Das Badehaus war aber nicht nur zur Körper-

und Gesundheitspflege da, sondern diente vor allem als gesellschaftlicher Treffpunkt, wo Neuigkeiten und Tratsch aus der Stadt die Runde machten. Bedient wurden die Badegäste von Mägden, wie auch Agnes Bader eine war.

Botticelli, Sandro (1445 in Florenz geboren, gestorben 1510) war ein italienischer Maler der Renaissance. Sein in *Feuerrot* vorgestelltes Gemälde *Primavera* kann man in den Uffizien in Florenz besichtigen. Botticellis berühmtes Bild *Die Geburt der Venus* gab es 1484 noch gar nicht. Seltsam, dass Lucio dieses Motiv auf dem Fest im Schloss Bettenreute aber schon beschreibt.

Büttel Ein Teil der städtischen Polizeigewalt im Mittelalter. Sie konnten als Stadt- und Torwächter dienen oder auch als Gehilfen und Gerichtsboten arbeiten. Oft waren sie direkt dem Henker unterstellt.

Bulle Umgangssprachlich für „Päpstliche Bulle". So wurden Urkunden bezeichnet, die wichtige Verlautbarungen und Beschlüsse des Papstes öffentlich machen sollten. Sie trugen das Siegel der päpstlichen Kanzlei. Von diesem Bleisiegel und dem lateinischen Wort *bulla* (Blase) leitet sich der Name „Bulle" ab. Die päpstliche Urkunde, in der Papst Innozenz VIII. im Jahr 1484 die Existenz von Hexen offiziell bestätigte und Heinrich Kramer zum Inquisitor für ganz Oberdeutschland ernannte, wird oft vereinfacht als „Hexenbulle" bezeichnet.

Butzenscheiben Kleine, runde Glasscheiben, die bei der Herstellung in der Mitte eine kleine Erhöhung oder Nase zurückbehalten haben (die Butze). Solche Scheiben wurden in Blei eingefasst und zu größeren Fensterscheiben zusammengesetzt.

Dämonen In der Vorstellung der Menschen im Mittelalter konnten sie jede Gestalt annehmen oder auch unsichtbar die Menschen quälen. Man konnte von Dämonen besessen sein oder von ihnen getäuscht und verführt werden. Dafür nahmen die Dämonen Menschengestalt an und verführten Menschen dazu, mit ihnen zu schlafen. Trat ein Dämon als schöne Frau auf, wurden er als *succubus* („unten liegend") bezeichnet. In der Gestalt eines Mannes hieß ein solcher Dämon *incubus* („oben liegend"). Im *Hexenhammer* war diese Unterscheidung sehr wichtig, denn der Beischlaf mit Dämonen oder dem Teufel selbst galt als „Teufelsbuhlschaft" und damit als eines der wichtigsten Merkmale von Hexerei.

Gebände Kopfbedeckung für verheiratete Frauen: ein Stoffband, das (oft mehrfach) straff über Ohren und unter das Kinn geschlungen war. Die Stirn zierte ein weiteres Band, das um den Kopf gebunden wurde. Man konnte das Gebände mit einem Schleier tragen oder auch mit Haarnetzen oder geschlossenen Hauben kombinieren.

Große Ravensburger Handelsgesellschaft Dieses Handelsunternehmen wurde im Jahr 1380 von Kaufleuten der Familien Humpis (Ravensburg), Muntprat (Konstanz) und Möttelin (Buchhorn) gegründet. Unter anderem in Spanien, Italien und Frankreich wurden Niederlassungen (Gelieger) gegründet. Vermarktet wurden einheimische Tuche (Leinen und Barchent) und Papier, importiert wurden Gewürze aus dem Orient, Öl, Erze, Weine, Samt aus Genua, Wolle aus Spanien und vieles mehr.

Hellebarde Sie gehört zu den Stangenwaffen. Der Name ist abgeleitet aus dem Wort *Halm* für Stiel und *Barte* für Beil. An einer langen Stange, die bis zu zwei Meter lang ist, sitzt eine lange beilartig geformte Klinge und eine kürzere mit einem Haken. Oben endet die Waffe in einer verlängerten Klingenspitze. Mit einer Hellebarde konnte man schlagen, stechen und reißen und einen Gegner vom Pferd holen. Im 16. Jahrhundert war sie in der Bewaffnung deutscher Städte weit verbreitet („Nachtwächterspieß").

Humpis Von „Hundbiss" abgeleiteter Name der berühmten Ravensburger Handelsfamilie. Sie waren Geschäftsleute mit Biss und bestimmten mehrere Jahrhunderte lang als gewählte Mitglieder des Stadtrates auch die politischen Geschicke der Stadt Ravensburg.

Ketzerei In der allgemeinen Bedeutung „Irrglaube“ oder „Irrlehre“. Zu Heinrich Kramers Zeit ist damit jede Abweichung vom christlichen Glauben gemeint. Ketzerei galt als Verbrechen, das streng bestraft wurde, oft mit dem Tod. Auf diesem Verbrechen gründet die Anklage der Inquisition.

Medicus Der Medicus hatte an einer Universität studiert. Sein Wissen stammte zum großen Teil aus der antiken Heilkunde. Im Spätmittelalter wurde in den Städten oft ein Stadtmedicus angestellt, der arme Bürger auch kostenlos behandelte. Der Aderlass galt damals oft als Mittel der Wahl. Für die Behandlung kranker Zähne, Ausschläge oder verrenkter Gliedmaßen ging man allerdings eher zum Bader, Apotheker oder Wundarzt.

Naves Große Transportschiffe, die in Genua gebaut wurden und auch von der Ravensburger Handelsgesellschaft benutzt wurden, um Waren zu verschiffen.

Patrizier Reiche Bürger in deutschen Reichsstädten. Meist waren sie wohlhabende Kaufleute und hatten wichtige Ämter in der Stadt inne, z. B. als Stadträte oder Bürgermeister. Durch ihren Lebensstil näherten sie sich immer mehr dem Adel an. Auch der Kauf von Ländereien und Schlössern (wie das Wasserschloss auf der Bettenreute, das Onofrius Humpis erwarb), dienten dazu, ein dem Adel vergleichbares Leben zu führen.

Percht Eine Sagengestalt, vermutlich keltischen Ursprungs. Oft wird sie als alte Frau mit einer großen Nase dargestellt, ähnlich dem Schnabel eines Raubvogels. Sie trägt Ketten oder ein eisernes Beil und kann gefährlich oder gütig sein. In Gewässern und Brunnen hütet die Percht die Seelen noch nicht geborener Kinder. Faulen Menschen schlitzt sie mit dem Beil den Bauch auf. Fleißige Leute belohnt sie dagegen mit Gold. Wir kennen die Percht in Gestalt von Frau Holle aus dem gleichnamigen Märchen.

Pfeffer Damals waren viele Gewürze wie zum Beispiel weißer Pfeffer ein sehr teures Handelsgut und durften in keinem reichen Haushalt als Statussymbol fehlen. Deshalb wurden die Patrizier, die sich Pfeffer leisten konnten, von den einfachen Leuten manchmal auch etwas spöttisch als „Pfeffersäcke" bezeichnet. Ähnlich teuer waren Gewürze wie Safran und Zimt. Um eine Vorstellung zu bekommen, wie kostbar Gewürze waren: Um nur ein einziges Pfund Safran zu bezahlen, hätte ein Tagelöhner (im Jahr 1500) etwa zwanzig Tage lang arbeiten müssen.

Rebleute Weinbauern. Heute erinnert in Ravensburg unter anderem das „Zunfthaus der Rebleute" an diese Ravensburger Zunft. Wein gehörte im Mittelalter ebenso wie Bier zu den wichtigen Grundnahrungsmitteln.

Schaube Ein weit fallender, vorne offener Mantel mit weiten Ärmeln, der bei reichen Leuten mit Fell gefüttert und mit einem breiten Pelzkragen versehen war.

Schutzmantelmadonna Diese Figur aus Lindenholz wurde im Jahr 1480 von Michael Erhart geschaffen. Sie stellt die Heilige Jungfrau Maria dar, die ihren Mantel schützend über zehn Menschen breitet. Das Original stand in der Liebfrauenkirche in Ravensburg, heute ist es im Bode-Museum im Berlin zu besichtigen.

Zünfte Eine Zunft war ein Zusammenschluss von Handwerkern eines Berufs (z. B. aller Schmiede) oder eines Gewerbes in einer Stadt. Nur wer Mitglied einer Zunft war, durfte seinen Beruf in der Stadt ausüben. In Ravensburg gab es zu Onofrius' Zeit (und bis 1828) acht Zünfte. Vertreter der Zünfte bestimmten als Mitglieder im Stadtrat zusammen mit den Patriziern die Geschicke der Stadt.